7할의 행동과
3할의 숙명

7할의 행동과 3할의 숙명

1쇄 발행일 | 2019년 01월 31일

지은이 | 곽상도
펴낸이 | 정화숙
펴낸곳 | 개미

출판등록 | 제313 - 2001 - 61호 1992. 2. 18
주소 | (04175) 서울시 마포구 마포대로 12, B-108호(마포동, 한신빌딩)
전화 | (02)704 - 2546
팩스 | (02)714 - 2365
E-mail | lily12140@hanmail.net

7할의 행동과
3할의 숙명

곽상도 지음

책을 펴내며

우리나라에서는 개인의 경험에 기초한 이야기를 하면 그건 너의 경험일 뿐이라는 반론을 많이 받는다. 대부분의 사람들은 나는 할 말이 없어서 입 다물고 있는 줄 아느냐, 나도 입을 열면 책 몇 권은 거뜬히 쓸 수 있다고 말한다. 그런 비난을 감수하면서도 책을 펴낸다. 검사시절 개인적인 경험과 현장의 목소리가 녹아들어간 이 책은 개인의 주관적인 관점이 반영되어 있는 것이 사실이다. 그럼에도 불구하고 책을 펴낸 것은, 내가 경험하고 겪은 것을 후배들에게 가감 없이 들려주고 싶었기 때문이다. 현장의 목소리가 들려주는 경험과 지혜를 바탕으로 후배들이 법조계에 형성되어 있는 제도적인 문제와 애로사항을 구체적이고 풍부하게 이해해서 어떤 희망의 단서를 찾도록 소망해본다.

나는 책을 쓰면서 어떤 소영웅주의에도 휩쓸리지 않고 내 체험이나 행동의 범주를 넘어서는 말을 하지 않으려고 절제했다. 혹시라도 책을 읽은 후배들이 법조계에 만연한 소위 '관행'이라는 것에 한번이라도 문제제기를 한다면 나름대로 책을 펴낸 보람을 느낄 것이다. 많은 사람들은 법조계가 과거에 비해 많이 깨끗해졌다고 하지만 그것은 법조계의 자정

(自淨)으로 이루어진 게 아니라, 어떤 특정한 사건이나 엄청난 외부의 비판에 직면해서 마지못해 수동적으로 조금씩 변해왔을 뿐이다. 나는 후배들이 법조계의 그런 과거와 현실을 잊지 않기를 바라는 마음에서 책을 펴내게 되었다. 책의 내용 대부분은 나의 검사시절 이야기를 중심으로 구성하였다는 것을 밝혀둔다.

아무쪼록 후배들이 이 책을 읽고 법조계에 문제가 없다는 안이한 자세에서 벗어나, 법조계의 장래를 깊이 고민하는 계기가 되었으면 하는 바람이다.

2019년 1월
곽상도

'바보 검사'라는 말을 들었다. 또 옛날 철학하는 분들이 쓴 '바보스러운 사람이 우리 시대에는 잘되어야 한다.' '우직하게 자기 일만 하는 사람들이 잘되어야 한다.' '한 우물만 판 사람들이 잘되어야 한다'는 글귀도 읽었다. 검사는 이렇게, 문자 그대로 오직 한길로만 가는 직업이다. 다툼이 있는 사람들의 사실관계를 찾아주고 우직하게 맡은 바 직분을 다하는 것을 상징적으로 나타내줄 수 있는 말이 바로 바보 검사라고 생각한다. 요즘 검사가 주인공인 영화가 많이 만들어지고 화제가 되고 있다. 영화 속의 검사는 멋지고 화려하지만 실제 검사는 아주 고되고 힘든 직업일 뿐이다.

검사는 어려운 시험을 통과하고 합리적 검증을 거쳐 임명된다. 그래서 또 다른 의미의 민주적 정통성을 부여받고 있다고 생각한다. 국민의 소중한 생명과 신체, 재산과 관련된 사건을 다루는 검사는 한 인간의 일생을 좌지우지할 수도 있다. 그래서 검사들은 항상 '옳은 것'을 추구하면서 완전무결할 수는 없지만 사실을 찾아 밤낮 가리지 않고 노력한다. 직무를 천명으로 알고 사건 하나하나에 최선을 다하며 자부심을 느낀다. 알아주지 않아도, 비록 욕을 먹을지라도, 검사들은 사회의 법과 정의를 지킨다는 신성한 사명감으로 묵묵히 최선을 다하고 있다. 검사는 이렇게 '명예'를 먹고 사는 고독한 존재이다.

이 글은 후배 검사들에게 지난 20여 년 동안 검사 생활을 한 선배 검사의 모습을 가감 없이 보여주려는 의도로 쓴 글이다. '검사는 이렇게 해야 한다'고 가르치려는 것이 아니다. 있는 그대로를 보여주어 후배 검사들의 업무에 작은 도움이나마 되게 하려는 마음이다.

검사 퇴직 이후 나는 청와대 민정수석과 법률구조공단 이사장을 거쳐 국회의원이 되었다. 그 시간 동안 나름의 감회가 남다르지만, 특히 정치를 하면서 늘 가슴에 명심하고 있는 것이 있다. 그것은 검찰에 있을 때부터 심중 깊숙하게 지니고 나를 벼르는 칼이었다. 어떤 일이든, 무슨 문제이든, 선입견을 갖지 말자는 것이었다. 검찰에 있으면서 검사가 먼저 결론을 내버리고 이에 맞추어 나가면 사실을 얼마나 왜곡하게 되는지를 알고 있었기 때문이다. 나는 20여 년 동안의 검사 생활을 통해 치열한 과정 없이 선입견을 따라가지 않으려고 무척 노력했다. 정치인이 된 지금도 많은 사람들을 만나고 그들의 목소리를 들으면서 나는 어떤 일이든 섣부른 결론보다는 그 과정을 더욱 세심하게 들여다보려고 노력하고 있다. 그것이 내가 정치를 하면서 국민을 위하는 최소한의 예의이기 때문이다.

의사소통은 원칙적으로 말로 이루어져야 한다. 형사나 민사 재판이 이루어지는 현장에서는 자유롭고 합리적인 의사소통이 필수이다. 그런데 검찰에서의 의사소통은 오랜 기간 동안 '말'이 아니라 '글'에 의존했다. '글'에 사용되는 언어들도 전문가들만 아는 독특한 전문용어가 많았다. 그러나 글로 하는 소통에는 늘 한계가 있다. 국회의원이 되어 정치를 하면서 나는 그것을 더욱 절실히 느꼈다. 국민, 동료 정치인 누구를 만나도

말을 통한 의사소통이 우선이다. 나는 정치를 하면서 새삼 말의 무서움
을 느끼면서 앞으로 내가 만들어갈 말의 장도(長途) 앞에서 겸손하고 또
겸손해질 것이며, 국민의 말에 귀를 기울이고 또 기울일 것이다.

7할의 행동과 3할의 숙명
contents

1부
어린시절부터 사법연수원

2부
검사시절의 사건들

제3부

검사시절 글 모음 및 인터뷰

어린시절부터
사법연수원

왜 법조인이 되었나

법조인이 된 것은 내 꿈이 아니었다. 선친의 꿈이고 집안의 꿈이어서 법대를 진학했다. 법대 진학해서 2학년 초반까지 공부를 거의 하지 않고 놀았다. 그러다 2학년 중반쯤 되어서야 정신이 번쩍 들었다. 앞으로 밥 먹고 살기 위해서는 취직을 해야 하는데, 법대 들어와서 소위 고시라는 것에 한 번도 도전해보지 않고 바로 직장 생활을 한다는 게 어쩐지 우습 다는 생각이 들었다. 그때부터 사법시험 공부를 한 2년 정도 준비했는데 운 좋게도 빨리 합격했다. 대학 들어와 2학년 초반까지 고시 준비를 않 고 놀기만 했으니 학교 동기들은 내가 고시에 합격할 것으로는 아무도 생각하지 못했었다. 동기들은 대학에 입학하자마자 고시를 준비했다. 그렇지만 나는 공부는커녕 친구들과 같이하는 스터디 그룹 같은 것도 없었다. 뒤늦게 혼자서 공부를 했으니 대학 동기들은 믿기지 않았을 것이다.

어쩔 땐 혼자서 가만히 생각해보면 사법시험과 나는 어떤 인연이 있구나 싶다. 버스를 타고 민법 시험 치르러가는 날 1년 선배 한 분이 내 옆자리에 앉아 함께 가게 되었다. 그 선배가 나한테 이번에 무슨 문제가 나올 것 같으냐고 물었다. 그래서 포괄근저당이 가장 유력하다고 답변을 해주었는데 실제로 25점짜리 문제로 출제되었다.

고시는 한 과목에 40점 정도 넘기면 다른 과목에서 점수를 보충해 거의 합격을 했다. 과락만 넘어가면 모두 해결되는데, 25점짜리 문제를 맞춰 답안을 잘쓰고 점수를 따내면 합격이 훨씬 용이했다. 형사소송법 문제 역시 나온다고 예상한 것이 그대로 나왔다. 민사소송을 비롯해 대체로 중요하다 싶어 나올 것이라고 예상한 것들도 나왔다.

고시 시험을 볼 때 2차 시험은 8개 과목인데 공부를 하면서 시험문제에 나올 것이라고 예상한 것이 거의 다 출제되었다. 어떻게 보면 쉽게 고시에 합격한 셈이다. 사법시험 평균이 60점 넘으면 굉장히 우수한데 나는 평균 60점을 거뜬히 넘겨 22등으로 합격을 했다. 공부를 적게 하고도 좋은 성적으로 합격했다. 이 이야기를 거꾸로 이해하면 그만큼 공부를 많이 했다는 것이다.

고시 시험은 법 과목이 7개이고 나머지 한 과목이 국민윤리였다. 국민윤리는 상식으로 시험을 본다는 생각에 나는 공부를 하지 않았다. 시험이 끝난 후 맞추어 보니 고시에서 1등을 한 친구의 국민윤리 점수는 88점 정도 되었고, 나는 60점 약간 웃도는 점수였다. 국민윤리 때문에 평균 점수가 낮아져 수석 합격을 못하게 되었지만 나는 고시공부와 인연이 적지 않았던 것 같다.

법조인 가운데 검사를 지망한 이유

　나는 사법연수원을 마치고 검사를 선택했다. 판사 임관을 생각해보지 않았던 것은 아니지만 최종적으로 검사를 지망한 것은 판사는 마지막 보루이기 때문이다. 판사는 퇴로 없이 마지막으로 모든 것을 판단해야 하는 사람이다.

　그래서 실수가 있어서는 안 된다. 검사는 판단을 구하는 사람이라 실수가 있더라도 바로잡을 기회가 있다. 그런데 마지막으로 판단하는 판사는 절대 실수가 용납되지 않는다. '판사로 가는 것은 내게 너무 어려운 길이 아닌가, 사람이 살아가면서 실수 안 하고 산다는 것이 정말 어렵지 않은가' 하는 생각에 검사를 지망했다.

　검사는 조사를 해서 유·무죄의 판단을 하고, 기소여부만 결정하고, 기소한 이후는 판사가 하는 것이다. 나는 아무리 생각해도 판사는 아니라고 생각했다. 그곳은 최종이기 때문이다. 스스로 그런 초인적인 능력이 없다고 생각했다. 판사는 두드리면 끝이다. 나는 검사 쪽이 적성과 맞다고 판단했다. 그래서 검사를 선택했다. 검사는 사회의 소금 비슷한 것으로 일종의 악역을 하는 것이다. 우리가 악역을 담당해주고 법원은 판단만 하면 되는 것이다. 또한 검사는 매우 활동적이며 매일 수많은 사람들과 부딪치면서 치열하게 생활한다. 나는 보다 적극적인 생활을 하자면 검사가 더 잘 어울린다고 판단했다.

　흔히 검사와 판사를 가리켜 "검사는 밥상에 반찬을 차리는 사람이고 판사는 차려진 밥상에서 반찬을 골라 먹는 사람"이라는 표현을 한다. 나는 밥상을 차리는 검사를 선택했고 검사 생활을 후회없이 해왔다.

검사에게 수사란

수사는 사실을 찾아가는 것이다. 그래서 세상에 대한 식견이 있어야 할 수 있다. 요즘은 CCTV가 많아서 현장을 쉽게 그림으로 확인할 수 있어 수사에 많은 도움이 되지만 예전에는 그런 것이 없어 사람들의 기억에 의존할 수밖에 없었다. 그래서 어려웠다. 수사는 범행사실이 일어난 후 거꾸로 사실들을 찾아가야 하는 힘든 작업이다. 그때 제일 중요한 것이 세상에 대한 식견이다. 그 식견이 풍부해야 사실을 제대로 찾아갈 수 있다.

수많은 사람들이 사회생활을 하면서 일어나는 일이라든가, 어떤 현상이 왜 일어나는가, 하는 것에 대해 검사가 어느 정도 인지하고 있어야 수사를 풀어나갈 수 있다. 그 사람의 자술이나 이야기만 풀어낸다고 모두 수사가 되는 것이 아니다. 생활이나 경험에 비추어 그 말이 사실이 아닐 수도 있다는 것을 빨리빨리 잡아내야 한다. 그것을 못 찾아내면 엉뚱한 곳에 가서 헤맬 수밖에 없다. 전혀 다른 곳에 가서 파고 뒤지다가 생사람 잡는 경우가 생긴다. 그래서 사회 물정이라든가 세상살이에 대한 이해가 수사하는 검사의 자세에 가장 중요한 덕목이라고 생각한다. 기소해서 무죄를 받지 않을 수 있는 비결이 바로 여기에 있다. 한 번 더 짚어보고 확인하는 것이다.

검사가 있는 그대로 수사를 하면 아무도 불만을 가지는 사람이 없을 것이다. 사실대로만 하면 되는데 수사를 하다보면 검사도 사람이다 보니 공명심이 생길 수도 있다. 또 승진 등의 여러 가지 사적인 일들이 끼어들고 개인적인 청탁 등의 문제 때문에 흔들리기도 한다. 후배들이 그런데서 벗어나 초지일관하는 모습이었으면 좋겠다는 생각이다. 그래서 내가 검사 시절 보고 듣고 느낀 것을 그대로 기록해서 보여주고 싶은 것이다.

검사도 잘못할 수 있다. 그러나 잘못하면 그것을 인정하고 털어버리고 가면 되는데 그럴 용기가 부족한 경우가 많다. 구속이 잘못된 사례를 비롯한 여러 가지 문제에 관해 먼저 잘못을 인정하면 후배들도 그런 전철을 밟지 않을 것이다. 그런 신념 때문에 이런저런 말을 했지만 검사장 같은 분들이 괜히 평지풍파를 일으킨다고 해서 결국 하지 못한 것이 많다. 되돌아보면 아쉽다. 나는 그런 것을 지적하고 개선 방향을 말했지만 사실 조직에 몸을 담고 있으면 혼자서 튀거나 치고 나가는 것이 어렵다. 건의가 받아들여져 실현되기 어려운 현실이었다.

법원의 문제점도 시정조치를 해서 바로잡은 것도 있지만 어떤 것은 바로잡지 못하고 끝나버린 것도 있다. 요즘 검사들의 여러 가지 실수들이 많이 나오고 있다. 이는 우리 사회가 대단히 복잡다단하고 지금의 검사들이 옛날 검사들보다 더 관계가 복잡한 사회 시스템 속에 살고 있기 때문이다. 회계 쪽의 예를 보면 자료들이 훨씬 복잡해져 다양한 거래관계에 관한 이해부족이 생기기 쉽다. 또한 사람들은 자기 방어를 위해서 사실을 조작할 수도 있다. 살기 위해서 충분히 그럴 수 있다. 그런 상황을 검사들이 못 따라가기 때문에 요즘 무죄율이 높아진 것이 아닌가 싶다.

숨어있는 1인치를 찾는 수사

광고를 보면 '숨은 1인치를 찾아서'라는 말을 많이 한다. 수사도 그 1인치를 찾아내고 밝혀내면 더 확실한 결과가 나온다. 그런데 그걸 잘 안

하려고 한다.

그러다보니 자꾸 자백에 의존하면서 그쪽으로 몰고 간다. 설혹 자백을 해도 의문을 가지고 끈질기게 1인치를 찾아야 한다. 그것을 찾아야 오해가 만들어지지 않고 불필요한 절차가 없으며 시간 낭비가 없다. 좀 지나치다 싶어도 1인치를 찾아내는 수고를 아끼지 않으면 훨씬 좋은 수사결과가 나올 수 있다.

물론 그 노력이 너무 지나치면 비효율적일 수도 있지만 숨은 1인치를 찾는 노력을 게을리 하면 안 된다. 검사 시절에 검사의 잘못된 결정에 대한 지적을 하고 여러 가지 개선 방향을 제시하기도 했다. 그 가운데 하나가 바로 숨어있는 1인치 이야기였다.

줄을 서본 적이 없다

나는 후배들에게 어떤 계기를 만들어주고 싶다. 그러면서도 후배들이 초지일관 자세로 살아가는게 무척이나 어렵다는 것을 누구보다도 잘 알고 있다. 왜냐하면 한두 번이라도 청탁을 받거나 하면 검사 인생이 그쪽으로 흘러갈 수 있기 때문이다. 그런 면에서 보면 나는 비교적 하고 싶은 대로 하면서 검사 시절을 보냈다. 하고 싶은 대로 한다는 게 뭐 거창하거나 특별한 것은 아니지만 내 소신을 굽히지 않고 마음먹은 대로 할 수 있었다는 것이다.

내가 비리에 연루되었거나 리스트에 이름이 올라갔거나 한 것은 단 한 번도 없다. 그런 것에 연연하지 않고 살았다. 그러다보니 위에서는 말 잘

안 듣는 검사로 찍히고 데려다 쓰기가 쉽지 않은 사람으로 인식되었다.

아무래도 관리자 입장에서는 고분고분 명령을 잘 따르는 사람을 데려오고 싶지 말 안 듣는 사람을 선호할 리가 없다. 말을 잘 듣지 않으니 누구도 선뜻 나를 데려가지 않았다.

그런 것을 견디고 나가는 것이 어려웠다. 부장, 차장까지는 견딜 수 있고 따라갈 수도 있는데 그 위로는 정말 어렵다. 부장 정도는 자기 뜻과 생각대로 충분히 커버할 수 있다.

그런데 그 위를 바라보면 그게 쉽지 않다. 나는 소위 정치 검사나 소신 검사로 불리는 것을 좋아하지 않고 원하지도 않았다. 사실 그런 정치 검사들 때문에 나 같은 검사들이 손해를 많이 봤다.

나는 검사를 하면서 평생을 줄을 서거나 대볼 생각을 하지 않았다. 하지만 검사장 승진에서 떨어지자 그런 생각을 했다. 그때는 정말 안 되겠다 싶었다.

검사장을 하느냐 못하느냐의 싸움이었다. 이명박 정부 들어오기 전 나는 노무현 정부와 여러 번 싸웠다. 그래서 정부와 불편한 관계였지만 비교적 안정적으로 내 자리를 찾아갔다. 하지만 이명박 정부가 들어서자 검찰을 떠났던 어떤 사람이 다시 법무장관으로 돌아오면서 모든 게 막히기 시작했다. 방법이 없었다.

옛날에 그가 가지고 있던 생각이나 선입견을 알고 있으니 이대로 있다가는 앞이 막막하겠다는 생각이 들었다. 그때 포항에서 의사를 하는 고등학교 동기가 ○○○ 씨 보좌관을 잘 알고 있으니 소개를 해줄까 해서 그렇게 해보라고 했지만 그 친구가 이야기를 했는지 안 했는지 아무런 소식이 없었다.

내가 부탁한 것도 아닌데 친구가 보기에 내가 안타까웠던지 먼저 제의를 해왔다. 검사 시절에 나는 나름대로 기수 중에서 비교적 순탄하게 승승장구했다.

만약에 그때 검사장이 됐으면 검사 생활을 꽤 오래 했을 것인데 지금은 오히려 안된 것이 더 잘되었다는 생각이다. 그만두고 나와서 세상을 다양하게 경험하고 더 많이 볼 수 있는 기회가 되었다. 지금은 그때 검사를 그만두고 나온 게 잘했다는 확신이 든다.

나는 20여 년의 검사 시절 대부분을 일선에서 보내면서 성격이 원만하고 후배들을 온화하게 다룰 줄 아는 스타일로 알려졌다. 수사 업무처리에는 뛰어나고 치밀하며 매우 꼼꼼하다고 언론에서 다루었다.

그것은 사실 기자들이 멋대로 쓴 것이다. 일을 꼼꼼하게 하는 것은 사실이다. 왜냐하면 검사 일 자체가 한 사람의 인생을 좌우할 수 있기 때문이다. 그래서 일을 처리할 때는 꼼꼼하고도 냉정하게 처리할 수밖에 없다. 그런데 온화하다고 하지만 검사 시절에는 그렇지 않았다. 솔직히 굉장히 찬바람이 불었다. 업무 속성이 그러니 별다른 방법이 없었다.

엄격한 아버지와 전형적인 어머니

나는 대구가 고향이다. 어머니는 유복한 가정에서 태어나 어렵지 않게 자랐지만 아버지는 가세가 기울어진 양반 가문의 후손으로 가난한 집안에서 성장했다. 우리집의 선산은 원래 고령 쪽인데 그곳에서 터를 못 잡아 현풍으로 나온 것을 보면 집안이 상당히 어려웠던 모양이었다. 시골에서 먹고 살 게 없으니 부모님은 일찍 대구로 나와 여러 가지 일을 전전했다. 서문시장에서 옷가게도 했는데 가내수공업의 소규모 공장도 같이 운영했다.

아버지는 굉장히 엄한 분이었는데 대부분의 시간을 집안 뿌리 찾는데 보냈다. 나는 국회의원 선거 때 그런 아버지 덕을 많이 봤다. 아버지는 집안의 뿌리 찾기 일을 하면서 늘 유림이나 서원 쪽에서 행사가 있으면 빠지지 않고 찾아다니며 많은 사람들을 알고 있어서 선거에 큰 도움이 되었다. 아버지는 경북 일대의 어지간한 유림행사에는 거의 빠지지 않고 참석을 했다. 어느 집안의 사람들이 뿔뿔이 흩어져 대가 끊겼졌다거나, 집안에 무슨 일이 생겼다는 소문을 들으면 직접 나서서 그들의 가문을 세워주는 일에 물심양면 아끼지 않았다.

어머니는 전형적으로 자식들만 잘되기를 바라시는 분이었다. 오직 자식들 위주로 살면서 가게에서 쉴 새 없이 일을 했다. 일을 하다가도 때가 되면 자식들 밥 차려 주고 살뜰하게 남편 내조를 하는 전형적인 어머니상이었다. 옛날 분들이면 누구나 겪은 그런 여자의 일생을 걸으신 분이다.

우리집은 위로 누나 셋, 형 한 분, 남동생 하나 그리고 나까지 도합 육 남매이다. 나는 다섯째인데 큰누나는 돌아가셨다. 형제들은 이상하게도 공부와 거리가 멀어 학업을 제대로 한 사람은 나밖에 없다.

대구 토박이 평범한 학생

나는 대구 삼덕동에서 자랐다. 당시 우리 옆집에 살던 미군 아이들과 놀던 기억이 지금도 또렷하다. 그곳에서 살다가 집을 사 대신동으로 이사를 했다. 아버지가 서문시장 옷가게를 하시면서 돈을 꽤 벌었던 것 같다. 부모님은 힘겨운 시절이 있었지만 나는 아주 어렵게 살지는 않았다. 남산초등학교로 전학을 와서 대신동에서 대건고등학교까지 다녔다.

고등학교 2학년 가을 체육대회에서 축구시합을 하다가 다리가 부러져 약 두 달 정도 학교를 못간 적이 있었는데 그때 성적이 많이 떨어졌다. 학년 전체에서 5등 정도 했는데 갑자기 20등 이하로 떨어졌다. 그래서 대학 갈 때 꽤나 힘들었다.

학교 다닐 때 나는 참으로 평범한 아이였다. 집에서 음악이나 미술 같은 것은 엄격하게 금지해서 아예 엄두를 내지 못했고 운동도 그렇게 좋아하지 않았다.

친구들끼리 모여서 하는 축구에 끼일 정도였다. 초등학교는 종교적인 색채가 없었지만 중학교는 불교, 고등학교는 천주교 계통의 학교를 다녔고 대학교는 유교 재단의 학교였다. 유·불·선 종교를 두루 접해보았지만 특정한 종교를 가지지는 않았다.

대학을 상과대로 가려고 했다. 기업 경영 같은 창조적인 일을 해보고 싶었는데 연세대에 시험을 봐서 떨어졌다. 재수해서 서울대에 시험을 봤는데 또 떨어졌다. 그래서 자포자기 심정으로 점수되는 대로 아무데나 들어간 곳이 성균관대학교 법대였다. 법대는 내가 가고 싶어서 간 것이 아니었다.

대학에서 운명을 만나다

대학 1학년 겨울 무렵에 한 여자를 만났다. 1979년 첫눈 오는 12월 3

일이었다. 눈이 엄청 많이 오던 날이었는데 학기말 시험이라 공부를 하고 집으로 가던 길에서 그녀와 마주쳤다. 그녀와 과는 달랐지만 강의 때문에 왔다 갔다 하면서 얼굴 정도는 알고 있었는데 그날 처음으로 이야기를 나누었다. 차나 한잔하자는 내 말에 그녀는 순순히 따라왔다. 당시 성대 앞 피네 다방에서 커피를 마시고 근처 경양식집에 가서 밥을 먹으면서 그녀와 나는 자연스럽게 CC가 되었다. 서울이 고향인 그녀는 처음에 가정대를 다니다 2학년 때 불문과로 전과를 했다. 그녀가 지금의 아내이다.

아내는 내조를 잘하는 사람이다. 학교 올 때는 매일 아침 도시락을 준비해 왔다. 당시에 학교 도서관은 자리 잡기가 매우 힘들었는데 나는 아내 덕분에 자리를 쉽게 잡을 수 있었다. 아내가 새벽 일찍 등교하여 도서관에 가서 자리를 잡아 준 덕이었다. 점심도 아내가 집에서 싸온 도시락으로 해결했다.

친구들이 시기할 정도로 절친한 시간을 보내면서도 고시공부를 할 수 있었던 것은 모두 아내의 내조 덕분이다. 그 당시 아내의 집은 잠실이었다. 성대 앞에서 잠실까지 가는 버스가 있어서 아내와 데이트를 마치면 집까지 데려다 주곤 했다.

나와 사귀기 전에 아내는 성적이 우수해 장학금을 받았는데 그 사실이 성대신문에 실렸다. 어느 날 학교에서 우연히 만난 아내에게 장학금을 받았으니 한턱내라고 불쑥 말했다. 그 당시에는 인사나 하고 지내는 사이였지만 이미 내 마음에 아내가 들어와 있었던 것이었다. 그만큼 아내가 좋았다.

그렇게 좋으니 상관하지 않고 내 주장을 앞세우는 경우도 더러 있었는데 아내가 불문과에서 하는 연극에 참석하는 것조차 막았다. 고맙게도 아내가 내 뜻을 따라 주었지만 나이 들어 생각해보니 모두 아내의 아량 덕분이라는 것을 느꼈다.

아내는 나 때문에 수학여행이나 졸업여행을 가지 못했다. 늑대 같은 남학생들로부터 아내를 보호한다는 명분이었지만 솔직히 그들 앞에 아내를 내놓기가 싫었다. 그런데도 아내는 순순히 내 뜻을 따라주었다. 지금 생각해보면 너무 고맙고 미안할 따름이다.

그렇게 만나서 지금까지 함께 살고 있다. 나는 인내심이 강하고 한 끈기 하는 편이다. 처음 마주 앉아 맥주를 마시던 날 많이 마셨는데도 내가 취하지 않자 그런 모습에 아내가 높은 점수를 주었다. 장인어른이 전혀 술을 못해 내가 술 잘 마시는 것이 좋았다고 했다. 하지만 요즘 아내는 내가 술을 너무 마셔 그때의 선택을 후회한다고 농담 삼아 말하고 있다.

고시공부와 데이트

나는 대학교 때 고시공부와 데이트를 병행했다. 그런데도 사법고시에 합격한 것은 순전히 아내 덕이다. 주로 학교 도서관에서 고시공부를 많이 했다. 아내가 아침 일찍 학교 도서관에 자리를 잡아주면 올라가서 오전 7시부터 시작해 12시나 1시까지 공부를 하고 점심을 먹는다는 핑계로 도서관을 나와 잘 안 올라갔다. 그러니 학교에서 공부하는 시간이 평균 네 시간 정도였다.

사실 고시공부와 데이트를 병행하는 것은 어렵다. 나 같은 경우가 거의 드물었다. 친구들은 내가 사법고시에 합격을 하니까 처음에는 긴가민가하는 눈치더니 나중에는 신기하다고 난리였다. 하지만 고시는 쉽게 생각할 일이 아니다. 집중력과의 싸움이다. 학교에서 공부할 때에는 수업이나 여러 가지 주변 사정 때문에 그 정도로 공부를 했지만, 고시원이나 절에 들어가면 무섭게 집중력을 쏟아 공부해야만 했다.

고시공부는 무엇보다도 집중력과의 싸움이고 시간과의 투쟁이기도 하다. 그래서 방학을 하면 고시촌에 가고 절에도 들어갔다. 보통 오전 7시나 8시에 아침을 먹고 앉아서 12시까지 네 시간을 공부했다. 점심을 먹고 한 이십 분 정도 쉬다가 오후 1시 30분에 공부를 시작하면 5시 30분까지 집중적으로 네 시간을 했다. 저녁 먹고 12시까지 또 네 시간하다보면 하루에 12시간 정도 공부를 했다.

월요일부터 금요일까지만 그렇게 하고 토요일에는 오전까지만 공부를 하고 오후가 되면 책을 덮고 아내와 놀러 다녔다. 고시준비 기간 중에도 토요일과 일요일은 주로 데이트로 시간을 보냈지만 무조건 놀고 있지는 않았다. 데이트할 때 식당에서 함께 밥을 먹으면서도 아내에게 시험문제를 내게 하고 그 문제에 내가 답을 하는 식으로 공부를 했다. 평균적으로 하루 8시간 그렇게 공부를 했다. 고시 관련 잡지에 실린 사법고시 합격자 인터뷰 기사에 매일 그들은 하루 11시간이나 12시간 꼬박 공부를 했다는 것을 볼 수 있는데 그것은 조금 과장된 것이다. 사람이 기계가 아닌 이상 그렇게 하는 게 사실 힘들다.

그렇게 한 결과 성균관대에서 사법고시를 제일 잘 봤다. 나는 종종 아내에게 당신과 결혼하라고 빨리 합격을 시켜준 것이라고 얘기한다. 그것은 사실이고 또한 헌신적인 내조를 해준 아내에 대한 고마움의 표현이다.

나는 서울대 상대 진학에 실패하고 성균관대를 갔는데 그곳에는 나처럼 그렇게 온 학생들이 많았다. 그래서 그런지 입학할 때 법대의 분위기는 침울하고 어두웠다. 하지만 서울대를 가지 못한 한을 풀듯이 누구보다도 고시공부를 열심히 하는 바람에 성균관대 법대에서 고시에 합격한 이들이 많았다.

보수적인 나와 활달한 아내

대학교 1학년 때 만난 아내와 결혼해서 딸 하나, 아들 하나 낳아 키우면서 지금까지 잘 살고 있다. 첫눈 오는 날 첫눈에 반해서 지금까지 아내와 손을 맞잡고 산다. 눈에 콩깍지가 씌여 아내 외에는 아무것도 보이지 않았다.

아내는 굉장히 활달하고 이야기하는 것을 좋아한다. 하지만 나는 경상도 남자라 체통을 따지고 어지간히 보수적이다. 자유롭게 성장한 아내에게 그런 내 모습이 좀 색다르게 비친 모양이었다.

데이트를 하던 어느 날이었다. 아내가 성대 앞길에서 우연히 초등학교 남자 동기생을 만나 이야기를 나누는 것을 보았다. 그 순간 나는 어떻게 나를 두고 다른 남자와 이야기를 할 수 있는가 싶어 화가 났다. 그래서 앞으로는 나와 함께 있을 때에 아는 사람이 지나가도 못 본 척하라고 했다. 좀 심하기는 했지만 아내는 내 뜻을 따라 학교에서 다른 남학생과 거의 말을 하지 않고 지냈다. 그 바람에 남학생들이 아내가 불문과 학생인가 할 정도였다. 그 정도로 보수적이어서 아내가 당황할 때가 한두 번이 아니었다. 나는 너무 근엄하고 아는 사람을 봐도 인사성이 별로 없어, 때론 아내의 친구들이 저렇게 재미없는 남자와는 그만 헤어지라는 말을 할 정도였다. 그렇지만 나도 아내에게 잘 보이고 싶어 나름대로 최선을 다해 평소보다 말을 많이 하려고 엄청 노력했다.

아내는 데이트할 때 내가 차갑고 말이 없는 사람이라는 것을 몰랐을 것이다. 연애할 때에는 아내와 술집에 가서 맥주를 마시기도 하고 삼겹살집에 가서 소주도 한두 병 마시면서 이런저런 이야기를 나누었다. 그럴 때 아내에게 잘 보이려고 일부러 말을 많이 했지만 나는 원래 표정 없이 무뚝뚝할 때가 많았다. 내가 아내와 결혼을 한다고 하니까 주변에서 어울리지 않은 커플이라고 할 정도였다.

나는 한번 정하면 끝까지 가는 성격이라 아내와 7년쯤 데이트를 하다 결혼을 했다. 아내와는 오랜 친구처럼 스스럼없다. 나는 겉으로 보면 강하지만 사실은 마음이 약한 편이고, 아내는 외유내강형으로 아름다운 여자이다.

지금은 무뚝뚝한 성격이 많이 변했지만 그런 성격이 여전히 남아있다. 특히 검사라는 업무적인 부분 때문에 내 인상이 그렇게 보일 수도 있다. 업무 자체가 벽이 있어야 하니까 다른 방법이 없었다. 당연히 포커페이스일 수밖에 없었다. 사건은 많고 맡은 사건은 빨리 끝을 내야 하다 보니 직업상 그런 표정을 계속 유지해야 했다.

사람들 가운데에는 착한 사람도 있지만 나쁜 사람도 있다. 검사 앞에 불려오는 사람들 가운데에는 정말 나쁜 사람들이 많이 있다. 살인 사건을 저지르거나 강도 상해를 한 사람들과 같이 앉아서 허허 웃고만 있을 수 없다. 단칼에 제압을 못하면 제압이 안 된다. 그런 사람들을 정리해야 하다 보니 차가운 얼굴을 유지해야만 했다. 소위 화이트칼라 범죄자들도 단시간에 분위기를 압도해 나가야지 끌려가면 안 된다. 어쩔 수 없는 면이 있다. 어릴 때부터 영감님 소리를 듣고 살아오다 보니 어떤 권위 같은 것도 늘 생각해야 했다. 지금은 검사 숫자가 많지만 과거에는 사법시험에 합격하는 사람들 숫자도 적었다. 우리 때부터 늘어나기 시작했다. 주변에서 자꾸 영감님이라고 부르니 그에 따른 권위의식이나 우월감 같은 것이 생기는 게 어쩌면 당연했다. 지금은 많이 바뀌었지만 지난 시절에는 그랬다.

아내와 사귀면서 싸운 적은 거의 없지만 졸업을 하고 한 번 싸운 적이 있다. 졸업하고 아내가 취직을 하겠다고 해서 싸웠다. 나는 아내가 취직하는 게 싫었다. 하지만 아내는 취직을 했고 왠지 불안했다. 소공동 롯데백화점 앞에 있는 조그마한 중소기업이었는데 매일 아내의 퇴근 시간에 맞추어 회사 앞에서 기다렸다. 신경이 쓰여 공부를 제대로 할 수 없을 정도였다. 결국 아내가 직장을 그만두고 집안에만 있었고 나는 그때부터 공부에 전념할 수 있었다.

장모님의 서운한 마음

아내는 2남 2녀 가운데 셋째였다. 데이트할 때부터 나를 가족들에게 소개할 정도로 아내의 집은 자유로운 분위기였다. 하지만 나는 경상도 집안의 엄격한 분위기에 짓눌려 감히 그런 생각을 못했다. 장모님이 대학 졸업식 때 지방에서 올라오는 우리 부모님과 상견례를 했으면 하는 뜻을 내비치셨다. 하지만 나는 아버지께서 너무 충격을 받아 졸업식장에서 쓰러질지도 모른다고 거절했다. 아버지께서 공부하라고 학교 보냈더니 연애질이나 한다며 불같이 화를 낼 것이 분명했다. 그때까지만 해도 우리 집안은 거의 중매로 결혼을 할 때여서 어쩔 도리가 없었다. 졸업식 때 아내는 우리 식구들 누구에게도 아는 척을 하지 못했다. 그것이 장모님의 가슴에 오랜 멍울로 남은 모양이었다. 그런데다 아내에게 직장까지 못 다니게 하니 마음에 들 리가 없어 결혼하겠다고 하자 검사사위를 반대할 지경이었다. 그때 일을 생각하면 지금도 얼굴이 화끈거리고 장모님께 미안할 따름이다.

나는 집안에 대한 책임감이 컸다. 집안에 어떤 문제가 발생하거나 누군가가 어려운 일이 생기면 무조건 해결해주고 도와준다. 그럴 때마다 아내는 단 한마디 토를 달지 않고 순순히 내 뜻에 따른다. 나는 아마도 전생에 나라를 구한 모양이다. 그러니 이런 고마운 아내를 만날 수 있었지.

한번은 학교 후배이자 고시 후배이기도 한 후배 검사와 술을 마시는데 그가 '형은 어떻게 고시에 합격하고도 흔들리지 않고 형수님과 결혼할 수 있었냐'고 물었다. 후배는 그동안 사귀던 여자가 아닌 다른 여자와 결혼을 했던 터였다. 그때 나는 담담하게 말했다. 아내를 사랑하고 아내의 배려와 헌신을 어떻게 배신할 수 있느냐고. 나는 그런 생각을 한 번도 한 적이 없다.

사실 사법시험에 합격하고 연수원에 다닐 때 우리집으로 중매가 들어온 모양이었다. 어머니께 들었는데 매파가 집에 찾아와서 선 자리를 주선하겠다는 말을 여러 번 했다는 것이다. 상대는 서울대 3학년 여학생이고 집안이 좋은 곳이라고 했지만 어머니는 우리 아들은 이미 정해진 사람이 있다며 거절했다고 했다. 그러면서도 부모님은 나름 실망이 컸을 것이다. 내가 여자를 사귀고 있다는 것은 알고 있었지만 더 좋은 자리가 있는데 하는 아쉬움도 상당했을 것이다. 아들이 고시에 합격했으니 더 좋은 곳을 찾는 것이 솔직한 사람의 모습일지도 모른다.

아버지는 양반집이나 뼈대 있는 집안의 며느리를 봤으면 하는 것이 솔직한 속내였을 것이다. 집안에서 하나같이 결혼을 반대했다. 집안 따지는 아버지가 어느 집안의 몇 대 손인가를 묻는데 아내가 알 리가 없었다.

하지만 나는 아내가 아니면 안 되었다. 그 여자밖에 없었다. 결국 집안에서 내 완강한 뜻을 이해하고 양보해주어 결혼식을 올릴 수 있었다. 나는 무엇이든 한번 결정을 하거나 선택을 하면 쉽게 바꾸지 않는다. 바꾸는 것이 체질적으로 싫다. 그런 면에서는 아내도 나와 비슷한 성격이다.

나는 지금도 아내를 사랑하고 믿으며 동지로 생각하고 있다. 사람들은 흔히 고시에 합격한 검사들이 돈이 많거나 집안이 좋은 곳과 혼사를 치르는 경우가 많다고 생각하지만 사실은 그렇지 않다. 대부분의 검사들은 연애결혼을 하고 평범한 보통의 삶을 살고 있다. 그런 경우는 일부분에 불과하다.

고시합격과 사법연수원의 치열한 경쟁

나는 대학을 졸업하던 1983년 사법고시에 합격했는데, 2월에 대학을 졸업하고 6월에 시험을 봐서 합격했다. 결혼은 사법연수원 2년차인 1985년에 했다.

나는 사법연수원 15기이다. 사법연수원은 경쟁 시스템이었다. 사법시험 비율이 50% 정도였고 나머지는 연수원에서 본 시험 점수를 합산한 것을 토대로 판, 검사 임용을 하다 보니 경쟁이 치열했다. 배치도 성적 순서에 따라 했다.

나는 성적이 좋아서 서울지검으로 배치를 받았다. 이런 일들이 모두 그저 되는 게 아니다. 열심히 노력했기 때문이다.

연수원에서 특별히 기억에 남은 동기는 없지만, 군대 같이 간 동기들 그 가운데서도 특히 3개월 훈련을 같이 받은 동기들이 기억에 남는다. 그곳에서는 주말에만 면회를 허락했는데 캡틴큐를 물병에 담아 와서 나눠먹고, 겉모습이 똑같은 정사각형인 우유팩을 잘라서 카드를 만들어 게임을 했다. 또 지우개에 마작패를 그려 넣어서 여가시간에 즐기는 동기들도 있었다.

일정한 공간에 갇히는 수감생활을 하다보면 불가능한 게 없다는 것을 그때 직접 체험했다.

아이들은 빨리 독립해야 한다

나는 1남 1녀를 두고 있고 아이들이 빨리 독립하기를 바라지만 아내는 생각이 다른 모양이다. 아내는 아이들이 커서 대화하고 여러 가지 이야기를 함께 의논하는 것이 좋은 모양이다. 그래서 딸은 결혼할 나이가 되었는데도 시킬 생각도 없이 같이 앉아 수다를 떤다. 어디서 중매가 들어와도 모른 척한다. 반면에 나는 아이들을 빨리 독립시키라고 성화이다.

아내는 명절이 되면 내 고향에 가는 것이 너무 힘들어 딸에게 제발 지방에 있는 사람에게 시집가지 말고 수도권에 있는 남자를 만나라고 할 정도이다. 나는 아이들을 엄하게 대하지는 않았고 화가 나도 목소리를 높이지 않았다. 아이들에게 공부를 다그치지도 않았다. 그렇다고 다정한 것도 아니다. 경상도 정서로 아이들을 대했다. 그래서 좀 데면데면한 편이었지만 아이들이 성장하면서 나도 많이 바뀌었다. 어쩌다 아이들과 다투면 아내가 중재를 잘하는 편이어서 오래가지는 않는다. 아들아이는 점점 커가면서 아내가 '리틀 곽상도'라고 부를 만큼 닮아가는 중이다.

아들은 1990년 1월 25일생이어서 89년생들과 함께 학교를 다녔다. 아내는 아들을 늦게 학교에 보내려고 했지만 내가 억지로 보내는 바람에 몹시 힘들어 했다. 해병대 갔다 온 아들은 산업디자인 공부를 하고 지금 직장생활을 하고 있다.

큰아이가 1987년생이니 올해 만으로 31살이고, 둘째는 90년생이니 28살이다. 둘 다 직장을 다니는데 첫째는 지난 4월에 결혼식을 올렸고 둘째도 지난 9월에 결혼식을 올렸다. 아이들이 어릴 때 어쩌다가 아빠와 오래도록 같이 산다고 얘기하면 내가 너희들 모르게 미국으로 이민 가버린다고 농담 삼아 이야기한 적도 있다. 공직생활 등의 이유로 실제 그렇게 못했지만, 내 결론은 너희들이 삶을 스스로 알아서 살아보라는 것이다. 다행스럽게도 아이들이 자기 영역을 찾아 모색하고 접근하면서 나름대로의 삶을 살고 있는 모습을 보면 무척 대견하다.

군관사에서 보낸 신혼시절

나는 신혼을 군법무관으로 있으면서 경기도 포천시 영중면 운천 군인관사에서 지냈다. 그때는 집안에서 반대한 결혼이어서 돈이 없는 가난한 신혼 초기였다. 나는 그때부터 월급명세서를 검사 퇴직할 때까지 모았다. 하루는 아버지가 관사로 온다는 연락을 받았다. 나는 그날 야근을 핑계로 늦게 들어갈 정도로 아버지가 어려웠다. 그때 아내는 임신한 몸으로 시아버지를 모시고 저녁을 대접하느라 애를 많이 썼다.

아버지는 1박 2일 계셨는데 나는 오실 때 잠깐, 가실 때 잠깐 뵈었다. 그만큼 아버지가 어려웠다. 나뿐만 아니라 우리 형제들이 모두 너무 엄하게 자라서 그랬다. 명절 때에도 고향집에 가면 차례만 지내고 금방 올라오는 경우가 많다. 아내는 우리 집안의 그런 분위기를 처음에는 잘 이해하지 못했지만 금방 잘 맞추어 따라와 주었다. 하지만 엄하고 가부장적인 시아버지에게 유일하게 대든 것이 아내이기도 하다.

아버지는 큰 부자는 아니지만 없는 돈에도 문중을 후원하고, 문중의 일이면 어떻게든 감당했다. 그런 아버지 덕분에 나는 선거에서 많은 도움을 받았다. 솔직히 나는 문중을 위해 한 것이 없다. 하지만 물불 가리지 않고 문중을 위해 많은 일을 한 아버지의 덕을 내가 보았다. 아버지께서 내게 가끔 문중 후원을 말씀하시면 나는 박봉을 털어서 보내곤 했다. 월급만 가지고 살아야 해서 살림살이가 쪼들렸지만 아내는 그런 티를 내지 않고 순순히 문중에 후원금을 보냈다. 검사 생활을 할 때 나는 돈이나 향응에 관해 스스로 무척 엄격했다.

암에 걸린 아내와 선거운동

내가 그토록 사랑하는 아내가 2009년 유방암에 걸려 치료를 열심히 했는데도 2013년에 재발해 1년밖에 살지 못한다는 청천벽력 같은 선고를 받았다. 병원에서는 전이가 된 유방암 4기라 항암치료를 해도, 안 해도 얼마가지 못할 것이라는 말만 했다. 나는 아내에게 항암치료를 하자고 설득하였다. 당시 나는 청와대 근무 중이라 아내는 병원에 보호자 없이 혼자 다녔다. 그런데도 주눅 들지 않고 멀쩡하게 뛰어다니며 열심히 항암치료를 받았다. 낙천적인 성격 덕분인지 아내는 의외로 항암치료가 잘 들었다. 그때부터 나는 죽기 전에 외국여행이라도 실컷 시켜줄 작정으로 아내를 데리고 여행을 다니기 시작했다. 아내와 함께 안 가 본 곳이 없을 정도로 돌아다녔다.

아내는 암에 걸린 몸으로 국회의원에 입후보한 내 선거운동을 온몸으로 감당했다. 정상인도 해내기 어려운 그 일을 발로 뛰면서 씩씩하게 동행했다. 조직 없이 가족들과 하는 힘든 선거운동 기간 동안 한시도 내 곁을 떠나지 않았다. 선거라는 게 돈을 요구하는 경우가 많지만 나는 불법적인 어떤 일에도 응하지 않았다. 그래서 더욱 어렵고 힘든 선거운동이었지만 아내는 주눅 들지 않고 거뜬히 해냈다. 아내는 지역구 행사에 나와 함께 동행하면서 구석구석 알뜰하게 챙기고 있다. 사실 아내가 나보다 더 정무적인 판단이 뛰어나다. 내가 지역구 행사 같은 곳에 참석할 때 동행할 곳과 빠져야 할 자리를 정확히 알고 판단한다.

9 · 11 테러일이 결혼기념일

9월 11일이 우리 결혼기념일이다. 그런데 미국의 9 · 11테러와 결혼기념일이 겹치면서 그때부터 우리는 절대 싸우지 않는다. 아내가 유방암에 걸린 후부터는 집안에서 다툼이 없고 나와 아이들은 무조건 아내의 말에 따른다.

아내는 유방암 환자답지 않고 넉넉하고 활발하다. 누구에게도 친절하고 적극적이다. 겉으로 보기에도 전혀 환자답지 않다. 아내가 고마운 것은 자신이 환자라는 생각을 하지 않고 만사 긍정적인 모습으로 생활한다는 것이다. 모든 것을 내려놓은 아내는 욕심이 사라지고 매사가 아름다운 모습이다. 그래도 저녁이면 지친 몸으로 그대로 쓰러지는 아내가 애잔하다.

아내는 내가 괜찮은 사람이라고 말한다. 그래서 나는 아내의 그런 기대에 저버리는 일을 하지 않은 삶을 살도록 더욱 노력한다. 아내는 나의 운명이다. 아내는 '곽상도 의원은 담백한 사람이다'라고 한다. 나는 아내의 그 기대를 저버리지 않는 사람으로 살고 싶다.

원칙주의자면서 열린 사람

나는 검사 시절에 고지식할 정도로 원칙을 지키면서 일을 했다. 특히 후배들에게 엄격하면서도 원칙에 따라 업무를 가르쳤다. 처음에는 후배들이 그런 나를 힘들어했지만 나중에는 고마워했다. 그때 내가 깐깐하게 업무를 지적해 주어서 지금 이렇게 잘할 수 있다고 고마워한다.

나는 변호사 시절에도 그에 알맞은 처신을 했다. 변호사 사무실을 개업해서 처음 10개월 동안 사무장을 두었다가 그 후부터는 두지 않고 내가 직접 사건을 맡아 처리하면서 의뢰인들과 만나 대화했다. 변호사라는 것은 어떻게 보면 서비스업이다. 스스로를 의뢰인들에게 맞추어야 하고 친절해야 한다. 그랬더니 의뢰인들이 다른 의뢰인들을 소개해 주기도 했다. 검사 시절의 나를 알고 있는 아내는 내가 변호사로 개업을 하기는 했지만 감당 못할 줄 알았는데 그런 나의 변신에 깜짝 놀랐다.

나는 검사장 승진을 기대했으나 당시 특정인의 반대로 무산되었다. 대구서부지청을 개청하면서 보인 내 능력을 인정받아 검사장을 할 줄 알았지만 결국 옷을 벗고 변호사를 개업했다. 하지만 선뜻 하고 싶지 않아서 후배가 사용하는 사무실을 함께 사용했다. 개업 3년쯤 뒤에 변호사를 그만두었다. 그러자 아내가 당장 먹고사는 게 걱정되었는지 점을 본 모양인데 점쟁이가 내가 70살까지 일을 해서 먹여 살릴 것이니 걱정하지 말라고 해서 안심하며 돌아왔다고 한다.

잠깐 청와대에서 근무를 하고 그만두고 김천의 법률구조공단 이사장 채용 공모에 응하여 이사장으로 일을 했다. 그때 주변의 대구 사람들이 국회의원 출마를 권유했다. 처음에는 쳐다보지도 않았지만 기회가 있을 때 해야 한다는 설득에 결국 선거에 나가기로 했다. 최종 결심을 하기 전 아내에게 정치를 해도 되느냐고 물었더니, 아내가 그렇게 하시라고 흔쾌히 대답해서 마침내 국회의원에 당선되었다.

아직도 어색한 웃음

나는 웃음에 인색하다. 한번은 나의 생일날 아내가 "생일선물로 한 번 웃어줄래요, 돈을 줄래요?" 물어서 그냥 돈을 준다고 했다. 그만큼 웃는 게 어색하다. 그래도 국회의원이 되어서 많이 바뀌었다. 사람들에게 인사도 잘하고 많이 부드러워졌다. 아내는 그런 면에서 내가 국회의원이 된 것이 무엇보다도 좋다고 한다. 아내는 내게 정치를 즐기면서 하라고 한다. 아내와 데이트할 때에는 아내에게 잘 보이려고 말을 좀 했지만 결혼 후에는 집에서 먼저 말을 끄집어 내지도 않고 도통 말이 없었다. 아내는 배신감을 느꼈을 수도 있지만 경상도의 엄격한 집안 문중의 분위기 때문에 몸에 배인 습관을 고치기 힘들었다. 사실 장모님과 말을 주고받기 시작한 것도 얼마 되지 않았다. 처가에 가면 장인어른이 오늘은 내가 몇 마디하고 가는가를 헤아릴 정도였다. 술이라도 마시면 그 기분을 빌어 이야기라도 할 텐데 처갓집은 술 마시는 사람이 없어서 나는 그냥 멀뚱하게 앉아 있다가 돌아오곤 했다.

검찰 내에서 학연과 혼맥 존재

나는 개인적으로 서울대나 연·고대가 아니고 성균관대학교를 나와 검찰에서 어떤 불이익을 당했다고는 생각하지 않는다. 검찰 안에서 서울대를 나왔다고 특별하게 학연이나 학벌 같은 것으로 뭉치거나 내세우지는 않는다. 물론 그런 모습을 약간 보이기는 하지만 극히 미미하다. 서울대 출신은 숫자가 많아 모두 혜택을 볼 수 있는 것도 아니다. 특별히 친한 사이끼리는 좀 챙겨주고 하는 것이 있지만 그것은 어디에서든 존재한다. 하지만 그것도 정권이 바뀌거나 사람이 바뀌면서 중간 연결고리가 조금씩 바뀐다. 그래서 특정 학교의 특혜를 일반론으로 말하기는 어렵다.

실제로 문제가 되는 것은 법원이나 검찰이나 혼인으로 엮여진 관계이다. 고위직의 사위나 아들, 동서지간 등으로 연결된 관계는 분명히 존재

한다. 그것은 딱 봐도 분명하게 특정이 된다. 학벌이나 학교보다는 혼인으로 맺어진 것이 더 문제다.

검찰 내 외압

나는 검찰에 재직할 때 조직에서 주는 외압을 강하게는 아니지만 느끼기는 했다. 이를테면 정부에서 주는 압력 등의 문제들이 분명히 있었다. 하지만 그런 것보다 개별적인 관계를 통해 들어오는 외압이 더 큰 문제라고 생각했다. 검찰 내의 지인이나 선 · 후배 등의 인맥을 통해 들어오는 외압이 존재했다. 현실적으로는 정부나 조직의 윗선에서 내려오는 것을 외압이라고 보기는 어려운 것이 사실이다. 평검사들은 모두 부장이나 차장, 지검장의 결재를 받아야 하는 라인이어서 외압이라고 하기에는 적당하지 않다. 정상적인 조직의 계통을 따르는 것이다. 그런데 부장이라는 사람에게 개인적으로 바깥에서 들어오는 청탁은 외압이 될 수 있다. 물론 정치적인 요소에 따른 것이 없지 않지만 우리가 흔히 말하는 외압이라는 말이 생각보다 많지는 않다고 본다. 옆에서 개인적으로 들어오는 것이 문제이다.

검사 스스로도 자기가 잘 알고 있는 사람이나 지인으로부터 어떤 이야기를 듣기도 하니까 그런 것이 자칫 외압으로 비칠 수도 있다. 하지만 검사의 판단이 어떤 외압에 의해서 뒤틀리거나 결론이 바뀌는 경우는 생각만큼 많지가 않다. 일부 정치 검사들이 간섭할 수 없는 라인에 있으면서 자꾸 간섭을 하려는 무리수를 두는 것 때문에 그런 오해를 많이 받고 있는 것도 사실이다. 정상적이고 정당하다면 계통을 밟아서 위에서부터 정상적으로 내려오는 것이 순리이다. 그것이 아니니까 자꾸 엉뚱한 방법으로 옆에서 영향력을 행사한다. 이런 짓을 하니까 자꾸 외압이라는 말이 나오고 조사를 제대로 할 수 없다는 소리도 들린다. 나는 검사로서 수사를 하며 외압이나 압력으로 느낀 경우가 드물었다. 아니, 그렇게 생각하지 않았다. 누가 무슨 말을 해도 소신껏 수사를 했다. 그러니 그것을 굳이 외압으로 느낄 필요도 없었다. 옆에서 떠들든 말든 내 식대로 밀고 나갔다.

과거 민주당 정부에서 검찰이 대통령에게 직보하는 일이 있었는데 지금은 없어졌다. 어떻게 보면 그때 검찰이 많이 정치화되었다. 그렇게 해놓고 지금 와서 검찰 개혁을 말하고 있다. 그때 현직 검사가 대북송금 특검에 반대하는 성명서를 발표했는데 어찌 보면 난센스이다. 그러니까 공정성 문제가 제기되는 것이다.

검찰 개혁은 검사가 해야

나는 검찰 개혁은 검사들에게 맡겨놓고 간섭하지 않는 것이라고 생각한다. 자꾸 간섭하고 정권의 뜻대로 되기를 원하면 검찰 개혁은 어렵다. 법원 결정에 대해서 국민들이 그나마 수긍하는 것은 법원이 독립적으로 재판을 하는 모습이 만들어지고 있기 때문이다. 검찰 업무의 속성은 무엇인가를 추적해서 밝혀내는 것이다. 그렇다보니 사건 깊숙이 들어갈 수밖에 없다. 그런 검찰에 대해서 왜 한쪽만 그렇게 깊숙이 들어가느냐, 다른 쪽도 수사하라는 불만의 목소리가 나오는 게 사실이다. 법원은 나온 것만 가지고 판단을 하면 되지만 검찰은 이것도 뒤져보고 저것도 뒤져보고 또 반대쪽으로 들어가 무엇인가를 찾아내야 하는 업무 특성상 내버려두기는 사실상 어렵다. 안 찾아내면 공정하지 않다고 하니까 가만히 내버려 둘 수도 없다. 가만히 내버려두는 것도 공정한 것이 아니다.

수사를 하다보면 못하는 것도 있고 또 안 되는 것도 있다. 어떤 사람은 협조를 잘 해주는데 어떤 사람은 잘 안 해줄 때도 있다. 그러다 보니 장애물이 생긴다. 수사라는 게 시작한다고 곧바로 어떤 사실을 밝혀내는 것이 아닌데 결과가 나오지 않으면 검사들 욕부터 한다. 그래서 검사들이 판사들보다 어렵다.

그럼, 그런 부분을 어떻게 해주어야 하나? 양쪽 다 객관성을 가지고 들여다 볼 수 있는 수사를 할 수 있는 방법이 만만치 않다는 것이 문제이다. 그런 부분 때문에 어떤 제도를 통해 검찰 개혁을 해야 하는 것인가를 고민해야 한다. 그렇지만 나는 개인적으로 검찰 개혁은 검사들에게 맡겨놓는 것이 정답이라고 생각한다. 지금은 간섭이 너무 심하다. 특검이니 하는 것은 모두 검찰 수사에 대한 간섭이다.

간섭은 미덥지 못하기 때문에 하는 것이다. 검사들도 왜 이런 검찰 개혁의 문제가 생겼나 하는 점을 되돌아보아야 한다. 검사들이 자기들과 관련된 일을 제대로 하지 않았기 때문이다. 그랜저 검사이니, 스폰서 검사이니 하면서 사회적으로 물의를 일으킨 검사들이 적지 않았다. 검찰이 검사들과 관련된 수사를 공정하게 하지 않았다. 자꾸 제 식구 감싸기로 일관하다 보니까 국민적 공분과 불신이 쌓여 검찰이 하는 것은 믿을 수 없다는 분위기가 만들어진 것이다. 더 나아가 청와대나 정권과 관련된 수사를 제대로 안 하거나 못하니까 정치적인 사건으로 확대되어 불신이 커진 것이다. 그래서 검찰 개혁의 요구가 봇물처럼 터져 나왔다.

사실 검찰 개혁보다도 중요한 것은 검찰이 하는 수사를 자유롭게 보장하는 것이다. 수사가 끝난 후에 미진하면 특검을 하면 된다. 상설특검법이 이미 법제화되어 있기 때문에 충분히 가능하다. 그렇게 해결할 수 있다.

지난날 최순실 국정농단 사건도 수사를 하는 중이었는데 국회에서 국회의원들이 특검을 하자고 달려드니 검사들이 어쩔 도리가 없었다. 검찰에서 하던 수사 자료를 모두 특검에 넘겨주었다. 특검에서 별다르게 한게 없다. 특검 두 달을 그대로 검찰에 맡겨두어서도 충분히 수사할 수 있었다고 본다. 나는 지금이라도 검찰에 한 육 개월 정도의 수사 기간을 주고 지켜보면 비슷한 수사 결과가 나오지 않았을까 싶다. 검찰의 수사 결과가 나온 후 상설특검을 하는 게 옳다는 것이 개인적인 견해이다. 특검으로 간 사람들은 모두 검사들이다. 옛날 수사하던 팀들을 대부분 데려갔다. 그래서 뭘 해도 다 똑같다. 검사들을 데려가서 하는 것은 매번 똑같은데 수사 주체의 윗선이 조금 바뀐 것이다. 나머지는 똑같다. 그런데 특검에서는 매일 수사 브리핑을 한다. 검찰에서도 매일 수사 브리핑을 하지만 피의사실 공표를 해서는 안 되는 족쇄 때문에 제대로 알려주지 못하거나 기자들에게 엠바고를 요청하는 경우가 많다.

솔직히 검찰이 가야 할 방향성에 관해서는 정답을 가지고 있지는 않다. 앞으로 더 생각해 추가로 보완해 정리할 생각이다.

스스로를 지게꾼이라고 부르는 형사부 검사

국민들 대부분이 형사사건으로 조사를 받고, 검사들의 업무 비중 대부분은 형사사건이 차지한다. 시간 할애나 검사들의 투입수가 가장 많은 것도 형사사건이다. 그러다 보니 형사사건을 맡은 검사들은 스스로를 지게꾼이라고 부르기도 한다. 다른 사람들이 위에서 환한 조명을 받고 있을 때 밑에서 짐이나 져 나르는 지게꾼이라는 자조 섞인 이야기이다.

나도 부장검사가 되고 특수부 부장, 공안부 부장할 때에는 형사부 검사들은 당연히 그런 게 아닌가 생각했다. 그런데 처음으로 형사부장 보직을 맡아 그쪽 세계에 들어가 봤더니 업무량이 장난이 아니었다. 이런 현실을 그대로 두고는 검찰이 절대로 좋아질 수 없다는 생각이 들었다. 한쪽은 곪아 터지고 있는 게 뻔히 보이는데, 모른 척하며 국민들 앞에서 검찰이 변화하는 것은 불가능하다는 판단이 들었다. 누군가가 이 상황을 빨리 정리해서 형사부 검사들이 숨을 쉬게 해주어야 한다는 책임감이 절실했다. 그래야만 검찰이 좋아질 수 있는 최소한의 여건이라도 만들어질 수 있을 것 같았다.

형사부의 업무분석을 하기 시작했다. 형사부 검사들의 어깨에 과다하게 얹혀있는 짐을 덜어주자는 생각이었다. 그렇지 않으면 도저히 버티기 힘든 구조였다. 우선 피의자와 질의응답하는 대화를 자동녹음하는 시스템을 처음으로 도입하자는 건의를 했다. 은행거래 등에서 시행하는 녹음시스템을 도입하면 검사들이 각종 서류를 만드는 데에 들이는 시간을 줄일 수 있었다. 빨리 도입해야 하는데 위에서는 별로 관심이 없었다. 내가 자동녹음 도입을 주장할 때 타 영역에서는 그것을 모두 도입하고 있었다. 나는 한시가 급하다고 계속 채근을 했고 결국 15억 원인가를 들여 청에 녹음 기계를 도입해 검사들의 업무량을 줄이는데 일조했다.

또한 형사부 검사들의 기소율을 줄이는 방안도 고민했다. 검사들은 꼭 기소를 하지 않아도 된다. 반드시 기소를 해서 벌금 몇십만 원 나오게 하는 것도 결국은 난센스이다. 내가 있을 때 기소율을 50% 정도로 잡았지만 꼭 그럴 필요가 있는가 싶었다. 나는 기소도 습관이라고 생각한다. 우리가 기소율을 48% 정도로 낮추니까 무죄율 0%가 나왔다. 이런 식으로 증거가 없으면 기소를 줄이는 방법으로 수사를 유도했다. 굳이 증거도 없는 사건으로 시간과 힘을 소진할 필요가 있을까 싶었다. 쌍방 간에 합의한 사건까지 검사들이 파고들어 갈 이유가 없다고 보았다. 합의가 된 사건들은 쉽게 처리하면서 끌고 갔다.

형사부 검사들의 일을 줄이는데 필요한 기술적인 문제, 내용적인 문제를 공론화하면서, 검사들이 더 가치 있는 일을 하도록 유도했다. 국민들이 반드시 해결을 바라는 사건에 치중하는 것이 올바른 검사의 길이라고 판단해서 바꾸어 보자고 앞장선 것이다. 그렇지만 내 생각만큼 일이 만족스럽게 진행되지 않아 아쉬웠다. 하지만 형사부의 업무경감과 불필요한 관행을 바꾸기 위한 내 나름의 노력을 기울인 것은 지금도 기억에 남는다.

일이 좀 편해지고 업무에서 해방되어야 검사들도 더 친절해질 수 있는데 매일 일에 치여 업무를 충실하게 수행하기는 힘들다. 사실 검사들은 피의자들 이야기를 들어주는 시간이 많으면 많을수록 좋은 것이다. 의사를 찾아간 환자가 제 이야기는 못하고 의사의 일방적인 말을 듣고 나오면 얼마나 신경질이 날 것인가. 검사도 마찬가지이다. 검사는 피의자들이 하고 싶은 이야기가 있으면 하도록 하고 그것을 들어주는 것이 무엇보다도 중요하다.

국회의원 역시 마찬가지이다. 국회의원실이나 지역구 사무실로 찾아와 민원이 있으니 들어달라고 하면서 자신의 이야기를 하고 싶어 하는 사람들이 많다. 자기의 주장이나 억울한 사연을 주변에 이야기할 기회가 좀처럼 없으니 국회의원을 만나면 꼭 하고 싶어 한다. 그래서 마주 앉아 그분들이 하는 이런저런 이야기를 듣고 있으면 시간이 잘 간다. 삼십 분, 한 시간이 금방 흘러간다. 굳이 내가 이야기를 하지 않더라도 들어주는 것만으로도 그분들은 마음이 풀린다.

그런데 전문직들이 그런 역할을 제대로 못하고 있으니 인공지능 세상이 왔다. 지금 병원에서는 왓슨(로봇)이 진료를 하고 의사의 상담이 필요 없다. 의사들은 자신들의 존재 가치가 어떻게 사라지는 지도 모르게 서서히 죽어가고 있다. 변호사들의 준비서면도 인공지능이 쓰고, 신문기사의 일부분도 이미 인공지능이 작성하고 있는 현실이다.

내가 평검사로 일할 때 보통 한 달에 300~400건 정도의 사건을 받았다. 나중에는 170~180건 정도로 낮추어졌다고 하지만 건수만 가지고 일률적으로 말할 수 없는 것이 사건에 따른 각각의 비중이 다르기 때문이다. 보통 일주일에 두 번 정도 넘어오는 사건기록을 당일에 모두 읽어야 하고 아무리 늦어도 다음날까지는 전부 분석을 끝내야 한다. 그 많은 양을 모두 읽으려면 증거 서류를 기술적으로 찾아 읽어야 한다. 사건을 보면서 문제점을 찾아내는 것이 굉장히 힘든 일이다. 보는 게 숙달이 안 되면 무척 어렵다. 두툼한 사건기록이 오면 별다른 방법 없이 밤을 새워서라도 읽어야 한다. 이런 것까지 생각해보면 사실 단번에 검찰의 모든 것을 바꿀 수 있는 것은 어렵다. 기술적으로 일을 줄여 간명하게 처리하면 일의 부담이 훨씬 줄어든다. 앞으로 기술적인 것을 보완하고 근본적인 것을 갖추어 나가는 것이 중요하다.

경찰의 수사권 독립은 시기상조

나는 지금 당장 경찰이 수사권을 독자적으로 행사하는 것은 곤란하다는 생각이다. 경찰이 수사권을 가지려면 어느 정도 법적인 소양이 있어야 한다. 그런 주장을 하려고 하면 앞으로 경찰도 변호사 자격을 가진 사람으로 채용을 확대해야 한다.

경찰대를 나왔다고 똑똑하다고 할 것이 아니라 변호사 자격을 획득한 사람들에게 문호를 많이 확대해 법리에 어느 정도 밝은 사람들을 뽑아야 한다. 스스로 그런 변화를 만들면서 경찰의 독자적인 수사권을 주장해야 한다. 지금처럼 일반인들과 다를 바 없는 상태에서 경찰들이 수사권을 가지겠다는 것은 시기상조이다. 우선 최소한의 자격증이라는 게 있어야 한다.

그런 자격을 갖춘 다음에 수사를 어떻게 할 것인가를 생각해야 할 것이다. 수사권을 누구에게 주고 말고가 중요한 게 아니라 최소한의 자격은 구비하고 나서 그런 의논을 시작해야 한다. 그것마저도 없이 수사권을 독자적으로 행사를 하겠다는 것은 자칫 우리 사회에 큰 혼란을 가져올 수도 있다.

공수처는 필요하다, 하지만

공수처는 필요하다. 하지만 박근혜 정부 들어 이미 상설특검법을 만들어 놓았다. 그것이 사실상의 공수처이다. 2013년도에 내가 청와대 민정수석으로 있을 때 그 법안이 발의되어 법으로 만들어졌다. 공수처가 있는 것이나 다름없다. 언제라도 원하면 특검 임명을 하면 된다. 그런데 특검을 임명하기 위한 전제 조건으로 고위공직자들이 연루된 사건이 있어야 한다.

그동안 그런 사건들이 별로 드러나지 않았다. 그러나 우려했던 우병우 사건이 터지면서부터 상설특검법을 이용한 수사가 가능한데도, 또 본회의에서 의결만 하면 쉽게할 수 있는데도 국회에서 활용을 하지 않고 있다. 중수부도 없애고 검찰의 권한도 낮추었다. 더 나아가 수사권과 기소권을 어떻게 분리할 것인가 하는 문제로 의견이 분분하다. 검사들이 수사를 잘못하거나 자기 식구들을 감싸는 것을 감시하고 수사할 수 있는 권한은 이미 국회에 있다.

지금 논의의 쟁점은 수사와 공소를 나누자고 하는 것이다. 나는 사실 그렇게 나누어도 크게 잘못되었다고 생각지는 않는다. 왜냐하면 수사하는 곳을 수사처로 하고, 기소하는 곳을 공소처라고 하면 궁극적으로 공소처에 있는 검사들이 수사처로 소속을 바꾸어 수사처에서 나름 역할을 할 수 있다고 본다. 지금은 경찰에서 수사를 받고 검찰에서도 받지만 이렇게 하면 수사를 한 번만 받을 수 있는 장점이 있다.

국민들 입장에서는 부담스러운 수사 절차가 줄어든다는 것에 상당히 긍정적이다. 이렇게 하더라도 특검 같은 곳에서 한 번 정도 수사를 더 받아야 하는 일이 생길 수도 있다. 그러면 또 비슷하게 된다. 어떤 식으로 가더라도 문제점과 여러 가지 부작용이 발생하기 마련이다.

수사를 한 번만 받게 해주겠다고 공약하면 국민들은 좋아하겠지만 사실 재벌들이 제일 환영할 것이다. 어떤 사건에 연루되더라도 수사를 한 번만 받고 무마하면 될 것이니 수단과 방법을 가리지 않을 것이다. 그러면 세상은 있는 사람들의 것이 된다. 이런 문제는 쉽게 단정하거나 이야기할 수 없다.

검사 생활에서 아쉬움은 없지만

나는 맡은 수사를 거의 성공적으로 마무리해 아쉬움이나 기억에 남는 사건이 별로 없다. 특히 정치인들이 연루된 사건은 반드시 조사를 해야 한다는 각오로 더 깊이 파고들었다. 그렇지만 시간이 부족해 중도에 끝난 적도 있었다. 제일 힘든 수사는 역시 정치인과 정권이 연루된 사건이었다. 어떤 경우든 정권 핵심을 파고든다는 것은 어렵다. 하지만 정권 교체기의 기업과 정치권력의 유착문제를 제대로 파고들었으면 역대 대통령들의 불행한 일들이 훨씬 줄었을 것이다. 그런 사건에 연루된 정치인들이 정권이 바뀌면 실세로 등장하거나, 권력의 집중화를 가져오는 바람에 우리나라 대통령 개인들의 역사가 불행하다. 그래서 정권 교체기 대통령이 만들어지는 시기의 투명성이 무엇보다도 시급하다. 그 과정에서 검찰의 역할이 부족했던 것은 사실이지만 새로 들어선 정권과 대놓고 싸우는 것도 사실 힘들고 역부족이다. 법과 원칙의 슬로건을 내세우면서도 현실적으로 힘에 부칠 때가 많다. 미국의 워터게이트 사건 같은 것이 우리에게도 있어야 하는데 없는 게 아쉽다. 국민들은 모든 것을 알고 있지 않으며 대부분 잘 모르고 있다.

검찰을 개혁하고자 하는 사람들의 진면목을 봐야 한다. 검찰이 그 와중에서 피를 많이 보았지만 그래도 이렇게 살아있다. 국민들에게 비록 전부는 아니지만 어떤 부분이든 전달되고 알 수 있게 하는 것도 검찰의 역할이다. 우리가 교과서에서 정의와 원칙을 가르치고 배우는 것은 현실에서 그것이 어렵고 지켜지지 않기 때문이다. 그래서 더욱 역설적으로 강조하는 것이다.

내가 이런 이야기를 하고 정리하는 것은 우리 검찰의 역사적인 맥락을 한번 정리해보고 넘어가자는 뜻도 있다. 검찰 수사를 하면서 잘못한 것은 솔직히 비난받아야 하지만 잘한 것은 칭찬받아 마땅하다.

국가 권력은 공권력이 있어야

청와대에 직접 들어가 보면서 사실 대통령이 할 수 있는 권한이 그렇게 크지 않다는 것을 알았다. 국회에서 반대하면 되는 것이 없고 대통령이 할 수 있는 게 없다. 무엇보다도 지금은 국민 통합이 필요한 시대이다. 과연 잘될 수 있을까 걱정이지만 무엇보다도 그것이 시급한 시기이다.

또한 검찰총장이 혼자서 검찰 개혁을 할 수 있을 것 같아도 사실 할 수 있는 게 많지 않다. 검찰은 사법부이지만 반(半) 행정부이기도 하다. 즉, 국가 공권력이다. 국가 공권력이 대통령에게 달려들거나 항상 싸우려고 들면 국가가 힘들다. 공권력의 정점에 있는 검찰이 최고 권력자와 싸우는 것도 국가를 위해서는 불행한 일이다. 국가를 운영하는 것은 공권력을 동원하는 것이고 그 공권력의 최후의 보루가 바로 군대이다. 평상시에는 국가가 가진 예산이나 행정 같은 것으로 국가를 운영하면서 끌고 가더라도 문제가 발생하면 공권력이 동원되어야 한다. 국가가 기본적으로 공권력이 있어야 하고, 공권력이 없는 것은 국가가 아니다. 공권력은 국가의 존립을 위해 반드시 필요한 것이다. 그 뜻에 충실하면서도 공정하게 할 수 있는 방법을 찾아야 한다. 공권력과 공정성을 같이 찾아야 하지만 국가라는 대승적인 차원에서 보면 공권력이 더욱 중요하다.

나는 검사를 청와대에 파견하는 것을 금지하는 법안에 반대했다. 내가 청와대 민정수석으로 있으면서 파견 검사들과 함께 있어 보았고, 대통령이 국가 경영에 필요하다면 누구라도 언제 어디서든 불러서 쓸 수 있어야 한다. 파견을 왜 금지하는지 이유를 모르겠다.

그것은 대통령의 통치 수단을 막는 것이다. 구체적으로 문제가 되는 것이 아니면 중요한 권력기관인 청와대에 필요한 사람은 데려올 수 있다. 사람들은 대통령이 무한권력이라고 생각하지만 실제로는 그렇지 않다. 또한 대통령이 임명한 사람들이 막상 그 자리에 가면 생각이 달라지기 마련이다. 그래서 대통령의 통치행위는 결코 쉽지 않다. 마음대로 되지 않는 것이 사람 사는 세상이다.

내가 이렇게 이야기하는 전제는 대통령이 무엇보다도 깨끗해야 한다는 것이다.

대통령과 검사와의 대화 단상

내가 부장검사로 있을 때 평검사에게 대통령과의 대화에 가지 말라고 만류했다. 괜히 갔다가 평지풍파가 일어날 수 있다고 했다. 참석한 평검사에 관한 인사조치 이야기도 나오고 했다. 사실 검사들이나 법원 쪽에 있는 사람들은 노무현 대통령을 한 수 아래로 봤다. 왜냐하면 변호사의 전력 때문이다. 또한 변호사로 있을 때 현직에 있는 검사나 판사에게 청탁을 한 적도 있었다. 대통령을 했지만 인정하려 하지 않았다. 김대중 정부 때 임명된 ○○○ 총장이 노무현 대통령을 보는 시각도 역시 마찬가지였다. 그래서 검사와의 대화 때 평검사들에게 이야기할 수 있는 자료를 미리 제공하고 입을 맞추었다. 그 자리에서 일부는 이야기를 끄집어냈지만 나머지는 모두 입을 다물었다. 결국 ○○○ 검찰총장이 사퇴를 하면서 검찰은 안정을 찾았지만, 대통령이 만든 대화의 자리를 일반 검찰이 조직적으로 이용하려 했다는 것은 사실이다.

특수부 수사는 신중하게

특수부 수사는 목표가 된 사실을 중심으로 시작해 부가적으로 더 나오는 범죄 사실에 대해 별도 수사를 한다. 이것 자체만으로 수사를 하는 경우가 있다. 작고 사소한 것은 거의 무시한다. 수사가 어려운 것이 초벌구이가 없기 때문에 어렵고 어떤 함정을 만날지 알 수 없어 어려운 것이다. 특수한 케이스가 나오면 그런 것을 사전에 알고 들어갈 수가 없다. 이런 경우 잘못 들어갔다가는 수사하는 사람이 죽는 수도 생긴다. 수사하다가 죽는 사람 즉, 자기 자리가 날아가는 검사가 많다. 검사가 수사상의 실수를 하면 사회적 파장이 엄청나다. 그래서 옷을 벗는 일이 의외로 자주 생긴다. 물론 그렇게 해야 한다. 그렇지 않으면 검찰이 신뢰를 받을 수 없다. 하지만 검찰이 검사를 수사할 때에는 그렇게 하지 않았다. 파장만 일으키고 슬그머니 수사를 중단하는 경우가 적지 않아 국민들로부터 제 식구 감싸기라는 손가락질을 받았다. 권력기관에 있는 사람들이 돈을 받거나 청탁을 받는 경우가 많다. 판, 검사가 그런 권력기관이다. 그러니 잘못이 있으면서도 미꾸라지처럼 수사대상에서 빠져서는 안 된다. 국회만큼의 권력기관이면 당사자들도 대상이 되어야 한다. 중앙부처의 공무원도 그렇다.

어떤 경우의 누구라도 죄 앞에서는 예외가 될 수 없는데 자꾸 예외를 만들려는 것이 문제이다.

법조 비리 수사

법조 비리 수사를 한 적이 있다. 사실 법조 비리 수사는 썩 내키지 않는다. 잘 알고 있는 사람들을 수사하기가 어렵다. 그래서 집사변호사들을 먼저 수사했다. 교도소 수발들어주는 변호사를 집사변호사라고 하는데 사회적으로 문제가 된 적이 있다. 집사변호사를 집중적으로 수사했더니 그쪽만 하면 무슨 법조 비리냐 제대로 하라는 말이 들렸다.

그래서 형집행정지나 구속집행정지를 하는 경우에 생기는 비리를 수사했다. 그런 경우 대부분 고위직이나 힘 있는 사람들이 연루된 비리였는데 형집행정지의 권한을 가진 검사장 같은 사람들이 직접 나서서 하는 경우가 많았다. 그런 비리를 치고 들어가 수사를 했다. 또한 대학병원 의사들 허위진단서 발급 비리에 연루된 것도 찾아 들어갔는데 의료계와 법조계가 함께 연루된 비리였다. 그 둘이 공모를 해야 형집행정지가 가능하기 때문이다. 사건 수임하는 과정의 변호사 비리 등도 수사했다. 제 집안 식구 감싸기로 비난 받을 수 있는 길을 피하기 위해 최선을 다해 수사했다.

깨끗한 정치인

나는 적당히 하는 것이 싫다. 특히 정치를 그렇게 하는 것이 싫다. 나는 돈 문제에 지나칠 정도로 강박관념이 있다. 국회의원이 되어서는 후원금 받는 것이 제일 어려웠다. 혹시 무슨 단서가 붙는 것은 아닌가 싶어 늘 조심이 따른다. 이런 면에서 국회의원은 여간 힘든 일이 아니다. 어떤 분이 나를 보고 국회의원이 지갑 가지고 다니며 지갑을 열어 돈을 쓰는 것을 처음 보았다고 할 정도로 나는 돈 문제에 한 치의 실수나 오차도 없이 살려고 노력하고 있다. 사람 위에 사람 없고 사람 밑에 사람 없다는 생각으로 늘 겸손한 마음으로 사람들을 만난다. 나는 재선 목적을 위해서가 아니라 지금 현재를 위해서 지역구와 국민에게 도움이 되는 법을 만들기 위해 최선을 다하고 있다. 옳고 그름을 바르게 실천하는 정치인이 되고 싶다.

로스쿨에 관한 단상

기본적으로 로스쿨은 전제가 잘못되어 출발했다. 로스쿨을 졸업한 학생들이 변호사를 하거나 여러 직업을 가지고 법치주의를 확산시킬 수 있다는 장밋빛 생각으로 시작한 것 같다. 그래서 학생들을 많이 뽑아 변호사들을 양산하는 구조로 가져가기 위한 것인데 현실은 그것을 실현하기에 시기상조이다. 로스쿨을 졸업한 학생들 가운데 취직을 못하고 낭인처럼 떠도는 사람들이 많다. 많이 양산하면 그 학생들이 여기저기 취업이 되어야 하는데 현실은 그렇지 않다. 그런데도 사법시험을 준비하는 학생들에게 "너희들이 변호사, 판사, 검사 쉽게 되는데 도움이 될 것이다, 안 되면 변호사해서 돈도 많이 벌 것이다"라는 꿈을 심어주기 위해 로스쿨 제도를 만들었다.

그런데 출발이 잘못되었다. 그만한 자리가 생기지 않고 늘어나지가 않는다. 학생들을 많이 뽑아놓기는 했지만 막상 들어갈 자리가 없다. 현실적으로 수준이 안 되는 사람들을 많이 양산해 놓은 것이다. 법대 교수들이 자기들 자리 만들기 위해서 즉, 자기 밥그릇 키우기 위해 일본이나 미국에서 시행하는 제도를 가져온 것인데 출발이 잘못되었다. 불가능한 것을 하고 있다. 일종의 학력 인플레로 보면 된다. 대학 졸업한 친구들 가운데 취업 못하는 친구들이 많은데 그것과 똑같다. 과목만 다를 뿐이지 현실은 유사하다.

학교 교육도 문제이다. 현실은 일자리를 비롯한 여러 여건들이 제한되어 있는데 학생들을 일정 배수 이상 키워내고 교육도 시키고 있다. 하지만 일정 배수가 넘어가면 학생들은 갈 곳 없는 낭인이 된다. 물론 사법시험을 꼭 해야 된다는 것은 아니지만 이런 학력 인플레가 양산되면 나중에 사회적으로 큰 문제가 될 수 있다. 지금도 졸업하는데 1억을 투자했는데 그 투자금을 못 뽑아 낼 정도이니 문제가 심각하다.

로스쿨은 잘못된 제도이다. 다른 대안이 없으면 기존의 사법시험을 존속시키거나 로스쿨에서 배출하는 사람의 수를 적정수준으로 줄여야 한다. 막 배출해 낸다고 소화할 수 있는 것이 아니다. 이것은 일종의 직업 교육인데 직업인의 수요처가 없는데 무조건 생산해서 어디에 쓸 것인가를 고민해야 한다.

지금도 합격 커트라인을 가지고 말이 많은데 백프로 다 자격증을 손에

쥐어주고 졸업시키지만 그들을 모두 뽑지 않는다. 숫자를 늘려놓으면 자질이 떨어지는 것이 필연이고 그중에서 가려 뽑는 수밖에 없다. 지금 정부의 정책이 거의 그렇다. 전부 하향 평준화하자는 것인데 그것은 곧 수준이 낮아지는 쪽으로 가자는 것이다. 사회의 구성원이 모두 똑같아야 한다는 사회적 인식을 가져서는 안 된다는 것이 나의 생각이다. 예를 들어 음악에 신동이 있고 그림에 신동이 있듯이 특출하게 뛰어난 사람이 있는데, 특히 스티브 잡스 같은 창의적인 사람들이 있는데, 그런 사람들도 평준화의 교육을 똑같이 시켜야 하느냐는 것이다. 그건 아니다. 특목고나 자사고를 없애자고 하는데 어느 정도의 경쟁체제는 있을 필요가 있다. 과다하지만 않으면 존속의 필요가 있다. 그렇지 않으면 누가 열심히 공부를 하겠는가?

나는 검사일도 판사일도 똑같다고 생각한다. 그냥 앉아서 근무 시간만 때우는 사람들보다 더 열심히 일을 하는 사람들이 대우를 받고 빛을 발하는 시스템을 만들어주어야 한다.

나는 2017년 7월 국회에서 대법관 후보자에 관해 부적격 의견을 냈다. 대법관 후보자가 법복을 벗고 나간 후 20년 동안 변호사를 하면서 돈 벌어 자식 교육에 10억을 쓰고, 자기 재산을 축적했으면서도 대법관을 하겠다고 나온 발상이 틀렸다고 생각했다. 그래서 이런 사람이 대법관을 하면 안 된다는 생각으로 부적격 의견을 냈다. 말없이 일하고 박봉에 시달리면서도 프라이드를 가지고 열심히 일하는 판사들은 이런 현실에 절망한다.

나는 전직 대법원장 한 분 때문에 법원이 잘못되었다고 생각한다. 사실 그 대법원장 전 대부분의 대법원장들이 청빈한 생활로 후배들의 귀감이 되었다. 그런데 2005년 대법원장으로 들어온 분이, 2000년에 대법관을 그만두고 나가서 4~5년 동안 변호사 수임료로 50억을 벌었다고 한다. 그런 분이 대법원의 수장이 되니까 밑에 있는 사람들도 돈을 벌어야 한다는 생각을 하게 된다. 변호사도 직업이고 판사도 직업인데 현직에 있을 때 돈을 벌어야 한다는 생각이 들면서 돈을 받기 시작했다. 이전에는 제도적으로 문제가 있어 직원들이 비리를 저지르거나 하는 일들이 가끔 벌어졌지만 판사들이 노골적으로 돈을 받은 적은 거의 없었다. 2005년 전까지는 적발된 게 없었다. 음성적으로는 있었겠지만 비교적 깨끗했다.

오늘도 열심히 일하는 판사들은 이런 대법관 후보의 모습을 보며 돈 벌어 잘 먹고 잘 살다가 줄을 잘 서면 대법관도 될 수 있는데 뭐 하러 현직에 있으면서 열심히 할 필요가 있을까, 그렇게 하는 게 바보로 보이지 않겠는가, 하는 자괴감에 시달리게 된다. 그렇게 되면 결국 법원이 망하는 길로 가는 것이다. 부정부패가 만연하게 만드는 원인이다. 그래서 나는 이 분은 대법관 후보로 적절치 않다고 청문위원들에게 몇 번이나 말을 했다. 서로의 의견을 개진할 때마다 그런 의견을 수도 없이 말했다. 청문위원들 나름대로 생각과 입장이 있기 때문에 그런 나의 의견에 동조하기도 반대하기도 했다.

검찰과 기독교

2008년 9월 10일 이명박 대통령이 국무회의에서 공직자의 종교 편향에 대해 유감을 표명하고, 공무원들이 종교 중립이라는 인식을 확실히 갖도록 해야 한다는 언론보도를 보았다. 이명박 정부가 종교적으로 편향되어 있다고 주장하는 불교계에 대해 대통령이 나서서 유감을 표명하고, 공무원들에게 중립을 지키도록 하라는 것이다.

심하게 표현한다면 서울시를, 포항시를, 여수박람회를 대한민국 전체를 하나님께 봉헌하려다가 종교적으로 편향되어 있다고 반발하자 이에 대해 사과한 것으로 볼 수 있다. 불교계가 지적한 이명박 정부의 종교 편향 사례는 다음과 같다.

2008. 3. 16. 이명박 대통령이 뉴라이트 ○○○ 목사와 청와대에서 예배

2008. 4. 30. 청와대, 정무직 공무원 종교 조사 논란

2008. 5. 1. ○○○ 청와대 경호처 차장, "모든 정부부처 복음화가 나의 꿈" 발언

2008. 6. 7. ○○○ 청와대 홍보기획비서관, 촛불집회 언급하며 "사탄의 무리" 발언

2008. 6. 20. 국토해양부 교통정보시스템 '알고가'에서 교회는 포함, 사찰은 제외

2008. 6. 24. ○○○ 경찰청장, '제4회 전국경찰복음화금식대성회' 광고 포스터에 사진 게재

2008. 7. 29. 조계사에서 경찰이 조계종 총무원장 차량 검문검색

이 모두 이명박 대통령이 믿는 기독교와 관련되어 있고, 이런 사례들이 앞으로도 계속된다면 누가 보더라도 종교 편향으로 볼 수밖에 없을 터이다.(대한민국 국교가 기독교라면 이보다 더한 조치들이 시행되어도 당연할 것이다.)

이런 보도가 나온 지 이틀 지난 2008년 9월 12일 조간신문마다 "검찰 조사관이 '기독교 믿으라'며 고소인을 압박했다"는 제목의 기사가 실려

있었다. 조선일보의 기사를 보니 2008년 8월 26일 서울남부지검 김모 검사(형사2부 소속)실 소속 강모 계장은 '어머니의 상속 예금을 횡령한 혐의와 관련한 고소인으로 피고소인과 함께 검사실에서 조사받기 전 고소인에게 별안간 기도를 강요하면서 "이렇게 좋은 날에 검사실에 온 이유는 하나님을 영접하지 못했기 때문이다. 아버지 하나님을 영접해 그의 자식이 되고, 그렇게 되면 하나님의 축복으로 마음의 평화도 얻고 이런 송사 다툼도 없을 것", "화해하지 않으려 하고 법으로만 해결하려는 송사의 악, 욕심의 악을 아버지 힘으로 물리쳐 달라"고 했다며 고소인에게 기독교를 믿도록 강요하고, 기독교인인 피고소인에게 유리한 수사를 벌였다는 내용이었다.(2008년 9월 4일 서울남부지검에 이를 항의하는 진정서가 접수되어 자체 조사를 하였고, 내부 조사한 결과에 따라 징계 조치를 할 것인지 결정한다고 함.)

기독교와 검찰과의 연원은 남부지검 강 계장이 처음이 아니다. 개인적으로 나는 검사로 첫발을 디딘 서울지검에서부터 맞닥뜨렸다. 검사로 임관한 다음 해인 1990년 상반기에 서울지검(현 서울중앙지검) 공판부에서 6개월간 근무하였다. 지금도 그렇지만 검사들은 기획부서나 수사 파트에서 근무하기를 희망하고 공판을 기피하고 있어 대체로 말석 검사들이 6개월씩 순차적으로 돌아가며 맡고 있다. 공판검사의 업무는 법정에서 공소장 또는 증거기록을 가지고 피고인 또는 증인을 심문하고, 중요한 사건의 재판이 진행되거나 무죄 판결이 선고되면 그 내용을 신속하게 보고하고 이와 관련된 대응책을 마련하여 항소 등 필요한 조치를 취하게 된다.

공판부 사무실은 서울지방법원(현 서울중앙지방법원) 12층에 있어 수시로 법정에 출입할 수 있었고, 공판검사 7~8명이 큰 사무실에 책상을 2열로 마주보며 배치되어 있었고, 공판부장은 ○○○ 검사였는데(후에 특검으로 유명) 얼마 지나지 않아 사직하고 ○○○ 송무부장이 공판부장을 겸임(?)하였다. 이 당시만 해도 송무부 업무의 중요도가 공판부보다 낮아서 그런 것으로 생각되는데 ○○○ 부장은 공판부장 방에서 근무하였다.

○○○ 공판부장이 발령받아 온 다음 몇몇 검사들이 부장방에 사건 결재 때문에 갔다가 결재를 받지 못하고 돌아오는 일이 자주 생겨 왜 그런지 부장 부속실에 근무하는 여직원에게 알아보았더니 손님들이 부장방에 계셔서 결재를 받으러 들어가기 어렵다는 것이었다. 이런 일이 계속되어 어떤 손님들이 와 계시는지, 안에서 뭘 하시는지 물어보았더니 기독교 신자와 목사가 찾아와 성경을 읽기도 하고, 찬송가를 부르기도 한다고 했다. 이렇게 되자 결재받는 시간이 줄어들고 결재를 받기가 어려워서 간략하게 보고하고 처리해버리거나 아예 보고를 생략해버리는 경우도 종종 생기게 되었다. 또 결재를 받으러 들어간 검사에게 종교가 무엇이냐고 물어보고 없다고 하면 사무실에 미리 사다 놓은 성경책을 꺼내주면서 교회에 나오라고 하고 또는 성경책 읽는 모임에 같이 가자고 권유하기도 했다. 이러면서 6개월간의 공판부 업무를 마치고 1999년 8월부터는 형사5부로 배치되어 검찰 내에서 나와 기독교와의 인연은 다 끝난 것으로 생각했다.

서울시를 하나님에게 봉헌한다고 하였던 이명박 서울시장이 대통령이 되었다. 그가 한나라당 후보자로 선출되고 대선 및 취임식이 계속 이어진 2008년 3월 나는 대구서부지청장으로 재직하고 있었다. 서부지청의 기독교 신자 모임 회장이던 형사3부장 검사와 기독교 신자이던 형사2부장 검사가 지청장 방으로 함께 찾아와 청 내 기독교 신자 모임을 회의실에서 할 수 있도록 허용해 달라고 했다. 청사 인근 교회나 식당(청사 구내식당 포함) 등지에서 모임을 갖고 필요한 행사를 하면 되지 않느냐고 반문했더니 청 내 직원들 간의 모임이므로 청 내에서 모임을 갖고 싶고, 또여러 사람이 모이게 됨으로 장소로 여유가 있는 회의실을 이용하여 예배나 행사를 볼 수 있도록 허용해 달라는 것이었다. 국가 예산을 들여 검찰 업무 공간으로 만들어진 곳인데 이 회의실에서 예배를 보도록 하고 찬송가를 부르도록 하면 다른 종교 신자들 모임까지도 같은 조건으로 허용해야 하는데 검찰청 회의실에서 이런저런 종교 행사가 수시로 열려 오해를 받을 필요가 없지 않을까 하는 생각에 이를 거부하였다. 그랬더니 신자 모임 회장인 형사3부장 방에서 모임을 갖는 것은 괜찮겠느냐고 해 일과 시간이 아니면 무방하지 않겠느냐고 한 적이 있었다. 역사책에 보면 종교와 관련된 사항을 잘못 다뤄 국가 간의 전쟁으로까지 이어진 사례가 비일비재하고, 지금도 계속 중이다. 이런 것들을 모를 리 없는 간부들이 왜 이런 요구를 하게 되었을까?

검찰청사 내에서 종교(특히 기독교) 모임을 가진 것을 처음 본 것은 위에서 언급한 ○○○ 공판부장이 처음이었지만 검사로 재직하면서 이와 비슷한 사례를 여러 차례 목격하거나 들었다. 기독교 신자였던 검찰총장 ○○○, ○○○ 씨는 '자녀안심하고학교보내기운동'을 기독교단체를 동원하여 함께 펼쳐 검찰의 업무를 포교 수단으로 전락시켰다. (기독교 신자인 김영삼 대통령 시절 춘천지검 ○○○ 차장은 검사장으로 진급하도록 해 주면 포교를 위해 열심히 노력하겠다고 순복음교회 목사에게 편지를 보냈다고 함.) ○○○ 영동지청장은 회의실에 주위의 신자들을 모아놓고 수시로 예배를 보았다. 특정 종교가 국교인 국가에서 검찰 업무를 수행한다면 아마 이와 같이 업무처리를 해야 할 터이다.

검찰총장, 검사장, 부장검사, 지청장 등 검찰청 고위 간부인 일부 기독교 신자들이 검찰청 내에서 종교적인 행사를 거리낌 없이 치르고 같은 종교의 교우를 우대하는 등 업무와 종교 간의 한계를 분명하게 하지 않았고, 고위 간부들의 이 같은 행태를 누구도 제지하지 못하였다. 이런 시기를 겪어온 하위직 직원들로서도 검찰청이라는 직장 내에서 자기 나름의 종교적인 소신을 드러내고 행동에 옮겨도 된다는 생각을 가졌음직하고 그 결과 고소인에게 특정 종교를 강요하기에까지 이른 게 아닌가 싶었다.

미래의 검사와 검찰의 모습

나는 앞으로 검사 역할이 많아지면 안 된다고 생각한다. 지금은 검사가 뒤로 비켜나 있다가 정확히 입증이 되거나 할 때 나서야 하는 시대가 된 것 같다. 그래서 될 수 있으면 물러나 있어야 하고 권한행사를 자제해야 한다. 뿐만 아니라 권한을 줄여야 한다. 지금 하고 있는 일들 가운데 오버하고 있는 것이 적지 않다. 일본은 검찰이 있는 듯 없는 듯하다. 우리의 국민 의식도 이미 거기까지 와 있다. 검찰은 국민들 생각과 다르게 존재하는 기관이 아니다. 과거에는 국민들이 부정부패를 해결하면 박수를 치고 했지만 지금은 그런 부정부패가 어느 정도 정리되었다. 차떼기를 하던 2007년도까지는 부정부패가 만연했다. 그러나 그 수사를 기폭제로 점점 부정부패는 사라지고 있는 것이 확실하다. 대선이 끝났지만 야당이나 여당 모두 그런 말이 나오지 않는 세상이다. 돈 얘기가 사라졌고 그만큼 세상이 바뀌었다는 말이다. 바뀐 세상에서는 검사의 역할도 줄어야 한다. 이제는 법보다는 사회 자체적으로 점검하고 정리해야 하는 시기이다. 이런 것은 검사들이 할 일은 아니고 사회 스스로 만들어야 한다. 하나하나 규명한다고 따지고 있는 것은 이제 끝낼 때가 되었다.

후배 검사들에게

나는 후배들이 지금 어렵고 힘든 상황에 있다는 것을 충분히 이해하고 있다. 일을 하다보면 잘하고도 불이익을 당하는 경우가 있다. 나 같은 경우도 일을 열심히 하고 쫓겨난 경우라고 할 수 있다. 나는 조직에 누가 된 적은 없었다. 그런데도 불이익을 당하는 경우가 있었다. 하지만 세상 일은 전화위복이 될 수도 있다. 나는 쫓기듯이 검찰을 나왔지만 지금은 다른 길로 와서 또 다른 일을 하고 있다.

나는 모든 일에는 단단히 기본을 닦으면 그 길은 반드시 풀린다고 생각한다. 일을 하다보면 본인의 뜻과 달리 중간에 일이 꼬이기도 하지만 결국은 모두 제자리로 돌아가게 마련이다. 맡은 바 일에 최선을 다해 매달리면 자기가 받을 것은 반드시 받는다. 얼마든지 가능하다. 기죽지 말고 열심히 하면 좋은 결말은 반드시 온다. 예를 들어 자기 체력보다 술을 많이 마시면 결국 자기 손해이고 힘이 든다. 그러나 체력에 맞게 술을 마시면 감당할 수 있다. 나는 이 세상은 자기 의지대로 감당할 수 있을 만큼의 일만 온다고 믿고 있다.

후배 검사들도 이런 자세로 세상을 당당하게 살아가기를 당부한다.

2부

검사시절의
사건들

검사시절의
사건들

서울지검 강력부 검사
— 1989. 2. 1~1991. 7. 31

1990년 범죄와의 전쟁

나는 1989년 2월 1일 서울(중앙)지검 검사로 임용되어, 1990년 10월에 선포된 범죄와의 전쟁 수사에 참여하는 기회를 얻었다.

그 당시 노태우 대통령이 사회적으로 문제가 되는 조직 폭력배를 뿌리 뽑겠다는 단호한 의지로 범죄와의 전쟁을 선포한 때라, 검찰총장이 서울지검 강력부 부장 자리에 고참 부장을 배정했다. 서울지검은 강력부가 늦게 생긴 곳이라 관례대로 하면 서열이 늦거나 젊은 부장이 가야 했다.

하지만 당시의 사회적인 분위기를 고려해 베테랑 강력부장으로 보냈는데 이분이 그곳으로 가면서 검사 숫자를 늘려주지 않으면 일을 못하겠다고 고집을 부렸다. 그래서 초임 검사 1명을 늘려 주었고 그 덕분에 내가 강력부에서 근무할 수 있는 기회를 얻었다.

새파란 초임 검사였던 나는 전국에 지명수배된 조직폭력배 두목급 20명 가운데 1명인 부천지역 조직폭력배 김○○를 검거하는 등 조직폭력배 소탕에 앞장섰다.

조직폭력배 일망타진

범죄와의 전쟁은 경찰과 검찰이 협력해 전국의 조직폭력배 두목 20여 명을 전부 잡아들이고 폭력조직을 완전히 와해시키겠다는 것이 수사 목표였다. 초임 검사였던 나는 검사로서의 경험이나 요령이 부족해 고생이 심했다. 우선은 조직폭력배 두목을 잡는 게 급선무였지만 잡겠다고 선언을 하고 나서니 바보가 아닌 이상 그들이 순순히 나올 리가 없었다. 여기저기 은신해 정보를 주고받는 그들을 잡는 게 말처럼 쉽지 않았다. 모두 잠적해버리는 바람에 수사가 어려운 상태인데다 검·경의 경쟁이 심했다. 경찰은 범인을 잡는 것은 자기들도 얼마든지 할 수 있는 일이라면서 나름대로 열심히 뛰어다녔다. 상황이 그러니 검찰 역시 그들을 검거하기 위해 부지런히 뛰어다닐 수밖에 없었다.

검찰은 내부적으로 나름의 기준을 만들어 한 사람씩 전담했는데 나는 전주 월드컵파를 맡았다. 당시 전주의 조폭들이 서울에 와서 서울에 있던 기존 조직들과 세력 싸움을 하며 칼로 사람을 몇 명 찔러 죽이는 사건을 일으켰다. 그 전주 월드컵파의 두목 주○○을 배당받아 그의 행적을 추적했다. 중간에 연루된 사람을 범인은닉죄로 잡아들여 그의 행적을 따라가다가 주○○ 밑에 있는 행동대원들의 은신처를 찾았다. 경찰에서 파견받은 형사 한 명과 함께 그곳을 지켜보기로 했다.

주변 탐사를 하면서 정보를 수집해보니 월드컵파 행동대원들이 들락거리는 아지트가 분명했다. 두목하고 연결될 여지가 충분해 밤낮 가리지 않고 주변에서 그들을 지켜보았다. 아파트 주변에 차를 세워두고 형사가 그 속에서 몇 주에 걸쳐 주·야간 잠복을 했다. 나도 낮에는 검찰청에서 일을 하다가 밤이면 그곳에 가서 같이 잠복을 했다. 새벽에 집으로 돌아와 잠깐 눈을 붙이고 출근했다가 오후에 다시 그곳으로 달려가 동태를 살피고는 했다.

하루는 점심시간에 틈을 내 이발소에서 잠깐 머리 손질을 하고 있는데 잠복 중이던 형사로부터 다급히 연락이 왔다. 안에 있는 조직폭력배들의 움직임이 심상치 않으니 현장을 치자는 것이었다. 분명히 누가 온 것이 분명한데 그게 누구인지 알 수 없으니 치고 보자는 말이었다. 아지트에 오랫동안 두목의 모습이 보이지 않으니 행동대원들과 관계를 끊은 별 볼일 없는 곳인지 일단 급습해보자고 했다. 나는 순간적으로 고민을 많이 했다. 확보한 아지트라고는 이곳밖에 없는데 이곳마저 노출시키면 어디서 두목을 잡나 싶어 고민이 컸다. 잘못하면 동선이 끊어지는 것이라 막막했다. 하지만 형사는 감으로 봐서 분명히 계급이 높은 조직폭력배 누군가가 들어왔으니 빨리 치자며 거듭 재촉했다. 나는 결단을 내렸다.

서초경찰서에서 덩치 큰 형사 몇 명을 지원받아 아지트로 들이닥쳤는데 생각보다 큰 저항은 없었다. 잡고 보니 뜻밖에도 부천 조직폭력배 두목 김○○였다. 전주 월드컵파 두목 주○○ 대신 그가 잡혔다. 김○○의 말로는 전국적으로 20여 개 안팎의 조폭 결사체가 있는데 범죄와의 전쟁을 피해 모두 잠복하거나 도망 다니는데 월드컵파 행동대장 친구를 만나러 왔다가 자기가 재수 없게 잡혔다는 것이었다. 아지트 안에서 기다리며 밖에 일보러 갔다가 돌아오는 조폭들을 하나하나 잡아들였다. 운

좋게도 부천 조직폭력배 두목 김○○와 월드컵파 행동대원 서너 명을 함께 검거했다. 비교적 수월하게 조폭을 검거했지만 사실 어떤 일이 생길지 예측하기 어려워 굉장히 긴장했다. 20여 명의 조폭 두목을 수배하긴 했지만 그때까지도 검거 성과는 없었다. 서울중앙지검에서 내가 제일 첫 번째로 수배자 가운데 한 명을 검거했다.

검사도 인간인지라 범인들을 검거하러 갈 때, 특히 조폭들을 치러 갈 때에는 떨리는 게 사실이다. 검거 현장에서 조폭들과 싸움을 벌이는 불상사는 될 수 있으면 피하려고 노력한다. 인명이라도 다치면 모두에게 좋지 않기 때문이다. 그래서 현장을 급습할 때 형사기동대를 앞세우는 경우가 많다. 어느 정도 사람의 숫자를 채우고 무기도 준비해서 출동한다. 조직폭력배들을 검거한 베테랑 형사들의 이야기를 들어보면 조폭들도 오랜 기간 도망 다니는 생활에 지쳐서 막상 들이닥치면 대부분 자포자기해서 저항 없이 순순히 잡힌다고 한다.

형사들은 범인을 잡을 때 상대방의 기선을 제압해 혼을 빼버리는 노하우가 뛰어나다. 가령, 잡혀 와서 일부러 자해 소동을 벌이는 범죄자들에게는 그보다 더한 것도 하라고 멍석을 깔아주고 부추겨 기선을 제압하는 경우도 있다. 형사들이 이런 노하우로 요령있게 범인을 검거해주어서 초임인 나는 많은 도움을 받았고 또한 많이 배우기도 했다.

체포한 김○○를 관할 지검인 인천지검으로 보내고 행동대장과 행동대원들을 조사하는 과정에서 주○○과 연락을 주고받은 정황을 잡아냈다. 심문 끝에 주○○의 애인으로 보이는 여자의 신상을 파악했다. 형사를 한 명 더 파견받아 애인이라는 여자의 숙소를 찾았다. 여자의 소재를 파악하고 증거를 찾고 보강수사 서류를 만드는 사이 주말이 되었다. 때마침 아버님 생신이라서 파견 형사에게 주○○의 애인 숙소 근처에 잠복하면서 동태를 살피라 지시하고 고향인 대구로 내려갔다. 나의 사적인 일을 보러 가면서 파견 형사에게는 잠복을 시킨 게 미안했다. 잠복을 밥 먹듯이 하고 사람의 뒤를 쫓는 것이 여간 힘든 게 아니었다. 나는 잠복을 지시하면서도 주말에는 쉬엄쉬엄하라는 뜻도 슬쩍 덧붙였다.

월요일 출근을 했는데 오전 9시부터 부장이 나를 급히 찾았다. 서둘러 달려갔더니 부장이 주○○이가 잡혔다고 했다. 누가 잡았냐고 물었더니 서울시경이라고 대답하며 부장은 "닭 쫓던 개 지붕 쳐다보게 됐다"며 씁쓸해 했다. 허탈한 마음으로 사무실에 돌아와 검거 장소가 적힌 서류를 살펴봤더니 내가 형사에게 잠복을 지시한 주○○ 애인의 집이었다. 월요일 새벽에 형사들이 들이닥쳐 잡은 것이었다. 사실 그때 내가 직접 주○○이를 잡았으면 일약 스타 검사가 될 수 있는 절호의 기회였다. 이미 부천 조직폭력배 두목 김○○를 검거한 터라 한 명만 더 잡았으면 확실한 기회가 될 수 있었을 것이다. 당시 20명 중에 하나라도 잡으면 형사들은 일계급 특진에, 검사는 상금으로 그때 돈 천만 원씩을 받았다. 하지만 천만 원을 받아도 큰 도움이 되지 않았다. 수사를 하면서 범인 잡으러 다니고 이런저런 활동으로 들어가는 비용이 적잖았다. 나도 그때 받은 천만 원을 소매치기 잡는 수사 비용으로 몽땅 사용했다.

범죄와의 전쟁 중에 조직폭력배 검거에 나서 주어진 할당량을 모두 채운 내가 다른 사람들의 사건을 특유의 감으로 노하우를 말해주자 실적을 내지 못하고 있던 다른 검사실 직원들이 싫어했다. 하루는 부장이 나를 불러서 총장 특별지시이니 소매치기를 소탕하라고 했다.

민생사범 소매치기 70여 명 구속

1991년 2월부터 7월까지 버스, 지하철 등을 무대로 날뛰는 소매치기

70명을 적발하고 전원 구속해 민생사범을 척결했다.

소매치기를 잡으려면 먼저 그쪽 세상을 잘 아는 이를 미끼로 삼아 작업해야 한다. 소매치기 세계에 '야당'이라 불리는 정보원들이 있는데 소위 소매치기를 등쳐먹는 사람을 그렇게 불렀다. 그들은 소매치기를 기가 막히게 알아보는 감이 있다. 그런 야당들 가운데 입건된 사람 서너 명을 앞세워 소매치기 검거에 나섰다. 소위 야당 넷과 형사 넷을 파견받고 검찰 직원 등 십여 명이 넘는 사람들이 매일 작전 계획을 세워 버스, 지하철 등을 무대로 날뛰는 소매치기 검거에 나섰다.

그들과 같이 다니면서 소매치기 야당들의 이야기를 들어보니 나와 일을 같이 하기 전에 다른 지검에서 소매치기 단속을 할 때도 앞장섰다고 했다. 그때는 지금처럼 현장에서 덮치는 일명 '겐꼬'로 잡은 게 아니라고 했다. 소매치기범을 검거할 때 목걸이를 전문적으로 따러 가는 팀들을 알고 있는 야당을 앞세워 소매치기 범행 현장이 아닌데도 무조건 급습해 소매치기 경력자들을 잡아서 "어제 어디서 무슨 일을 했느냐"고 따지고 들어 범죄 사실을 찾아냈다고 했다. 또한 아침에 일행이 모여 차량에 같이 동승해 가는 사진을 찍어 두었다가 이들을 한꺼번에 검거하여 추궁해 자백을 받아내기도 했단다. 이런 방식으로 수사를 진행해 대부분 유죄판결이 선고되었으나 일부는 법정에서 고문을 주장했다. 그래서 항소심에서 자백 내용이 담긴 검사 작성의 피의자 신문조서에 대해 증거능력을 부정하고 고문 사실이 인정된다며 무죄선고를 내리는 경우도 있었다. 무리하게 단속하면 그럴 수밖에 없었다. 피해자도 없고 말만 있는 수사를 해서는 안 된다. 소매치기라고 해도 증거가 있어야 한다. 잃어버렸다는 피해자가 없는데, 또한 최소한 그 상황을 설명할 수는 있어야 하는데, 그냥 잡아와서 족치고 말만 맞추는 수사 관행은 근절하는 게 옳다고 나는 믿었다.

그래서 나는 소매치기 단속 전담반을 편성(소매치기 야당 4명, 형사 4명, 검찰 직원 등으로 구성)해서 소매치기를 반드시 현장에서 체포하고 목격 내용을 입증해 고문 시비가 나오지 않도록 단속방법을 결정했다. 매일 10여 명이나 되는 인력을 내보내 점심, 저녁때까지 외근활동을 하도록 독려했다. 외근을 나간다고 해서 매일 검거해 오는 것도 아니었다. 남들 눈에 띄도록 지갑을 턴다면 그건 이미 소매치기가 아니어서 매우 힘들었다. 하루 종일 돌아다니는 사람들에게 1인당 5천 원짜리 점심을 제공해도 5만 원이고, 저녁까지 먹으면 하루에 10만 원 들어가는 비용도 부담이 컸다.

하지만 나는 현장 증거 없이 단속하는 일은 없어야 한다면서 매일 현장으로 직원들을 내보냈다. 무조건 현장에서 잡아야 한다. 범행 전 모의만 했고 장물도 없는데 잡아오지 말라고 누차 강조했다. 그나마 장물이라도 있으면 괜찮은 편이었다. 증거가 있으니까. 그래서 소매치기를 단속할 때는 반드시 범행 현장에서 잡는 원칙을 세웠다. 원칙을 하도 강조하니까 십여 명이 넘는 사람들이 매일 나가지만 하루에 한두 명 잡아올 정도였다. 그렇지만 5개월 동안 지속적으로 현장에 나가서 70여 명의 소매치기를 단속했다.

형사들이 현장에 나가면 소매치기를 쉽게 잡을 수 있을 것이라고 생각하는데 현실은 그렇지 않았다. 소매치기 한 사람 잡으려고 많은 형사들이 붙어있을 수 있는 여건이 아니었다. 굉장히 힘들었다. 누가 소매치기인지 대충 체크를 하고 움직여야 하는데 앞세운 야당들은 얼굴이 많이 팔려서 소매치기들이 알아보고 재빨리 피하고, 형사는 형사라고 피해버렸다. 형사들도 고되고 힘드니까 잘 안하려고 했다. 지금은 소매치기가 많이 사라졌다. 사람들이 몸에 현금을 많이 지니지 않고 카드를 사용하기 때문이다. 옛날에는 대부분 현금을 사용했고 봉급도 봉투째 받은 시절이어서 소매치기가 더욱 극성을 부렸다. 등록금을 들고 다니다가 소매치기를 당하기도 했다.

소매치기 세계에도 다양한 분야의 팀들이 존재한다. 소위 '굴레파'는 시내버스 및 지하철 내에서 여자 승객들을 상대로 목걸이를 따러 다니는 패들이다. 약 5~6명의 바람잡이와 기술자, 동전치기 등 각각의 임무가 있다. 목걸이를 한 여자 승객을 발견하면 바람잡이들이 승객 주위에 둘러서서 움직이지 못하도록 포진을 하고, 동전치기가 100원짜리 동전 몇 개를 여자 승객 발밑에 실수를 가장하여 떨어뜨리고 동전을 줍는 척하면서 승객의 다리나 사타구니를 손으로 친다. 승객이 깜짝 놀라 앞으로 목을 숙이는 순간 기술자가 뒤에서 이빨로 목걸이를 딴다. 옆에서 다른 승객들의 시선을 막기 위해 신문을 펼쳐들고 있던 장물 보관자의 손으로 목걸이가 넘어가는 순간 신문으로 싸서 접어두는 수법이다. '안창따기'는 시내버스 및 지하철에서 남자 승객의 신사복 상의 안쪽 호주머니를 예리한 면도칼로 째고 지갑을 빼내는 수법으로 최소한 5명 이상의 인원이 함께 행동한다. '올려치기 및 바닥치기'는 주로 시내버스 및 전철 승강장, 백화점, 복잡한 시장 등에서 여자들의 핸드백이나 쇼핑백을 예리한 면도칼로 째고 돈과 수표 등을 빼내는 수법으로 약 7~8명이 함께 움직인다. '네다바이'는 예식장 부조 봉투를 바꿔치는 수법으로 약 3명 정도의 인원이 동원되는데 여자가 바람잡이라는 점이 특색이다. 서울 시내 예식장을 무대로 하객을 가장해 돈을 많이 부조하는 봉투의 이름을 기억하고 있다가, 잠시 후에 봉투가 잘못 전달되었다고 이름을 말하고 축의금 봉투를 회수하는 수법이다. 이밖에도 '오토바이치기' '퍽치기(골목길 등에서 핸드백 치기)' '아리랑치기(술 취한 사람 부축하여 주는 척하며 치기)' 등이 있다.

　만원 지하철 같은 곳은 제일 뒤에 타는 사람이 소매치기일 가능성이 높다. 왜냐하면 사람들을 막 밀어 넣고 지하철을 탈 때 자연스럽게 붙어서 주머니에 손만 넣어 지갑을 털 수 있기 때문이다. 소매치기들은 사람들에게 자주 발을 밟힌다. 그래서 소매치기 식별 방법의 하나로 신발이

밟혀 흙이 많이 묻어있는 것을 살피는 방법도 있다. 사람들로 혼잡한 곳에서 바싹 붙어있기 때문에 그럴 수밖에 없다. 나는 소위 '야당'이라는 사람들에게 이런 이야기들을 듣고 많이 배울 수 있었다.

소매치기는 기본적으로 다른 사람의 시선을 가려주고 피해자도 알아채지 못한 상태에서 물건이나 지갑을 훔쳐가기 때문에 목격자나 피해자의 피해 경위가 없다. 그래서 검거된 소매치기들은 이런 허점을 이용해 경찰에서 자백(자백 내용을 부인하면 증거능력이 없어 휴지조각에 불과하다는 것을 소매치기들도 잘 알고 있음)했다가, 검찰 조사 때부터 무조건 부인하고 법정에서도 범행을 부인하는 것이 다반사여서 입증의 어려움이 크다. 형사나 목격자가 현장을 목격했더라도 소매치기가 범행을 부인하면 1심 법정에 나가서 목격 내용을 증언하고 2심 법정에서 또다시 목격자 증언을 해야 한다. 그런데 소매치기들의 공범이나 동료들이 일반인 목격자에게 전화로 증언을 하지 못하도록 협박해서 입증에 어려움이 많은 범행이다.

검거 형사도 여러 차례 법정에 불려다니기 때문에 손사래를 치고 검거에 나서지 않으려 한다. 검거 때 흉기를 들고 대항하는 범죄자들과 맞서야 하고 검거 후에도 여러 차례 법정에 불려 다녀야 하기 때문이다. 또한 집중적으로 검거하려 해도 활동비가 많이 들어가는데 비해 특진이나 격려 대상에서 제외되어 실익이 없어 지금은 거의 검거가 드문 상태이다.

소매치기는 복잡한 지하철이나 버스 안, 지하차도 등이 주 무대인데 자가용이 많이 보급되면서 범행이 여의치 않아 범행 건수도 많이 줄어들었다. 1990년대에는 일본에서 검거되더라도 한국에서처럼 누범으로 처벌되지 않고 엔화의 환차익도 누릴 수 있었다. 그 덕분에 한국 소매치기들이 일본으로 원정 가서 눈부신 활약(?)을 펼친 적도 있었는데, 일본에서 처벌받은 이후 다시 한국으로 송환되면 우리나라에서 다시 처벌받게 되어 일본 원정도 뜸해진 상태이다.

대출받아 수사하다

초임 검사로 나는 수사비를 조달하는 방법을 모르고 있었다. 수사비로 지급되는 금액은 어쩌다가 격려금 조로 나오는 30~50만 원 정도가 전부였다. 범죄와의 전쟁 때 조직폭력배 20명을 수배하여 이들을 검거하면 1명당 포상금 1,000만 원을 지급하기로 되어 있었다. 1990년 12월에 이중 1명인 김ㅇㅇ 부천지역 폭력배 두목을 검거하여 1991년 2월 무렵에 포상금 1,000만 원을 수령하였다. 이 가운데 300만 원은 성동경찰서에서 파견 나와 우리 방에서 함께 근무하며, 은신처 부근에서 잠복근무하며 열성적으로 노력해준 이ㅇㅇ 경장에게 격려금으로 주었다. 이 경장은 이 사건으로 1계급 특진도 했다. 또한 내근한 우리 직원들에게 얼마씩 주고 남은 돈(500만 원 남짓으로 기억)으로 소매치기 수사비에 충당했다. 하루 기본경비로 최소 10만 원씩 지급하니 500만 원으로 한 달 남짓 버틸 수 있었다. 하지만 소매치기 검거 실적이 생각만큼 올라오지 않아 개인적으로 은행에서 대출을 받아 직원들에게 매일 기본경비 10만 원씩을 겨우 지급했다.

서강대에서 김ㅇㅇ이 분신한 1991년 5월까지 집중적으로 검거 작업을 하다가 분신사건 현장검증에 참여하면서 소매치기 검거는 잠정적으로 중단되었다. 얼마 뒤 다시 소매치기 검거에 나서 1991년 8월 1일 경주지청 검사로 인사 발령이 날 때까지 총 수사비가 약 1,500만 원 정도 들어갔다. 당시는 사회악을 바로잡아야 한다는 생각과 소매치기들을 조금씩 잡는 재미에 대출금이 불어나는지도 잘 몰랐고 검사가 된 지 얼마

되지 않아 수사비를 어떻게 마련해야 하는지도 몰랐다.

　이렇게 지내며 수사비는 으레 검사 스스로가 알아서 조달해 쓰는 것으로 알고 이렇게 되나보다라고 생각하고 있었는데, 1995년도에 서울남부지검으로 발령받아 가서 수사 활동비로 매달 30만 원씩 일정하게 처음 지급받아 보았다. 이 돈도 경리계에서 5%인가를 공제하고 검사실에 지급해 주었는데 당시까지만 해도 검사는 돈과 관련된 이야기를 상급자에게 하지 않는 것이 관행이었다. 매월 일정하게 지급해 주는 것만도 감지덕지할 때여서 경리계에서 공제해도 별다른 이의 제기를 하지 않았던 시절이었다. 그 뒤부터 점점 국가에서 지급해 주는 수사비가 늘어나서 나중에는 거의 검사 개인 돈을 수사 활동비로 쓰지 않아도 되도록 제도가 바뀌었다. 어떤 선배는 마약수사 때 마약구입 자금을 보여 달라는 요구를 받으면 친한 친구에게 부탁해 개인 돈이 입금된 통장을 마약구입 자금이 입금된 통장인 것처럼 제시하기도 했는데 이 당시만 해도 이런 통장 마련을 정부에서 지원해주지 않았다.

대구지검 경주지청 형사부 검사
― 1991. 8. 1~1993. 9. 23

지방토착비리 척결

　여고 재학 중인 양녀를 수년간 성폭행한 백화점업주 김○○을 구속하여 지방토착비리를 척결하라는 비난이 빗발쳤다. 여론이 비등해서 빨리 수사하라고 했지만 법리를 따지느라 애를 먹었다. 왜냐하면 그냥 여고생을 폭행한 것이 아니라 양녀로 데리고 있던 여고생과 합의하에 성관계를 맺었다고 주장해서 무슨 죄명으로 이 사람을 처벌해야 하는지에 관한 법리 싸움이 관건이었다. 성폭행당한 피해자의 나이가 13살이 안되면 수월한데 16살의 여고생이라 고민이 컸다. 결국 '감독자 간음', 즉 자기 감독하에 있는 사람을 위계로 간음하는 경우 처벌할 수 있다는 규정을 내세워 구속했다.

아이를 양녀로 데려와 학교에 보내주면서 마치 세컨드처럼 옆에 두고 있는 이런 파렴치한 짓은 철저히 응징해야 하는데 그에 마땅한 법리를 찾느라 꽤나 고심했다. 이 사건이 계기가 되어서 우리 사회에서 미성년자들을 보호자로 데리고 있으면서 간음하는 성폭행에 관한 인식이나 법리가 바뀌는 촉매제가 되었다.

지방토호들을 구속하기는 쉽지 않다. 그들은 오랜 세월 동안 쌓은 고향 지역의 인맥과 학맥 등을 동원한 견고한 장막을 치고 있어서 웬만한 사건에도 조사를 받는 경우가 드물고 특히 구속된 경우는 거의 없었다. 하지만 나는 법 앞에서는 만인이 평등하다는 것을 보여주고 싶었다.

인천지검 강력부 검사
— 1993. 9. 24~1995. 9. 26

살인사건임을 밝혀내다

1995년 2월 20일 오후 11시경, 아들을 안고 있다가 미끄러져 집안 욕실 바닥에 떨어뜨려 사망했는데 의도적으로 살해한 것이 아니라며 수사를 종결하겠다는 경찰의 의견이 붙은 사건이 올라왔다. 엄마가 목욕 하다가 아이를 떨어뜨려 두개골이 깨져 사망한 사건이라는 보고서가 붙어 있었다. 경찰은 타살 흔적도 없고 문제가 없어 이대로 가족들에게 아이 시체를 돌려주고 내사 종결하겠다는 것이었다.

그런데 갓난 아기가 두개골이 깨졌다는 것이 이상했다. 애를 목욕시키러 들어가다가 발을 헛디뎌 실수로 떨어뜨렸는데 머리가 깨져 죽었다는 것이 이해가 되지 않았다. 영아들은 머리뼈가 완전히 형성되어 있지 않기 때문에 깨진다는 것은 보통 외부 충격이 있지 않고서는 불가능한 일이다.

영, 유아들은 웬만한 높이에서 떨어져도 두개골이 연골조직이어서 깨어지지 않는다는 검안의 말을 듣고 부검을 지휘했다. 부검을 해보니 아이의 머리를 비롯해 몸 여기저기 여러 번의 충격을 받은 것이 나타났다. 실수로 떨어졌다면 한 번에 그쳐야 하는데 흔적이 여러 번 있다는 것을 이해하기 어려웠다.

아이의 엄마를 다시 수사했다. 그제야 아이 엄마로부터 생후 48일 된 아들이 출생 전 자신의 불륜관계에 의해 매독에 감염된 채로 태어났고, 이로 인해 남편으로부터 구타를 당하자 아들을 죽이기로 마음먹고 1995년 2월 7일 오후 2시경 앞머리를 방바닥에 2회 내리쳤으나 사망하지 않자 같은 달 10일 오전 7시 50분 방문 틈에 재차 머리를 부딪쳐 살해했다는 자백을 받았다.

단순 변사사건으로 종결하려는 경찰의 변사체지휘 품신에 대해 직접 검시 후 부검하도록 지휘하여 암장될 뻔한 살인사건을 밝혀내고 살인범 차○○을 구속기소했다.

인천조폭 조직 초토화

인천지역 최대 폭력조직인 꼴망파 두목 최○○, 부두목 이○○, 행동대장 한○○을 구속해 꼴망파를 와해시키고 조직폭력배 48명을 구속했다. 또한 이들의 자금원이었던 도박판을 단속하여 김○○ 등 20명을 상습도박죄로 구속하는 한편 이들을 비호해준 경찰관 3명을 수뢰후부정처사 등으로 단속했다. 이들에 대한 직접 공판관여를 통해 실형이 선고되도록 해 민생치안에 앞장섰다.

이 사건은 우연히 제보를 접하면서 시작되었다. 인천 최대 조폭패거리 꼴망파의 부두목으로 불리는 이를 잡아서 인천중부경찰서에 집어넣어놨다. 그런데 유치장에 있어야 할 사람이 유유자적하면서 돌아다닌다는 이야기가 들려 그의 행적을 추적했다. 유치장에 있어야 할 사람이 왜 밖에서 돌아다니는지 그 이유를 추적해 그와 연루된 경찰관을 징계했다.

당시에는 형사들이 도박판 단속을 하면서 도박판에 오가는 판돈을 헤아려 삼분의 일만 판돈으로 남겨두고 삼분의 이는 자기들의 주머니에 집어넣는 일이 많았다. 우리 직원들이 도박하는 사람들을 단속했는데 모두 도망가고 판돈 오천만 원이 남아있었다. 오천만 원은 그때 굉장히 큰 돈이었다. 경찰관들을 시켜 판돈을 확인하라고 했더니 과거에 이렇게 도박판을 습격하면 돈을 받고 무마했다는 이야기를 하면서 알아서 판돈을 뜯어가는 게 기본이라고 했다. 또 도박 규모를 조작 축소하기도 했다는 것이었다. 그런 식의 관행에 젖어 당연하게 생각하고 있었다. 나는 그런 행위들은 발붙이게 해서는 안 된다는 단호한 생각에 그와 연루된 경찰관 몇을 구속했다.

이 사건을 수사하면서 술집에 마음대로 드나들 수 없었다. 밥 먹는 식당은 상관이 없지만 유흥업소 출입은 꿈도 꾸지 못했다. 유흥업소라는 것이 조폭들의 세계라서 자중자애하지 않으면 그들에게 꼬리를 잡혀 협박을 당할 수도 있었다. 그렇잖아도 조폭들이 담당검사를 벼르고 있어 각별히 몸조심해야 했다. 나에 관한 이런저런 소문을 퍼뜨리려고 혈안이 되어 있던 그들이었다.

지방선거 개입 '김포 토박이파' 사건

지방선거에 개입한 '김포 토박이파' 조직폭력배 20명을 폭력행위등처벌에관한법률 위반 및 공직선거 및 선거부정방지법위반죄 등으로 입건해 8명을 구속기소하고 수감 중인 3명을 불구속기소하는 한편 두목 기○○ 등 9명을 지명수배했다.

이들은 두목 기○○이 운영하는 지방신문 김포지사 사무실을 근거로 김포일대 유흥업소를 장악하고 건설 관련 이권에 개입했다. 뿐만 아니라 1995년 6월 27일에 실시된 지방선거에서 자치단체장 김포군수 후보의 선거운동에도 관여하는 등 세력을 점차 확대하다가 집중 단속으로 조직이 와해되었다.

김포 토박이파의 경우는 폭력조직이 선거에 개입한 전국 최초의 사례일 뿐 아니라 지방신문 지사 사무실을 근거지로 주재기자까지 조직과 연루되는 등 폭력조직이 선거와 언론에 밀착되어 있다는 점이 특징인 사건이었다.

1995년 5월 중순경 김포읍 일원에서 호남 출신 폭력배들과 결탁되어 김포로 진출한 조폭 조직원이 '김포 토박이파' 조직원을 폭행하자 이에 대한 보복으로 '김포 토박이파' 조직원들이 그 조폭의 후배들을 급습해 집단 폭행하고 도주한 사건이 발생하였다는 정보를 입수하고 이에 대한 내사를 시작했다. 이들 중 5명이 관할 경찰서에 자수하였고 경찰에서는 이들 5명만 이 사건에 가담한 것으로 수사하여 구속 송치했다.

이들을 송치받고 내사 자료를 토대로 추궁한 결과 이 사건에 '김포 토박이파' 조직원 전원이 관련되어 있고 두목 기○○과 행동대장 등이 주동으로 사건을 축소 조작한 사실을 확인했다.

나머지 가담자들을 검거하기 위한 검거조를 편성하여 은신처와 배회처를 추적하던 중 이들이 6월 27일에 실시되는 지방선거에서 김포군수로 출마한 ○○○ 후보의 선거운동을 하고 있는 사실을 탐지했다. 그래서 호별 방문으로 선거운동 중인 김포 토박이파 조직원 2명을 선거운동 현장에서 검거하고 이어 이들의 합숙소를 급습하여 조직원 2명을 검거했다. 검거 과정에서 낫 2자루, 과도 등 흉기와 선거운동으로 수집해 둔 자원봉사신청서 56매를 압수했다. 그때 내가 워낙 수사를 독하게 해서 토박이파 두목 기○○이 계속 도망 다니다가 나중에 내가 인천지검을 떠난 뒤에 자수를 했다.

이 사건은 우연히 드러났다. 우리 방에 파견나왔던 경찰관들이 조폭들을 전담해 수사를 하다가 우연히 선거운동을 하고 다닌다는 것을 알게 되었다. 조폭들이 합숙하는 곳을 찾아다니면서 동태를 살폈는데 이때가 선거철이라 조폭들이 유인물을 돌리고 다니는 등 선거운동을 하는 현장을 파악했다. 나는 그동안 선거 관련 일을 해본 적이 없어 처음에는 그것이 선거법에 저촉되는지의 여부를 잘 몰랐다. 조폭들을 잡아와서 보니 전부 ○○○ 김포군수 후보의 운동원들이었다. 그래서 공안부 검사에게 어떻게 해야 되느냐고 물었더니 웃기는 놈들이라는 말만하고 잘 가르쳐주지 않았다. 답답해서 다른 쪽을 통해서 물어봤더니 명백한 선거법 위반이라고 했다. 조직폭력배들이 노골적으로 선거운동을 하는 경우가 거의 없었다. 대검하고 이야기를 했더니 공안부 쪽에서 이 사건이 탐이 나서 자꾸 자기들에게 넘기라고 한다는 것이었다. 이미 수사를 다한 상태인데 넘길 이유가 없었다. 조폭들이 선거에 개입했고 누가 어떤 형태로 이들을 개입시키고 동원했는지 찾아야 하는데 쉽지 않았다. 두목 기○○이 도망가고 밑에 조직원들은 '나는 모른다'고 발뺌하는 바람에 수사가 어려웠다.

강화 월드파 조직 살인사건

1995. 7. 7 강화읍 중앙시장에서 발생한 살인사건을 수사하면서 조직폭력배 간의 보복 살인사건인 것을 밝혀냈다. 살인사건에 가담한 '강화월드파' 폭력조직 두목 박○○ 등 6명을 살인죄로 인지해 구속했다. 강화 월드파 조직폭력배들이 자기들끼리 사고를 친 것이었다. 그동안 범죄와의 전쟁을 선포하면서 인천 쪽에 있는 조직폭력배들을 거의 타진하거나 주저앉혔다. 그런 다음에 인천 관내에 있는 김포와 강화 쪽으로 자연스럽게 수사를 시작해서 강화 월드파를 일망타진했다.

인천 세금횡령비리 사건

이 사건은 인천 북구청 세무과에 근무하던 익명의 자로부터 제보를 받은 인천 부평경찰서에서 구청 공무원의 지방세 수납과정의 비리를 내사하던 사건으로, 경찰로부터 이 사건을 송치받아 살펴보니 관련자들의 재산이 수억에서 수십억 원에 이르고 있어 그 횡령 규모가 매우 클 것으로 보였다. 더불어 장기간의 범행에도 불구하고 한 번도 적발되지 않은 점으로 미루어 보아 고위공무원의 비호를 받고 있다고 판단되었다. 그래서 그동안의 사정 작업에도 불구하고 수그러들지 않는 하위직 공무원의 부정부패 사건으로 단호히 척결하겠다는 의지를 가지고 이 사건의 조사에 착수했다.

정확한 횡령 규모와 범행조직, 비호세력을 밝히기 위해서는 무엇보다 은닉된 영수증류의 행방을 밝히고 피의자들을 검거하는 것이 급선무라고 판단했다. 그래서 이 사건을 특별조사부에 배당하고 특수부 부장검사를 반장으로 하는 전담조사반을 편성한 후 강력부, 형사부 검사들까지 보강하고, 국세청 등 관계기관으로부터 인력을 지원받는 등 수사 인원 150여 명을 동원하였다.

그 결과 세금을 착복한 세무과장 등 구청직원 6명과 수뢰자 지방서기관 외 3명 등 총 11건의 23명을 구속했다. 수표 추적으로 이들이 착복하고 은닉한 세금 6억 원을 국고에 환수조치해 세무비리 척결에 일조했다. 우리나라에서 거의 처음으로 한 세금횡령 사건 수사였다. 추석 무렵 약 100일 정도 강도 높게 한 수사였다.

그 당시 경찰에서 먼저 이 사건을 수사해 일부 공무원을 구속해 인천지검으로 송치했고, 특수부에서 수사가 진행 중이었다. 나는 추석 명절이라 고향집에 내려가 있는데 주○○ 인천지검 검사장이 갑자기 이 사건 수사팀에 합류하라는 연락을 했다. 그래서 추석 다음날 바로 서울로 올라와 100일간 매달린 사건이다. 상당히 오래 수사한 사건이다. 시간이 오래 걸린 것은 주범인 충청도 출신 공무원 몇 명이 모두 도망을 가버렸기 때문이었다. 그들을 잡아서 시작해야 하니 시간이 많이 걸렸다. 특수부에서 맡았지만 진척이 되지 않아 강력부에 있는 검사들을 동원했다. 파견 경찰들로 추적팀을 편성해 가평, 청주 등으로 추적한 끝에 그들을 다 잡아들였다.

그들을 조사하면서도 애를 많이 먹었다. 기질이 대단해서 말을 안 하고 고집을 피우며 협조를 하지 않았다. 주범 중에서도 핵심인 사람이 충청도 사람인데 다른 지역 사람들은 못 믿는다고 동향인들만 뽑아서 세금 횡령을 했다. 이들은 세무 공무원들을 포섭해서 세금 빼먹는 방법을 가르쳐주기도 하고 같이 빼먹기도 했다.

주로 세금을 안 내고 있는 사람들의 세금을 받아내 횡령했다. 체납 대상자들을 뽑은 후 자기들이 세금을 징수하러 다녔다. 정상적으로 은행에 내는 사람들은 세금을 착복할 수 있는 방법이 적었지만 직접 받으러 가는 경우에 들키지 않고 쉽게 착복이 가능해서 그 방법을 선호했다. 세금을 직접 징수하면 다른 공무원이나 제3자가 관여하지 않는 감시의 사각지대가 됨으로 쉽게 10억, 20억씩을 빼먹었다.

당시에는 체납 세금 자료가 전산화되어 있지 않아 수기로 기록하던 때라 더욱 그런 일이 가능했다. 세금을 거두었다고 하고 실제적으로는 돈이 들어오지 않은 것으로 해서 엄청나게 치부(致富)를 했다. 주범들의 횡령 금액은 특수부 쪽에서 수사를 했고 우리는 가담한 공무원들이 얼마나 더 있는지 수사해서 20여 명의 공무원을 추가로 구속했다.

그때 언론에서 궁금해 한 것은 구청장을 비롯해 그 위에서 감독하던 과장 같은 윗선들은 정말 몰랐느냐 하는 것이었다. 우리는 수사를 통해 그런 궁금증을 모두 해소했다. 돈을 받은 과장들이나 자신의 자리를 지키려고 구청장에게 상납한 공무원들을 철저히 밝혀냈다.

수사 당시에 언론의 관심을 많이 받았다. 그 전에는 이런 수사를 한 적이 없었기 때문이다. 출근을 하면 KBS, MBC, SBS 방송 3사 중계 차량이 주안동 인천지검 건물 주차장에 매일 와서 진을 치고 있었다. 그 차 3대에서 매일 생중계를 했다. 출근해서 퇴근할 때까지 중계 차량들하고 살았다.

인천 세무비리 사건이 끝나자마자 뒤이어서 MBC에서 부천 세무비리 사건을 보도했다. 그래서 그해 9월 추석에 들어가 인천 북구청 세무비리를 수사하고 그 다음해 3월까지 부천 세무비리 수사를 계속하면서 고생을 많이 했다. 특히 구청의 과장 등과 같은 공무원들이 일용직처럼 일하는 사람들을 제대로 관리하지 않아 세무비리를 저지르게 방조한데 대해서도 책임을 물어 과장급 공무원들까지 사법처리하고 유죄판결을 받아내느라 고생한 기억이 뚜렷하다.

세무비리의 조사분야

세금횡령과 부당세금감면사례는 수납절차상의 차이점을 감안, 취득세와 등록세를 세목별로 대별한 다음 관련 혐의자 및 횡령 규모 등 범행 전모를 밝히는데 주력했다. 법무사 관련 부분 수사는 세금횡령에 가담한 직원의 조사뿐만 아니라 명의대여를 금지하는 법무사법위반사례와 등기 신청 사건 유치과정에서의 금품 수수 비리까지 일괄해서 내사했다. 고위 공무원 수뢰 부분 수사는 상납고리 및 인사와 감사부서의 비호와 묵인을 한 공무원의 실체를 규명하는데 역점을 두었다.

위조영수증 검색은 지원 수사 인력을 지휘해 영수증 대조 작업을 총괄해서 위조영수증의 색출 및 횡령액을 찾도록 했다. 하지만 대조 영수증의 양이 방대해서 전산 입력의 방법으로 사용 입력된 결과를 수납 관련 보관 영수증과 일괄 대조해 단기간 내에 수사성과를 거두었다.

해당 지방자치단체와 국세청의 협조를 받아 관련 피의자 본인뿐만 아니라 친·인척 명의로 소유하고 있는 부동산보유현황을 파악하고 은닉재산을 추적해 중형을 유도할 수 있는 양형자료 및 세금환수자료로 활용했다. 가계 및 수표 추적을 통한 가·차명계좌의 발굴과 횡령한 세금의 흐름을 파악해 공범간의 분배비율과 상납고리를 뒷받침할 수 있는 물증을 확보하도록 했다.

관련 혐의자는 혐의가 포착되는 즉시 출국금지와 지명수배 조치를 취한 다음 연고지를 따라 훑어내리는 토끼몰이식 검거활동을 전개하고, 언론 등을 통한 공개수배로 스스로 자수할 수밖에 없는 분위기를 조성했다.

주요 피의자 조사사실 요지

안○○(남, 53세)는 1981년 12월 30일부터 인천 북구청 세무과 공무원, 세무1계장으로 근무하다가 1993년 6월 30일에 명예퇴직한 자로, 세무1계장으로 근무하던 1992년 1월부터 1993년 4월까지 이○○, 이○○, 강○○ 등의 직원들과 공모해 납세자들에게 허위의 취득세 영수증을 작성, 발급하는 방법으로 수납한 세금 42억 원 상당을 횡령하였다. 피의자별 횡령액은 안○○ 42억 원, 이○○ 19억 원, 이○○ 2억 원, 강○○ 12억 원 등이었다.

특히 안○○는 횡령범행으로 모은 돈으로 인천 북구 계산동 소재 주택(대지 150평, 건평 99평), 인천 북구 부평동 동아아파트 1채(46평)를 비롯해 전답, 임야 등 합계 18건의 부동산을 소유하고 있었다. 횡령한 돈으로 부동산을 매입한 것으로 보였으며 재산 규모도 경찰 진술에는 31억, 검찰 진술에는 64억이라고 진술하였으나 피의자의 실제 재산은 금융재산을 제외하고도 약 70억 이상이 될 것으로 보였다.

이○○(남, 39세)은 인천 북구청 세무과 7급 공무원으로 근무하면서 위와 같이 공모해 횡령한 돈으로 시가 2억3천만 원 상당의 인천 남동구 구월동 소재 건물 1채를 구입한 사실을 확인하였다.

이○○(남, 44세)는 인천 북구청 세무과 기능직으로 근무하면서 위와 같이 공모해 횡령한 돈으로 대출금 2천만 원을 변제하고, 묘지이장비로 2천만 원 사용하였으며 나머지 돈은 생활비로 사용하거나 자신의 처남에게 빌려준 것으로 드러났다.

강○○(남, 55세)는 인천 북구청 세무과 기능직으로 근무하면서 위와 같이 공모해 횡령한 돈으로 약 1억5천만 원 상당의 50평 아파트를 매입하고 아들의 아파트를 매입하는데 5천만 원을 사용하였으며 기타 모친의 치료비 및 생활비, 유흥비로 소비한 사실을 확인했다.

범행수법

지방세의 경우 원칙적으로 구청에서 직접 현금 수납이 금지되어 있음에도 불구하고 예외적으로 은행 마감 시간이 지난 경우와 납부 시간이 지난 세금에 대하여 직접 창구에서 현금 수납이 허용되는 제도상의 허점과 수납기관에서 통보된 영수필통지서와 일계표대조 후에는 별도로 일일정산이나 결산을 하지 않는 운영상의 미비점을 악용했다.

피의자들은 각자 수납필 날짜 도장을 소지하고 있으면서 납세자의 편의를 위하는 것처럼 가장하여 지방세를 직접 수납한 후 허위의 영수증을 작성, 교부하여 주고 세금을 분배, 착복한 후 일계표대조 작업이 종료되면 허위영수증을 영수증철에 몰래 끼워넣고 수납부에도 마치 현금을 납부한 것처럼 허위 작성하는 수법으로 자신들의 범행을 은폐하였다.

피의자 안○○는 처음 창구 담당직원에게 자신이 잘 아는 은행의 예금수신고를 올려주기 위하여 직접 수납한 후 자신에게 건네달라고 유혹한 후 수납부 작성과정에서 담당자에게 착복한 세금을 분배해주면서 한사람씩 포섭하였다.

세무과 근무 직원들은 이러한 포섭과정을 여러 번 겪으면서 점차 많은 돈을 배당해주는 것에 유혹되어 범행에 가담하게 된 것으로 보이고, 안○○에게 범행수법을 배운 담당자들이 안○○가 명예퇴직한 후에도 범행을 계속한 것으로 드러났다.

고위공무원 연루 수사

안○○ 등이 수년에 걸쳐 조직적으로 범행을 하였음에도 한번도 감사에 적발되지 않았다. 안○○의 경우는 12년간 같은 부서에서만 근무하였을 뿐 아니라, 이○○의 경우는 국무총리표창까지 받았는데 이들의 범행에 고위공무원의 묵인 또는 비호 가능성이 농후했다. 이 사건이 발생된 후 실시된 특별조사에서도 관계 공무원들의 부정은 밝히지 않은 채 법무사무소의 세금횡령 사실만 적발하여 고발한 후 조속 종결하는 등 의혹이 많아 특별조사시 감사를 담당한 시직원, 북구청의 고위직을 역임한 자들을 상대로 적발된 공무원들로부터 뇌물을 상납받고 세금횡령 공무원들을 비호하였는지 여부를 조사했다.

그 결과 안○○가 북구청에 근무할 당시 상사로 있었던 자들 가운데 부하 직원으로부터 일정금을 상납받으며 계속 같은 부서에 근무토록 하고, 인사고과평정시 편리를 봐준 전 구청장 이○○, 부구청장 강○○을 구속하고 총무국장을 지낸 김○○을 수배하였으며, 인천시 세정계장으로 근무하면서 북구청 세무과에 대한 감사시 지적된 사항을 눈감아 주고 뇌물을 받고 다시 북구청에 대한 특별조사시 관계 공무원에 대한 부정행위는 적발하지 않고 법무사 사무실 1곳만을 지정하여 고발한 후 그 내용을 법무사무소 사무원에게 가르쳐준 인천시청 감사1계장 하○○을 구속했다.

사건 조사결과

안○○ 등 구속 피의자 21명은 전원 구속기소하고 불구속 피의자들은 사안에 따라 불구속기소 또는 구약식 청구하여 각 공소 유지에 만전을 기하였다. 도피 중인 박○○, 김○○, 권○○은 전국에 지명수배를 하였고, 미국으로 도주한 김○○는 가족과 미국 LA 총영사관을 통해 귀국토록 종용하여 검거 후 최종처리 하기로 하였다.

부천시청 세무비리 사건

이 사건은 인천 북구청 세무비리 사건을 계기로 1994년 전국적으로 실시된 감사원의 특별감사 결과 부천시에서도 세무 공무원들이 인천 북구청과 같은 방법으로 조직적으로 22억 원 상당의 지방세를 횡령한 사실을 적발하였다는 언론 보도에 따라 즉각 수사에 착수했다.

검찰은 감사원 감사가 진행되던 중 관련 공무원들의 횡령범행을 확인하였음에도 고발 등의 조치가 되지 않아 이들이 잠적하였고 정확한 횡령 규모 및 방법, 구체적인 횡령액들이 밝혀지지 않았으나 이들의 횡령 규모가 인천 북구청과 비슷하게 클 것으로 보였다. 또한 한 번도 적발되지 않은 점으로 미루어보아 고위공무원의 묵인이나 비호가 있을 것으로 판단되었다.

인천 북구청 세무비리 사건의 조사 경험을 바탕으로 특수부 부장을 반장으로 하여 특수부, 강력부 검사 외에 형사부 검사 및 직원 120여 명으로 전담수사반을 편성해 즉시 부천시 3개 구청에 수사관을 파견하여 1990년부터 94년까지의 취득세, 등록세, 영수증철 및 수납대장 등 관련 서류를 압수하였다. 수사과 직원, 파견경찰관 등으로 4개 검거반을 편성하여 관련자 13명의 인적사항을 확인하고 그들의 자택 및 사무실을 압수 수색하면서 비리 혐의자 4명을 추가로 발견해 압수수색영장을 발부받아 비리 혐의자 재산관계를 조사했다. 아울러 감사원으로부터 부천시 3개 구청에 관한 감사자료를 제출받고 관련 공무원 및 법무사 사무실 관련자들에 대한 조사에 박차를 가하였다.

위조영수증 색출을 위한 방대한 양의 영수증 대조 작업을 위해 국세청, 은행감독원 등 관련 기관으로부터 수사 인력을 지원받고 도주 피의자 검거의 효율성을 높이기 위하여 각 경찰서별 전담 검거조를 편성했다. 전담반은 세금횡령 및 납세의무자와 결탁한 부당세금감면사례, 법무사와 고위공직자 관련 수뢰 부분, 전산 입력을 통한 위조영수증의 대조, 재산추적 등을 전담하도록 했다.

주요 피의자 조사사실 요지

구○○는 부천시 원미구청 세무1계장으로 재직하면서, 이○○(원미구청 세무과 기능직), 양○○(원미구청 건설과 기능직) 등과 공모하여 1990년 7월부터 1992년 10월까지 13회에 걸쳐 납세자에게 허위의 취득세, 등록세, 영수증을 작성해 발급하는 방법으로 수납한 세금 3억여 원을 횡령하였다.

오정구청 세무과 7급 공무원 김○○는 김○○(오정구청 세무과 기능직)과 공모해 1994년 3월 말부터 같은 해 10월 25일까지 수납한 등록세 및 취득세 2억여 원 상당을 횡령하였다.

원미구청 세무과 기능직인 이○○은 구○○, 황○○(법무사 직원), 김○○, 양○○, 김○○(원미구청 세무과 기능직)과 공모하여 1990년 11월 1일부터 1994년 9월 5일까지 금융관계의 가짜 일부인을 찍는 방법으로 등록세 및 취득세 영수증을 위조, 행사하여 등록세 및 취득세 5억4천만 원을 횡령하였다.

부천시청 세무조사과 7급 공무원 김○○은 이○○(오정구청 세무과 6급)과 공모하여 1990년 5월부터 91년 1월까지 등록세 및 취득세 영수증을 위조, 행사하는 방법으로 등록세 및 취득세 5천여만 원 상당을 횡령하였다.

원미구청 세무과 기능직 김○○은 이○○, 박○○(부천시청 세정과 기능직), 황○○ 등과 공모하여 1991년 2월 1일부터 1993년 4월 25일까지 등록세 영수증을 위조, 행사하는 방법으로 등록세 3억5천만 원 상당을 횡령하였다.

전 중구청 세무과 기능직 홍○○는 1991년 4월부터 12월까지 부천시 중구청에 출근하지 않고 컴퓨터 대리점을 운영하는 등 개인사업을 하고 있는 것을 묵인해 달라는 청탁과 함께 중구청 세무과장 이○○에게 금 400만 원과 갈비세트를 뇌물로 공여했다. 또한 1991년 8월 10일부터 92년 9월 30일까지 이○○, 김○○, 황○○ 등과 공모해 농협 부천시청 출장소의 위조 수납인을 이용하여 등록세 영수증을 위조, 행사하는 방법으로 등록세 1억3천만 원 상당을 횡령하였다.

고위공무원 연루 수사

인천 북구청의 경우와 마찬가지로 이들이 수년에 걸쳐 계속적으로 범행을 하였는데도 한번도 적발되지 않았고, 같은 부서에서 계속 근무한 것으로 보아 고위공무원이나 상급자들의 묵인 또는 비호 가능성이 농후했다. 그래서 고위공무원이나 상급자의 비호 여부를 조사한 결과 하부 공무원들의 인사에 대한 청탁과 함께 뇌물을 수수한 부천시 소사구청장 남○○, 부천시청 시정과장 김○○, 시의회 전문위원 강○○, 부천시 세정과장으로 근무하였던 이○○ 등의 범행사실을 밝혀내 구속했다.

인사비리에 대한 조사결과 남○○, 강○○, 박○○ 등 부천 출신 공무원들이 서로 의형제를 맺고 시정, 총무, 인사, 세정 등 부천시의 요직을 장악하여 전횡을 휘둘렀으며 이들을 중심으로 집중적인 인사 청탁과 함께 뇌물상납이 있었던 것으로 밝혀졌다.

한편 구속된 소사구청장 남○○과 수배된 부천시청 회계과 기능직 문

○○은 금년 여름휴가에 부부동반으로 해외여행을 같이 다녀오는 등 밀접한 인간관계를 유지해온 것으로 드러났다.

또 전 중구청 세무과장이던 이○○이 실질적으로 퇴직을 한 홍○○가 구청에 출근을 하지 않고 개인사업을 하는 것을 알면서도 동인의 월급을 뇌물로 공여받고 이를 묵인해 주었다. 같은 세무과장으로 근무하던 김○○, 홍○○은 이를 알고도 아무런 인사조치를 취하지 않은 점이 드러나 모두 구속했다.

부천시 감사담당관실 감사계장으로 있던 김○○은 각 구청 감사계장이나 주무과장으로부터 도 감사나 시 감사시 감사관들에게 전달해준다는 명목으로 금 740만 원을 거두어 가진 혐의로 구속해 추궁한 결과 도 감사 관계자들에게 금품제공 의사를 표명하였다가 거절당한 사실은 있으나 전달한 사실은 없다고 범행을 부인하고 있다.

그 외 김○○, 고○○은 소사구청 세무1계 차석으로 근무하면서 기능직인 임○○로부터 뇌물을 상납받고 비리를 묵인해준 사실이 드러나 구속했다. 수사결과 세금횡령 사실을 알고도 이를 묵인하고 대신 기능직이 상납한 돈으로 직원들의 회식비나 야식비로 공동 사용하는 잘못된 관행이 있었던 것으로 밝혀졌다.

사건 조사결과

감사원이 고발한 횡령금액은 등록세 21억8,100만 원 및 취득세 1억800만 원 등 도합 22억 8,900만 원이었으나, 검찰은 본 사건을 각 구청 세무과 직원들의 조직적인 범행으로 판단하고 3개 구청에 보관된 1990~1994년간의 영수증철을 제출받아 정확한 세금횡령액 산출을 위해 전산 입력을 통한 위조영수증 색출과 아울러 대조 작업을 병행했다.

횡령액의 산출 방법은 인천 북구청 사건과 마찬가지로 각 구청에서 제출받은 영수증들 중 세액 50만 원 이상의 취득세, 등록세 영수증 10만 3천여 장을 전부 전산 입력한 후 납세 금융 기관별로 실제 수납여부를 확인하였다. 그 결과 현재 확인된 횡령액은 31억 원 정도이지만 수사여부에 따라 다소 변동이 될 가능성이 있다.

또한 세금횡령에 연루된 피의자 50명을 입건해, 구속 35명(피고발자 9명 포함), 불구속 9명으로 신병을 처리하고, 미체포 6명을 추적했다.

부천 세무비리 수사상의 문제점

부천시청의 세무비리에 대한 특별감사를 실시한 감사원은 장기간 감사를 통해 횡령사실을 적발하였으면서도 사전에 수사기관에 관련 혐의자에 대한 고발이나 조사 등의 조치가 없어 혐의자들이 전원 도주하였다. 뿐만 아니라, 언론 보도 이후 며칠이 경과된 이후에 비로소 고발조치를 하는 바람에 수사 초기에는 수사자료의 확보나 횡령 규모, 관련 혐의자 파악 및 검거에 상당한 곤란을 겪었다. 이 사건을 계기로 감사 도중이라도 범죄혐의가 발견될 때는 즉시 수사의뢰 등의 조치가 취해지게 되었다.

도주 피의자에 대한 검거의 효율성을 극대화하기 위해 각 검사별로 검거대상 피의자를 분담해 추적하도록 하는 한편 각 피의자의 연고지 관할 경찰서별로 별도의 검거전담조를 편성해 운영하도록 했으나 경찰에 대한 조사지휘가 일원화되지 못해 경찰에 자수하거나 검거된 피의자에 대한 통보가 지연되는 사례가 빈발했다. 또한 자수에 이르도록 연고지를 따라 추적을 계속한 형사의 사기진작을 위한 검찰의 배려가 부족했던 점도 문제점으로 지적되었다.

과열 취재 경쟁과 수사보안

세무비리사건은 사회적 이목이 집중된 대형사건으로 수사기간 동안 3개 텔레비전 방송국 중계차가 상주하면서 취재기자 약 150여 명이 비좁은 청사 안에 모여 수사검사들과 같이 밤을 새는 바람에 수사보다 앞서가는 보도나 수사의 초점을 흐리는 추측성 과장 보도가 있었다. 비좁은 청사와 인력의 부족으로 취재진을 차단할 수 있는 인적 · 물리적 장벽이 전혀 없는 수사검사실이 그대로 취재진에 노출되었다.

그래서 밤샘에 지쳐 수사보안 의식이 약해진 직원들로부터 수사 상황이 누설될 소지가 높은데다가, 수사 초기 홍보창구가 미처 일원화되지 않은 데서 오는 혼란으로 수사기밀의 유지가 사건 수사 못지않은 현안으로 부각되었다.

일례로 상납비리를 밤샘 수사하고 있는 수사관이 일시 휴식하고 있는 틈을 타 몰래 조사실에 들어온 취재기자가 관련자의 자술서에 기재된 비리사실을 그대로 취재해 앞질러 보도하는 바람에 수뢰공직자가 곧바로 잠적하는 경우도 있었다. 또한 완전히 파기되지 않은 채 검사실 쓰레기통에 버려진 메모지를 찾아낸 후 수사결과 발표 내용을 상부에 보고하기 전에 먼저 보도해 수사홍보를 무용지물로 만든 사례도 있다.

수사검사실에 대한 기자의 접근을 원천적으로 봉쇄할 수 없는 상황에서 수사기밀을 유지하기 위해서는 무엇보다도 수사검사와 기자들 간의 신뢰를 전제로 홍보창구를 일원화하여 정례적으로 기자들의 궁금증을 풀어주는 길 외에는 추측성 과장 보도를 막을 방법이 없다는 교훈을 크게 느낀 사건이었다.

인천 올림푸스호텔 오락실 사건

인천 올림푸스호텔 슬롯머신 업소로부터 공무원들이 억대의 뇌물을 정기 상납받았다는 의혹이 제기되면서, 인천의 검찰, 경찰, 세무서, 구청 직원들이 관내 슬롯머신 업소에서 수천만 원의 금품을 수시로 받으면서 단속을 않고 진정도 무마해온 것으로 드러난 사건이었다. 당시 김○○ 검찰총장이 인천지검 수사관 장모 씨 등 검찰 관계자를 직접 소환해 수사에 착수하라고 지시했다. 김 총장은 "중·하위 공직자들의 비리척결과 공무원 부정부패 추방이 검찰의 당면 과제 목표인 만큼 뇌물을 받은 공무원들에 대해 철저한 조사를 통해 혐의사실이 드러날 경우 엄단하라"고 말했다.

이에 대검중수부에서 수사에 나서 뇌물을 받은 공무원의 명단이 적혀 있는 장부를 입수해, 검찰 직원에 대한 수사를 직접 벌이기로 하는 한편, 검찰 직원을 제외한 세무서 공무원 및 경찰공무원 등 나머지 공무원들에 대한 수사는 인천지검에서 조사에 들어갔다.

전직 인천 올림푸스호텔 오락실(대표, 김○○, 43세) 간부가 공개한 경리장부 20권과 은행 무통장입금철 등에 따르면 이 업소는 지난 1991년 8월부터 1993년 4월까지 1년 8개월 동안 인천지검에 2천2백만 원, 인천지방경찰청과 인천 중부경찰서에 7천여만 원, 인천 세무서에 2천6백만 원 등 슬롯머신업 관련 기관에 모두 1억여 원을 상납한 것으로 드러났다.

이 사건은 올림푸스호텔을 경영하는 피의자 김○○가 오락실 동업자인 김○○과 오락실 단속을 피하기 위해 단속 공무원을 상대로 뇌물을 준 것으로 금품 수수에 관련된 공무원만도 경찰 50여 명, 검찰 10여 명, 세무서 10여 명, 구청 5명 등 70여 명에 달했다.

이에 인천지검과 인천지방경찰청, 세무서, 중구청 관계자들의 명단을 확보해 관계자들을 조사해 비리사실을 밝혔다. 1991년 12월 인천 올림푸스호텔 사장인 김○○가 인천 남구 주안동 소재 인천지방검찰청 1호 수사관실에서 올림푸스 오락실의 불법 영업을 단속하지 말아 달라는 취지로 1호 수사관 장○○에게 10만 원짜리 자기앞수표 60매 600만 원을 건네 공무원의 직무에 관여하여 뇌물을 공여한 것을 밝혀냈다. 또한 1992년 6월에도 같은 곳에서 위와 같은 취지로 10만 원짜리 자기앞수표 60매 600만 원을 공무원에게 뇌물로 공여한 것도 밝혀냈다. 이렇게 사장 김○○가 동업자 김○○과 공모해 1991년 8월부터 1993년 3월까지 사이에 도합 1억여 원의 뇌물을 공여한 죄로 구속했다. 뿐만 아니라 검찰과 경찰, 세무서 뇌물 관련자들을 구속했다.

사건을 수사하면서 올림푸스호텔 슬롯머신 업소가 그동안 검찰, 세무서에 뇌물을 주고 탈세한 세금이 부가세로만 30여억 원에 이르고 특소세, 종합소득세 등의 탈세액을 합치면 60억 원대에 이를 것으로 추산되었다. 이 탈세액도 1991년, 92년 등 2년 치밖에 안 돼 그동안 이들이 탈세한 금액은 천문학적 숫자일 것으로 보여 슬롯머신이 황금알을 낳는 거위라는 말을 새삼 확인했다.

관련 장부에 기록된 기관별 금융제공 실태

· 검찰

인천지검 강력부의 J 수사관인 경우 지난 1991년부터 이 업소로부터 기밀비 명목으로 6백만 원을 받는 등, 1993년 초까지 모두 네 차례에 걸쳐 1천4백만 원을 받았으며 당시 수사과장과 3명의 수사관도 모두 3백 50여만 원을 받았다.

또한 C 강력과장도 두 차례에 걸쳐 2백50여만 원 상당의 금품과 향응을 받았고, 슬롯머신 담당부서인 강력과 수사관(1급)은 1992년 6월부터

93년 2월까지 3백만 원의 뇌물을 받았다. 특히 이 부서 직원들은 부부 동반으로 초대돼 향응을 받기도 했다.

· 경찰

슬롯머신 허가, 단속 부서인 인천지방경찰청은 1991년 7월 14일 A 방범과장이 30만 원을 받은 것을 비롯, 91년 12월부터 93년 3월 16일 사이에 방범계장인 K 경정 80만 원, 또 다른 K 경정이 50만 원 등을 각각 받았다.

슬롯머신 허가권 실무부서인 방범계는 1991년 말~93년 3월까지 여섯 차례에 걸쳐 2백30만 원을 챙긴 것으로 기록돼 있으며 형사계 K 경사 4백20만 원, M 경장 50만 원 등 폭력, 강력계에만도 6백20만 원이 건네졌고 형사기동대에 1백만 원이 제공됐다.

슬롯머신 허가신청을 접수하는 인천중부경찰서는 방범과장 K 경정이 1992년 7월~93년 3월 사이에 네 차례 1백80만 원, 방범계장 P, K, J 경감이 같은 기간 중 1백70만 원, 담당자인 K 경장 등 직원 4명이 2백30만 원을 각각 받았다.

방범과 소속인 하인천파출소도 이 업소를 잘 돌봐주는 대가로 1991년부터 93년까지 네 차례에 걸쳐 80만 원을 받았다.

형사계의 경우 C 계장이 1백10만 원을 받았고, L 반장 등 3명이 2백20만 원을 받았으며 형사계 직원 접대비와 과 경비 명목만으로도 1백98만 원이 지출됐다.

더욱이 중부서는 지난해 2월 업소 단속 때 20만 원을 받은데 이어 지난 1992년 3월 17일과 93년 2월 10일 두 차례에 걸쳐 2백50만 원을 받고 외부의 진정을 무마해 주었다.

· 세무서

이 업소 관할 세무서인 인천세무소의 경우도 부과세와 특소세과에 뇌물이 집중적으로 건너간 것으로 나타났다.

부과세과 K 과장은 1991년 12월~93년 1월 사이 네 차례에 걸쳐 1백40만 원을 받았다.

또 부과세과 Y 계장과 담당 직원들에게도 분기 및 추석명절 때마다 30만~50만 원씩 1백80만 원이 건네졌고 특소세과도 계장과 담당자 등이 2백10만 원을 상납받는 등 그동안 모두 2천6백여만 원이 전달되었다.

특히 1992년 10월~11월에는 세무서장에게 90만 원 상당의 골프채를 상납한 것으로 기록돼있다.

· 구청

중구청에도 1992년 10월~11월 사이 이 업소의 건축물 용도변경 시 90만 원이 건네졌다.

사건을 수사하는 동안 뇌물을 받은 인천지방경찰관들 5명을 구속하자 동료 경찰관들이 자신들에게도 이에 상응하는 처벌이 있을지 몰라 크게 불안해했다. 특히 이 업소로부터 50~60만 원을 받은 것으로 되어 있는 일부 경찰관들은 일단 검찰에 자진 출두해서 혐의사실을 부인하기도 했지만 업소 관계자와의 대질신문 후에 기소되기도 했다.

사건을 파헤치면서 실마리를 결정적으로 제공한 장부의 존재가 흥미로웠다. 슬롯머신업소의 경우 경영진이 일일 장부를 검토한 후 곧바로 파기시키는 것이 관행으로 돼있으나 이 호텔 오락실의 경우는 3년 전인 1991년 8월~93년 3월까지 19개월분의 장부가 고스란히 보관돼 있었던 것이다. 그 이유가 뇌물상납 사실을 폭로한 오락실 전 전무 김○○과 호텔 대표 김○○ 사이의 지분배분을 둘러싼 갈등 때문이었다는 것을 알 수 있었다. 김○○은 본래 경리통으로 모 지방 방송 사무직과 나이트클럽 경리상무를 거쳐 지난 1991년 자신의 삼촌이자 오락실의 지분 중 일부를 갖고 있던 손 모씨의 소개로 자신이 30%, 호텔 대표 김○○가 55%로 투자지분 등으로 오락실 경영에 참여했다. 하지만 1991년 8월쯤 대표 김○○를 신뢰하지 못했던 전 전무 김○○은 만약을 대비해 사후책으로 그날그날의 장부를 여직원을 시켜 자신의 비밀 장부에 옮겨 기록해 놓아서 그의 폭로가 계획적이었다는 것을 뒷받침해 주었다.

그 결과 둘은 모두 구속되었다.

법원 주변 경매비리 사건

1995년 2월 6일경 인천지방법원 집달관 사무소 김○○이 1987년 6월경부터 7년 넘게 약 45억 원의 입찰보증금을 횡령했다는 사실이 밝혀졌다. 그러자 그동안 법원 주변에서 각종 비리를 저질러 온 경매 브로커들이 집달관, 법원 직원 등과도 유착되었을 가능성이 크다는 여론이 비등했다.

정부에서는 1994년 1월경부터 법원 주변의 각종 부조리를 근절하기 위해 경매제도를 이른바 호가방식에서 입찰방식으로 변경 실시하고 있는데도 여전히 기존의 경매 브로커들이 활개를 치고 있었다. 그들은 부동산을 경락받으려는 실수요자들에게 접근해 자신들의 조력을 받지 않으면 낙찰을 받을 수 없을 것이라고 은근히 협박해 금품을 교부받았다. 또한 실수요자들의 경매 참가를 교묘한 방법으로 방해해 채무자(경매대상 부동산 소유자), 채권자(경매 신청인), 기타 이해관계인, 실수요자 모두에게 피해를 주는 것은 물론이고 민사재판의 실효성마저 해하고 있는 실정이었다.

국민들 입장에서는 법조 주변의 각종 브로커들이 만들어내는 폐해 때문에 법조계 전반에 대해 불신감을 가지고 있었다. 그래서 이들 브로커들을 법조계 주변에서 완전히 추방해 실질적인 법조 개혁을 이룰 필요성이 높아져 단속에 이르게 되었다.

그 결과, 경매비리와 관련 1992년 1월경부터 현재까지 상습적으로 경매 대리를 해주고 금품을 가로챈 이○○(62세, 무직), 조○○(52세, 전 법정신문사 인천지사장) 등 12명을 변호사법 위반 등으로 구속하고, 달아난 경매 브로커 김○○(56세, 직업불상) 등 23명을 전국에 지명수배했다. 이미 구속되어 있거나 비교적 사안이 경미한 김○○(45세, 무직) 등 22명은 불구속했다. 또한 경매 장부를 소각한 집달관 1명을 구속했다. 이렇게 법조 주변 부조리사범을 일소해 법조 주변 부조리사범수사 우수사례로 검찰총장 표창을 받았다.

대표적인 범죄사실

①직업적인 경매 브로커인 이○○은 1992년 2월 25~6일경, 인천지방법원에서 실시하는 89타경 26736 부동산 경매에서 방○○를 대리하여 인천 남구 옥련동 소재 상가건물 52.6평방미터를 930만 원에 경락받은 경매 대리인을 했다. 그 후 3월 초순 인천지방검찰청 구내식당에서 수수료 명목으로 금 100만 원을 받는 등 37회에 걸쳐 경매 대리를 하고 수수료 명목으로 합계 약 3,900만 원을 수수했다.

②전 법정신문사 인천지사장인 조○○은 1992년 2월 18일경 인천지방법원에서 실시하는 91타경 18899호 부동산 경매에 정○○을 대신해 인천 남구 도화동 574의 3 동오아파트 가동 309호를 금 4,240만 원에 경락을 받게 해주는 경매 대리를 하고, 같은 달 18일경 위 법원 구내식당에서 300만 원을 받는 등 10회에 걸쳐 경매 대리를 하고 수수료 명목으로 합계 1,400만 원을 수수했다.

③'신성공인중개사무소'라는 상호로 부동산중개업을 하는 김○○과

제조업에 종사하는 윤○○은 공모하여 농지를 경락받으려면 법원에 농지매매증명서를 제출하여야 하고 농지 소재지에 거주하는 농민이 아니면 농지를 매수할 수 없어 농지매매증명서를 발급받을 수 없는데도, 김○○이 경기 강화군 일대의 농지를 경락받아 전매하기 위하여 경기 강화군 화도면 내리에 거주하는 윤○○의 명의를 빌려 경락을 받은 다음 명의신탁의 방법으로 소유권이전등기를 하기로 공모했다. 김○○은 1993년 4월 20일경 인천지방법원 경매법정에서 실시되는 93타경 3938호 부동산 경매 사건에서 윤○○의 명의를 빌려 경기도 강화군 길상면 장흥리 264의 5 전 155평방미터 등을 경락받은 후 1993년 4월 20일경 길상면사무소에서 마치 위의 부동산을 윤○○이 경락받은 것처럼 농지매매증명신청서의 매수인 성명란에 윤○○이라고 기재하고 그것을 모르는 농지관리위원의 확인을 받아 길상면장의 농지매매증명을 발급받는 등 3건의 농지매매증명을 부정한 방법으로 발급받았다. 이후 소유권 등 권리변동을 규제하는 법령의 제한을 회피할 목적으로 1994년 10월 18일경 인천지방법원 민사신청과에서 김○○이 이와 같은 방법으로 경락받은 농지에 대해 명의를 빌려준 윤○○의 이름으로 경락에 의한 소유권이전등기촉탁신청을 하는 등 3회에 걸쳐 타인의 명의를 빌려 소유권이전등기신청을 했다.

④차○○(41세)은 상호 없이 광고판촉물판매업에 종사하는 자로 이복형인 한○○, 부동산중개업자인 민○○와 공모해 경매비리를 저질렀다. 1992년 9월 8일경 인천지방법원에서 실시되는 92타경 6657호 부동산 경매 사건에서 박○○을 대신해 경기 김포군 대곶면 송마리 산 29의 1 임야 4,119평방미터를 경락받게 해주어 경매 대리를 하고, 같은 날 오후 4시경 위 법원 후문 옆 노상에서 경매 대리 수수료 명목으로 금 150만 원을 교부받는 등 4회에 걸쳐 경매 대리를 하고, 수수료 명목으

로 합계 금 2,462만 원을 교부받았다.

⑤1992년 4월경, 부림관광개발주식회사에 대한 채권자 한국장기신용은행의 경매신청으로 시작된 부천 부림관광호텔(시가 135억 원)의 경매는 최저경매가격인 약 120억 원부터 경매가 시작되어 세 번의 유찰 끝에 약 65억 원의 신고가액으로 낙찰되었다.

⑥1994년 9월경에 경매절차가 시작된 인천 간석동의 간석모텔(시가 13억 원)은 경매 브로커가 경락을 받아 시가 상당으로 전매하려다가 경락잔금을 지급하지 못했다. 그래서 신경매 기일에 다른 사람이 7억 원에 경락받자, 경락보증금을 되찾지 못한 경매 브로커 측에서 2,000여만 원이 많은 가격으로 되팔라고 협박하기도 했다.

수사상 밝혀진 비리 유형

· 기업형 경매 브로커

전문적인 경매대리회사를 설립한 후, 4~5명의 경매 브로커를 고용하여 그들로 하여금 경매 대리 행위를 하게 하고 수수료를 받았다.(신○○등의 '한양컴퍼지트')

· 협박형 경매 브로커

경매에 참가하려는 실수요자들에게 경매 브로커를 끼지 않으면 경락을 받지 못한다고 은근히 협박하여 경매에 참가하는 것을 방해하고, 같은 경매 대리 동업자가 구속되자 검찰에서 진술을 한 참고인을 찾아가 진술에 대하여 책임을 지라고 하는 등 협박을 했다.(꼴망과 조직폭력배 노○○ 등)

― 실제로 농업에 종사하는 이 모(57세) 씨는 경매에 참가하려 하자, 젊은 청년들이 다가와 멱살을 잡고 따귀를 때리며 "남의 장사를 왜 방해하느냐"고 행패를 부려 울며 겨자 먹기로 경매 브로커 최○○에게 경매

대리를 위임하였다.

· 담합형 경매 브로커

경락 가격이 상승되지 못하도록 경쟁 브로커들에게 속칭 '떡값'을 주고 담합하여 경락을 받았다.(금○○, 김○○ 등)

· 사기형 경매 브로커

경매 대리로 경락을 받은 후 경락 잔금을 법원에 입금시킬 의사가 없음에도 경락인들로부터 경락 잔금을 받아 이를 편취하거나 횡령했다.(김○○, 김○○ 등)

· 대리형 경매 브로커

실제로 경락을 받을 의사가 없는 경매 브로커들이 떡값을 받으려고 경매에 참가하는 것을 막기 위해 자신이 경매 대리를 하지 않고 타인을 형식적인 대리인으로 내세워 경락을 받았다.(최○○, 박○○ 등)

· 명의신탁 경매 브로커

임야나 농지 등에 대하여는 법령의 제한으로 인하여 경락을 받을 수가 없자 부동산 소재지에 거주하는 타인의 명의를 빌려 경락을 받은 후 전매하는 방법으로 이득을 취했다.(김○○ 등)

수사상의 애로점

이 수사는 정보에 의한 수사가 아니라, 1995년 2월 27일경부터 약 1개월간에 걸쳐 법원에 보존된 총 15만여 건의 경매기록을 정밀 검토하여 그 중 비리의 의심이 가는 경매 대리 기록(1992년~94년) 약 1,400여 건을 복사하고, 3월 27일경부터 4월 30일경까지 경매 대리를 통한 낙찰자 약 500여 명을 소환 조사하였다. 구속 대상자 검거에 이르기까지 순수한 기획수사로 연인원 59명의 수사관이 동원되는 등 수사 규모가 방대하고 구속 대상자가 많아 어려움이 큰 사건이었다.

경매 대리를 통해 경락을 받은 참고인들은 시가보다 싼값에 경락을 받았으므로 경매 브로커들에 대한 고마움 내지 소개해준 사람과의 인연으로 금품 교부 사실을 진술하지 않고, 경매 브로커들의 진술을 받고 다시 진술을 번복하는 등 범법사실 증거 수집에 어려움이 많았다. 심지어는 경매 브로커들이 수사 상황을 알고 경락인들에게 검찰청에 출석하면 수갑을 채우고 협박을 하니 출석하지 말라고 종용하고 다닌 사례도 여러 건 있었다.

이 사건은 김○○의 입찰보증금 횡령사건이 발각된 직후인 1995년 3월 초순경, 언론에서 대대적으로 경매 브로커들에 대한 단속의 필요성과 검찰에서 이미 수사에 착수하였다는 보도가 나가는 바람에 대부분의 브로커가 잠적하여 그 검거에 애로가 많았다. 일부는 해외로까지 도피하기도 했다.

경매 브로커들의 실태

감정인의 경매 부동산 감정가격은 여타의 부동산 감정의 경우와 마찬가지로 시가보다 보통 20% 정도 저렴하다. 법원은 경매 신청이 있으면 감정인을 정해 부동산의 가액을 평가하게 하고 그 평가액을 최저경매가격으로 정해 경매를 시작한다. 그때 최저경매가격 이상으로 입찰 신청한 사람이 없으면 최저경매가격을 낮추어 다시 경매기일을 정해 경매를 하도록 한다. 이런 일이 반복되다보면 심지어 시가의 반값에도 미치지 못하는 경매도 있었다.

이처럼 부동산 가격은 고가인데 반해 낙찰가는 현저히 낮아져 경매 부동산을 취급하면 상당히 많은 재산을 모을 수 있는 여지가 있었다. 그런데 일반인들은 법률지식이 부족하고 경매 부동산에 대한 거부감으로 경매에 관심을 기울이지 않았다. 이런 것을 기회로 부동산 경매를 전문으로 취급하는 소위 브로커들만이 경매법정을 출입하게 되었다.

더욱이 집달관이 경매법정에서 직접 경매를 실시하고 법관은 이들에게 경매명령 등의 서류지휘만 할 뿐이어서 법관의 실질적인 지휘나 통제 없이 경매가 진행되어 이들이 경매법정을 좌지우지했다.

경매 브로커들의 폐해

이들은 일반 수요자들이 직접 경매에 응하는 경우 최저경매가격보다 월등히 높은 금액으로 입찰 신청을 해 실수요자들이 낙찰을 받지 못하게 방해를 했다. 또한 브로커끼리 담합해 최저경매가격을 반값 이하로 떨어뜨려 낙찰을 받거나, 경매절차의 허점을 이용해 다른 사람으로부터 금품을 갈취하는 등의 수법을 이용, 엄청난 이득을 취해 일반 수요자들이 경매에 참여할 수 없게 만들었다.

이들의 농간으로 민사재판에 이기고도 그에 상응하는 권리구제를 받지 못하게 되는 경우가 허다했다. 이들은 채권, 채무자, 이해관계인은 물론 실수요자 등에게 피해를 주고 있을 뿐 아니라 경매제도 본래의 취지에도 반하는 암적인 존재였다.

경매 브로커 수법

브로커들은 최저경매가격이 낮게 나오거나 일반 수요자들의 경매 참가를 저지할수록 많은 이익을 독식할 수 있어 온갖 수단과 방법을 동원했다.

우선 특정 부동산을 특정 브로커가 경락받도록 사전에 상호 담합했다. 들러리를 서는 브로커들은 최저경매가격과 아주 근소한 가격으로 입찰 신청을 하고, 낙찰받기로 한 특정 브로커가 그보다 약간 높은 가격으로 다시 입찰 신청을 하면 더 이상 가격을 올리지 않고 포기해 특정 브로커로 하여금 낙찰을 받게 해주었다. 이때 낙찰을 받은 브로커는 들러리들에게 상당한 거금을 사례비로 주어 나누도록 하는데 그들은 이것을 소위 '떡값'이라 불렀다.

일반 수요자들의 경매 참가를 저지하는 방법도 있었다. 브로커들이 경락받고자 하는 부동산 경매에 일반인들이 참가하면 시가보다 고가인 것은 물론 도저히 따라올 수 없는 가액으로 경매 신고를 해 최고가 경매 신고인이 된 후 부동산에 대한 무지 등의 적절한 구실을 붙여 법원으로부터 매각불허의 결정을 받아 다시 경매를 하는 방법으로 일반인들의 경매 참가를 원천 저지했다.

농지는 농민이 아닌 자는 취득할 수 없다. 그래서 농지처럼 취득자격이 제한된 경우에도 브로커들은 경매기일에 취득자격이 없으면서도 경매에 응해 최고가 매수 신고인이 되었다가 자격이 없어 매각불허가 결정을 받은 후 은근히 실수요자들에게 돈을 주지 않으면 방해하겠다고 계속 협박해 거액의 돈을 갈취하는 방법도 있었다.

이런 방법 외에도 실수요자들이 경매법정에 나타나면 자신들의 조력 없이는 도저히 경락을 받을 수 없다고 인식시켜 그들로부터 금품을 받고 경매 대리를 해주었다. 부동산소개업자와 짜고 경매를 받고자 하는 사람을 소개받아 수수료를 받고 경매 대리 행위를 하기도 했다. 또한 경매 방해를 하지 않는 것은 물론이고 다른 브로커들의 방해 행위까지 막아주겠다는 명목으로 실수요자들로부터 돈을 받아내는 등 수법이 다양했다.

항고제도를 악용하는 경우도 있었다. 경락 잔금 납부유예를 받기 위한 방법으로 매각허가 결정에 대해 적당한 이유를 붙여 즉시 항고해 잔금 납기일을 늦추면 그간 실수요자들을 물색해 전매한 후 항고를 취하하고 전매대금으로 경락 잔금을 납부하고 그 차익을 취하는 수법도 있었다.

대법원장의 사과

이 사건의 수사로 당시 유○○ 대법원장이 대국민 사과를 했는데, 그 정도로 경매제도는 제도적으로 허점이 너무 많아 법원 입장에서는 치명적인 사건이었다. 대법원장이 대국민 사과를 한 것은 지금까지 총 3회였는데, 1997년 유○○ 대법원장이 경매비리로, 2006년 이○○ 대법원장이 조○○ 고등법원 부장판사가 법조 브로커로부터 금품을 수수해 구속된데 대해, 2016년 양○○ 대법원장이 김○○ 부장판사가 직무관련해 뇌물 수수한 사건에 대해 각각 대국민 사과를 했다.

이 사건은 주로 경매 브로커들과 법원 관계자들이 짜고(?) 하는 비리였다. 옛날에 법조인들이 경매를 통해 돈을 벌었다. 경매에 부동산이 싸게 나오는 것을 사람들이 잘 모르는 시절에 투자해서 돈을 벌었다. 법원의 하급직 직원들은 경매로 치부를 많이 했다.

서울남부지청 형사부 검사
─ 1995. 9. 27~1997. 8. 26

미국 비자 부정 발급 사건

사건의 개요

미국 영사의 서명을 위조하는 방법으로 미국 비자 150건을 부정 발급한 주한 미국대사관 직원 손○○ 등 8명을 적발하여 2명을 구속하고 한국 내에서 불법 변호사 활동을 한 미국 변호사 프란시스 ○○○ 등 2명을 출입국관리법 위반으로 약식기소했다.

　주한 미국대사관 직원 손○○ 등은 비자발급신청서 중 영사 인터뷰 결과란에 미국 영사의 필적을 흉내 내 비자가 발급되도록 영사의 서명을 써넣은 뒤 정상적인 서류 속에 위조된 비자발급신청서를 끼워 넣어 비자가 부정 발급되도록 하고 브로커 김○○은 유학원들로부터 비자를 부정하게 발급받아 주도록 의뢰하고 비자신청 서류를 대사관 직원 손○○에게 인계해 약 200건의 비자를 부정 발급 받아준 후 총 2억5천만 원 상당의 부당이득을 취득한 사건이다.

　또 이처럼 부정 발급된 미국 비자가 무효화 조치되자 이의 회복을 위해 변호사 자격으로 미대사관과 접촉하는 등 국내에서 변호사 활동을 해온 미국인 변호사 프란시스 ○○○ 및 ○○ 박을 적발하여 출입국관리법 상의 체류자격 외 활동으로 입건해, 벌금으로 약식기소하고 이들의 불법소득에 대해 세금을 납부토록 하는 동시에 출국조치했다.

　이 사건은 내 전임자들이 두 번에 걸쳐 밝혀보려고 했는데도 제대로 밝히지 못하고 있었다. 전임자들이 한 번 해보라고 넘겨주는 자료를 받아서 두 달 만에 사건의 전모를 파헤치고 범인과 하수인을 비롯한 사건의 전말을 말끔하게 정리했다. 발령받고 얼마 되지 않아서 끝을 냈다. 수사 초기에는 중간에 있는 브로커가 도망을 다녀 무척 어려웠다. 도망을 다니는 사람을 잡아넣어야 할 자료가 있어야 하는데 그것을 잘 찾아낼 수 없었다. 결국 수배를 통해 붙잡아 인천구치소까지 가서 데려왔다. 중간 브로커 손○○을 잡으면서부터 수사가 급물살을 탔다. 그전에 이미 누가 대사 서명을 위조했는지, 대사관에서 내통한 사람이 누구이고, 어떤 경로를 통했는지 수사를 하고 있었기 때문이었다.

　사실 이 사건은 언론사들에게 엠바고 요청을 한 상태였다. 그런데 남부지청 출입기자 간사가 엠바고한 사실을 데스크에 이야기하지 않아 한

국경제신문 기자가 법원의 영장을 보고 한 줄 긁어버리는 바람에 다른 기자들은 아주 작게 보도했다. 그런데 국민일보 기자가 사건 내용에 비해 기사가 적게 나왔다면서 국민일보에 1면 톱으로 보도해주었다. 범인을 잘 잡고도 갑작스러운 보도 때문에 우리가 피해를 보기도 했지만 덕분에 주한 미국대사관으로부터 본 수사에 대한 감사장을 받기도 했다.

주미 대사의 감사장

김○○ 검찰총장 귀하

본인은 귀하의 부하 직원인 서울지검 남부지청 곽상도 검사와 수사관들에게 경의를 표하고자 합니다.

최근 곽상도 검사와 수사관들은 부정한 방법으로 비자를 위조하는 조직에 대하여 수사를 하는 과정에서 열과 성을 다하였습니다.

대사관 직원들이 관련된 미묘한 사건을 처리하는 곽상도 검사의 지휘는 놀라운 것이었으며, 이번에 보여준 검사와 수사관들의 투철한 직업의식은 크나큰 신뢰와 찬사를 받을 만한 것입니다.

저는 이번에 곽상도 검사가 보여준 일련의 조치들이 비자위조를 단속하기 위해 수고하는 다른 검사들에게 귀감이 되었다고 봅니다.

1996년 9월 23일
주한미합중국대사 제임스 레이니

비자 브로커 채ㅇㅇ과 첫 조우

미국 비자 부정사건을 조사하던 중 채ㅇㅇ이라는 비자 브로커를 검거했다. 검거 당시 ㅇㅇㅇ검사장에게 금품을 준 것으로 보이는 자필 메모를 압수했고, 그 메모를 계장이 책상 위에 올려놓고 조사하려하자 채ㅇㅇ 브로커가 갑자기 메모지를 낚아채더니 씹어서 삼켜버렸다. 말로만 들었던 증거(메모)를 씹어 삼킨 사람을 눈앞에서 직접 본 셈이다. 그런 그를 훗날 ㅇㅇㅇ 의원 관련 수사를 하면서 2004년 중앙지검 특수3부에서 다시 마주쳤다. 채ㅇㅇ과 관련된 내용은 중앙지검 특수3부에서 다시 상세히 기술한다.

중국 조선족 위장결혼 사건

우리나라와 중국의 국교 수교 이후 중국에 거주하는 조선족들이 한국으로 나오기 위해 위장결혼이라는 방법을 택하거나 산업연수생 명목 또는 방문비자로 입국했다. 그렇게 입국했다가 체류기간을 넘겨 불법체류에 이르게 되면 합법적인 입국절차를 가장하여 신분을 정리하였고, 그렇지 않으면 아예 밀항이라는 불법적인 방법으로 입국을 하기도 했다. 이런 조선족 숫자가 꾸준히 증가하여 국내에서는 불법체류자 문제가 발생했다. 또한 불법적인 방법으로 한국에 오려다가 브로커의 농간으로 조선족들이 입은 피해가 누적됨에 따라 조선족 사회에 반한 감정이 야기되는 등 양측 모두에서 사회문제가 되고 있었다. 그런데다 민간단체들이 브로커에게 돈만 뜯기고 한국에 입국하지 못한 조선족 피해자들을 대신하여 대검에 고소장을 제출했다.

제보를 접수하고 불법입국사례 중 위장결혼으로 중국 조선족의 한국

입국을 알선하고 7,200만 원의 알선수수료를 챙긴 한국인 브로커 형제와 200만 원을 받고 위장결혼을 한 한국인 남자 30명, 600만 원씩 부담하고 위장결혼으로 한국에 입국한 중국 조선족 여자 30명을 적발했다. 중국 조선족을 한국에 입국시키기 위해 위장결혼을 알선한 브로커와, 위장결혼한 한국인 및 조선족 여자 등 60명을 공정증서원본부실기재로 인지하여 그 가운데 24명 구속, 36명을 수배했다. 공정증서원본부실기재라는 것은 혼인의 의사 없이 혼인신고한 것을 처벌하는 죄명이다. 본인들이 혼인할 의사가 있으면 괜찮은데 혼인할 의사가 없으면서 혼인신고한 것을 단속하는 셈이다.

위장결혼을 통해 입국하는 과정은 마치 한편의 드라마를 보는 것 같다. 호적상 미혼 또는 이혼한 한국 남자와 이혼하였거나 미혼인 조선족 여자가 브로커를 통해 소개받고, 위장결혼 대상인 남자들이 중국으로 출국해서 중국 관청에 조선족 여자와 혼인신고를 한다. 중국관청이 발행한 혼인증을 지참하고 한국으로 돌아와 한국인 남자들의 본적지에 조선족 여자와 혼인신고를 한다. 혼인신고 된 호적등본을 입증서류로 하여 주소지 출입국관리사무소에 처(妻)와 장인, 장모를 초청하는 형식으로 사증 발급을 신청한다. 사증이 발급되면 이를 중국으로 보내 조선족 여자 등 피초청인들이 주중 한국대사관에서 한국 비자를 발급받고 한국으로 입국한다. 입국 후 주한 중국대사관에서 중국 국적 포기절차를 거친 뒤 한국 국적을 취득하고 동사무소에서 주민등록증을 발급받음으로써 위장결혼 절차가 종료된다. 그러나 장인, 장모는 국적 포기 및 국적취득절차가 없기 때문에 30일간의 체류기간을 넘길 경우 불법체류자가 되는 경우가 많았다.

수사를 하면서 몇 가지 문제점의 보완이 절실하다는 것을 느꼈다. 우선 입건된 조선족 여자들의 국적 및 추방문제였다. 조선족 여자들이 한국에 입국한 후 중국대사관을 찾아가 중국 국적을 포기하고 혼인을 이유로 내세워 한국 국적을 취득했다.

그러면 단일 국적자가 되기 때문에 한국 국적을 부인할 사유가 있어야 하나 당사자 또는 그 법정대리인, 4촌 이내의 친족이 혼인무효소송을 제기하지 않는 한 혼인으로 취득한 국적을 부인하기 어려워 강제 출국시킬 법적인 명확한 근거가 없는 실정이었다. 다만 실무상으로는 조선족위장결혼자에 대한 공정증서원본부실기재 사건의 1심 판결 선고 후 무효인 혼인으로 국적을 취득하였기 때문에 국적취득도 무효라고 보고 일시 중국 입국이 가능한 여행 증명 서류를 중국대사관으로부터 발급받아 중국으로 강제추방하고 있다. 입건한 조선족위장결혼자의 명단을 출입국관리사무소에 통보하여 추방 등의 조치를 취할 수 있도록 했으나 불법 입국자가 늘어나는 현실에 맞추어 즉시 강제추방이 가능하도록 하는 제도 보완이 필요하다.

또 하나는 입국사증발급신청서를 발부하여 줄 경우 발급 신청자가 본인임을 확인하고 이들에게 입국사증발급 서류가 교부되어야 하나 사증발급 브로커가 사증발급신청서를 접수시켜 넘겨받는 사례가 확인되어 입국사증발급 과정의 문제점으로 파악되었다. 나아가 입국자 심사 강화의 필요성을 느꼈다.

이 사건으로 적발된 위장결혼 조선족 여자들의 일부와 장인, 장모로 초청된 여자들은 중국 내의 신분증명서를 위조하는 방법으로 국내에 입국해 범죄자나 불순분자에게 이용될 수 있고, 또 위장결혼으로 입국하여 호적을 취득한 사람이 가족초청 방법으로 불법체류를 양산할 수 있으므로 입국자 심사를 강화할 필요가 있다.

대구지검 형사2부 부부장 검사
— 1997. 8. 27~1998. 8. 25

청구그룹 경영비리 사건

청구그룹 장○○ 경영비리 사건의 수사를 맡아서 기업은 망해도 기업주는 살아남는 풍토를 척결했다.

1997년 12월 26일 국내기업집단 순위 40위 안에 드는 청구그룹이 2,000여억 원 상당의 부도를 내면서 동시에 화의(기업이 파산·부도 위험에 직면했을 때 법원의 중재를 받아 채권자들과 채무변제 협정을 체결하여 파산을 피하는 제도)신청을 했다. 또한 1998년 4월 대구지역 언론에 철도청, 대구시 등이 출자한 대구복합화물터미널 주식회사의 자금이 주식회사 청구의 운영자금으로 변칙전용된 것을 대구시의회가 문제 삼은 사실이 보도되었다. 그 결과 대구방송, 대구복합화물터미널의 부실화 원인이 모기업인 주식회사 청구가 자금을 불법으로 전용한데 있고, 장○○ 회장 개인은 많은 은닉재산을 가지고 있었다. 그래서 경제정의실현 차원에서 주식회사 청구의 경영비리에 관한 수사 착수가 바람직하다는 여론이 비등했다. 하지만 주식회사 청구는 화의절차가 진행 중이었기 때문에 재판 결과 및 지역경제에 미칠 영향 등을 우려해 수사 착수 여부를 신중히 검토하던 중 1998년 5월 6일 법원으로부터 화의신청이 기각되어 현 경영진의 퇴진이 예상되었다. 그래서 수사로 인한 회사 경영상의 장애는 없다고 판단되었고, 수표부도로 인한 고발이 접수되어 수사에 착수하게 된 것이었다.

수사 결과 장○○ 회장은 1997년에서 1998년 사이에 주식회사 청구 등으로부터 가지급금 명목으로 약 1,259억 원, 분식기장의 방법으로 약 213억 원 등 합계 1,472억 원 상당을 부당하게 법인 외로 유출해서 청구그룹이 부실화될 수밖에 없었다는 사실을 밝혀냈다. 그래서 법인 자금 인출에 관여한 장○○ 회장 등 그룹 경영진에 대하여 특정경제범죄가중처벌등에관한법률 위반 등으로 4명을 구속기소하고 3명을 불구속기소했다.

당시 나를 비롯한 우리 수사팀은 불법적이고 부도덕한 경영으로 기업을 도산시킨 기업주와 이를 묵인, 방조한 관계자에 대하여 엄중한 사법처리와 함께, 유용자금의 사용처를 철저히 수사하여 정·관계 비리를 색출하고, 국내외 은닉재산을 끝까지 추적하여 기업으로 환원을 유도하여 기업은 망해도 기업주는 산다는 그릇된 사회풍토를 혁신하고 경제정의를 실현하는 차원에서 약 1,472억 원 상당의 유용자금 사용처를 집중 추적했다.

그 결과 유용자금 1,472억 원은 장○○ 개인의 주식회사 청구 증자대금납입으로 839억 원, 장○○ 또는 그 측근 명의 부동산을 취득한 대금으로 210억 원, 장○○ 개인의 수익증권 등 은닉재산 형성에 300여억 원을 사용하고 나머지 123억 원을 비자금으로 조성한 것을 밝혀내고 이 비자금의 사용처를 집중 추적했다.

위에서 밝힌 비자금 123억 원 외에 장○○ 개인의 주식을 매도하여 마련한 매도대금 760억 원 가운데 장○○이 주식회사 청구에 대한 가지급금 정리를 위하여 489억 원, 주식회사 청구의 사채상환으로 106억 원, 주식투자 등 장○○의 개인 용도로 82억 원을 사용하고 나머지 83억 원을 비자금으로 조성한 사실을 밝혀내어 장○○이 만든 총 비자금은 206억 원으로 확인되었다.

장○○은 이렇게 만든 비자금 중 45억 원을 주식회사 청구가 대구지역 민영방송 주간사로 선정되도록 하는 과정에서 당시 김영삼 대통령의 총무비서관이었던 ○○○에게 관련 기관 청탁 명목과, 주식회사 청구가 민영방송 주간사로 선정된 것에 대한 사례금 명목으로 1994년 6월부터 1995년 3월까지 3회에 걸쳐 45억 원을 현금 또는 수표 등으로 건네주었다.

○○○은 1997년 12월 26일 대법원에서 한보비리 관련 사건으로 징역 6년을 선고받아 형 집행 중 1998년 1월 15일 형집행정지되었다가, 1998년 8월 25일 서울지검에 의하여 형집행정지가 취소되어 대구교도소에 다시 수감되었다. 형 집행이 곤란한 건강상태여서 형집행정지된 상태였지만 실제는 형 집행이 가능한 건강상태로 파악돼 형집행정지를 취소하여 수감한 것이다. 대구지역 민영방송 인허가와 관련하여 장○○으로부터 45억 원의 뇌물을 수수한 것은 특정범죄가중처벌등에관한법률 위반으로 1998년 10월 2일 불구속기소했다.

○○○은 45억 원 중 일부는 받은 사실을 시인하면서 그 가운데 일부를 1995년 지방선거 전에 친분이 있는 정치인에게 제공한 사실이 있다고 진술했다. 계좌추적 결과 일부 정치인들에게 제공된 사실을 확인했지만 관련자들의 진술 등을 종합해보니 청탁 등 대가성이 없는 선거지원금이거나, 정치자금인 것으로 인정되어 처벌하지 않았다.

장○○은 1994년부터 1997년 사이에 서울 강동구 소재 동서울상고를 이전하기로 하고, 그 학교 부지를 매입하는 과정에서 가격을 시가보다 싸게 매도해 달라는 청탁과 함께 그 대가로 비자금 가운데 65억 원을 동서울상고 재단법인 광숭학원 이사장 권○○에게 건네준 사실도 드러났다. 그래서 이사장 권○○을 배임수재로 구속하고, 동서울상고 부지 매매를 중개하면서 배임수재한 이○○을 구속했다. 이 사건에 관련된 이○○(주식회사 청구 전 대표이사), 윤○○(광숭학원 이사), 이○○(주식회사 청구

전 사업본부장)을 배임수·증재 등의 혐의로 지명수배하고 기소중지했다. 동서울상고 이전과 관련하여 광숭학원 이사장 권○○가 ○○○(서울 강동 을 국회의원), ○○○(서울 강동갑 국회의원)에게 이권청탁과 함께 금품을 교 부한 행위가 있어 불구속했다.

장○○은 또 1995년 2월경 왕십리역사 주식회사의 주식 12만 주를 전 삼미그룹 회장 김○○로부터 매입하면서 실제 매입가 30억 원이 아 닌 10억 원에 매입하는 것처럼 계약서를 작성하고 비자금 20억 원을 김 ○○에 지급하는데 사용했다. 전 삼미그룹 회장 김○○은 위와 같은 내 용으로 관할 세무서에 허위신고를 해 양도소득세 2억 원을 포탈하였으 나, 캐나다로 출국한 후 귀국하지 않아 1998년 7월 14일자로 기소중지 하고 지명수배했다.

장○○은 1993년부터 1997년까지 청구그룹이 서울, 경기, 부산 등지 의 주택사업을 도급받는 과정에서 각 지역 주택조합 간부 등에게 수주에 유리한 계약 조건의 채택 등을 부탁하고 이에 대한 리베이트로 약 50억 원을 사용했다.

또한 장○○은 부산 해운대 재개발과 관련하여 국회의원 ○○○(부산 해운대 기장갑)에 대한 로비자금으로 2억 원을 사용한 혐의도 있었다. ○ ○○ 의원이 계속 불응하여 조사하지 못했으나 장○○이 부산 해운대 재 개발과 관련하여 ○○○ 의원에게 청탁하고 금품을 교부한 것이라고 명 백히 진술하고 있고, 관련자들의 진술과 관련 장부 등 제반 증거를 종합 할 때 범죄혐의가 인정된다고 판단되어 불구속기소했다.

나머지 비자금 약 24억 원은 대부분 이○○ 등 주식회사 청구의 임직 원이 비자금 조성과정에서 횡령하였거나, 장○○이 해외여행 경비, 유흥 비, 본인 또는 가족들의 개인적인 소비 같은 사적인 용도로 사용했다. 그 중 일부 자금은 장○○이 1995년 지방자치단체장 선거, 1996년 국회의원 선거, 1997년 대통령 선거 등이 있는 해에 정당 및 후보자들에게 후원금 명목으로 사용한 사실이 확인되었으나 청탁 등 대가성이 인정되지 않고, 1997년 11월 14일 이전의 행위로서 정치자금에 관한 법률에도 위반되지 않아 처벌할 수 없었다.

청구그룹 장○○ 회장 수사와 관련해 당시 대구지검 특수부 부장은 대구 건설회사 보성의 사위였다. 그런데 청구와 경쟁 관계인 보성 사위 쪽에서 이 사건을 맡으면 말이 많아지고 비밀이 새나갈 수도 있다는 이유로 수사팀에 조사부장 조○○ 검사를 팀장으로 하고 나를 그 밑에 넣고, 특수부 검사 1명, 조사부 검사 1명 총 4명으로 팀을 꾸렸다. 팀을 꾸릴 때부터 우리는 이런저런 외압을 예상했다. 왜냐하면 청구가 그 당시 김대중 정부 쪽에는 로비를 하지 않았고 신한국당에만 로비를 많이 했다는 말이 돌았기 때문이다.

수사를 시작하면서 나는 청구와 그 자회사인 TBC와 관련된 문제를 집중적으로 조사하기로 사전협의하였다. 수사팀의 다른 검사들은 또 다른 파트를 파고들었다. 그러면서 내가 수사 실무를 총괄했는데 청구그룹 장○○ 회장의 횡령배임이 문제가 되었다. 그래서 장○○ 회장을 내 방에 데려다 놓고 이런저런 이야기를 하다가 저녁에 곰탕 한 그릇 시켜놓고 소주도 한잔 곁들였다. 처음에는 내가 소주 한 병 시켜 한 잔씩 하자고 했더니 그가 와인을 마시지 소주는 싫다는 표정이었다. 그때만 해도 일반인들에게 보통 와인은 상상도 못하는 시절이었다. 그런 사람에게 반주로 소주나 한 잔 하자고 하니 당연히 안 먹겠다고 거부했다. 나 혼자 앉아 반주로 소주 두어 잔 마시고 장○○ 회장에게 식사를 하라고 했더니 밥도 잘 안 먹었다. 그래도 나는 곰탕 한 그릇을 다 먹었다. 다음부터는 아예 식사를 시켜주지 않았다. 그렇게 며칠을 지나자 장○○ 회장이 먼저 밥을 시키면서 소주도 한 병 시켜달라고 해서 시켜주니까 두어 잔 마시기도 했다.

원래는 그렇게 하면 안 되고, 교도관이 보고 있어 눈치가 보이기도 했다. 그렇지만 수사를 하면서 먼저 사람의 마음을 열어야 하기 때문에 그런 경우가 가끔 있다. 담배 한 대 권하는 것이나 똑같은 것인데 나는 담배를 안 피우기 때문에 밥 먹으면서 가끔 반주로 소주 한두 잔을 권하면서 이런저런 이야기를 했다. 사전에 혐의사실을 준비해놓고 부르기 때문에 이야기를 들어봐도 사실 자기 변명밖에 없었다. 돈이 누구에게로 흘러갔고, 당시 회사 상태는 어땠고, 하는 것은 이미 다른 사람을 통해 파악이 된 상태이다. 다만 밑의 직원이 회장에 보고를 했다거나 이런 지시를 받았다거나 하는 것들에 관해 확인만 남은 것이지 객관적인 것은 모두 파악하고 있는 상태였다.

본인만이 알고 있거나, 본인만이 결정해야 하는 것, 회장이 가져오라고 한 돈은 어떻게 사용했는지, 하는 정도만 본인에게 물어보는 것이다. 본인도 그 정도는 조사가 되어 있고 직원들이 말을 했다는 것을 알고 온다. 최소한 구속 정도이면 많은 조사는 마쳤지만 막상 소환하면 변수가 생겨 사실관계가 다른 경우가 생긴다. 하지만 이런 경우 약간의 사실관계 오류에 그치는 것이 대부분이다. 장○○ 회장과 이런저런 이야기를 많이 했다. 그 이야기들 중에 단서가 되어 수사에 도움이 되기도 하고, 본인이 마음먹고 이야기하기도 했다. 또 생각지도 않았는데 돈의 사용처를 먼저 털어놓기도 했다.

청구 계좌 수사를 하면서 뭉칫돈이 들어간 것을 확인했는데, 대구에서 사업하는 사람의 돈과 청구 돈이 당시 ○○○ 경북지사에게 흘러 들어갔다는 말이 나왔다. 수사를 막 시작하려는데 영남일보 1면 톱으로 기사가 먼저 나가버렸다.

그러자 검사장이 큰일 났다며 영남일보 편집국장에게 이야기해 메인에서 기사를 뺐는데, 사이드에 강조한다고 밀어놓은 한 문장을 그대로 두는 바람에 이 부분만 보도가 되었다. 훗날 ○○○ 경북지사는 국무총리 후보 이야기까지 나왔는데 총리가 되지 못한 데에는 이런 일들이 약점으로 작용했을 수도 있다.

장○○ 회장은 부동산 개발 전망 같은 것을 보고 투자를 하는 능력이 뛰어났다. 그 당시 ○○○ 의원도 수사 대상이 되었는데 장○○ 회장이 땅을 사고하는 과정에서 뒷돈 준 것과 연관되어 수사하다 유탄을 맞은 경우였다.

○○○ 씨 사건 뒷이야기

나는 1997년 8월 27일 고향인 대구지검의 부부장으로 발령받아 형사2부에서 근무하게 되었다. 서울중앙지검 강력부, 인천지검 강력부, 서울남부지검 형사3부(특수)를 거치면서 구속시킨 사람이 너무 많아 고향에 가면 더 이상 그러지 않겠다고 다짐을 했다. 1997년 연말까지는 형사부에 근무해 이 약속을 지키고 있었는데 사정이 달라졌다. 1998년 3월 23일 ○○○ 검사장이 대구지검장으로 부임해왔다. 4월 무렵에는 '1997. 12. 26 부도처리된 청구건설 등에 대해 모종의 조치가 있어야 한다'는 신문기사가 실리더니 수사팀(조사부장 조○○, 본인, 특수부 김○○ 검사, 조사부 황○○ 검사)으로 차출되었고, 5월부터 본격적인 수사에 돌입했다.

(주)청구 등 청구그룹 계열사에서는 철도청, 대구시 등과 함께 출자해 민자사업을 추진 중이었다. 그래서 왕십리역사 개발, 대구복합화물터미널의 자본금과 청구가 대주주로 있던 대구방송의 자산을 청구로 대여한 상태에서 1997년 12월 26일 부도처리되어 철도청과 대구시 및 민간 출자금이 없어져 민자사업 추진이 불가능하게 되었다. 그 영향으로 대구방송이 부실화되는 등의 문제점이 있어 수사를 시작하면서, 위의 자금들이

어떻게 사용되었는지에 대해서도 함께 조사하게 되었다. 자금의 사용처를 조사하면서 당연히 정·관계에 사용된 것이 있는지도 들여다보게 되었다. 그 과정에서 1993년 2월 25일부터 1995년 12월 1일까지 대통령비서실 총무수석비서관으로 근무하였던 ○○○이 포착되었다.

○○○ 씨를 소환해 이런저런 이야기를 하는데 그가 '나는 1심까지만 돈 안 받았다고 버텨본다. 1심 선고 이후 깨끗하게 털고 정리할 것이다. 항소하지 않는다'고 했다. 그래서 알았으니 당신 뜻대로 하라고 했다. ○○○ 씨는 자신이 있어서 그렇게 이야기를 한 것이었다. 검찰에 들어오면서 수사관들에게 그런 이야기를 할 정도이면 자기는 빠져나갈 수 있다고 믿는 구석이 있었기 때문이다.

○○○ 씨는 1993년 2월 25일부터 1995년 12월 21일까지 대통령비서실 총무수석비서관으로, 1996년 5월 30일부터 제15대 국회의원(신한국당)으로 재직하던 중 ①1994. 12. 한보철강 정○○의 부탁을 받고 장○○ 외환은행장에게 청탁하여 미화 2억 원을 받고 ②1995년 6~7월 무렵 ○○○ 경제수석비서관을 통하여 김○○ 산업은행 총재에게 400억 원을 대출 청탁하고, 1995년 11월 말 무렵 한○○을 통해 이○○ 제일은행장에게 2,000억 원을 대출 청탁했다. 또한 1996년 11월 무렵 ○○○ 경제수석비서관을 통하여 우○○ 조흥은행장에게 500억 원을 대출 청탁했다. 1996년 2월부터 12월까지는 이○○를 통하여 신○○ 제일은행장에게 대출을 청탁해 주고, 1996년 2월부터 12월까지 4회에 걸쳐 대출 사례로 8억 원을 건네받아 총 10억 원을 수수하였다. 이 혐의로 1997년 2월 11일 구속되어 1997년 6월 2일 1심에서 특정경제범죄가중처벌등에관한법률 위반(알선수재)으로 징역 7년을, 1997년 9월 24일 2심에서 1년이 감형되어 징역 6년을 선고받았다. 그 후 1997년 12월 26일 대법원에서 상고 기각되어 징역 6년이 선고된 2심 판결이 확정되

었다.

판결이 확정됨에 따라 국회의원 신분은 상실되었고 판결 확정 후 1달이 채 되지 않은 1998년 1월 18일 ○○○ 씨는 형집행정지로 석방된 상태에 있었고, 청구 수사를 하면서 대검 계좌추적반의 도움을 받아 가까스로 혐의를 입증해 소환 조사를 할 수 있었다.

(주)청구와 관련해 ○○○ 씨는 대통령비서실장이 주재하는 수석비서관 회의에 참석하여 민방사업자 선정 등 주요 국정현안에 대한 의견을 개진했다. 대통령에게 현안을 건의하는 등의 지위에 있으면서, 1994년 6월 (주)청구가 대구지역 민방사업의 지배주주로 선정될 수 있도록 해달라는 장○○의 청탁을 받고 그의 처를 통해 5억 원을 건네받았으며, 1994년 7월 같은 청탁과 함께 직접 20억 원을 수수했다. 또한 1995년 3월 (주)청구가 민방사업의 지배주주로 선정된데 대한 사례금으로 20억 원을 교부받았다가 10억 원은 돌려줘 합계 35억 원의 뇌물을 수수한 혐의였다.

수표로 받았기 때문에 계좌추적을 해서 진술을 뒷받침할 수 있는 증거를 확보해야 하나 (주)청구 자금팀이 여러 은행에서 현금으로 인출해 회사 내 금고에 보관하고 있다가, 또다시 여러 은행으로 다니면서 수표로 바꾼 후 제3자 명의의 계좌를 임시로 만들었다. 이렇게 만든 계좌에서 수표로 인출하거나, 제3자 명의의 계좌를 통장 및 도장, 비밀번호와 함께 건네주는 등 계좌추적을 피하는 다양한 방법을 사용하였다. 현금이나 수표로 얼마를 만들어 오라고 하면 지시대로 자금팀에서 돈을 만들어 가기만 할 뿐이어서 그들도 이 돈들이 어디에 사용되는지 몰라 처음에는 잘 기억해 내지 못하였다. 5월 하순경 장○○ 회장을 구속하고 자금추적에 들어갔으나 성과가 없어 대검 계좌추적반으로부터 지원을 받아 2개월 정도가 지난 7월 하순 무렵에야 ○○○ 씨와 관련된 자금추적이 성과를 거두게 되었다.

어렵사리 계좌추적에 성과를 거두고 보니 구속사안이어서 신병처리를 어떻게 할 것인가가 다시 문제가 되었다. 1998년 1월 18일 ○○○ 씨는 형집행정지로 석방되었는데 법전에 보면 형집행정지는 '징역형을 선고받은 자가 심신의 장애로 의사능력이 없는 상태에 있을 때에는 검사 지휘에 의하여 심신장애가 회복될 때까지 형의 집행을 정지한다'고 규정되어 있어 이미 '심신의 장애로 의사능력이 없는 상태'라고 검사가 판정해서 형의 집행을 정지시켜 놓은 사람을 구속 수감할 수 있느냐는 것이었다. 구속과 관련해서도 '법원이나 검사는(구속을 감내할 수 없는) 상당한 이유가 있는 때에는 구속 집행을 정지시킬 수 있다'고 되어 있는데 '심신장애로 의사능력이 없다'고 판정해놓아 구속집행을 정지해야 하는 상태인 사람을 구속하겠다고 하는 것과 마찬가지였다. 이 상태로 구속영장을 청구했다가 법원에서 검찰의 형집행정지 결정처럼 '심신의 장애로 의사능력이 없는 상태'라며 영장을 기각하더라도 아무런 이의를 제기할 수 없게 될 수도 있었다. 그래서 ○○○ 씨를 소환하여 혐의사실을 조사하면서 심신장애로 의사능력이 없는 상태인지 여부도 함께 확인한 후 형집행정지를 재검토해 주도록 상부에 건의하였다.

○○○ 씨를 소환하여 혐의사실을 직접 조사하며 피의자신문조서를 작성하였다. ○○○ 씨는 수뢰사실이나 청탁받은 사실을 극구 부인하였지만, 나와 조서 없이 대화하는 가운데 기소여부에 대해 물어보기에 기소될 것이라고 했더니, 1심만 다투어 보고 유죄판결이 선고되면 곧바로 항소 포기하고 다른 길을 찾을 것이라고 했다. 이미 한보사건과 관련해서 6년 형을 선고받아 1년 정도 복역했고, 이번 수뢰건은 공소사실이 인정되면 법정 하한이 최소 5년 형이어서 합하면 10년 정도를 교도소에서 복역해야 하는데 가능하겠느냐고 했더니 웃기만 했다.

두 번인가 소환 조사한 끝에 이미 내려져 있던 형집행정지가 취소되었고, 1998년 8월 26일 ○○○ 씨를 대구교도소에 수감(6년 형 받은 한보사건의 형집행을 위해)하였지만 마무리 조사가 된 다음인 1998년 10월 2일 불구속기소되었다.

1999년 2월 13일 1심 재판부는 ○○○ 씨에 대해 징역 5년의 유죄판결을 선고하였다. 선고 당일 ○○○ 씨는 항소를 제기하였다가 곧바로 취하하였고, 검사의 ○○○ 씨에 대한 양형부당 항소는 1999년 10월 5일 기각되어 1999년 10월 13일 5년 징역형이 확정되었다.

한보 관련 6년 형 중의 남은 형과 본 건 5년 형을 합하면 대략 10년 정도를 복역해야 하는데 1999년 8월 18일 모 김○○ 씨가 위독하다는 이유로 형집행정지 처분되었다가 장례식 후 1999년 9월 8일 다시 수감되었다. 2000년 2월 24일 의정부교도소로 이감된 후 2000년 8월 15일 형집행정지로 출소하였다. 그 후 다시 교도소에 수감되지 않고 있다가 2003년 8월 15일 형선고실효 및 잔형집행면제사면으로 특별복권되었다. 총 11년 형을 선고받아 2년 남짓 교도소에서 수감되어 있었던 셈이었다. ○○○ 씨가 장담한 대로 모든 상황이 종료된 것이었다. 반면 ○○○ 씨에게 뇌물을 준 혐의 등으로 5년의 실형을 선고받은 (주)청구 장○○ 회장은 형기 만료일까지 교도소에서 복역하다가 출소하여 극히 대조적이다.

나는 그 뒤 대검 연구관으로 발령받아 근무하면서 1999년 신동아 10월호에서 모친상으로 일시 형집행정지 중인 ○○○ 인터뷰 기사를 본 적이 있다. 이 기사의 내용 중 일부를 옮겨보면 "YS가 한 푼의 정치자금도 받지 않겠다고 선언을 한 뒤에는 이른바 '정권관리자금'의 조달과 지출은 자연스레 그의 몫이 됐다. 받은 돈은 옛날에 어려웠던 민주화 투쟁을 함께한 여야 정치권 주변 인사들은 물론 빠듯한 예산에 힘들어하는 청와대 내 여러 부서에도 전달된 것으로 알려져 있다.""청구로부터 받은 10억 원도 1995년 지방선거를 앞두고 전국 각지에서 한 푼 두 푼씩 지출된 것으로 파악됐다. 정치인들에게 두루 '배급'되었음을 암시하는 대목이다.""(1992년) 대통령 선거 때 돈 많이 쓴 것도 사실이다. 아마 1,000억 원은 더 썼을 것이다.""현 여권에 있는 인사 서너 명도 ○ 의원 도움을 받았다는 애기는 사실인가? 사실이다.""한나라당과 국민회의 일부 인사들에 대한 ○ 전 의원의 엇갈리는 감정은 국민회의 일부 중진이 자신의 사면문제에 대해 애를 써준 반면, 한나라당 일부 인사들이 도리어 쌍심지를 켜고 자신을 비리정치인의 표본으로 몰며 등을 돌린데 대한 배신감에서 나오는 것 같았다.""당시 야당 대변인과의 관계에 대해 한나라당에서 의혹을 제기한 바 있는데? 야당 대변인하고 만나서 내가 좀 도와줬다. 그 도와준 게 뭐 돈으로 도와준 게 아니고 폭탄주 마시면서 '언어순화' 좀 하라고 당부하는 거다"는 등의 내용이 포함되어 있었다. 이 기사를 읽으면서 ○○○ 씨가 조사받을 당시 검사인 나에게 했던 말이 떠올랐다.

○○○ 씨는 1심 재판에서 유죄가 선고되자 곧바로 항소 포기하여 형을 확정했고 형집행정지를 반복하다가 결국 사면, 복권되었으니 검사에게 큰 소리친 대로 다 이룬 것과 다름없어 수사검사로서는 허망한 느낌을 지울 수 없다. 이럴 바에야 뭐 하러 고생고생하며 계좌추적하고 수사팀을 만들어 조사하며, 재판은 왜 해야 하는지…… 인터뷰 기사가 나온 시점(1999년 10월 신동아)이 형이 확정(1999. 10. 13)된 시점과 공교롭게도 일치하는 것으로 보아 당시 여권에 있던 인사들에게 도움을 주었다는 사실을 상기시켜 준 게 아닌가 하는 생각마저 들 정도였다. 이렇게 될 것을 뭐 하러 수사했을까?

자기네들끼리는 돈으로 모든 것을 해결하고 처리하는 것이었고 그런 것을 모르는 사람들은 바보였던 시절이다. 그런 시절에 정치를 했으면 아마 땅 짚고 헤엄쳤을 것이다. 그 당시에는 천문학적인 돈이 정치권에 쏟아져 들어오는 시기였다. 지금은 상상을 할 수 없는 시절이었다. 정치권에서 그런 풍토가 거의 사라진 것은 금융거래실명제 여파도 있지만 국민들의 의식이 많이 달라졌기 때문이었다.

대구지검 의성지청장
— 1998. 8. 26~1999. 6. 16

좌천성 영전

청구사건 수사 도중 토요일 퇴근시간 무렵이었다.

○○○ 중앙수사부 수사기획관으로부터 수사 진행 상황을 ○○○ 검찰총장께 브리핑해야 하니 직접 준비해서 월요일에 보고하기 바란다는 연락을 받았다. 그래서 ○○○ 부장, ○○○ 검사장에게 보고하였더니 수사기획관이 왜 부장이나 검사장을 통하지 않고 별개 라인을 통해 보고하도록 하냐며 꾸지람이었다. 결국 토요일부터 퇴근도 못하고 이틀간 보고 내용을 만드느라 고생만 하고 끝났다.

청구사건의 비자금 수수처는 민주당이 아니라 신한국당 측에 몰려있어 민주당 쪽에서 관심이 많았다. 그런데 수사를 하면서 대구지검이 대검에 보고를 제대로 하지 않고 수사를 편향되게 한다고 민주당 쪽에서 불만이 많았다. 결국 검사장 밑의 차장을 전라도 사람으로 교체하고 부장을 바꿀 수 없으니 부부장 검사였던 나를 1998년 8월 26일자 인사이동에서 의성지청장으로 영전시켜 보냈다. 15기 동기들이 지청장으로 갈 수 있는 작은 지청 14개 중의 하나였다. 차장과 나를 반발하지 않게 수사팀에서 뽑아내느라 의성지청장으로 보냈다. 드러낸 좌천은 아니지만, 정확히 말하자면 좌천성 영전이었다. 전라도 전주 사람을 차장으로 바꾸고 내가 있던 자리는 충청도 사람인 우리 동기를 넣었다. 그렇게 하면 원활하게 보고받고 껄끄러운 일이 발생하지 않을 것이라는 계산이 작용한 결과였다. 수사 중에는 검사를 잘 바꾸지 않는 것이 관례인데 매우 예외적이었다.

의성지청에 부임해 근무하는데 안동지청 사무감사를 나온 ○○○ 대구고검 검사를 안동에서 만났다. 그 검사가 청와대 민정수석비서관으로 근무하다 검사장으로 승진했다는 소식을 대구고검 차장검사로 근무 중이던 ○○○검사장으로부터 들었다는 말을 전해주었다. 청구사건의 수사팀이 모두 대구 경북 출신이거나 경기고 출신이어서 위에서 수사 상황을 제대로 파악하지 못해 수사팀 교체를 결정하고, 인사에 맞춰 주임검사를 빼내고 보직을 옮긴 지 6개월밖에 안 된 ○○○ 대구지검 1차장도 부산지검 1차장으로 좌천성 영전을 시킨 것이라고 했다.

의성지청장 때는 시간적인 여유가 많았다. 매일매일 수사업무에 쫓기다 좀 쉬고 재충전을 하는 시간이었다. 당시 ○○○ 고검장이 문제를 일으켜 말들이 많은 시기였는데 최명희 작가의 소설 『혼불』 10권을 구입해 보내드리고 편안해지면 읽으라고 위로를 보내기도 했다. 약 1년 정도 그곳에서 보내면서 지청의 발전과 인화를 위해 노력했다.

상반기 검찰총장 기관표창(대친절상) 수상

의성지청이 내가 지청장으로 근무하던 1999년도 상반기 검찰총장 기관표창(대친절상)을 수상하였고, 1998년 재산형집행률 최우수청으로 선정됐다.

재임기간 중 농정보조금편취사범 및 자연훼손사범 4건 7명, 농·축협 비리사범 3건 6명, 학원폭력사범 12명, 농한기도박사범 5건 22명을 인지하고 광범위한 수사를 진행했다.

주1회 전 직원이 참여하는 축구경기를 통해 협동, 인화, 건강의 중요성을 느끼도록 해 밝고 명랑한 가운데 업무가 이루어지도록 노력하기도 했다.

대검 검찰연구관
— 1999. 6. 17 범죄정보기획관실, 1999. 8. 26 통합운영연구관

동향과 정책

동향과 정책

'동향과 정책'은 대검 범죄정보기획관실에서 매일 작성하여 김대중 대통령에게 보고하기 위해 만든 보고서 제목이다. 나는 1999년 6월 17일부터 8월 25일까지 범죄정보기획관실에서 연구관으로 근무하면서 '동향과 정책'을 만드는데 관여하였다. 범죄정보기획관실에서 진행되는 업무에 대해 언론과 국회 국감에서 각각 문제가 제기되었는데 그 내용을 먼저 소개한다.

· 1999. 7. 14자 내일신문 기사

— '대검 범죄정보기획관실, 이래도 되나' '대통령 방미 여론조사, 청와대에 보고' '비리 정치인 혐의 내용도'라는 제목

— 기사내용 요지

김대중 대통령이 필라델피아 인권상 수상과 함께 한미 정상회담을 위해 방미 중이던 지난 5일 기획관실은 김 대통령의 방미 성과를 묻는 여론조사를 실시했다. 기획관실 소속 30여 명의 직원들은 수일에 걸쳐 면접조사방식으로 조사를 진행했고 이렇게 모아진 시중 여론은 기획관실 내의 연구관 검사들의 판단과 정리를 거쳐 검찰 수뇌부에 제출된 뒤 청와대에 전달된 것으로 알려졌다.

검찰은 비리 정치인 혐의와 주요 정국동향, 남북관계에 관련된 사항까지 정보보고서를 작성, 이중 핵심적인 사항을 청와대에 주기적으로 제공해왔다. 기획관실 관계자는 지난해 말에는 ○○○ 양 비디오에 관한 보고서를 ○양 사진까지 첨부해 제출했다고 말했다. 또 보고서의 시각효과를 높이기 위해 올해 초 컬러프린트를 구입하는 부산을 떨기도 했다.

· 국회의 대검찰청 국정감사

— 1999년 10월 14일. 대검찰청에서 열린 국회 법제사법위원회의 대검 국정감사에서 ○○○ 의원과 ○○○ 검찰총장 간의 질의, 답변 내용이다.

— ○○○ 위원

(다른 내용을 질문한 후) 대검에 범죄정보기획관실이 있습니다. 여기 보면

제1담당관이 부정부패사범정보, 경제질서저해사범정보, 신문, 방송, 간행물, 정보통신의 공개정보와 그 외 각종 공개범죄정보, 제2담당관은 대공, 사회단체 및 종교 관련 단체 공안사건 범죄정보, 선거, 노동 관련 정보, 아마 하나는 일반 범죄, 하나는 공안 범죄 이렇게 나눈 것 같습니다. 그리고 범죄정보수집이 필요합니다. 그러나 1999년 1월 10일 행자부에 58명의 소요정원을 요구했는데 반영이 안 되었고 예산도 없다고 하는데 제가 알기로는 현재 30명 내지는 많게는 70명 선으로 알려지고 있습니다.

그리고 여기에서 범죄정보수집은 안 하고 대통령의 국민과의 대화, 대통령 방미, 파업유도사건, 현대주가조작사건, ○○○ 구속에 대한 여론, 중앙일보 ○○○에 대한 탈세 및 구속 관련 여론동향 이런 것을 직접 조사해서 청와대에 보고하고 있고 언젠가 제가 간접적으로 듣기에 청와대에서 검찰의 정보보고가 더 정확하다고 해서 굉장히 신뢰하고 있는 것으로 알고 있습니다.

그리고 이런 여론조사를 60회 이상 하고 있는 것으로 알고 있고 최근에는 내년 총선 관련 주요 동향파악, 정치개혁입법 특히 선거구제, 정당명부제 이런 여론동향조사를 하고 범죄정보와는 전혀 관련이 없는 조사를 하고 있는데, 검찰이 수사도 하고 정보도 수집하고 또 정보기관 따로, 이렇게 해서 우리 당에도 출입하고 있습니다. 총장께서는 실제로 여기서 무슨 일을 하고 있는지, 여론조사를 한 일이 있는지, 그리고 예산은 얼마이고, 인원은 얼마인지 말씀해 주십시오. 또한 소속 직원들이 정보과로 오면 가산 점수를 주어 포상 점수를 주고 있는 것으로 알고 있습니다. 그리고 부산과 지방에도 하고 있는데 실제로 수집한 정보가 범죄수사로 이어진 성과가 얼마인지 말씀해 주십시오.

　— 검찰총장 ○○○

(다른 위원들의 질의에 답변한 후) ○○○ 위원님께서는 대검 정보기획관실에서 범죄정보보다 일반 현황 관련 정보수집에 치중하면서 관련 여론조사도 실시하고 있다고 지적하신 후 범죄정보기획관실에서 지금까지 행한 여론조사 내역, 범죄정보기획관실 인원, 예산 및 실적 등을 물으셨습니다.

범죄정보기획관실에서는 범죄정보수집 활동을 하고 있을 뿐 위원님께서 지적하신 바와 같이 일반 현황에 대한 여론조사를 실시하는 등 업무 범위를 벗어난 활동을 하지 않는 것으로 알고 있습니다.

현재 범죄정보기획관실 정원은 기획관 1명과 담당관 2명, 수사관 6명, 일반직원 6명 등 총 15명이며 이 15명으로는 태부족해서 일선에서 지원받아 지금 모두 26명이 근무 중에 있습니다.

예산은 범죄정보수집 업무 관련 국내 여비 8,682만 원과 경상경비 742만 원 등입니다. 아직 인원과 예산이 부족해서 충분한 실적을 올리지 못하고 있으나 범죄정보기획관실 발족 이후 지난 8월 30일까지의 실적을 말씀드리겠습니다. 제1담당관실에서는 그동안 수집된 범죄정보 중 67건은 범죄수사지휘를 했고, 제2담당관실은 일선청의 공안 관련 정보보고 등을 취합, 관리하고 있습니다. 또한 서울지검 범죄정보과는 43건, 부산지검 범죄정보과는 77건의 범죄정보를 수집했습니다.

앞으로 위원님께서 우려하시는 바와 같이 범죄정보기획관실이 설치 목적에 어긋나는 일을 하는 일이 없도록 철저히 지도, 감독해 나가겠습니다.

— ○○○ 위원

총장님, 한 가지 분명히 하겠습니다. 지금 총장님께서는 원래의 범죄정보수집 이외에 그 어떠한 일도 안 하신다고 말씀을 하셨지요? 그것 분명합니까?

— 검찰총장 ○○○

예.

— ○○○ 위원

알겠습니다.

대검 범죄정보기획관실에서의 업무 내용

■ 1999년 6월 17일 대검 검찰연구관으로 발령받은 그날부터 1999년 8월 25일까지 2개월 동안 범죄정보기획관실에서 연구관으로 근무하였는데 그때 있었던 일들이다.

■ 그곳에서 근무하는 직원들과는 접촉할 기회가 없어 이들이 어떤 활동을 하였는지에 대해서는 알지 못하고, 먼저 와서 근무하고 있던 김○○ 검사, 이○○ 검사와 점심을 같이 하거나 회의에 참석하며 업무를 배웠다. 이 당시 업무는 '동향과 정책'이라는 보고서를 매일 만들어 내는 것이었고, 대통령이 해외출장 갔을 때는 보고서를 작성하지 않고 다음 보고서 작성을 위해 대비하며 다소 여유를 가질 수 있었다.

'동향과 정책'은 15페이지 내외의 분량으로 1개 주제를 1페이지에 담아내는데, 비중이 있는 경우는 3페이지에 담아내기도 하였다. 동향은 정치인, 사회 저명인사 등의 발언, 동정에 대한 것이고, 정책은 정치적인 사항이나 현안 또는 수사상 드러난 문제점에 대한 제도 개선 내지 의견 제시에 대한 것인데 매일 반반 정도의 비율로 보고서가 만들어졌다.

내가 들어가서 근무할 당시 ○○○ 범죄정보1담당관이 보고서 작성을 기획 및 총괄하였고, ○○○ 범죄정보2담당관은 정치인, 사회 저명인사 등의 동향과 관련된 부분을 담당하였다. 먼저 전입와 근무 중이던 ○○○ 검사가 정책파트와 관련된 부분을, ○○○ 검사가 동향과 관련된 부분을 담당하고 있었다. 내가 새로 전입해 가자 주로 일선 검찰청에서 수집하여 보고한 내용(수사결과에 따라 드러난 문제점이나 제도 개선 사항, 지역 동향

등)을 보고서 틀에 맞도록 작성하도록 지시받아 하루에 2~3개 제목의 보고서를 작성하였다.

당시 보고한 내용 가운데 기억나는 것은 선거구제에 대한 정책보고를 ○○○ 연구관이 작성하였는데 결론은 당시의 소선거구제를 중선거구제 내지 대선거구제로 바꾸어야 한다는 보고서였고, 보고서가 올라간 뒤 얼마되지 않아 청와대에서 선거구제 변경을 검토하고 있다는 언론보도가 있었던 것으로 기억하고 있다. 동향과 관련해서는 현재는 여성부 장관이겠지만 그 당시는 여성위원회 위원인가 하는 분이 심야에 어떤 남자와 둘이서 차를 타고 가다가 교통사고를 일으키고 안양경찰서에서 조사를 받았는데 동승한 남자와의 관계에 대한 보고서를 보았던 기억이 있다.

이곳에 근무하면서 검사들이 이런 보고서를 만드는 것이 옳은지에 대해 상당한 의문을 가졌고, 다음 보고서 작성에 참고하기 위해 먼저 만든 보고서를 파일철에 끼워둔 것들을 아직까지 가지고 있는데 이 보고서들을 유형별로 분류하여 제목만 게재해 보았다.

〈정책(현안 관련)〉

· 조계종, 도난 불교문화재 찾기에 나서
· 국민의 정부에 걸맞는 을지훈련되어야(2page)
· 재벌개혁, 20세기 마지막 숙원사업(4page)
· 최근의 밀입북, 방북행적, 대학생들도 부정적
· 민노총 방북 목적 위반 활동 탄력적 처리해야(여론)
· 언론사 세무조사 원칙대로 처리되어야(2page)
· 검사들, 특검법 내용 좋지만 파장 우려해(2page)
· 재개발사업 추가 공사비, 보험처리가 효과적
· 교통안전기금, 징수근거 마련해야

- 태풍피해 복구 및 지원활동에 검찰도 일조(2page)
- 식품위생법상 과징금, 목적에 맞게 활용해야
- 화성 씨랜드 참사는 인재 그 자체(2page)
- 조세제도, 공평과세 중심으로 변해야
- 무학력자 위해 운전면허 필기시험 바꿔야
- 보호받지 못하는 횡단보도도 있어
- 저작권 위탁관리업체, 고소대리 못하게 해야
- 변종 대게, 포획금지여부 가려 혼선 막아야
- 파출소, 도시는 없애고 농촌은 유지해야(2page)
- 치아교정, 보철도 의료보험 적용해야
- 폐비닐 수거도 실명제로 효과 기대
- 장애아동 위해 특수교사 충원 필요
- 콜라텍, 청소년 출입 허용해 주어야
- 은밀한 성전환 수술, 통제수단 있어야
- 공사 중단 골프장, 방치해 둘 수밖에 없어
- 3억 원짜리 감리를 1원에 낙찰받아
- 세금체납된 차량은 폐차도 못해
- 농협 미곡처리장 건설, 신중해야
- 양돈 분뇨 처리 방식 개선되어야
- 중고차 판매상 난립으로 소비자만 손해
- 바닷모래 아파트, 안전점검 및 재건축 대비해야
- 공익근무요원 효율적으로 활용해야
- 국민회의 한겨레 상대 민사소송 흐지부지
- 장애인 차량 혜택받기 쉬워야
- 식품행정체계 일원화되어야

· 지방세 분납, 서민도 가능해야

· 현직 검사, KBS 상대 손해배상소송 승소(2page)

· 두뇌한국 21 사업, 계속 추진해야(3page)

〈정책동향(지역)〉

· 위천공단, 대구지하철 부채로 대구시민 불만 커

· 제주항, 국제유람선 체항시설 갖춰야

· 태백시, 고원 관광도시로 발돋움

· 지리산 계곡, 작년 호우피해를 전화위복으로

· 의왕시 동사무소, 문화공간으로 탈바꿈해

· 의성 마늘, 주아재배로 농촌경제에 한몫

· 대구시, 담장 자리에 녹색공간 만들어

· 대구 금호강, 생태계 복원 필요해

· 정선아리랑을 전 세계에 알려

· 홍도 풍란 복원작업, 어려움도 있어

· 대구의료원, 직원 감축보다 경영혁신 택해

· 대구시직장협의회, 시장과 열띤 토론

· 한일어업협정 여파로 어민들 해상 시위

· 고압송전탑 건설, 뒤늦게 주민 반발

· 대구경제 회복세로 접어들어

· 금강산에 이어 백두산 뱃길이 속초에서

· 동향 : ○○○ 대법원장, 퇴임 앞두고 소회 피력

· ○○○ 시장 불구속, 형평성 논란

· 전 신동아 부회장 ○○○(신동아 측 로비스트), 강간 피소. YS, 페인트 달걀에 명예훼손 피소까지

· 노무현 경남도지부장, 후원회 활성화 어려울 듯
· 창원터널, 20년 뒤 기부채납에서 조기 인수로 특혜 논란

〈수사결과에 따른 제도개선〉
· 신용보증서 부정발급 막을 대책 필요해
· 사학재단의 고질적 비리 근절되어야
· 대형건축물의 미술품 납품 위해 로비성행
· 컴퓨터게임방 단속법, 형평에 맞지 않아 행정처분위소판결이 면죄부되고 있어
· 용주골에 36억 원짜리 윤락용 건물 등장
· 미공개정보 이용 주식거래 처벌 확대해야
· 구청발주 소액공사도 감리받도록 해야
· 폐광지역 대체산업육성자금 융자 쉬워야
· 한 · 중 마약대책회의 조속히 창설되어야
· 신협, 사금고처럼 운영돼 비리 투성이
· 유해업소 출입 청소년, 보호관찰 고려
· 순환근무로 임업직공무원 비리 막아야
· 재판 불출석 피고인에 대한 구속 남용돼
· 씨랜드 참사 부른 건축법 조항 개정돼야
· 금은 추출업체, 악성 폐수를 마구 버려
· 의료계, 의료장비 납품을 둘러싼 비리 심각
· 가짜 KS 표지 붙인 수도관 부품 나돌아
· 부도업체 방치 폐기물 한강 유입 전 처리

등과 같다.

이렇게 만들어지는 '동향과 정책' 보고서는 그 분량이 10~15페이지 정도이고, 칼라 복사기로 출력하여 ○○○ 대검차장, ○○○ 검찰총장에게 먼저 보여드린 후 밀봉하여 인편으로 대통령, 대통령 비서실장, 민정수석비서관, 법무부 장관에게 매일 보내는데 대통령 외에는 보고서 중간 부분에 넘버링을 찍어 행여 이 보고서가 유출되었을 때 누구에게 유출되었는지 알 수 있도록 하였다.

■범죄정보기획관실이 생긴 이후에 '동향과 정책'이 만들어지기 시작하였고, 보고된 전체 분량은 상당히 많았던 것으로 알고 있으나 1999년 7월 9일 조폐공사 파업유도 특검 측에서 대검 공안부(공안2과)를 전격 압수수색하자 1999년 7월 14일자 내일신문에서 보도한 것 등이 문제가 되어 범죄정보기획관실도 압수수색당하는 일이 생길지 모른다는 말이 떠돌았다. 그 과정에 청와대 등에 보고한 '동향과 정책' 전체 내역이 압수되면 큰일이라고 고민하는 모습도 보았다. 여름휴가를 다녀와 출근했더니 ○○○ 범죄정보1담당관이 여직원을 동원하여 보관 중이던 종이 보고서(동향과 정보 등)를 전부 폐기하고 압축 파일로 만들어 별도로 보관해 두었다고 하였다.

■나는 1999년 6월 17일 대검 연구관으로 발령받으면서 곧바로 범죄정보기획관실에서 근무하다가 2달여 만인 8월 26일 대검의 다른 부서 연구관으로 옮겼다. 이처럼 짧게 근무하게 된 것은 이곳에서의 업무 내용이 검사로서 해도 되는 일인지에 대해 상당한 회의가 들었기 때문이었지만 결정적인 이유는 다른 것이었다. 그 무렵 김영삼 대통령 아들 김○○에 대해 8.15 사면 여부가 언론에 크게 논란이 되다가 결국 김대중 대통령이 1999년 8월 15일 광복절을 기해 김○○을 사면하였다. 이때 동

향정보와 관련된 보고를 주로 담당하던 ○○○ 연구관도 갑자기 그만둔
다며 사직서를 제출했다. 그것을 보고 나는 사면을 반대해 사직하는 것
이라면 언론의 주목을 받게 되고, 처음 개업하는 변호사로서 자연스럽게
이름이 널리 알려져 사건 수임에도 도움이 되지 않겠느냐고 ○○○, ○
○○ 연구관과 농담을 주고받았는데 이 농담이 윗사람들에게 전달되었
는지 그다음 인사 때 곧바로 대검 다른 부서로 발령을 받았다. 사실 업무
수행 능력이 다른 연구관들보다 좀 모자라기도 했다.

■당시 함께 근무한 분은 ○○○ 범죄정보기획관인데 검사를 사직한
후에 2007년 열린우리당 법률구조위원장으로 진출하였다. 또 ○○○ 범
죄정보1담당관은 김대중 대통령이 집권하고 있던 2000년부터 2002년
까지 청와대 민정비서관으로 근무하였다. ○○○ 연구관은 사직하고 김
앤장법률사무소로 갔다가 2002년도에 청와대 민정수석실 행정관으로
근무하였다.

이 부서에서 근무한 사람들은 인사에서도 특정 정당이나 특정 대통령
(DJ)의 비서실 근무도 눈에 띄이지만, 정치적 편향성을 직접 글로 작성
해서 드러내거나 행동으로 드러낸 사례도 있었다. 첫 번째는 노무현 대
통령 당선 이후 2003년 2월 3일 현대상선의 대북 4,000억 원 지원설과
관련하여 검찰에서 수사를 유보하기로 결정하였다. 이 부분에 대해서는
DJ 측도 같은 의견이었는데 ○○○ 연구관이 e-Pros 검사 게시판에 '대북
송금사건 수사유보 결정의 당위성'이라는 제목의 글을 게시한 바 있다.(그
런데 대북송금 사건 수사유보 결정은 노무현 대통령이 유보 결정을 번복하고 국회에서
수사를 위한 특검법안이 통과되어 유지되지는 못하였다.) 두 번째는 노무현 대통령
과 검사들 간의 '검사와의 대화'를 위해 2003년 3월 8일(토) 참석 검사들
을 서울중앙지검에 모아놓았을 때, '부산동부지청에서 청탁전화, 병풍수사

관련 검찰이 야당을 봐주는 수사를 한다고 비난 성명' 한 것 등에 대한 자료준비 및 질문사항을 ○○○ 연구관 등이 나서서 지도하기도 하였다.

'동향과 정책'과 검찰 업무

■나는 2달 만에 위 부서를 떠나게 되었지만, '동향과 정책'은 그 뒤에도 계속해서 만들어진 것으로 알고 있다.

○○○ 총장 때 시작되어 ○○○ 총장 때까지 계속되었다고 하고, 그 뒤 ○○○ 총장 때도 계속되었는지는 모른다.

○○○ 총장 때 ○○○ 씨가 대검 차장을 하였고, 범죄정보기획관실이 대검 차장 직속 부서여서 아마도 계속되지 않았나 싶은데 확실하지는 않다. 검찰에서 이러한 보고서를 만들면 안 된다는 것은 실무작업을 총괄한 ○○○ 1담당관이 압수수색에 대비해 모든 문서를 폐기했던 것을 보면 저절로 알 수 있다.

이들이 그 뒤에 모두 대통령 비서실로 근무지를 옮기거나 정계로 입문한데서 드러나듯 '동향과 정책'은 검찰의 정치적 중립이나 독립과는 거리가 먼 행적이라는 것을 알 수 있을 것이다.

■총장의 국감 답변은 위증(?)

○○○ 검찰총장이 ○○○ 의원의 질의에 대해 국회에서 답변한 내용은 위증이 아닌가 생각한다.

'동향과 정책'이 만들어진 것을 직접 목격도 했고, 내용도 기억하는데 대통령 방미에 대해 여론조사 수준으로 조사한 것은 아니지만 여러 사람들의 의견을 듣고 이를 취합하여 항목별로 정리(동그라미 안에 내용을 보기 좋게 기입)한 것이 있었다. 그 외에도 여러 가지 사안에 대해 같은 방식으로 여론동향을 파악해 보냈고, 정치적인 안건(예:선거구제 등)에 대해 외국 사례를 기초로 한 근거를 연구관 검사가 작성해서 보낸 것으로 알고 있다.

전자도서관 사업 추진

대검 중앙도서실 도서관에 수사자료 50,000면을 수집하여 체계적으로 정리한 후 수사 참고자료로 비치하고 전자도서관 사업을 추진했다.

지금 생각해보면 이것이 일종의 인공지능을 시작한 것이 아닐까 싶다. 그 당시에는 이렇게 방대한 작업이 가능하겠냐고 반신반의하면서 시작했지만 어떻게 보면 인공지능의 시초일 수도 있다. 나는 인공지능의 세계를 조금은 알고 이해하는 편이다. 왜냐하면 그 당시 자료수집을 하면서 검색 시스템에 관심이 많았다. 모든 자료를 집어넣을 수 있다면 참으로 괜찮은 사업이라는 생각이 들었다. 그런데 관건은 자금이었다. 일종의 빅데이터 같은 것인데 예산 제약으로 인해 작업이 원활하지가 않았고, 그동안 쌓여있는 수많은 자료를 입력하는 것도 역시 수월치 않았다. 사람을 고용해서 입력해야 하는데 쉽지 않았다. 그래도 나름대로 열심히 자료를 입력해 당시 검찰총장이 쓴 논문자료를 데이터로 찾는 방법을 시연해 보이기도 했다. 검찰청 도서관에 가면 지금도 그것이 있는지 모르겠지만(모든 서류를 전산화하지는 못했지만) 찾아낸 서류의 목록을 파일로 정리했다. 당시에는 신문기사 같은 것이 검색되지 않았지만, 검색 가능한 것까지 찾아서 연도별로 분류해 정리했다.

또한 '공공기관의 기록물관리에 관한 법률' 시행에 대비하여 문제점과 대처방안을 수립했다. 형사소송법개정안을 비롯한 각종 법령 검토, 대검 정기사무감사지원, 재항고사건기록 검토를 통해 공공기록물 관리방안을 수립했다.

대구지검 공안부장

도장을 거꾸로 찍어 결제

공안부 업무는 처음이었다. 공안 검사들이 과거 정권들과 연결이 되어 있으니 김대중 정부는 공안 경력이 없는 검사들을 찾는 과정에서 내가 발탁되어 대구 공안부장으로 갔다.

공안부장으로 갔더니 전임 부장이 의료계 파업 주동자를 구속했다가 구속적부심에서 석방된 사건이 처리되지 않고 있었다. 파업에 단호하게 대처한다고 덜컥 구속해 놓고 마무리가 되지 못한 것이었다. 사건을 왜 처리하지 못하고 가지고 있느냐고 물었더니 법리적으로 여러 가지 문제가 있어 이러지도 저러지도 못한다는 것이었다. 그래서 내가 사건 기록을 살펴보았더니 무죄가 나올 것 같았다. 정부가 의료계를 불법파업으로 구속까지 하면서 건드려 놨는데 이대로 기소했다가 무죄가 나오면 검찰도 창피하고 정부도 타격이 컸다. 노조의 업무방해 내용, 즉 범죄사실을 알아봤더니 노조원들이 병원 접수부에 와서 줄지어 서서 업무를 방해했다는 것이다. 진료받으려고 줄을 섰다는데 그걸 업무방해로 처리하자니 먹힐 사항이 아니었다. 몸이 안 좋아 진료를 받으려고 왔다고 하면 업무방해가 성립되지 않을 게 뻔했다. 이대로 해서는 틀림없이 무죄였다. 상식적으로 생각해도 빠져나갈 구멍이 너무 많았다. 남들 줄 못 서게 했다고 업무방해로 기소를 하면 난센스였다. 그래서 기소하면 안 된다고 했는데도 주임검사가 자꾸 우기면서 기소하면 된다는 것이었다. 이미 정부가 단호하게 대처하겠다고 했는데 이렇게 해서는 도리어 역효과가 나고,

쓸데없이 의료계와 시비를 만들 필요가 없다는 것이 내 생각이었다. 그래도 군이 기소하겠다고 하면 도장은 찍어주겠는데 내 의사표시는 분명히 할 생각으로 도장을 거꾸로 찍어주겠다고 했다. 나는 도장을 똑바로 찍을 수 없었다. 기소가 틀린 것이라 확신하기 때문에 절대로 도장을 똑바로 찍을 수 없다고 했더니 담당 검사가 주춤하면서 대검과 상의를 한다면서 나갔다. 그 후 대검에 갔다 오더니 잘 모르겠으니 대구지검에서 알아서 하라는 식이었다.

당시 대검 공안3과장으로 연수원 동기생이 발령받아와 있었다. 내가 이 친구에게 굳이 기소를 할 필요가 있느냐, 잡음을 일으키지 말자고 했다. 이런 것으로 기소해봐야 검찰에 득 될 게 하나도 없으니 너무 목매달지 말자고 하면서 정치적인 판단을 할 줄 알아야 하지, 그런 것을 못하면 어떻게 하느냐고 했다. 이 연수원 동기가 민주당에 있는 ○○○ 씨와 인척지간이라 내 말을 그에게 전한 모양이었다. 민주당 ○○○ 씨가 그 이야기를 검찰총장에게 전해 결국 기소유예가 되었다. 덕분에 의료계 파업의 분쟁이 더 퍼지지 않도록 막을 수 있었다. 그렇게 고생해서 처리한 사건인데 얼마 전에 누군가로부터 ○○○ 전 청와대 민정수석이 기소유예로 선처해주었다고 했다는 말을 들었다. 그 말을 듣고 나는 누가 한들 어떠냐, 검찰에서 그런 일을 한 것이 중요하다며 무시했다. 고생했지만 생색내는 사람은 따로 있는 모양이었다.

잘못 맺어진 인연, 회복되지 않고 끝나

대검에서 잘못 맺어져 대구지검까지 연결된 인연이 있었다. 대검에서 통합연구관으로 있었는데 출퇴근을 제대로 하지 않는다고 지적당하고,

대검 차장실에까지 보고하는 곤혹스러운 일이 있었다. 연구관들은 차장 직속이다 보니 직접관리가 되지 않고 출퇴근도 잘 지키지 않았다. 지검 장이 화가 나서 제 시간에 출근을 하지 않는 샘플로 나를 찍은 모양이었 다. 지방 부장검사로 나가는 동기 송별회식을 하고 좀 늦게 나갔다가 그 렇게 되었는데 그때가 하필이면 인사이동 시기였다.

그 후 그분과 대구지검에서 다시 만나 근무를 하게 되었다. 대구지검 공안부장으로 가라고 해서 할 수 없이 오긴 했지만 나는 지검장과 잘 맞 지 않았다. 그런데다 1년이 지났는데 그분이 지검장으로 유임되면서 공 안부장인 나까지 유임시키는 바람에 수도권으로 갈 기회를 봉쇄당했다. 검사장이 나를 왜 계속 데리고 있었는지 지금도 이해가 되지 않지만, 골 치 아픈 사건들을 무난하게 정리했기 때문일 수도 있었다. 당시, 의료계 파업 같은 굵직한 사건의 대응을 대구 공안부에서 제일 잘 대응하고 있 다고 인정받고 있었다.

당시 지검장과 같이 어울려 다니는 충청도 사람이 있었는데 수배 중인 사람으로 나중에 실형도 살았다. 사업 때문에 ○○○ 씨로부터 고소를 당해 수배 중인 데도 버젓이 검사장과 붙어 다녔다. 주위에서 그런 내용 을 알려주어 확인해보니 사실이었다. 지검장이 그런 범법자와 골프를 치 러 다니니 문제가 생길 수밖에 없다고 생각했다. 그래서 차장에게 보고 했는데, 오히려 차장에게 미운털이 박히고 지검장에게도 미운털이 박혔 다. 자기들 뒷조사했다고 무척 화를 냈다. 뒷조사가 아니라 이미 지역에 퍼져 있는 소문을 확인한 것이었다. 조사를 하고 싶어서 한 것이 아니라, 그런 소문이 자칫 불상사를 가져올까 봐 정확한 사실을 조사해서 보고 드린 것인데 오해한 것이었다. 언론에 알려지면 큰 창피이고 보통일이 아니어서 조사를 한 것인데 뒷조사를 했다고 노발대발이었다.

그 지검장은 훗날 대검 검찰국장으로 영전이 되어 갔다가 나중에 서울중앙지검장으로 승승장구했다.

만약 내가 그런 이야기를 해주지 않고, 그가 범법자와 계속 골프를 치러 돌아다녔으면 과연 영전이 가능했겠는가 싶다. 그냥 아웃이었을 것이다. 그런데도 뒷조사했다고 오해했다. 인사권을 가진 검찰국장으로 갔으면 두 번이나 데리고 있었던 나를 좋은 데로 보내 줄 수도 있었지만 그렇지 않았다. 당시 내 동기들은 거의 수도권까지 올라오고 있었다. 나도 가만히 놔두었으면 알아서 수도권으로 왔을 텐데 대구에 잡아두고 불이익까지 당하게 했다. 나야 어차피 줄이 없으니 좋은 자리는 못 갔겠지만 그때 붙잡고 있지만 않았어도 좋았을 텐데 하는 아쉬움이 크다. 그렇게 해놓고 나를 수원 특수부장으로 보냈다. 우리 동기가 앉았던 자리였다. 그냥 놔두었으면 알아서 수도권까지 순탄하게 왔을 것인데 무슨 억하심정으로 나를 잡았는지 도통 영문을 알 수 없다. 보내주지도 않을 것이면서 2년 동안 꼼짝도 못하게 만들었다. 이래저래 인간관계가 얽히는 가운데 내가 판단을 잘못한 것이다. 그분들 앞길을 위해 주변 문제를 정리해준 것인데 차라리 그렇게 하지 말았어야 옳은가 싶었다. 이렇게 잘못 맺어진 인연이 끝내 회복되지 않고 끝나 여간 씁쓸하지가 않다.

예방적 공안활동 전개와 공정한 선거사범 수사

각종 불법집회를 주도한 민노총 대구본부 의장 ○○○을 검찰에서 직접 검거, 구속하여 불법시위를 근절하도록 했다. 또한 노조와해 목적으로 노조사무실을 불법 감청한 악덕기업주 ○○○를 구속해 노동계의 불만을 해소하고 지역 안정에 기여했다.

또한 의료계 폐·파업 때에 의사들이 전공의에게 지원하려던 1억 원의 지원금을 철회토록 설득했다.

2001. 6. 13 민노총 연대파업 때에는 경북대병원에서 파업을 철회해서 전국의 파업 동참 분위기가 반전되는 계기를 마련했다. 이처럼 예방적 공안활동을 적극적으로 전개해 사회 안정에 기여했다.

불법시위 및 노사분규 관련자를 색출해 사법처리했다. 삼성상용차 퇴출 결정에 반발한 근로자들의 차량 방화, 업무방해에 적극 대처했으며, 나아가 경북지방노동위원회, 대구시청 등 공공기관에 난입한 관련자 다수를 사법처리하기도 했다. 불법집단행동 중단 명목으로 금품을 수수한 (주)IPC 노조위원장을 색출해 기소했다.

공정한 선거사범 수사를 통해 16대 총선사범 108명을 기소해, 전원 유죄판결을 선고받게 하는 등 편파수사 시비 없이 종결했다. 또한 대구시 교육감 선거에서 선관위 직원 매수기도 및 사전선거 운동을 한 ○○○ 후보를 구속했다.

실업급여 등 공적자금 편취사범 11명을 적발하여 불구속 인지했으며, 제6기 한총련 전국의장 ○○○에 대해 1998년 한총련 대표 ○○, ○○○ 밀입북 관련 혐의 등으로 구속기소했다.

검사 재직시 처음이자 마지막 2주간의 해외연수

1997년 10월 대구지검 부부장으로 근무하던 중 연말까지 2주 동안 해외연수를 갈 수 있는 대상자로 선정되었다는 법무부의 통보를 받았다. 그때까지 해외에 한 번도 나가보지 못하였기 때문에 좋은 기회를 부여받았다고 생각하였고, 검사로서 열심히 근무한 것을 인정받은 것으로 나름대로 뿌듯하게 생각했다.

그 이후 법무부 담당 직원에게 전화를 걸어 언제쯤 어디로 가게 되는 지 물었더니 8명이 선발되어 4명씩 2개조로 나누어 유럽과 미국으로 가게 되는데 나는 11월 하순경 미국으로 가게 될 것 같다는 말을 들었다. 당시만 해도 외국으로 나가는 기회가 그리 많지 않았고 개인적으로는 해외연수 경험이 전무하여 무척 가슴 설레었다. 먼저 다녀온 선배들에게 무엇을 준비해야 하는지 등을 귀동냥하면서 지냈다. 11월 중순이 되자 800원대이던 환율이 1,200원으로 급등했고, 2~3일이 지나자 1,500원으로 올라가는 등 하루가 다르게 환율이 올라 국가적으로 무슨 일이 일어나는 것이 아니냐는 불안감과 함께 처음 외국으로 나가는 기회가 무산될지도 모르겠다는 생각이 들었다. 하지만 이런 와중에도 11월 중순 무렵 유럽으로 가는 4명은 예정대로 출발했다는 연락을 받았다. 나는 잘하면 갈 수 있겠구나 하는 기대를 가지고 개인 연수 경비로 사용할 달러를 준비하려고 하니 전달에 비해 2배나 많은 원화가 필요해 못 가면 못가는대로 그만큼 이익이 될 수도 있다며 위안을 삼고 있었다.

환율이 그만 내려가야 여행 경비도 바꾸고 예정된 해외연수도 가능한데 환율은 계속 내려가더니 11월 하순 무렵에는 2,000원대까지 돌파하였다. 법무부에서는 국가적 위기라며 해외유학·여행을 전부 취소한다고 통보하면서 훗날 해외연수가 재개되면 우선 순위로 보내주겠다며 나를 위로해 주었다. 실제로 12월에 우리나라는 IMF관리 체제로 들어가서 해외여행을 막은 조치는 당연한 것이었지만 개인적으로는 해외여행 복이 없다는 푸념이 절로 나올 수밖에 없었다. 1조에 포함되어 있었으면 아무 문제없이 갔을 텐데, 며칠만 일찍 출발했어도 되는데 하는 아쉬움이 많았지만 체념하였다.

1999년 대검에서 연구관으로 근무하면서 해외연수가 재개되었다는 소식을 우연히 듣고서 대상자를 선발하는 주무부서인 대검 기획과장에게 IMF로 인해 취소된 위와 같은 사정을 설명하고 우선적으로 선발해주기로 약속을 받았다면서 해외연수 갈 기회를 부여해주도록 요망했다. 하지만 대검같이 검사들이 선망하는 부서에 근무하고 있으면서 해외연수까지 다 차지하면 안 된다고 거부당했지만 1997년에 가기로 했다가 못간 사람 가운데 2명이 어부지리로 행운을 차지해 99년 하반기에 해외연수를 다녀올 수 있었다. 이 정도까지 되자 나는 해외연수 복이 없다는 생각이 들었다. 기획과장이 이런 나를 안타깝게 생각하고 모 지청장이 인도에 출장가기로 되어 있는데 수행해서 3일간 인도라도 다녀오라고 했지만 해외여행은 완전히 포기하였다며 사양했다.

그뒤 대검 연구관에서 대구지검 공안부장으로 발령받았는데 보직상으로 자리를 비우고 해외를 2주씩 다녀온다는 것은 상상하기도 어려워 해외연수 가는 것은 전혀 생각지도 않았다. 공안부장 업무를 열심히 하고 있는데 2000년 10월 무렵 해외연수 대상으로 선정되었다는 통보가 와서 귀를 의심하지 않을 수 없었다. 나중에 ○○○ 대검 연구관으로부터 전해 들으니 기 선정되었다가 국가적인 사정으로 취소된 사람은 구제해야 된다고 대검 기획과장에게 강력하게 건의해 성사가 된 것이라고 했다. 해외출장 경험이 없는 중간 간부들에게 출장 기회를 한 번씩 부여하기로 하는 법무부의 방침과도 맞아 최종적으로 선정되었다고 한다. 인도를 3일 동안 다녀왔으면 해외출장 경험자로 분류되어 선정되지도 못했을 뻔했는데 인도를 가지 않은 것이 도움이 된 셈이다.

이런 우여곡절 끝에 2000년 11월 하순 드디어 유럽으로 해외연수를 떠나게 되었다. 이번 연수부터는 가급적 부부가 같이 갈 수 있도록 출장경비가 다소 여유 있게 책정되어 있으니 부부동반으로 가더라도 무방하다고 했다. 그래서 아이들한테 양해를 구하고 아내와 함께 유럽으로 2주간 여행을 떠나 즐거운 시간을 보낼 수 있었다. 1997년이나 1999년도에 해외연수를 갔더라면 부부가 함께 가지 못했을 텐데 2번이나 기회를 잃고 3번째 만에 해외연수 기회를 부여받은 덕분(?)에 부부가 함께 다녀올 수 있었다. 지금까지 이때 다녀온 유럽 여행의 약발이 다소 남아 집사람에게 큰소리치며 지내고 있다. 전화위복은 바로 이런 것을 두고 하는 말 같다. 어떤 일에 너무 일희일비하지 말고 지내다 보면 햇빛이 들 날도 있으니 검사 생활도 대범하게 할 필요가 있다. 유럽을 다녀온 사진을 보면서 항상 이런 우여곡절을 되새기고, 만사를 너무 일희일비할 것도 아니라는 생각을 해본다.

수원지검 특수부장
— 2002. 2. 18~2003. 3. 31

특수부장으로 발령받아 처음 부임해오니 수원지검 검사들이 공안부장으로 있던 사람이 특수 수사를 잘할 수 있을까 하는 회의적인 말을 스스럼없이 뱉으며 게슴츠레하게 나를 쳐다보았다. 그래서 만나는 첫날 저녁에 바로 술을 한잔씩 했는데 밤 12시까지 폭탄주 열 몇 잔을 돌렸다. 소위 검사들과의 기 싸움이었다. 그날은 승부가 나지 않아 다음에 한잔 더 하자면서 헤어졌는데, 검사들은 집으로 가면서 한잔 더한 모양이었다. 새로운 부장하고 술을 마시면서 잔뜩 긴장해 있었는데 내가 술을 많이 마시고도 멀쩡하게 돌아가자 모여서 한잔 더했는지 아침에 보니까 얼굴들이 썩 좋지가 않았다. 그 뒤로는 술자리가 있어도 검사들이 먼저 약세를 보이며 먼저 그만하자고 했다. 기선제압에 성공하고 그다음부터 친해졌다.

그때 내가 그들에게 한 말은 딱 한 가지였다. 수사하는데 위쪽의 외압은 내가 맡을 테니 소신껏 하라는 것이었다. 할 수 있는데까지 마음껏 해보라고 했다. 그래서 수원 특수부 검사들은 하고 싶은 대로 수사를 다했다. 원도 끝도 없이 수사를 했다.

분당 파크뷰 아파트 용도변경 및 특혜분양 사건

〈콜럼버스가 계란을 세운 것 같은 아이디어로 거둔 수사 성과라고 언론사(동아일보) 호평〉

2000년 5월 성남시는 분당구―정자지구 중심상업지구를 아파트가 들어설 수 있는 지역으로 용도변경했다. 이 과정에서 성남시는 주민여론조사를 조작 발표했다. 이로써 사업시행사인 에이치원개발은 파크뷰주상복합아파트 사업을 시행할 수 있는 길이 열렸다. 시민단체들은 성남시와 에이치원개발의 특혜의혹을 제기했다. 파크뷰 분양특혜의혹은 이렇게 시작된 것이었다. 이 사건은 성남시―경기도―정권 실세가 어우러진 권력형 비리의혹 수사였다.

분당 파크뷰 특혜분양의혹 사건은 당시 김대중 대통령과 친한 성남시장 ○○○이 연루되어 있어 아무도 그 사건을 맡지 않으려고 했다. 서울중앙지검 특수부에서도 하지 않으려고 관할인 성남지청에 보내니까 그쪽에서도 난색을 표했다. 그래서 돌고 돌아 결국 수원 특수부로 온 사건이었다. 원래 우리가 하려고 한 사건이 아니었다. 서울을 비롯해 모두 수사에 자신이 없으니 난색을 표해서 맡게 되었다.

막상 수사를 하려고 들여다보니 바로 사람을 잡아들일 수 있는 증거가 나오지 않았다. 개인회사이니까 공금횡령으로 잡아들이는 것도 난망했다. 범죄 행위에 대한 뚜렷한 단서가 있어야 하는데 처음에는 잘 보이지 않았다. 그래서 다른 검찰청에서 수사를 하려고 하지 않았다. 특별한 수사정보를 주는 것도 아니고, 이 회사가 정부와 유착해 뭘 해먹었다 하는 소문 수준이었다. 구체적으로 뭘 어떻게 했는지 나오지 않고 소문만 무성했다. 그런 사건을 받아서 고민을 많이 하다가 업무방해죄를 적용했다.

시행사인 에이치원개발이 분양광고를 하면서 선착순 분양한다고 했다. 광고를 할 때에 선착순으로 한다고 해서 2~3일 전부터 사람들이 밤새워 줄을 서게 해놓고 막상 분양할 때에는 아는 사람들에게 알음알음 정보를 미리 빼주었다. 이렇게 불법으로 분양한 자료를 찾아서 업무방해와 공정거래법, 표시·광고의 공정화에 관한 법률 위반으로 압수수색영장을 발부받아 사람들을 불러 조사를 시작했다. 우리가 수사를 할 때에는 분양이 1~2년 지난 후였다. 처음에는 막막했지만 그것으로 시작을 했다. 그러니까 동아일보 기자들이 콜럼버스의 달걀 같은 아이디어로 수사를 시작했다고 격찬했다. 본격적으로 수사를 시작해 찾은 것이 국정원 김○○ 차장이 당시 파크뷰를 분양받은 사람들에게 문제가 있으니 분양받으면 안 된다는 경고를 보내서 고위직에 있던 사람들이 모두 분양받은 것을 포기하거나 분양 흔적을 정리했다는 사실이었다.

그런 사실을 바탕으로 사건을 파헤쳐 횡령한 돈을 찾고 유착된 공무원들도 적발하면서 ○○○ 경기도지사 부인 ○○○ 씨가 돈 받은 것을 밝혀냈다. 에이치원개발 ○○○ 회장이 전직 방송인 ○○○ 씨를 통해 주○○ 씨에 접근한 뒤 ○○○ 지사를 만나 파크뷰 아파트 승인을 부탁했다. 그 대가로 ○○○ 씨에게 1억 원과 고급 가구를 제공했다.

또한 2002년 7월 무렵 분당 파크뷰 아파트 분양대금 출처를 조사하면서 당시 ○○○ 민주당 사무총장 부인 ○○○ 씨가 파크뷰 아파트 3채에 대한 분양금조로 1억 3천만 원을 납부했는데 이중 10만 원짜리 자기앞 수표 17장이 국정원 계좌에서 발행된 것을 밝혀냈다. 이에 ○○○ 의원은 2001년 2월 국정원에서 국회 정보위원들에게 100내지 200만 원씩 돌린 떡값으로, 당시 200만 원을 수수하여 아내가 분양대금을 납부하였다고 해명했다. 그러자 국정원 측에서는 공보관을 통해, 국회 정보위원들에게 떡값 명목으로 수백만 원씩 지급한 돈 가운데 일부라고 해명했다. 하지만 곧이어 2001년 운영비로 인출한 금원 중 일부나 어떤 경위로 ○○○ 의원에게 전달되었는지는 알지 못하며, 현 정부 들어 떡값을 돌린 적이 전혀 없다고 해명을 번복했다.(○○○ 국정원장 재임기간)

파크뷰 수사와는 성격이 전혀 다른 내용이어서 당시에는 수사를 보류했다. 하지만 국고가 국회의원 떡값으로 사용되었다면 비난 가능성이 크고, 떡값의 규모 등을 보면 보통 떡값이 아닌 거액의 부정한 자금을 수수한 것으로 추정되었다. 2000년 3월 6일에 조흥은행(면목지점)과 국민은행(마포지점)에서 발행된 10만 원 수표 8,000매 및 5,000매는 1년 6개월이 지나서 사용되거나 은행에 지급제시조차 되지 않아 떡값으로 보기 어려웠다. 수표가 발행된 2000년 3월 6일은 16대 국회의원 선거(2000년 4월 13일 실시) 한 달 전이고, ○○○ 의원은 민주당 사무총장으로 16대 총선 중앙선대본부장이었다.(그래서 수사 착수를 건의하기도 했지만 받아들여지지 않았다.)

파크뷰 수사결과 경기도와 관련해서는 ○○○ 경기지사의 부인 ○○○ 씨, 건설교통부와 관련해서는 건교부 소속 국장, 경찰과 관련해선 분당경찰서 정보과장, 성남시의원, 사업시행자인 에이치원개발의 ○○○ 회장, ○ 회장의 로비스트 등을 금품 제공과 뇌물 수수 혐의로 사법처리했다. 성남시 관련 유착의혹으로 사법처리 대상이었던 ○○○ 성남시장은 도피했다.

용인 공동주택단지 난개발 사건

2002년 〈주택건설촉진법〉에는 20세대 이상의 공동주택을 건설하거나 1만 제곱미터 이상의 대지를 조성하기 위해서는 공동주택건설사업계획 승인을 얻어야 한다고 되어있었다. 그 승인을 얻기 위해서는 국토이용계획변경, 학교용지확보, 용수배경 등 절차가 까다롭고 주차장·관리사무소 등 부대시설, 어린이 놀이터·구매시설 등 복리시설, 도로·상하수도 등 간선시설을 설치해야 했다.

용인시에서는 1998년 12월 23일자 '국토이용계획변경 및 개발계획 수립에 관한 업무처리 기준' 고시를 통해 ①도시기본계획(안)상 주거용지로 계획된 준농림 지역 ②도시기본계획(안)상 개발예정용지 중 주택건설용지로 계획된 준농림 지역 ③도시기본계획(안)상 도시계획구역으로 계획되지 않은 지역으로서 개발 가능 용지로 분류된 준농림 지역 ④제1호 내지 제3호 대상지역 외 사실상 대지화(대지, 잡종지, 공장용지 등) 되어있는 준농림 지역'에 한해서만 국토이용계획변경이 가능하도록 제한하고 있었다.

위와 같은 제한을 회피하기 위해 1개 사업자가 토지를 일괄 매입하고서도 수인에게 명의신탁을 하고, 그 수인을 사업자 명의로 하여 각각 20세대 미만의 주택을 건설하는 것처럼 건축법상의 건축허가를 받아 수십, 수백 세대의 대규모 아파트단지를 건설하는 실정이었다.

그러다보니 학교용지, 도로·상하수도 등 간선시설도 설치되지 않은 임야·농지 등 준농림 지역은 물론 지역녹지에까지 대규모 아파트단지가 조성되어 용인지역 난개발의 주요 요인으로 작용했다.

이에 수사에 착수해 용인, 광주 등에 아파트를 건설하면서 〈국토이용관리법〉에 의한 '국토이용계획변경', 〈주택건설촉진법〉에 의한 '사업계획승인' 절차를 거치지 않고 자연녹지, 준농림 지역 등에 대규모 아파트단지를 건설하여 난개발을 부추긴 건설업자 5명과, 건축허가 과정에서 뇌물을 수수한 공무원 및 건축허가 브로커, 건설 자금 대출과 관련하여 사례금을 받아 챙긴 은행지점장 및 금융 브로커 등 총 11명을 구속기소했다.

불법 아파트단지 조성 사실을 알면서도 시행 건설업자와 결탁하여 아파트단지 조성공사를 해준 시공업체 1곳 및 간부, 개별 건축허가를 받을 수 있도록 명의를 대여한 부동산 등기 명의수탁자 등 45명을 불구속기소했다. 더불어 1년 2개월여 동안 뚜렷한 이유도 없이 착공계를 수리치 않다가, 난개발로 집단민원이 제기된 인근 아파트단지 진입도로 개설공사(공사비 40억 원 상당)를 부담시키면서 설계변경토록 해준 전 용인시장 ○○○을 직권남용권리행사방해로 불구속기소했다.

이 사건을 파헤치면서 무계획한 아파트 건설로 초래된 교통, 용수난 등을 집중 부각시킬 수 있었다. 뿐만 아니라 자연환경 훼손은 물론 학생들의 통학난, 교통난의 심각한 폐해 및 계속되는 입주민들의 민원을 해결할 수 있는 계기가 되었다.

그동안 용인시 주민들의 크고 작은 민원이 수없이 많았다. 2000년 7월에 있었던 집중호우로 인한 용인지역의 피해는 농림지 용도변경 등 택지개발로 인해 농경지에 흡수되던 빗물이 곧바로 토사와 함께 하천으로 밀려들어 주택과 농경지 침수를 가져온 것으로 밝혀졌다. 또한 용인시 구성, 상현 등 서북지역의 경우 아파트 입주가 완료된 후에도 학교가 없어 자녀들을 학교에 보내지 못하거나 다른 학교로 전학시키고 있었다. 수지읍 동천초등학교의 경우는 2001년 9월 10일 개교를 했으나 통학로가 확보되지 않아 집단으로 등교를 거부하는 사례도 발생했다. 종합병원은 단 한 곳도 없고 행정기관, 파출소, 소방서 등 행정서비스 기관이 절대적으로 부족하여 생활이 불편했다.

성남시가 용인·죽전지역의 급증하는 교통량으로 피해를 보자 아예 도로를 폐쇄해버려 법정 다툼으로 비화되기도 했다. 산을 허물고 논을 메워 들어선 아파트단지의 위쪽으로 새로운 아파트가 들어서려고 하자 조망권을 해친다며 아파트 건축허가 반대시위를 벌이는 등 이웃 간의 반목현상도 빈발했다.

그동안 일부 '용인지역의 난개발 관련 사범'에 대해 처벌하였으나 근절되지 않고 계속하여 같은 수법으로 대규모 아파트단지가 난립했다. 이런 용인지역 난개발 사범에 대한 집중단속을 통해 향후 동종 사례의 발생을 예방하고자, 1999년 이후 집단화된 공동주택단지에 대한 수사를 집중적으로 파헤친 사례였다.

경기도 용인지역은 상수원이 여의치 않아 대규모 아파트단지 건립이 곤란한 곳이다. 건축업자들이 100세대 이상의 아파트단지를 짓자면 〈주택건설촉진법〉에 따라 사업승인을 받아야 하지만 상수도 시설이 따라주지 않아 사업승인을 받을 수 없게 되자 아파트단지 내 각 동을 19세대씩 여러 동으로 나누어 건축을 해서 전체를 합하면 아파트단지가 되어 버리는 편법으로 사업승인을 피해가고 있었다. 19세대의 연립주택을 1동 짓는 것처럼 건축허가를 받지만 실제로는 전체를 모두 합해 아파트단지가 되는 셈이다. 이로 인해 많은 세대가 거주하는 아파트의 진입로를 마련하지 않아도 되고, 상수원도 각각 별도로 허가받고 있어 난개발의 큰 원인이어서 이를 단속해 사업시행자를 구속했다.

경부고속도로 하행선을 타고 가다가 풍덕천 삼거리를 지나 수원으로 가는 이면도로를 보면 성호건설 등이 이 같은 방식으로 산 아래에 아파트를 지어 놓은 것을 볼 수 있다. 이들 모두가 사업승인 없이 아파트를 건축해 유죄판결이 선고되어 아파트 건축이 위법임에도 면죄부를 받은 양 더 크게 아파트단지를 건설하고 있다. 왜냐하면 유죄판결이 선고되면 다시는 처벌할 수 없기 때문이다.

분명히 사법부에서 아파트단지 건설이 위법하다고 했지만 소관 자치단체에서는 사법부의 판결을 비웃듯이 더 큰 아파트단지 건설을 용인해주고 있으니 행정이 과연 법대로 되고 있는지 한심하기 그지없다. 위법한 것으로 판결을 하면 이 판결이 행정부처에서도 그대로 지켜지도록 해야 법을 지키는 사람이 불이익을 보지 않는 것과 균형이 맞는 것이다.

지금도 고속도로를 달리다 보면 흔적이 그대로 남아있는데 솔직히 여전히 의문이 크다. 직무상 분명히 불법이지만 인허가를 다 내주었다. 지금도 난개발은 손을 대지 못하고 그대로 가고 있다. 용인이나 수지 같은 곳을 가보면 길도 제대로 내놓지 않고 큰 빌라가 여기저기 들어와 있다.

2017년 용인 · 수지 단지에 있는 지인의 아파트를 방문한 적이 있는데 큰 아파트단지인데도 진입로를 편도 1차선으로 좁게 만들어 진입하는데 여간 불편하지가 않았다. 지인에게 출근할 때에는 어떻게 하느냐고 물었더니 아무 말도 하지 않았다. 지금도 이렇게 난개발이 이루어지고 종합계획건설도 없이 마구잡이로 지어 놓는 것이 우리의 현실이다.

악덕 벤처기업 코스닥 시장에서 퇴출시키다

현대시스콤에서 기술유출 수사를 의뢰해 그 여부를 수사하다가 허위 매출로 코스닥에 상장한 악덕 벤처기업을 찾아냈다.

현대시스콤(현대하이닉스에서 분사)의 이동통신 기술을 빼내고, 기술력을 이용해 200억 원대의 매출을 실제로 일으킨 것처럼 회계장부를 조작해 코스닥에 상장한 '한빛전자통신 주식회사' 대표이사 ○○○(35세)과 관리부장 ○○○(41세)에 대해 주식청약금 및 해외 신주인수권부 무기명사

채(CB) 발행 대금 96억 원을 편취한 혐의로 구속기소했다.

한빛전자통신은 2001년 10월 29일에 코스닥에 등록 승인된 후 액면 500원짜리 주식 227만 주를 공모(거래 정지 직전 1주당 2,630원)해 주주 32,032명으로부터 주식청약금으로 52억 원을 편취하였다. 또한 2002년 1월 30일 한국산업은행의 보증 하에 CB를 모집해 그 대금으로 44억 원을 편취해 피해액이 96억 원에 달했다.

한빛전자통신의 코스닥 상장은 공인회계사의 허위 회계감사가 중대한 영향을 미쳤다. 위 회사의 회계감사를 담당한 공인회계사 ○○○(39세, ○○회계법인 소속)에 대해 허위 회계감사 대가로 2,280만 원을 받은 것과 우리사주 1만 주를 취득한 혐의 및 대표이사 ○○○ 등의 사기 범행을 방조한 혐의로 불구속했다.

또 현대시스콤의 기술을 몰래 숨겨놓았다가 한빛전자통신의 자회사인 텔루션에 입사하면서 훔친 기술을 제공한 전 현대시스콤 연구원 3명을 업무상 배임 및 부정경쟁방지 및 영업비밀보호에관한법률 위반 혐의로 구속했다. 또한 상장이 되도록 코스닥 직원에게 로비를 해주겠다며 대표이사 ○○○으로부터 1억 3천만 원을 가로챈 한빛전자통신 직원 2명을 사기 혐의로, 한빛전자통신에 교통통제시스템을 하청주겠다며 리베이트 명목으로 3억 원을 건네받은 엔텔시스템 대표이사 ○○○, 사업본부장 ○○○을 배임수재 혐의로 각 구속기소했다.

2002년 3월 9일 대표이사 ○○○에 대한 구속영장이 발부된 직후 즉각 코스닥위원회에 이러한 내용을 통보하였고, 위원회에서 3월 11일(월) 오전 8시 10분부터 한빛전자통신의 거래를 정지시켜 수사와 관련해 선의의 피해자가 발생하지 않도록 조치했다. 또 편취 금액 96억 원 중 회사 계좌 등에 남아 있는 65억 원에 대해 법원으로부터 압수수색영장을 발부받아 지급정지 조치를 취해 피해 회복에도 기여했다.

안양 대양상호신용금고 부실대출 비리 수사

2002년 1월부터 2003년 3월까지 특수부에서 심혈을 기울인 수사였다. 2001년 9월 4일 대검 중수부에서 ○○○를 구속했다. 이때 ○○○와 ○○○의 자금줄이 되었던 대양상호신용금고에 대해 금융감독원이 전면적인 감사를 실시하고, 2001년 12월 24일 대검에 수사를 의뢰했다. 2002년 1월 4일 대검으로부터 이 사건을 이첩받아 대양상호신용금고 부실 전반에 대해 수사를 개시했다.

불법 대출 등으로 영업 정지된 대양상호신용금고의 부실 관련 비리에 대한 수사를 하면서 담보 확보 없이 777억 원 상당을 불법 대출해준 대양상호신용금고 대표이사 ○○○을 구속했다. 또한 금고에 무담보 또는 부실 담보를 제공하고 550억 원 상당을 대출받아 편취한 (주)고제 사주 ○○○를 구속기소했다. ○○○는 이 돈을 개인채무 변제로 40억 원, 기업사냥꾼들의 인수자금으로 대여하는 데 203억 원, (주)신화실크에 15억 원을 대여하는 등 282억 원을 사용했다.

또한 대양금고 대주주로서 자신이 실제 경영하고 있는 (주)동경산업 명의로 대양금고로부터 72억 원을 대출받아 횡령한 ○○○(○○○ 게이트 특검에서 구속)과, 211억 5천만 원을 담보 없이 ○○○에게 대여해 회사에 동액 상당의 손해를 가한 (주)메디슨 전 회장 ○○○ 등 대양상호신용금고로부터 불법 대출을 받은 회사 대표 10명을 불구속기소했다.

○○○은 주식 차익을 노려 위의 72억과 명동 사채시장에서 약 90억 원 등 162억 원을 끌어들여 (주)ETI 주식을 인수했으나 주식 가격의 하락으로 결국 위의 주식을 100억 원에 처분하여 사채자금 원리금을 상환하는데 그치고 아무런 이득을 챙기지 못했다. ○○○는 ○○○와 공모해 (주)메디슨 명의로 대양금고 등 금융기관 10곳으로부터 445억 원을 대

출받고 일명 꺾기 명목으로 279억 5천만 원을 ○○○에게 대여하고 그 중 211억 5천만 원을 회수하지 못해 (주)메디슨에 손해를 가했다. 그밖에 228억 원을 불법 대출받은 후 해외 도피한 제논텔레콤 ○○○ 등 7명을 지명수배했다.

한편 ○○○, ○○○ 및 골드뱅크 대표 ○○○으로부터 청탁·알선 명목으로 3억 2천만 원을 수수한 민주당 소속 ○○○ 의원을 구속기소했다. ○○○ 의원은 ○○○으로부터 (주)대우정보통신 OA사업부분의 저가매수를 알선해주도록 청탁받고 1억 원을 받았고, (주)고제 사주 ○○○로부터 1차 부도를 유예해주도록 청탁받고 2천만 원을 수수한 혐의였다. 금융감독원 내사 선처를 알선하고 대양금고 측으로부터 4,500만 원을 수수한 한나라당 소속 국회의원 ○○○을 불구속기소했다. ○○○은 ○○○ 등으로부터 금융감독원 내사를 무마해주도록 알선해 달라는 청탁을 받고 4천만 원을 수수한 혐의였다.

총 31명을 입건하여 13명 구속기소, 11명 불구속기소, 7명 지명수배로 사건을 마무리했다.

여기에 등장하는 인물들이 나중에 금융계의 문제를 일으킨 금융계 1세대들이다. 이들이 뒤에 서울로 와서 금융 사고를 크게 낸다. ○○○, ○○○, ○○○ 모두 대양상호신용금고 부실 대출과 관련되어 돈을 빼먹었다.

이 사건을 수사하다보니 감독기관의 허술한 감독의 문제점이 심각했다. 금융감독원에서 2000년도 2회, 2001년 3월과 2001년 7월 등 총 4회에 걸쳐 대양금고에 대한 감사를 했으나 부실 대출을 전혀 적발하지 못하는 등 형식적인 감독에 그치고 있었다. 대양금고에서는 금융감독원의 조사기간 전후에도 앞에서 언급한 777억 원에 이르는 부실 대출을 실행하는 등 계속적인 부실 대출이 이루어졌다. 결국 ○○○가 대검 중수부에 구속되고 ○○○이 수사 대상이 되어 대양상호신용금고가 이들의 주가조작을 위한 자금줄로 밝혀지자 뒤늦게 전반적인 조사에 착수했으나 이미 불법 대출로 대양금고는 파산상태에 이른 후였다.

이 사건은 대주주와 전문경영인의 결탁으로 내부 대출심사가 유명무실해지는 전범을 보여주고 있다. ○○○이 대양금고를 인수한 후 대표이사로 고등학교 동창 ○○○을 선임하고 기업사냥꾼 ○○○, ○○○, ○○○, ○○○ 등을 ○○○에게 소개해줘 대출을 받게 했다. 이때 대출심의위원들의 반대에도 불구하고 대주주 및 대표이사의 일방적인 대출실행 지시로 대출이 이루어졌다. 대양금고 내부의 여신심의위원회는 형식적인 심사기구로 전락하고 불법 대출을 방지할 내부 견제 기구가 없어 금고의 부실화 방지책이 구조적으로 전무하다는 것을 극단적으로 보여준 사건이다.

또한 차명회사를 이용한 대출로 실질적 차주를 은닉하여 기업사냥 자금으로 사용해 금고와 차명회사가 모두 파산에 이르게 만들었다. ○○○ 등은 자신들의 회사가 아닌 다른 회사 명의를 빌려 대출을 받은 후 이를 기업인수 자금 등으로 사용했다. 차명회사 대표들은 대출금 변제에 대한 아무런 대책 없이 회사 명의를 빌려주고 대양금고에서는 위 회사들에 대한 변제 능력의 파악도 없이 대출을 실행해 결국 금고와 차명회사 모두 도산에 이르게 했다.

수출신용보증기금 편취 비리 사건

중소수출업자의 수출을 촉진하기 위해 정부 출연금 등으로 조성된 수출신용보증기금 편취 비리사범을 수사한 사건이다.

수출신용보증제도는 수출업체가 수출계약을 체결했으나 수출물품을 생산하기 위한 원자재 구입비용이나 생산자금이 부족하거나, 수출물품을 선적한 후 NEGO(은행에 매입 요청)때에 담보가 부족한 경우 수출보험공사로부터 수출신용보증서를 발급받아 금융기관에서 대출을 받는 제도이다. 2001년 말 현재 수출신용보증기금 운용자금 약 2조 5천억 원 중 약 5천억 원이 부실화된 배경에는 수입업자와 짜고 허위 수출계약서(L/C)를 제출하는 등의 방법으로 자금을 융자받아 편취한 악덕기업주들이 도사리고 있다는 사실을 확인했다. 이에 수출보험공사로부터 최근 3년간 보증사고가 난 547개 업체에 대한 심사서류를 제출받아 본격적인 기획 수사에 착수하게 된 것이었다.

국내 원자재 공급업체로부터 허위의 원자재 구매계약서를 넘겨받아 내국신용장을 개설한 후 원자재를 인수한 것처럼 인수증을 발급해주고, 그 대금에 해당하는 수출신용보증서를 발급받은 뒤에 이 보증서를 이용하여 은행으로부터 대출받은 자금을 편취한 (주)비엔비코퍼레이션 대표 등 16명을 수사하여 그중 11명을 구속했다. 이들로 인한 수출신용보증기금 손실은 42억 원에 달했다.

이들이 편취한 수출신용보증기금은 원자재 구입 비용이나 수출품 생산자금으로 사용되도록 그 용도가 엄격히 한정되어 있는데도 채무변제 등 개인적인 용도로 소비하고 회사는 고의 부도를 낸 후 잠적하는 등 다양한 수법으로 기금을 편취했다.

피의자인 (주)비엔비코퍼레이션 대표 등은 1998년 8월경 이탈리아 수입업자와 섬유를 수출하기로 계약한 것을 이용하여 국내 원자재 공급업자인 유금통상으로부터 수출용 원자재인 폴리에스터 섬유 원단을 공급받지 않았음에도 허위 물품공급계약을 체결하기로 공모했다. 그 후 물품의 인도 없이 인도증을 건네받아 보증한도액 3억 5천만 원인 수출신용보증서를 발급받은 후 이를 이용하여 외환은행으로부터 위 금액을 대출해 편취한 것을 비롯해 총 8회에 걸쳐 같은 방법으로 15억 5천만 원을 편취했다.

이 사건 수사 후에도 유사범행으로 수출신용보증기금의 부실을 초래한 업체에 대한 수사를 계속하고 있으며, 보증기금을 편취한 수출업자의 은닉재산을 추적해 공적자금 회수에 노력하고 있다.

국회의원 구속은 몇 배 힘들다

대양상호신용금고 비리 사건을 수사하던 중 청탁·알선 명목으로 1억 2천만 원을 수수한 ○○○ 의원을 구속했는데 시기가 절묘했다. 국회의원의 경우 국회 회기 중에는 불체포 특권이 있어 회기 중에 구속하자면 국회의 동의가 필요했다. 하지만 그때까지 국회에서 단 한 차례도 동료 의원의 구속을 동의해주지 않아 회기 중에는 사실상 구속할 수 없는 실정이었다. 그래서 국회의원에 대한 수사를 할 때 혐의 내용이 구속할만한 사안에 해당되면 대부분 국회 회기가 아닌 때를 이용했다.

16대 국회는 2000년 5월 30일부터 2004년 5월 29일까지가 임기이고 국회 235회 임시회의는 2002년 12월 30일부터 2003년 1월 28일까지였다. 236회 임시회의는 2003년 2월 5일부터 2003년 3월 28일까지였는데 2003년 1월 29일부터 2003년 2월 4일 사이 7일 동안에 ○○○ 의원을 소환 또는 체포하여 조사한 후 법원의 구속영장 발부 및 집행까지 모든 절차가 완료되어야 국회의원에 대한 구속이 가능했다. 그런데 이중 1월 31일부터 2월 2월까지는 구정연휴였다. 일주일 만에 전광석화처럼 구속했지만 무척 힘든 과정이었다.

○○○ 의원은 2001년 5월경 강남구 압구정동 소재 갤러리아 백화점

부근 가라오케 '라이라이'에서 주식회사 고제의 실질적인 경영자인 ○○○로부터 고제의 1차 부도처리를 유예해 달라는 청탁과 함께 그 명목으로 2천만 원을 받았다. 그 후 2001년 6월 21일 서울 서초구 서초동 소재 ○○○ 경영의 코리아에셋매니지먼트 주식회사 사무실에서 채권 은행에서 분할 매각이 진행 중이던 대우통신 주식회사의 OA사업부분을 채권 은행에 이야기해 낮은 가격에 인수할 수 있도록 도와주겠다는 명목으로 대양상호신용금고 대주주 ○○○으로부터 1억 원을 받았다. 총 2건 1억 2천만 원을 받은 혐의였다.

2003년 1월 13일 ○○○ 검사장에게 ○○○ 의원의 소환조사를 건의했다. 바로 답을 주지 않던 검사장은 1월 27일에서야 비로소 1월 29일 오전 10시에 소환하기로 답을 주었다. 나는 주임검사인 ○○○ 부부장 검사에게 소환을 지시했다. 하지만 당일 ○○○ 의원은 아무런 연락도 없이 불출석했다. ○○○ 의원 측에 연락하니 개인적인 사정으로 불출석했다고 해서 구체적인 개인사정을 알려달라고 했더니 오후 4시경 알려주겠다고 했지만 아무런 연락이 없었다. 그래서 1월 30일 오전 10시까지 출석하도록 팩스로 재통보했다. 하지만 당일 다시 소환에 불응했다. ○○○ 의원 보좌관에게 문의하니 국회에도 출근하지 않고 연락도 안되는 상태라는 답변이었다. 오후 4시경 수원지방법원 ○○○ 원장을 방문해 수사진행 경과를 설명하고 체포영장을 청구했다. 그때가 마침 설 연휴 전날이어서 고향으로 가고 있던 당직판사가 법원으로 돌아와 영장을 검토하고 체포영장을 발부했다. 2003년 2월 2일 소환에 불응한 채 국회 회기가 다시 시작되는 2003년 2월 4일까지 잠적해 있던 ○○○ 의원을 체포했다는 보고를 주임검사로부터 받고, 설 연휴여서 고향인 대구에 있다가 즉시 올라왔다. 저녁 뉴스에 자막으로 체포 사실이 보도되었다.

2002년 가을 무렵 서울중앙지검 특수1부에서 ○ 의원의 불법 정치자금 5천만 원 수수 건을 불구속 처리하여 검찰이 상당한 비난을 받았다. 그런데 그 직후인 2003월 2월 4일에 대검 중수부나 서울중앙지검 특수부도 아닌 수원지검에서 16대 여당 국회의원을 처음 구속해서 검찰에 대한 긍정적인 여론을 조성하게 만들었다. 이 사건 후에는 국회가 검찰이 동료의원들을 수사할 틈을 주지도 않고 회기 사이에 간격을 두지 않았다. 소위 방탄국회 때문이었다.

국회 회기 사이에 며칠이 비는 그 사이에 ○○○ 의원을 체포해 수사한 후 구속했다. 그때 외압이 상당했다. 수사를 하지 말라, 당장 그만두라는 외압이 장난이 아니었다. 후에 검사장은 검사들을 독려해서 잡아넣으라고 했다고 했지만 사실은 당시에 어떻게든 구속하지 않으려고 무척 애를 썼다. 담당검사를 불러 부장인 내가 또라이니까 말을 듣지 말고 멀리 보고 수사하라고 회유했다는 것을 나중에 들었다.

나는 그때 수사를 하면서 담당검사들에게 있는 그대로만 밝혀라, 나머지는 내가 막는다는 말만했다. 너희들이 원하는 대로 해라. 검사들이 그런 것 못하면 뭐 하러 수사를 하느냐. 문제가 생기면 내가 책임지고 막는다고 했고 나는 그 원칙대로만 했다. 그러니 검사장은 나하고 이야기가 안 된다고 생각해서 검사들을 설득하려고 했지만 검사들조차 말을 듣지 않아 결국 국회의원을 구속할 수 있었다. 나는 그게 검사가 해야 할 본연의 의무라고 생각했다.

현직 대통령 비서실장을 수사하다

수원 특수부장으로 마지막 수사를 한 것이 당시 ○○○ 청와대 비서실장의 조사였다. 2002년 김대중 대통령 비서실장 ○○○이 당선자 대변

인일 때 4,000만 원을 수수하였다는 혐의가 포착되었다. 수사를 시작하자마자 엄청난 외압을 받았다. 돈을 준 사람이 다른 사건으로 안양교도소에 구속되어 있었는데 그 사람을 서울중앙지검 형사9부 ○○○ 부장·○○○ 검사가 수사하고 있었다. 우리가 그를 불러 ○○○ 씨에게 돈을 준 경위와 자금 출처를 파악하려고 안양교도소에 있는 사람을 수원지검으로 불러내려고 하자 서울중앙지검 형사9부에서 사람을 데려다 주지 말라고 한다는 말만 되풀이했다. 사람을 불러 조사를 해야 뭐라도 나오는데 소환이 되지 않으니 미칠 노릇이었다.

하루는 ○○○ 대검 중앙수사부장이 나를 불러 ○○○ 대통령 비서실장 사건을 언급했지만 불러서 조사하겠다고 하면서 물러서지 않으니 여기저기서 난리가 났다. 보통 외압이 들어오는 게 아니었다. 대검 중수부장이 불러서 현안 보고를 하라고 했다. 이미 중간중간 보고를 했는데도 현안 보고를 또 하라는 것은 조사를 하지 말라는 외압이었다.

그동안 재직 중인 대통령 비서실장을 수사기관에서 소환해 조사한 선례가 없는 것으로 알고 있었다. 권부의 핵심인 대통령 비서실장을 수사하는 것이 얼마나 어려운 일인지 몸으로 느낀 바 있어 그 과정을 자세하게 소개하고자 한다.

2002년 10월 2일 주임검사인 ○○○ 부부장이 ○○○으로부터 1998년 1월 말~2월 말 사이에 김대중 대통령 당선자 대변인이던 ○○○에게 공기업인 남해화학이 민영화되면 인수할 수 있도록 도와 달라는 취지로 1회 1,000만 원, 2회 3,000만 원(자기앞수표)을 교부했다는 진술을 들었다. 공여자 ○○○은 피앤텍그룹 부회장이자 게이트 당사자였다.

2002년 10월 9일 ○○○ 부부장이 ○○○ 검사장, ○○○ 1차장에게 ○○○ 대통령 비서실장 사건을 보고했다. ○○○ 비서실장이 1998년 1월경 ○○○으로부터 국영기업체 인수 때에 도움을 달라는 명목으로 2

회에 걸쳐 4,000만 원을 수수했다고 하니, ○○○ 및 이를 전해들은 ○○○의 진술을 확보해서 전달한 수표에 대한 계좌추적 및 이를 알고 있는 참고인(○○○ 경무관)에 대한 조사가 필요하다는 것이었다.(수원지검 2002 내사 339호)

20:30경 서울중앙지검 형사9부(금융조사부의 전신) ○○○ 부부장으로부터 ○○○ 검사에게 전화가 걸려와 서울 검사장 지시라며 ○○○을 수원지검에서 소환하지 않도록 하라는 통보를 받았다.

2002년 10월 10일 ○○○ 부부장으로부터, ○○○ 검사장에게 불려가 '○○○ 비서실장에 대한 수사를 중단하고 소속 부장에게도 보고하지 않도록 하라'는 지시를 받았다고 보고 받았다. 대검 ○○○ 차장으로부터 모종의 연락을 받은 듯하다고 부연했다.

수표로 지급한 부분과 관련하여 ○○○ 회사 계좌에 대한 압수수색영장을 발부받아 계좌추적을 했다. 그 이후로 ○○○을 수원지검으로 소환(전화 소환)하려 해도 서울중앙지검 형사9부 ○○○ 부부장이 보내지 못하도록 해서 ○○○에 대한 조사가 불가능해졌다. 뿐만 아니라 ○○○ 부부장에게 ○○○ 부부장이 항의를 하면, ○○○ 부부장이 '검찰 1과장 출신인 ○○○ 부장(중앙지검 형사9부장) 쪽으로 줄을 서야지, 잘 나가지도 못하는 수원지검 부장(곽상도를 지칭) 말 들어서 좋을 게 있느냐, 잘 생각해 보라'는 투로 언쟁을 했다고 보고 받았다. 그래서 한 번은 ○○○ 부부장과의 대화를 녹음하도록 해 그 녹음 테이프를 ○○○ 1차장에게 들려주면서 ○○○ 중앙지검 2차장이나 ○○○ 형사9부장에게 녹음 사실을 알려서라도 소환을 해야겠다고 보고했다가 '검사들끼리 무슨 짓이냐'면서 혼이 났다. 그 뒤에는 정식 공문을 교도소에 보내 회신을 받으면 그것을 근거로 소환을 못하게 한 이유를 따질 수 있을 것으로 생각하고 소환 요청 공문을 발송했다. 공문에 대한 회신을 기다리며 수시로 전화해 소환할 수 있도록 요청하였지만 거부당하였다.

2002년 12월 5일 계좌추적을 위한 압수수색영장을 발부받았다.

2002년 12월 8일 ○○○ 서울중앙지검장이 대구지검장으로 있을 때 같이 근무한 부장급 이상 간부들을 모아 강남의 일식집에서 식사하는 모임에 참석했다. 그 자리에서 ○○○을 소환해 조사하지 못하도록 지시했는지 여쭈어 보았더니 무슨 사안인지 전혀 모르고 있어 이와 관련된 지시를 할 수도 없었던 것으로 확인했다.

옆에서 이 대화를 듣고 있던 대검 형사과장이 안양교도소(○○○이 수감되어 있던 곳)에서 대검에 질의를 했는데, 수원지검에서는 ○○○을 소환하는 공문을 보내오고, 서울중앙지검에서는 수사 중인 사건(○○○ 비서실장 사건과는 무관한 다른 사건)이 서울중앙지검에 있기 때문에 수원지검으로 보내주면 안된다고 하니 어느 요구를 따라야 하느냐는 내용이었다고 하면서 왜 이런 일이 생겼느냐고 물어 그동안의 자초지종을 설명해 주었다. 양 검찰청 간에 해결이 안 되면 검찰총장에게 보고해야 한다고 했고, 나는 중앙지검 쪽에 연락해서 조사할 수 있도록 주선해주도록 요청했다.

대검 형사과장이 중앙지검 형사9부 쪽에 연락한 것이 주효했는지 2002년 12월 22일 ○○○을 소환하여 조사했다.

2002년 12월 24일 ○○○ 실장을 소환하는 방법을 ○○○ 부부장이 검토하여 ○○○ 대검 범죄정보기획관에게 통보하였다. 14:00경부터 21:00경까지 서울시청 앞 프라자호텔 1781호에서 ○○○ 실장을 소환 1차 조사하였다.

2002년 12월 28일 09:30~14:00까지 같은 호텔에서 2차 조사를 했다. 공여자를 ○○○ 실장에게 소개하여 준 ○○○ 경무관과 ○○○ 실장을 대질했다.

2003년 1월 6일 내사종결(무혐의)로 수사를 마무리했다.

○○○ 비서실장을 호텔에서 조사하고 돌아온 ○○○ 부부장은 ○ 실장 쪽에서 우리가 조사한 내용을 다 알고 있어 추궁할 여지가 없었다고 보고했다. "수사검사인 ○○○ 부부장은 전남 장성 사람인데 인사에서 물먹고 불만인 상태(지청장으로 발령받지 못한 것을 지칭)이고, 부장인 곽상도 검사는 좌고우면하지 않고 원칙대로 처리하는 사람이라는 평가를 하면서 인사에 불만인 수사검사와 지역적 편견을 가진 부장이 의도적으로 수사한 것이 아니냐"는 이야기를 ○○○으로부터 들었다고 했다.

수사는 상대방이 알아차리지 못하는 상태에서 관련자를 신속하게 조사하고, 수사진행 상황에 따라 계좌추적 등 필요한 내용이 보완되어야 하는데 검찰 내부에서 공여자 ○○○을 소환조차 하지 못하도록 봉쇄해버리니 어려웠다. 그런데다 ○○○ 실장이 수사진행 상황을 모두 알고 있을 뿐 아니라 조사하는 검찰 측 면면까지 모두 파악한 상태였다. 사실 이 수사는 ○○○을 소환하지 못하도록 봉쇄한 그 순간부터 이미 실패할 수밖에 없었다.

현직에 있는 대통령 비서실장의 위력이 어느 정도인지 이 사건을 통해 잘 알 수 있었다. 대통령 비서실장이 조사받으러 올 수밖에 없도록 만들었던 것을 위안 삼을 수밖에 없었다.

○○○ 비서실장을 조사하지 못하도록 하기 위해 ○○○을 수원지검으로 보내지 못하게 적극 저지하였던 서울중앙지검 형사9부(부장검사 ○○○)에서 2003년 2월 27일 다음과 같은 내용의 건의를 했다는 신문기사를 보았다.

"현대상선의 대북 송금 의혹 사건에 대해 수사유보 의견을 냈던 검찰 수사팀이 특별검사가 이 사건을 수사하는 게 적절치 않다는 의견을 표명해 파장이 예상된다. 서울지검 형사9부 9부장검사 ○○○는 27일 ○○○ 서울지검장에게 '특검 수사는 재고돼야 하며 검찰이 직접 수사를 하는 게 바람직하다'는 의견을 전달했다. 이 같은 수사팀의 의견은 노무현 대통령의 특검 법안 수용 여부에 어떤 식으로든지 영향을 미칠 전망이다. — 이 부장검사는 '검찰은 국회가 조사를 한 뒤 수사가 필요하다고 결정하면 수사에 나설 방침으로 수사 유보 결정을 했는데 국회의 조율 없이 특검 수사가 결정됐기 때문에 문제가 있다. 특검 수사팀은 여러 곳에서 사람을 모아 꾸려지기 때문에 범죄와 무관하지만 국익과 직결되는 수사 내용이 외부로 유출될 가능성도 높다'고 우려했다. ○○○ 서울지검 2차장도 '수사팀이 노 대통령에게 특검 법안 거부를 요청한 것이냐'는 질문에 '그렇게 봐도 된다. 수사를 할 때 국익을 위해 덮을 것은 덮어야 한다'는 의견을 제시했다. 반면 검찰수뇌부는 수사팀과 상반된 의견을 표명했고, 대검은 공보관을 통해 '검찰은 국회의 의견을 존중하며 검찰이 수사를 재개할 계획이 없다'고 공식적인 입장을 밝혔다."는 것이다.(2003. 2. 28자 신문 참조)

서울중앙지검 형사9부 수사팀이 반대한 것과는 달리 대북 송금 특검팀이 구성되어 이 팀의 수사 끝에 ○○○ 비서실장이 150억 원을 수수한 것으로 드러났다. 특검을 반대하는 것만으로 비추어 본다면 그런 견해도 있을 수 있겠다고 생각할 수 있겠지만, ○○○을 소환하여 조사하지 못하도록 적극 저지하였던 것도 중앙지검 형사9부 수사팀이었다. 이 두 가지 사례, 즉 ○○○의 소환, 조사를 저지하여 수사를 방해하고, 대북 송금에 대해 특검 수사 유보 의견을 공식적으로 밝힌 배경이 결국 ○○○ 비서실장 또는 당시 정권을 옹호하려 했던 것이 아닌가 하는 짐작을 해 본다.
　○○○ 비서실장과 ○○○ 의원의 수사가 비슷한 시기여서 연말부터 다음해 2월 초까지 함께 했다. 그러다보니 나는 이미 찍힌 사람이었다.

○○○ 비서실장을 소환해서 수사를 하겠다고 하니까 압박이 너무 심했다. 이런저런 핑계를 대면서 시간을 벌어 말맞추고 하면서 외압에 시달렸던 기억이 지금도 생생하다. 그 난관을 뚫고 결국 ○○○ 씨를 불렀는데 조사를 받겠다고 하면서도 검찰청에는 못가겠다고 해 프라자호텔에 담당검사를 보내 조사를 했다. 조사를 하고 혐의가 있으면 기소할 생각이었는데, 담당검사의 기소가 힘들 것 같다는 의견을 듣고 무리하게 기소할 이유가 없어서 수사종결을 지시했다. 공소시효 만료가 가까워서 그 안에 무혐의로 끝을 맺었다.

김대중 정권의 ○○○ 비서실장을 조사하였는데도, 같은 민주당 정권인 노무현 정부에서 나를 중앙지검으로 발령을 냈다. 나중에 기자들에게 이야기를 들으니 당시 ○○○ 검찰총장 후보자와 ○○○ 법무장관 후보자가 만나서 나를 발탁해서 쓰는 것으로 합의를 보았다고 했다. 사실 수원지검에서 이런저런 수사를 하면서 민주당 의원 구속, 비서실장 조사 등의 사고를 많이 쳐서 서울중앙지검으로 발령은 기대하지 않았다. 그런데 수원지검 특수부가 굵직굵직한 사건을 처리하는 능력을 잘 봐서 뽑은 것 같았다. 그 당시 서울중앙지검 특수부나 공안부를 담당하던 기자들이 전부 수원지검으로 매일 출퇴근을 하면서 우리의 동태를 파악할 정도였다. 이 당시에는 정말 일을 많이 했다.

판사 비리 내사하였다가 무더기로 무죄선고 받아

내사한 사항

(2003년 3월 6일자 중앙일보에서 보도한 내용을 먼저 인용한다.)

지난달 13일 ○○○ 분당경찰서장에 대한 검찰의 구속영장(수뢰 혐의)

이 기각된 직후 영장전담 판사와 ○ 서장의 변호사가 골프와 술 모임을 함께한 사실이 밝혀졌다.

특히 ○ 서장의 변호사는 영장을 기각한 판사(수원지법 안산지원)의 동료 판사로 재직하다가 영장 기각 바로 전날 사표를 내고 사건 변론을 맡았음이 확인됐다. 이런 사실은 이들 전·현직 판사들의 비위 첩보를 제보받은 수원지검 특수부의 내사에서 드러났다.

이에 따라 ○○○ 수원지검장은 내사결과를 최근 ○○○ 수원지법원장에게 공식 통보한 것으로 알려졌다. 검찰이 특정 사건을 놓고 판사들의 비위를 내사한 뒤 해당 법원에 통보한 것은 이례적인 일이어서 적지 않은 파문이 예상된다.

일각에선 이들 전·현직 판사의 부적절한 처신에 대한 비판과 함께 사건이 법원과 검찰 간의 갈등으로 번질 것이라는 전망도 나오고 있다.

영장 기각—검찰에 따르면 ○ 서장에 대한 구속영장은 13일 안산지원 ○○○ 영장전담 판사에 의해 기각됐다. 기각사유는 '증거인멸 및 도주의 우려가 없으며, 수뢰 혐의에 대한 경찰 소명이 부족하다'였다.

○ 서장 측 ○○○ 변호사는 역시 안산지원 영장전담 판사로 재직하다 영장 기각 하루 전인 12일 사표를 내고 변호사로 전업했다. 사직 당일 이씨 사건을 맡으면서 착수금을 받았다는 것이다.

이에 대해 ○ 변호사는 "○씨 사건을 맡기로 하고 착수금을 받긴 했으나 구속영장 청구나 발부 단계가 아닌, 재판 과정에만 참여하기로 했을 뿐"이라며 영장 기각 과정에서는 개입하지 않았다고 주장했다. ○ 변호사는 "사표를 내기 전 판사로 있을 때부터 ○ 서장 쪽으로부터 사건을 맡아 달라는 전화의뢰를 받았었다"고 덧붙였다.

한편 ○ 서장은 5일 "○ 변호사를 개인적으로 알지 못 한다"고 말했다. 그는 자신의 혐의에 대해 "지금 검찰의 보강수사가 진행 중이고(구속영장 재청구 등) 곧 결과가 나올 것"이라며 "재판에서 무죄를 입증하겠다"고 말했다.

골프·술 모임—검찰 내사결과 ○ 판사와 ○ 변호사는 영장 기각 이틀 뒤인 15일 또 다른 ○ 모 판사(서울지법), 안산시내 한 병원 의사와 함께 안산의 J 골프장에서 골프를 쳤다. 골프 경비는 ○ 변호사가 지불했다고 검찰 관계자는 밝혔다.

이들은 골프를 마치고 저녁식사를 한 뒤 평소 친분이 있던 사업가 등 네 명과 함께 합류해 안산시내 S관광호텔 룸 가라오케에서 함께 술을 마신 것으로 드러났다.

○ 변호사는 당일 상황에 대해 "15일 골프 모임은 내가 판사로 있던 지난해 10월께부터 똑같은 멤버가 매달 같은 날에 해온 정기모임"이라며 "○ 서장의 구속영장 기각과는 아무런 관련이 없다"고 주장했다.

검찰내사—수원지검 특수부는 ○ 서장의 구속영장 기각과 관련된 전·현직 판사들의 비위가 있다는 제보를 받고 내사를 시작했다. 내사 담당검사는 검찰 수사관을 골프장과 가라오케에 보내 사실 확인과 함께 골프 경비와 술값을 누가 계산했는지 추적했다. 수사 관계자는 "사안의 민감성 때문에 술집 매출전표 등을 일일이 확인해가며 극비리에 내사를 진행했다"면서 "판사들의 부적절한 처신이 드러나면서 일부 수사관은 '탄핵 사안'이라는 말까지 했다"고 전했다.

한편 법원 쪽에서는 검찰의 내사가 판사의 영장 기각에 대한 불만에 따른 뒷조사 성격이 강하다는 시각도 적지 않아 향후 법원과 검찰 사이에 갈등 요인이 될 가능성이 있어 보였다.

대법원은 수원지법 안산지원 ○○○ 판사의 변호사와의 골프·술자리 회동과 관련, 5일 수원지법에 철저히 진상을 규명해 보고하라고 지시했다. 이에 따라 수원지법은 이들의 회동 경위와 배경 등에 대해 자체조사에 착수하는 한편, 일단 ○○○ 법원장 직권으로 ○ 판사를 8일자로 여주지원으로 인사조치했다.

수원지법은 특히 문제의 회동이 ○○○ 분당서장 구속영장 기각과 관련이 있는지 여부를 집중 조사할 방침인 것으로 알려졌다. 대법원 관계자는 이날 "이 사건 관련자들에 대해서는 단호히 책임을 물을 것"이라고 밝혔다.

이 관계자는 또 "물의를 일으킨 ○ 판사가 안산지원에 근무하는 것이 적절치 않다는 게 명백한 판단"이라고 말했다.

내사 착수 경위

— 03. 2. 17.(월) 범죄정보수집을 담당하는 ○○○ 계장으로부터 ○○○ 분당서장의 구속영장을 기각한 안산지원 영장담당 판사와 갓 개업한 판사 출신 변호사가 지난 토요일 안산에 있는 서원관광호텔 내 지하 술집에서 술을 마시고 있는 것을 보았다는 보고를 받고 ○○○ 검사에게 자세한 내용을 확인하도록 지시.

— 03. 2. 20. ○○○ 검사로부터 내사한 내용을 보고 받음.

내사 대상자

■ ○○○ 판사

■ ○○○ 판사

■ ○○○ 변호사

내사 내용

■ 03. 2. 14. 분당경찰서장 ○○○에 대한 구속영장 기각(○○○ 판사)

■ 03. 2. 15.(토) 12:47 안산 제일컨트리클럽에서 ○○○ 판사, ○○

○ 판사, ○○○ 변호사 외 1명이 함께 골프 라운딩.(판사들은 각 가명으로 등록, 비용 86만 원), 인근 두박주물럭 식당에서 식사(식대 20만 원), 서원관광호텔 지하 주점에서 음주(비용 107만 원)

*비용 합계 213만 원은 ○○○ 변호사가 카드로 결재.

문제점

■○○○ 판사는 ○○○ 분당서장에 대한 영장을 기각하면서 변호인인 ○○○ 변호사가 주장한 변론 사유를 그대로 인용.

■○○○ 변호사는 정식 선임계 없이 변론.

■서원관광호텔 지하 주점은 ○○○ 변호사가 변호하고 있는 조직폭력배 부두목인 ○○○(03. 2. 13. ○○○ 판사가 영장 발부하여 수감되었고 재판 대상자임)가 운영하는 곳임.

― 03. 2. 27. ○○○ 수원지법원장과 ○○○ 안산지청장에게 내사결과 통보.

― 03. 3. 6. 중앙일보 보도

내사에 대한 법원의 시각, 기소한 사건에도 영향

이렇게 판사 비리를 내사했다가 무더기로 무죄선고를 받은 후, 기소한 사건에도 여러 가지 영향을 끼쳐 적잖은 불편을 겪었다.

○○○ 법원장(서울)

연수원 시절 후배들 모임(판사, 변호사, 검사 동석*동석한 검사로부터 들은 얘기에서 이 내사에 대해 다음과 같이 언급했다고 한다)에서 서원 H사장이 ○○○ 검사 방에 와 있는 것을 보고, 기업체 사장이 검사 방에 무단출입하는 것은 문제가 있다고 까발리려고 하다가 그만두었다고 언급했다고 한다. ○○○ 검사의 법원 내사에 대한 보복적인 성격이 강한 언급이었다.

○○○ 판사(항소심)

○○○ 사건을 선고하기 전에 이례적으로 나에게 전화를 걸어 무죄를 쓴다고 통보하면서 무죄 이유로 ○○○이 전화했으나 ○○○이 익산청장으로 부임한지 얼마 되지 않아 그런 말을 할 틈이 없었던 것으로 판단된다는 것이었다. 내사에 관한 법원의 불만이 내재되어 있었다.

○○○ (경기개발원장) 재판. 담당 단독

피고인 ○○○가 전부 자백하는 것으로 인정했는데 재판장이 그렇게 진술하면 안 되고, 나중에 보니까 땅을 넘겨주었었던 것으로 청탁과 무관한 사항이 아니냐며 무죄 취지로 몇 차례에 걸쳐서 피의자를 유도했다. 그런 판사의 태도에 법정에 동석한 ○○○ 기자도 의아해했다.

○○○ (수원지검 특수부 근무 경력의 변호사)

7,000만 원 사기 사건의 주범 및 종범이 영장이 청구된 후 피해자들과 합의해 ○○○ 변호사가 법원에 합의서를 접수했다. 하지만 법원은 합의된 사건의 주범과 종범 모두에게 영장을 발부했다. ○○○ 변호사가 수원지검 특수부에 근무하면서 법원을 내사한 것에 대한 보복성 짙은 판결이었다.

○○○ (구속기간 연장 관련)

이 사건에서 검사의 구속기간 연장 사유를 영장 청구하는 것과 같은 정도로 상세히 기재하도록 보정명령(표면적 이유는 '연장'도 피의자 인권과 관련)을 내렸다. 그렇다면 판사들이 2개월 단위로 구속기간 연장하는 것에 대해서도 같은 판단을 해야 한다는 생각이 들었다. 또한 재판담당 판사가 연장하는 것이 아니라 영장담당 판사나 당직판사가 해야 하는 게 올바르다는 생각을 하면서 내사에 관한 법원의 불편한 태도가 엿보이는 조치였다.

'검사와의 대화' 이후 사표 낼 뻔한 검사

노무현 대통령과 '검사와의 대화'가 예정되어 있었는데 나는 퇴근을 하면서 ○○○ 검사에게 가급적 대화에 참석하지 말도록 하라고 주의를 주었다. 하지만 아무래도 불안해 ○○○ 검사에게 연락을 했더니 핸드폰을 꺼놓고 아예 받지도 않았다. 나중에 물어보니 ○○○ 검사와 함께 참석하는 것으로 결정한 후 핸드폰을 아예 꺼놓고 받지 않았다고 실토했다.

당시에 그 자리에 참석한 ○○○ 검사로부터 전해 듣기로는 2003년 3월 8일 토요일에 각 검찰청별로 대화에 나설 검사를 선정했다고 한다. 해당 검사들에게 개별 연락하여 서울중앙지검에 집결하도록 통보하고, 검사와의 대화가 끝날 때까지 각자 핸드폰을 일체 받지 못하도록 해 외부 압력을 받거나, 내부 상황을 외부에 전달하지 못하도록 단속을 했다.

서울중앙지검과 지방에서 선발되어 집결한 검사들 상대로 대검 기획 과장이 ○○○ 검찰총장으로부터 들은 내용이라며 ○○○ 법무장관이 협의 없이 밀실 인사를 단행했다는 확인서를 작성해와 나누어 주며 ○○○ 장관을 비난하기도 했다고 한다.

○○○ 범죄정보기획관실 연구관이 '검찰에서 가장 논리적인 검사'라고 소개되면서, 부산동부지청에 노무현 대통령이 청탁 전화한 것, 병풍 수사 관련하여 검찰이 야당 봐주는 수사한다고 비난 성명한 것 등의 자료를 준비해와 질문을 지도했다고 한다.

○○○ 검사는 노무현 대통령과의 대화가 생방송으로 중계된 직후인 2003년 3월 9일 17:27경 한 통의 메일을 받았는데 소개하면 다음과 같다.

제목 : 나는 이렇게 생각합니다

국민의 절반이 지지해준 대통령한테 너 어따 대구 막말이냐. 너 지지해준 국민은 한 명도 없지만 대통령 지지해준 국민은 수천만이라구. 너네가 옛날 서슬 퍼렇던 독재정권 시절에도 그렇게 할 말 다하고 살았냐. 그때는 권력의 신발 뒤꿈치도 빨 기세더니 이제 아무 보복도 하지 않을 것 같으니까 기득권 지키려구 막 나가는구나. 자기네들이 하는 짓거리에 논리가 딸리니까 횡설수설, 되지도 않는 말이나 해서 국민들 짜증나게 하구. 솔직히 그동안 누려왔던 기득권 계속 누리게 해 달라구 차마 그렇게 말은 못하겠으니 히딩크가 어떻구 386이 어떻구 마누라가 아파서 어쩌구 신소리나 하구 앉았구.

너 어느 네티즌이 쓴 그 글 봤냐? 교수들의 성적 산출을 신뢰하지 못하겠으니 학생 성적산출위원회를 만들어서 교수들의 성적을 심의하자는 그 글 말이야. 너네 논리가 그것과 다를 바가 뭐냐. 검찰 독립 웃기구 있네. 그렇게 독립을 원했으면 왜 그동안 정권에 그렇게 빌붙었는데. 너네가 개혁을 말할 자격이 있어? 무릇 선출되지 않은 막강한 권력은 썩게 돼 있어. 검찰이 인사권을 가지면 그건 누가 견제하는데? 응? 말해 봐. 오늘 나온 검사들 보니 그런 건 전혀 기대할 수도 없게 똑똑치 못하더라. 너를 포함해서.

○○○ 검사는 한메일을 통해 메일을 보낸 사람의 개인 정보를 확인하고 메일을 보낸 ○ 모씨(여교사)를 소환했는데 본인 스스로 출석하여 조사를 받았다. 2003년 3월 27일 한겨레신문에 여교사를 소환 조사한 사실이 조그맣게 보도되자 방송 3사에서 취재하겠다고 난리가 났다. 그 바람에 수원지검 ○○○ 검사장과 부장들이 점심 식사하는 자리에서 ○○○ 검찰국장으로부터 전화가 와서 검사장이 해명을 하고 법무부에서는

사표받는 것까지 고려했다는 후문이었다.

노무현 대통령은 ○○○ 총장이 ○○○ 장관과 인사 협의를 하고 전화 통화 1회, 대면 1회 하고서도 인사 협의가 없었던 것처럼 거짓말하고 검사들을 선동한다고 하여 격노했다고 한다. 그 여파로 검사와의 대화에 참석했던 검사까지 사표를 낼 위기에 처했다가 겨우 봉합되었다.

서울중앙지검 특수3부장
— 2003. 4. 1~2004. 6. 13

법조 비리사범 집중단속

경기 불황으로 인하여 법조 시장도 극심한 불경기를 맞고 있고, 매년 사법연수원 수료생과 새로 개업하는 변호사들이 급증하면서 변호사들이 사건 선임을 위해 브로커에게 알선료를 지급하는 등 법조 시장이 극심하게 혼탁되고 있다는 징후가 만연했다. 또한 서울구치소 측으로부터 변호사 접견 과정의 각종 부조리가 만연하고 있어 단속이 필요하다는 건의를 듣고 이와 관련된 비리를 중심으로 수사에 착수했다.

그 과정에서 법조계 전반에 대한 국민들의 신뢰 회복을 위하여 구치소 내에서의 변호사 접견 과정을 둘러싼 각종 비리와 법원, 검찰에 대한 청탁 명목 금품 수수 행위 그리고 사건 수임 알선 비리 등 각종 법조 비리사범에 대해 단속을 실시했다.

수사 과정에서 재소자들에게 쇠못 등 부정물품을 반입해 주거나 휴대

전화기를 불법 사용케한 변호사와 수감자에게 증권조회용 단말기를 제공하여 옥중 주식투자를 도와준 변호사 등 접견권 남용 관련 비리사범 8명을 단속하고 2명을 구속했다. 재소자의 특별접견과 관련하여 금품을 수수한 변호사 등 접견 관련 금품 수수 사범 4명을 단속하고 1명을 구속했다. 판·검사 교제비 명목 금품 수수 변호사 2명, 사건 유치 알선료를 지급한 변호사 2명 등 사건 수임 관련 비리사범 4명을 각 적발하여 입건했다.

그 결과 변호사 13명 등 모두 48명 적발, 18명 구속기소, 30명 불구속기소(비위 변호사들에 대해서는 대한변협에 징계통보를 병행)했다.

구체적인 변호사 접견권 남용 사례

변호인 김 모씨는 2003년 5월 26일부터 10월 29일까지 5개월 동안 서울구치소에 수감 중인 그룹 회장을 접견할 때 교도관 몰래 반입한 증권조회용 데이터통신 단말기 2대를 제공했다. 그룹 회장이 이 단말기를 통해 구치소에서 2만 회 이상의 증권조회 및 증권 거래를 통해 코스닥 상장기업 3~4개 업체의 주식을 매집하도록 지원했다. 또한 매일 오전과 오후 2회에 걸쳐 변호사를 접견하면서 업무지시와 회사 업무진행 상황을 보고 받으며 필요한 사항에 대해서는 직접 변호사가 제공하는 휴대전화로 회사 직원과 통화하면서 업무지시를 하도록 했다. 이 변호사는 그룹의 대형사건 관련자들만 집중적으로 접견하여 뒷바라지를 도맡아하는 전형적인 집사변호사였다. 집사변호사는 접견만을 목적으로 선임되어 옥바라지를 전담하는 변호사들을 지칭하는 수감자들의 은어이다.

강 모 변호사는 2002년 8월 초순, 서울구치소 수감자 접견 때 교도관 몰래 반입이 금지된 쇠못 1개, 면도기와 면도날 1개, 칫솔 1개, 현금 100만 원 등을 수감자에게 건네주었다. 또한 무선랜이 장착된 노트북

컴퓨터로 1인당 500만 원씩 받고 5명에게 외부와 124회에 걸쳐 통화를 하게 했다. 무선랜이 장착된 휴대용 노트북을 마치 변호사 업무용인 것처럼 가장하여 변호인 접견실에 휴대하여 가져간 다음 고성능 마이크가 달린 이어폰을 이용하여 수감자로 하여금 상대방과 통화를 하게 해주었다. 전화를 사용한 수감자들은 주로 벤처기업 비리로 구속된 자들로 대형 사회 물의 사범들에 대한 뒷바라지를 독점하던 위의 김 모 변호사가 전화 사용을 하는 것과 상대적으로 차별을 했다. 그러자 그들과는 다른 별도의 집단을 형성해 적당한 변호사를 골라서 휴대전화 사용 방법과 대가 등을 미리 상의해 범행에 제공된 무선랜 장착 노트북도 직접 마련하여 변호사에게 전달했던 것이다. 이들은 또한 안정적인 전화 사용을 위해 미리 교도관을 상대로 뇌물을 제공하기로 하고 돈을 모아 강 모 변호사에게 전달해 변호인 접견실 담당 교도관에게 400만 원을 제공했다. 강 모 변호사는 수감자들의 부탁을 받고 수감자들에 대해 접견 신청을 한 후 의도적으로 접견을 하지 않아 접견 대상 수감자들이 모여 변호인 접견 대기실에 하루 종일 대기하면서 무료함을 달래고 정보를 교환할 수 있도록 변호사 접견 대기실을 '복덕방'으로 활용했다.

이렇게 접견만을 목적으로 선임된 집사변호사는 수감자들의 담배 등 부정물품 반입, 휴대전화 사용 등 불법 편의제공 요구에 취약하고 수감자들이 외부와 연락하도록 해 범죄 수익 재산을 관리하게 한 것으로 드러났다.

이 사건 적발 이전 서울구치소에서 소위 집사변호사들의 무차별적인 접견 신청으로 하루 평균 380건의 접견 신청이 있었다. 하지만 이 사건 수사 이후 집사변호사들이 자취를 감추면서 하루 평균 110건 미만으로 접견 신청이 감소한 것으로 나타나 서울구치소 재소자 관리 효율성 재고뿐만 아니라 변호인 접견실의 분위기가 쇄신되었다. 뿐만 아니라 관계자들의 의식이 개선되어 접견 시간이 충분히 보장되는 등 실질적이고 내실 있는 접견권 보장에 긍정적인 역할을 했다. 특히 접견 신청서만 제출하고 실제 접견을 하지 않은 사례가 철저히 근절되었다.

접견 관련 금품 수수 사례

서울구치소 접견영치과 교위로 있는 김 모씨는 서울구치소 접견실 팀장으로 근무하면서 강 모 변호사로부터 부정 통화 묵인과 관련해 300만 원을 수수했다. 수수 금액이 소액이고 뇌출혈로 입원한 상태이나 약 30회에 걸쳐 현금 1,000만 원을 서울구치소 인근 농협에서 입금한 점에 비추어 상습 관행적 뇌물수수자로 판단되어 불구속기소했다.

배 모 변호사는 특별접견 알선료 명목으로 600만 원을 수수해서 구속기소했다. 변호사로서 서울지방교정청 행정심판위원임을 내세워 수감자 가족들에게 특별면회 기회 제공을 미끼로 1회 면회 당 50만 원씩을 받았다. 소위 특별접견은 행형법상 '장소변경 접견'이라고 하는 것으로 가족이나 친지들이 구치소 면회실에 신청하여 이루어지는 통상의 접견보다 접견 시간의 제한이 없고(통상의 접견은 10분 이내로 제한됨) 접견 장소가 통상의 면회실과는 달리 재소자와 직접 마주 앉아서 서류를 함께 검토할 수도 있는 등 편리하여 재소자들이 특별접견을 선호하고 있다.

전 김천소년교도소 소장 김 모씨는 배임증재 등으로 영등포구치소에 수감되었던 벤처회사 대표에 대한 특별접견 허용 등 편의 알선을 위해 그의 동업자로부터 4회에 걸쳐 500만 원을 수수했다. 김 모씨는 당시 영등포구치소에 근무하지 않았지만 금품을 받고 영등포구치소 관계자들을 소개해주고 특별접견을 알선해주었으며 수뢰 사실이 문제가 되자 관련자에게 돈을 돌려주려고 했다.

판 · 검사 교제비 명목 금품 수수 사례

변호사 배 모씨는 재소자의 소개로 피해자를 접견하게 되었다. 피해자에게 특별면회를 알선해 주던 중 재판장의 고등학교 후배라는 개인적인 친분관계를 과시하면서 접근해 교제와 로비 명목으로 2,000만 원을 받았고 선임계를 제출하지 않았음은 물론이고 피해자와 선임약정서조차 작성하지 않았다.

변호사 한 모씨는 형사 사건을 선임해서 1차 보석이 기각된 후 2차 보석 신청에 앞서 재판부에 대한 로비 명목으로 2,000만 원을 수수하고 사건 알선료 900만 원을 지급했다. 그로부터 알선료를 받은 사무장은 구속기소했다. 사무장이 재판부에 대한 로비 필요성을 언급하고 당사자의 요구에 따라 피의자 역시 로비의 필요성을 확인하고 2차 보석 성공에 따른 성공 보수 3,000만 원 중 일부를 선지급받았다고 말했다. 하지만 성공 보수를 사전 지급받는 것이 관행이라면 1차 보석 청구 전에 돈을 받아야 함에도 1차 보석 기각 후 돈을 받은 것을 비추어 보면 그 말을 수긍하기 어려웠다.

변호사 사무장 유 모씨는 파주경찰서에서 조사를 받고 있는 피해자에게 접근해 수사 경찰관과 검찰 직원에게 청탁해 무혐의가 되도록 해주겠다며 6회에 걸쳐 교제비 명목으로 3,600만 원을 받았다. 유 모 사무장은 당시 뇌물수수죄로 집행유예 기간 중이어서 법률사무원 무자격자 임에도 무등록 상태로 고용되었다. 이번 수사를 통해 변호사 사무실에서 재판부나 검찰에 대한 로비 명목으로 사건 의뢰인에게 수임료 외에 별도의 금품을 공공연히 요구하고 있어 법조계에 대한 신뢰 저하의 큰 원인으로 작용하고 있는 것을 확인했다.

사건 수임에 따른 알선 수수 사례

박 모 변호사는 외근사무장으로부터 24건을 알선받고 소송이 완결된 9건에 대해 알선 수수료 970만 원을 지급했다. 최 모 변호사는 외근사무장으로부터 9건의 사건을 알선받고 그중 4건에 대해 600만 원의 알선 수수료를 주었다. 변호사 사무장 백 모씨는 사무장으로 활동하면서 15건의 사건을 알선하여 그중 8건에 대해 870만 원의 알선료를 수수했다. 또 다른 사무장 정 모씨는 최 모 변호사에게 9건, 박 모 변호사에게 3건의 사건을 알선해주고 4건의 알선 수수료 960만 원을 받았다.

백 모 사무장은 외곽지역 병원 사무장을, 정 모 사무장은 손해사정인 사무실 직원으로 각 근무하면서 환자 또는 의뢰인들을 상담한 후 변호사 사무실에 소개했다. 이들은 본래의 직장에서 급여를 받고 있으면서도 별도로 변호사로부터도 일정액의 급여를 받았다. 심지어 소속 변호사가 아닌 알선료를 더 많이 주는 변호사를 찾아다니며 사건을 소개했다.

법조 비리 단속 이후 사건별로 알선료를 수수하기보다 여러 건을 모아 월 1~2회씩 한꺼번에 지급하거나, 차용 형식으로 고액을 지급한 후 건수마다 해당하는 금액을 정산해 나가고 있어 점차 적발이 어려워지는 상태이다. 오 모 사무장의 경우는 변호사로부터 매달 400만 원의 급여를 받은 것 외에도 자신이 알선한 사건에 대한 수임료가 들어오면 즉시 변호사로부터 30%의 알선료를 받고 있으면서도 차용금이라고 말을 맞추어 입증이 어려웠다.

변호인이 재소자의 접견을 신청한 경우 수용실에서 접견실까지의 이동, 접견 장소의 협소 등으로 인해 실제 접견에 소요되는 시간보다 훨씬 많은 시간, 예컨대 오전에 30분간 변호인을 접견하는 경우 오전 내내 대기실에서 대기해야 한다. 이 때문에 자연스럽게 공범 간의 의사연락, 수사나 재판에서의 사전 의견조율 등 증거인멸의 장으로 활용되는 실정이다. 또한 소위 집사변호사를 선임하여 하루 2회 변호인을 접견하게 되면 하루 종일 변호인 접견 대기실에서 시간을 보내게 된다. 모 변호사의 경우 매일 마약 사범만 10명씩 접견하여 변호사 접견 대기실을 '마약 사범 정보 교환소'가 되게 만들었다. 마약 사범은 특성상 모두 잠재적 공범이라고 할 수 있다. 또한 접견만을 목적으로 선임되다 보니 재소자에게 담배나 휴대전화 제공 등 불법 편의제공이 불가피하고 수감자들이 외부와 연락하여 범죄수익인 재산을 관리하는 역할을 도와주고 있다. 대양상호 신용금고 불법 대출 사건으로 수감된 ○○○의 경우 모 변호사의 도움으로 접견 때 휴대전화를 사용한 것으로 확인되었다. 이는 변호사들이 범죄로 부를 축적한 자들의 하수인으로 전락하는 결과를 초래하고 있다.

그래서 이 사건을 수사하면서 변호인 접견권 제한의 필요성을 느꼈다. 물론 피의자의 인권 보장, 적법 절차 강화 등을 위해 피의자 신문 때 변호인 참여권 확대 등 변호권 확대방안에 대한 논의가 활성화되었지만 법률에 보장된 변호인의 접견권(변호인의 수사과정 입회권을 포함)이 무제한으로 허용되어야 하는지에 관한 논의가 필요하다고 생각했다. 정당한 변호 활동은 보장되어야 하지만 피의자와 이해관계를 가지고 있는 경우에는 접견권을 일부 제한할 필요가 있다.

또한 이해관계가 있는 변호인의 접견으로 발생하는 문제점도 생각해 보아야 한다. 필요적인 공범 또는 공범관계에 있는 상대방의 의뢰에 따른 변호인을 선임하거나, 법무법인 등 법인 소속의 변호사가 연루된 사건의 피해자에 대해 그 법인 소속의 다른 변호사가 선임되어 변호인 자격으로 수사과정에 참여하는 경우는 문제가 있다. 뇌물 사건의 경우, 공여나 수수한 측의 일방 당사자의 변호사가 다른 일방 당사자를 회유하거나 공범관계인 배후 관련 진술회피를 유도하는 결과를 초래한다. 복사된 수사기록을 변호사 개인적인 이해관계나 의뢰인의 이해관계에 따라 언론에 제공하는 사례도 있는 것으로 알려져 있다. 변호인의 수사과정 입회까지 무제한 허용하면 사실상 수사에 상당한 지장을 초래할 가능성이 있다.

솔직히 검사들은 법조 비리 수사를 꺼린다. 법조 주변 사람들을 단속하는 게 좋은 모양이 아니기 때문이다. 나도 처음에는 싫었고 다른 사건을 수사하는 중이었다. 그래도 위에서 지시가 내려오니 어쩔 수 없이 해야 했다.

구속집행정지 · 형집행정지 관련 비리 수사

처음 법조 비리와 관련된 수사를 할 때에는 주로 집사변호사들을 중심으로 수사를 했다. 그래서 1차 법조 비리 수사를 보면 사회의 이목을 끄는 사람은 거의 없었다. 통상적인 집사변호사를 단속했다. 그런데 1차 수사를 끝내고 나니까 ㅇㅇㅇ 검찰총장이 왜 그렇게 살살 하느냐는 지적을 하는 것이었다. 그 말을 듣고 나서 작심하고 그야말로 본격적으로 고위직 출신들 중심으로 파고들었다. 고위직이나 사회 저명인사들의 형집행정지에 관한 수사였다. 한보 정ㅇㅇ 회장을 비롯한 많은 사람들이 범죄를 저지르고도 버젓이 외국으로 나갈 수 있었던 것도 형집행정지 때문이었다. 그 과정에 의사들이 연루된 것을 밝혀냈다. 돈 받고 협조를 한 의사들의 비리도 집중적으로 파헤쳤다.

구속집행정지는 상당한 이유가 있는 경우인데 구속된 피고인(피의자)을 친족 등 적당한 자에게 부탁하거나 피고인의 주소지를 제한하여 구속의 집행을 일시 정지하고 석방하는 제도이다(형사소송법 제101조, 209조). 실무상 주로 피의자 · 피고인 중병, 근친의 관혼상제, 중요한 시험 등 피구금자의 일신상의 사유에 한하여 인정하고 있다. 주로 당사자나 변호인의 신청으로 이루어지나 응급상황의 경우 교도소장(구치소장)이 자체적으로 법원이나 검찰에 중증 통보로 이루어지기도 한다. 질병으로 인한 경우는 주로 일정 기간을 정해 치료를 담당하는 병원이나 주거지로 장소를 제한해 허가하고 있다.

형집행정지는 형의 집행으로 인하여 현저히 건강을 해하거나 생명을 보전할 수 없을 염려가 있을 때, 혹은 70세 이상의 고령이거나 출산의 경우 형의 집행을 일시 정지하고 석방하는 제도이다(형사소송법 제 471조). 관할 검사장의 허가가 필요하며 석방된 후 주거지 혹은 병원 관할 경찰서에 2개월에 1회 이상 시찰조회를 통해 관리를 한다.

이와 같은 형·구속집행정지 결정을 받기 위해서는 구치소 안의 의료시설로는 치료가 어렵다는 점을 집중 부각시켜야 한다. 그래서 외부 병원 의사로부터 진료 과정의 축적과, 외부 병원에서 치료가 필요하다는 내용의 의사 진단서가 반드시 필요하다. 그러므로 외부 병원에서의 진료를 둘러싼 브로커들의 불법 청탁이 발생하고 있다.

위와 같은 형·구속집행정지로 석방된 자들이 석방 조건인 성실한 재판 출석 및 주거제한 준수 약속을 저버리고 도주해 다른 범죄를 저지르거나 막대한 입원료를 지불하면서 병실에서 호사스러운 생활을 누리고 있어 사법 정의를 훼손하고 국가의 재판기능을 무력화시킨다는 여론이 비등했다. 특히 질병을 이유로 형·구속집행정지 결정을 받아 석방되는 경우 주로 진단서나 병상조회 회보만을 근거로 결정이 이루어져 이를 둘러싸고 브로커가 횡행하고 관련자들 간에 금품 수수 비리가 만연해 있어 이를 근절시키기 위해 수사에 착수했다.

수사 과정에서 구속집행정지나 형집행정지로 석방되려는 자들의 가족들로부터 수천만 원의 금품을 받고 구속집행정지 혹은 형집행정지 결정을 받을 수 있도록 도와준 서울구치소 의무과장을 구속기소했다. 또한 형·구속집행정지 결정을 받고자 하는 자들로부터 억대의 알선료를 받은 브로커 2명을 구속기소했다. 또한 재소자가 형집행정지 신청을 하는 데 필요한 진단서를 발부받기 위해 특정 병원으로의 외부진료를 허가해 주고 금품을 수수한 전 서울구치소장을 불구속기소했다. 형구속집행정지 자들로부터 돈을 받고 유리한 진단서를 발부해준 전 서울대병원장과, 서울대병원 의사는 구속영장이 기각되어 2명을 불구속기소 하고 금품을 제공한 재소자 및 가족 3명을 각각 불구속기소했다. 구속집행정지 중 도피한 2명을 추적, 1명은 검거 재수감하고 중국으로 도피한 1명은 인터폴에 국제공조 수사를 의뢰하기도 했다.

상가분양업자 종합건설사 대표의 사례

상가분양업자 이 모씨는 분양대행업체를 운영하면서 서울 신당동 재개발조합의 상가분양에 관여해 금품을 주고 매수한 조합장으로부터 자신이 부담한 조합에 대한 채무 50억을 불법 면제받은 혐의로 지명수배되었다가 분양피해자들의 신고로 긴급체포됐다. 용산경찰서에 대기 중이던 그는 화장실 창문을 타고 도주한 후 심장질환을 핑계로 서울대학교병원 중환자실에 입원한 채 자수했다.

그는 평소 친분이 있던 서울대학교병원 순환기내과 의사의 도움으로 '급사의 위험이 있으므로 절대적인 안정 가료(加療)가 필요하다'는 취지의 진단서를 세 번이나 발부받아 약 1개월 동안 불구속 수사를 받다가 구속영장이 집행되었다. 평소 이 모씨는 서울대학교병원 의사에게 심장질환 치료를 받아왔으며, 그에게 자녀 유학비용에 보태라며 1만 달러를 제공하기도 했다. 주택조합 피해자들이 진단서의 내용이 의심스럽다며 의사를 두 번이나 집단 면담하면서 항의했으나 의사는 이를 묵살하고 계속 동일한 취지의 진단서를 발행했다.

이 모씨는 수감된 후 구속집행정지를 받기 위해 자신의 처를 통해 관계자들에게 금품로비를 시도했다. 아울러 심장질환 증세가 악화된 것으로 보이게 하려고 의도적으로 식사를 거부하고 수액주사마저 거부하며 탈수·탈진으로 인한 심장병 악화를 시도했다. 그러면서 금품으로 매수한 다른 재소자를 통해 몰래 우유 같은 것을 구입해 먹었다. 공판 때는 의도적으로 들것에 실려 입장해 재판장의 인정신문마저도 불가능하게 했다. 탈진으로 재판정에 출석할 수 없다며 출정을 거부해 재판을 의도적으로 지연시키기도 했다.

한편으로는 처에게 지시해 구속집행정지 신청에 필요한 진단서를 잘 써달라며 서울구치소 의무과장에게 3회에 걸쳐 2,000만 원을, 서울대학병원 의사에게는 2회에 걸쳐 1,500만 원의 뇌물을 제공했다. 그 결과 서울구치소 의무과장은 당초 '수감생활에 지장이 없다'는 취지의 진단서를 '진행성 뇌경색 증상이 발현하면 치명적인 결과에 이를 수도 있다'는 내용으로 진단서를 바꾸어 주었다. 또 주치의인 서울대병원 의사 이 모씨는 변호인과 동행해 서울구치소로 4개월 동안 6차례나 왕진 치료를 했다. 그때마다 그는 '구치소 수감생활을 지속하는 것은 치명적인 결과를 초래할 수 있음, …적절히 조치하지 못하는 경우 급사의 위험이 있고 … 구금생활을 지속하는 것은 매우 위험한 상황'이라는 내용의 허위 진단서를 발부해 재판부에 제출토록 했다. 그가 발행한 진단서에는 발행번호도 없고 서울대병원장의 관인도 찍지 않은 채 서울대학교병원 발행의 진단서인 것처럼 작성했다.

구속집행정지 신청이 재판부에 계류된 상태에서 그는 탈수와 탈진을 호소하면서 서울대병원 응급실에 후송된 직후 재판부의 구속집행정지 결정으로 기어이 석방됐다. 석방 후 서울대학교병원에 입원해서 3회에 걸쳐 구속집행정지 허가를 받아 불구속 상태로 재판을 받았다. 하지만 추가 기소가 되고 또 재판부의 구속집행정지 연장 불허로 재수감될 위기에 처하자 병원에서 도주했다. 도피한 후 신분을 위장하고 중국으로 사업 진출을 모색하다가 서울지검 수사관에게 검거되었다.

이 모씨는 도피 중 전혀 병원 치료를 받지 않았고 검거 당시 건강상태가 상당히 양호했다. 그런 점으로 보아 담당의사가 진단서에 기재한 내용이 결과적으로 크게 잘못되었다는 것을 알 수 있었다. 이 모씨는 구속집행정지로 석방되자 서울구치소 의무과장을 협박해 자신이 뇌물로 제공한 2,000만 원 가운데 1,000만 원을 돌려받았다. 또 도피생활을 하던 중에는 자신의 담당의를 찾아가 뇌물로 제공한 돈을 돌려받기도 했다.

이 사건은 뇌물로 공무원을 매수해 목적을 달성하고는 역으로 위협해 뇌물을 돌려받은 사례여서 특별히 기억에 남아있다.

한보그룹 정○○ 회장의 사례

1997년 1월 30일 소위 한보그룹 불법 대출 사건으로 구속되어 1997년 12월 26일 징역 15년이 확정된 정○○ 회장은 이후 2002년 6월 10일 대장암 치료를 위한 형집행정지로 석방되었다. 그는 그때까지 서울대학교병원, 한양대학교병원, 경희대학교병원, 안양병원, 한림대학성심병원 등에서 수십 회에 걸쳐 입원 혹은 통원치료를 받았다. 또한 변호인을 통해 모두 15회에 걸쳐서 고혈압, 당뇨, 협심증 등의 이유로 형집행정지를 신청했으나 모두 불허되다가 최종 16회째에 형집행정지가 되었다.

전 서울대병원 병원장 이 모씨는 1990년경부터 고혈압 환자이던 정○○ 씨의 주치의로 활동하면서 그의 형집행정지 신청 때 여러 차례 유리한 진단서를 발부해 주었다. 그러다가 정○○ 씨가 서울대병원에 입원한 상태에서 변호인을 통해 고혈압, 당뇨, 협심증, 전립선비대증 등을 이유로 형집행정지를 신청하자 소견서를 작성해 주었다. 이때 전 서울대병원장 이 모씨는 정○○ 씨의 변호인과 소견서 일부 내용 및 용어에 대해서 상의하여 일부 문구를 정○○ 씨에게 유리하도록 수정했다. 정○○ 씨의 아들 정 모씨는 이같이 아버지에게 유리한 소견서를 발부해준 전 서울대병원장 이 모씨에게 비서를 통해 사례비 2,000만 원을 제공했다.

2002년 5월 30일경 정○○ 씨는 한림대학성심병원에서 대장암 진단을 받고 즉시 이 모 전 교수에게 부탁해 그의 제자인 전 서울대병원장 오모 교수를 소개받아 6월 10일경 서울대학교병원에 재빨리 입원해서 각종 암을 진단하는 혈액종양내과 소속이 아닌 순환기내과 소속의 고혈압 전문의 오 모 교수 명의로 별도의 조직검사 없이 대장암이라는 진단서를 발부받았다. 뿐만 아니라 그의 도움으로 입원, 수술, 진단서 발급 등을 알선 받았고, 그 진단서를 토대로 형집행정지를 받아낼 수 있었다.

전(前) 그룹 회장의 사례

1996년 10월 6일경 창원지방법원에서 횡령 등으로 징역 3년, 집행유예 5년 및 벌금 62억 원을 선고받은 김 모씨는 벌금 62억 원 미납으로 2003년 1월 8일부터 서울구치소에서 노역장유치집행 중에 있었다. 1일 환형유치 금액 620만 원으로 2005년 7월 13일 노역장 유치 종료 예정이었다.

김 모씨는 강남종금을 통해 2000년 고속철도 차량선정 로비 자금 및 소위 '안풍' 자금세탁에 관여해 로비스트 '로라 최'로부터 80만 달러를 차용해 카지노에서 도박을 한 혐의 등으로 지명수배 중이던 1997년 12월경 위조 여권을 이용해 미국으로 도주했다가 2002년 10월 10일 미국에서 검거되어 국내로 송환되었다. 백화점 등 계열사 불법 자금 지원 혐의 등으로 구속기소되었다가 2003년 1월 8일 1심에서 집행유예를 선고

받았으나 벌금을 내지 않아 노역장유치집행 중에 있었다.

　그는 노역장유치 중에 형집행정지를 받기 위해 서울구치소 지정병원인 안양병원과 외부 의료시설인 순천향대학병원 등에서 8회에 걸쳐 진료를 받고 순천향병원 의사 및 삼성제일병원 의사를 서울구치소로 왕진케 하는 진료행위를 받았다. 또한 그의 아들인 김 모씨는 아버지의 재산관리인이던 서 모씨의 주선으로 알선 브로커 이 모씨에게 로비자금 1억 원을 제공했다.

　한편 브로커 이 모씨는 로비자금으로 받은 1억 원 가운데 2,000만 원을 서 모씨에게 나누어주면서 그로 하여금 서울구치소 의무과장 정 모씨에게 현금 500만 원과 250만 원 상당의 고급 양주 '루이 13세' 1병을 뇌물로 제공했다. 또한 김 모씨는 알선 브로커 이 모씨의 지시에 따라 서 모씨와 함께 부친상을 당한 서울구치소 의무과장 정 모씨를 문상하면서 조의금으로 위장한 1,000만 원의 뇌물을 제공했다. 또 서울구치소 교정위원 허 모씨를 통해 서울구치소장 임 모씨에게 950만 원을 제공했다. 그러자 서울구치소 정 모 의무과장과 임 모 구치소장은 순천향대학병원에서 진료를 받을 수 있도록 허용했다.

　준비가 되었다고 판단한 전 그룹 회장 김 모씨는 2003년 7월 28일 '알코올성 간염, 간경화증 및 복수증, 심부전증'을 이유로 형집행정지를 신청했으나 기대와는 달리 불허되었다. 그 후 10월 24일 재차 '간경변, 복수, 심부전'을 이유로 형집행정지를 신청했으나 역시 불허되었다. 검찰에서 의료자문위원의 자문을 받아 종래 검사결과와는 별도로 혈액검사를 한 결과 나타나는 알부민 수치 등으로 미루어 간경변으로 판단키 어렵다는 것이 불허사유였다.

　뇌물공세에도 형집행정지가 실패하자 서울삼성제일병원 의사 한 모씨를 서울구치소로 왕진을 오도록 해서 문진을 하도록 한 김 모씨는 한 모씨로부터 '복부팽만의 원인을 정확히 진단해 치료하지 않으면 장천공, 복막염 등의 위험이 있어 생명을 위독하게 할 가능성이 매우 높음', '고혈압과 심근경색증 때 보이는 간 기능의 저하만으로도 수감생활이 힘들 것으로 사료됨'이라는 내용의 진단서를 발부받았다. 이를 근거로 재차 형집행정지 신청을 하려다가 적발되었다.

이 사건은 의사, 교정공무원, 재소자 등 여러 계층의 인물들이 총동원된 범죄로 의사와 고위 교정공무원이 뇌물을 수수한 후 형집행정지 관련 비리에 연루되어 형사 사법의 정의를 왜곡되도록 했다. 또한 배금주의에 물든 사회 부조리를 극명하게 보여준 사건이기도 했다.

우리 사회에서는 그동안 의사, 특히 대학병원 의사가 작성한 진단서의 경우 권위 있는 의대 교수들이 작성한 것이어서 그대로 믿어왔다. 그러나 이번 사건에서 드러난 것처럼 특정 목적을 위한 환자에게 매수되어 그 내용을 과장하고 왜곡하고 있는 게 확인되었다.

앞으로 진단서나 소견서에 기재된 내용의 신뢰성과 정확성을 담보하고 이를 검증할 수 있는 제도적 보완장치를 강구할 필요가 있다. 또 구속이나 형집행을 감내하지 못할 사정이 있을 경우 제도의 취지가 반영되도록 적극 활용해야 하지만, 의도적인 발병으로 형·구속집행정지제도를 악용하는 사례가 있어 재소자 관리를 보다 적극적으로 강화할 필요가 있다.

형·구속집행정지 수사를 하다보니 현직에 있는 총장 비서 이런 사람들 이름이 나오기 시작하고, 검찰 고위직과 민정수석을 지낸 ○○○ 변호사 사무실을 압수수색했는데 브로커에게 건네진 9억 원의 영수증이 나왔다. ○○○ 변호사와 고위직 주변 사람들 이름도 나오니 위에서 그만큼 했으면 됐다고 해서 법조 비리 수사도 여기서 종결했다. 수사가 끝나고 이야기를 들으니 ○○○ 변호사가 당시 검찰총장을 찾아가 사법시험 동기들끼리 이럴 수 있느냐고 따졌다고 한다.

기업구조조정 관련 비리 사건

기업구조조정 전문회사(CRC) 및 M&A와 관련하여 많은 문제점이 발생하고 있으며, 이는 일부 M&A 또는 기업구조조정 전문가라는 자들이 애초부터 기업의 건전한 구조조정이나 경영에는 관심이 없고, 인수, 합병 또는 구조조정을 빌미로 단기간에 거액을 챙기는 이른바 '머니게임'을 일삼고 있는 것에 기인한 것이다.

기업구조조정 전문회사를 설립할 때 자격과 자본금 등 필요한 조건도 전혀 갖추지 아니한 채 설립자본금을 사채업자 등으로부터 차용하여 구조조정 전문회사를 설립한 다음 실질적인 구조조정 등의 노력은 하지도 않은 채 구조조정, M&A(인수, 합병)나 A&D(인수, 개발) 등을 거쳐 건실한 회사가 된 것처럼 가장한 후 구조조정 대상 회사를 재상장하고 상장과 동시에 주가를 조작하여 엄청난 불법 이익을 취득하면서 자금을 제공한 사채업자, 조폭 등에게도 이익을 배분해 주는 등 '머니게임'을 일삼아 구조조정을 거쳐 겨우 회생 가능성이 보이던 회사를 회생불능의 상태에 빠뜨릴 뿐만 아니라 구조조정을 거쳤기 때문에 건전한 회사인 것으로 착각하고 투자를 하는 수많은 선량한 투자자들에게 엄청난 손실을 안겨주고 있어 기업구조조정 전문회사의 불법 행위에 대한 단속이 시급히 필요하다는 여론이 제기되었다.

그래서 기업구조조정이나 M&A로 회사가 정상화되기는커녕 기업사냥꾼들의 사냥감이 되거나 주가조작 대상으로 전락하는 등 '머니게임' 양상을 보이고 있어 이를 근절하기 위해 내사에 착수했다. 이 작전세력들은 구조조정 대상 기업의 경우 주가 상승이 예상되어 일반 투자자 유치 및 주가조작이 용이한 점을 이용하여 구조조정을 거친 광명전기(주가조작 실패), 부흥, 세우포리머 등의 주식 시세 조정을 순차적으로 진행했다.

구조조정이 진행 중이던 (주)광명전기(상장회사)가 현금을 많이 보유하고 있는 점에 착안, 이를 빼돌리기 위하여 구조조정 전문회사로부터 경영권을 인수한 후 불과 40여 일만에 회사 자금 80억 원을 빼내 개인채무 변제, 재건축대상 부동산 매입자금 등으로 횡령하여 광명전기를 와해시킨 대표이사 이○○을 구속기소하고, 부사장 공인회계사 김○○을 특정경제범죄가중처벌등에관한법률 위반(횡령)으로 불구속기소했다.

구조조정 전문회사 디바이너의 실질적인 오너인 김○○, 작전 전문가 오○○ 등 작전세력 7명을 구속기소하고, 2명을 불구속기소하였으며, 외국으로 도망한 위 디바이너의 대표이사 김 모씨 등 5명을 증권거래법 위반으로 지명수배했다. 이들은 I&D창투사에서 구조조정 중이던 주식회사 부흥(상장회사)의 구조조정 직후 주가 상승이 예상되자 약 40억 원의 자금을 이용하여 2002. 3. 28경 1주당 700원이던 위 회사 주가를 2002. 5. 23. 2,595원까지 상승시켜 약 9억 5,700만 원의 시세차익을 취득했다. 또한 구조조정 대상 기업의 자본금 70억 원을 가장 납입하여 구조조정 전문회사(CRC)인 디바이너를 설립한 후 (주)세우포리머(상장회사)의 구조조정을 빙자하여 일반 투자자들로부터 약 300억 원의 자금을 끌어 모아 세우포리머의 유상증자에 참여하여 경영권을 장악한 다음 세우포리머의 주식 등을 담보로 사채업자로부터 자금을 차용하는 방법으로 약 800억 원을 동원하여 위 세우포리머의 주식 시세를 조종하여 주당 3,450원이던 위 회사 주가를 10,000원까지 상승시켜 약 170억 원의 시세차익을 취득하고 이와는 별도로 한국와콤전자의 주식 시세를 조종하여 차익 8억 4,200만 원을 취득한 혐의였다.

이 사건의 수사를 통해 일부 CRC가 구조조정 대상 회사를 건전한 회사로 회생시키는 데는 관심이 없고 아예 처음부터 기업구조조정이나 M&A(인수, 합병)를 빙자하여 거액의 리베이트를 주고받으며 회사의 경영권을 사고팔거나 주가를 조작하고 있고, 또 일반 투자자들의 투자금(유상증자 대금), 회사의 기본 자본금 등을 마구 빼돌려 단기간에 거액을 챙기는데 혈안이 된 도덕적 해이 현상을 확인하고 이를 엄단하였다. 뿐만 아니라 기업구조조정이나 M&A를 거친 회사라고 하여 재무구조와 경영상태가 건실하게 개선된 것으로 쉽사리 믿고 투자할 경우 자칫 손해를 볼 수 있다는 사실을 일반 투자자들에게 주지시키는 계기를 제공했다.

부동산 투기 사범 단속

2003년 4월경부터 사회적 문제로 대두된 부동산 투기 사범에 대해 집중 수사했다.

범정부적으로 부동산 가격 안정을 위한 정책들이 시행되고 있지만, 조직화되고 기업화된 부동산 투기로 말미암아 정부의 정책이 효력을 발휘하지 못하는 현상이 발생하고 있었다. 그래서 부동산 시장이 투기시장으로 변질되는 것을 막고 시장의 왜곡을 시정하기 위해 투기 사범을 엄단할 필요성을 느꼈다. 수도권 일원에서는 토지 수요가 폭증해 가히 '땅전쟁'이라고 불릴 만큼 토지 확보에 혈안이 되어 있었다. 특히 파주의 경우 수도권 신도시 예정지역인 파주시 일원으로 투기자금이 몰릴 것이라는 첩보를 수집해 수사에 착수했다.

그 결과 부동산 투기 사범 145명을 적발, 29명을 구속기소하고 109

명을 불구속기소했으며 7명을 지명수배했다.

파주 신도시 개발예정 지역 내에서 타인의 토지를 아무런 권한 없이 '상업지역으로 개발될 곳'이라며 투기세력을 부추겨 62명으로부터 100억 원대의 토지매매대금을 편취한 부동산 분양대행업체 (주)로이드하우징 대표 이○○을 구속기소했다. 그는 파주시 교하읍 목동리 일대에 아파트 건설을 추진하던 인창건설(주)이 목동리 일대 자연녹지 2만 평을 매입해 둔 것을 알고 공동으로 아파트 사업을 하자며 접근했다. 그래서 동업약정을 체결하자 곧바로 자연녹지 지역의 토지 1만 평을 마치 자신이 매수한 토지이고 상가부지로 개발될 곳인 것처럼 과장하여 투자자들로부터 100억 원대의 매매계약금을 편취했다. 그가 투자자들에게 개발될 것으로 말한 그 땅은 자연녹지 지역으로 분류되어 대규모 상가 건축이 불가능한 상태였다. 또한 파주시가 개발 예정지역에 대한 '마스터플랜'을 발표하면서도 '혼합용지'라고 밝혀 그 용도가 확정되지 않은 곳이었다.

부동산 컨설팅업체 미래도시씨엔디(주)의 대표 이○○, 김○○와 인근 부동산 중개업자 이○○은 투기세력을 끌어들여 평당 60만 원이던 위 지역 부동산 시세를 약 8개월 동안 3차례 전매를 되풀이하면서 평당 190만 원까지 3배 폭등시켰다. 그 가운데 평당 110만 원을 넘어서는 부분은 소개비조로 분배받기로 드러나 김○○를 구속기소, 이○○, 이○○을 불구속기소했다.

이번 부동산 투기에 나섰다가 적발된 62명은 부동산 권리관계를 확인하는 등 기초적인 사항도 알아보지 않은 채 전매차익을 노리고 매매계약을 체결한 것으로 드러나 이들이 거둔 전매차익도 과세토록 국세청에 통보했다. 자연녹지 지역을 매수한 투기자들은 대부분 이○○과 '3~4개월 후에 평당 20만 원 이상의 차익을 남기고 전매를 해 준다'는 내용의 이면 약정을 했다. 매수인 중에는 통닭집을 운영하다가 처분한 자금, 부인 몰래 모아둔 자금을 털어 투자한 경우도 있었다. 상당수 투자자들은 은행으로부터 대출을 받아 투기자금으로 사용한 것으로 밝혀졌다.

한편 이○○은 국내 굴지의 아파트 전문 건설회사인 벽산건설이 파주시 교하읍 목동리 일원에 아파트 건설을 추진하고 있는 것을 알고 아파트 건설 예정부지에 약 84억 원을 투입하여 소위 '알박기'를 시도했다. '알박기'는 예정 부지를 지주로부터 매입하면서 매매금액 약 84억 원 가운데 계약금 10억 원 정도만 동업자들로부터 차용하여 지급한 후 아파트 개발사업 등을 빌미로 금융기관으로부터 대출을 받아 나머지 잔금을 지불해 자기 자금 없이 토지의 소유권을 취득하는 것이다.

이 사건의 특징은 투자자들 대부분 높은 전매차익을 노리고 매수한 것일 뿐 토지의 객관적인 조건이나 개별적인 이용 가능성보다는 높은 전매차익이 보장되는지의 여부에만 관심이 있는 소위 '묻지마' 식 투자자들이었다. 이 사건 대상 토지가 누구의 소유이며 현재의 권리관계나 이용현황이 어떤지에 대해 전혀 관심을 기울이지 않아 범행이 용이했다.

토지거래허가구역 안에서 불법 토지거래계약을 체결한 자연녹지 매수인들은 건설업자나 제조업자 등 자영업자이거나 치과의사, 변호사 등 전문 직종 종사자가 대부분이었다. 하지만 피아노학원 운영자 등 영세상인도 일부 있었으며 특히 부인 몰래 숨겨둔 돈과 부인이 운영하던 식당을 처분한 돈으로 투기를 한 경우도 있었다. 이런 점으로 미루어 볼 때 부동산 투기가 일부 부유층에 국한된 문제가 아니라 우리 사회 전반에 만연한 현상이라는 것을 엿볼 수 있는 사건이었다.

'떴다방' (이동식 중개업자) 단속 내용

주택청약통장(속칭 '물딱지') 5개를 1개당 300만 원의 웃돈을 주고 매입해 용인시 소재 아파트와 광주시 소재 아파트 등 아파트 5채를 분양받은 후 1채당 500만 원 내지는 1,500만 원을 남겨 합계 6,400만 원의 차익을 남기고 전매한 소위 '떴다방' 업자 안○○ 등 12명을 적발해 9명을 구속했다.

떴다방 업자들은 실직자들이거나 실직한 자의 배우자가 대부분이고 공인중개사의 자격도 없어 부동산중개업 등록을 할 수가 없어서 특정 공인중개사의 양해 하에 그 중개소 직원인 것처럼 '대표' '부장' '실장' 등의 명함을 새겨서 다니면서 일정한 사무실도 없이 수도권 전 지역의 아파트 모델하우스를 무대로 청약통장, 아파트분양권, 당첨권 등의 거래를 중개하고 있었다. 어떤 업자는 고객들에게 신뢰를 주기 위해 명의를 빌린 중개사무소에 일반전화기를 설치하고 걸려온 전화를 착신전환 형태로 휴대전화로 수신하면서 다니기도 했다.

떴다방 업자들의 정보를 입수한 경위는 그들이 모델하우스 부근이나 휴대전화를 이용하여 아파트 당첨권 등의 매매계약 체결을 중개하면서 자신이 사용하는 은행 계좌번호를 고객에게 불러주어 계약금 또는 거래대금을 입출금하고 있는 경우가 많다는 점에 착안했다. 주변에서 아파트 당첨권 등을 매매하려고 떴다방 업자들과 접촉한 적이 있는 사람들을 상대로 떴다방 업자들의 명함, 전화번호, 계좌번호 등을 파악했다.

이 사건의 수사 특징은 먼저 해당 업자들의 인적사항, 계좌번호를 정확하게 확인한 후 해당 계좌에 대한 압수수색영장을 발부받아 계좌거래내역을 파악했다. 그 후 아파트 당첨권 등의 거래대금으로 추정되는 자금이 입출금된 것이 확인되면 부동산중개업 개설 등록 여부를 확인하여 떴다방 업자 여부를 판정하는 방법으로 수사를 진행했다.

떴다방 업자들은 대부분 주거 또는 차량에 통장, 거래장부, 매매계약서 등 중요한 증거자료를 보관하고 있어 혐의자들을 체포할 당시 주거지 및 차량 내부에 대한 압수수색을 통해 물증확보에 주력했다. 하지만 물증확보를 못한 경우에는 범행 입증에 어려움이 많았다.

그린벨트 훼손 등 난개발 후 전매 투기 사범 단속

개발 수요가 많은 남양주지역에서 현지 사정에 밝은 투기꾼들이 농민의 경우에 한해 개발제한구역 내에서 농사를 짓는데 필요한 제한적인 범위의 건축물 신축이 가능한 점을 이용해 농민들에게 명의 대여료를 주고 편법으로 농민 명의로 건축허가를 받아 농업용 창고를 건축해서 상업용 창고 등으로 전용, 임대하거나 전매하는 사례가 급증해 집중단속을 했다.

남양주시 일대의 농지를 매수, 현지 농민 명의로 계사나 꿩 사육장을 신축하는 것처럼 사업계획서를 첨부해 편법으로 모두 9건의 건축허가를 받은 후 신축 건물을 공장, 창고 등으로 용도를 변경해 중소기업인들에게 임대하거나 구입 가격의 5배 정도에 전매해 부당이득을 챙긴 김○○ 등 96명을 적발하고 12명을 구속했다.

김○○은 지역 사정에 밝은 지방신문 기자와 결탁해 16억 원 상당의 은행 대출금으로 개발제한구역 내에 공장과 창고를 신축해서 월 임대료로 1,700만 원의 수익을 올렸다. 건축물은 주로 영세기업의 공장, 물품보관 및 물류창고 등으로 사용했다. 서울에서 가깝고 임대료가 낮다는 점이 매력적으로 작용했으며, 명의를 빌려준 농민들에게는 명의 대여료 명목으로 200만 원에서 500만 원을 지급했다.

위와 같은 불법행위를 단속해야 할 그린벨트 단속 담당 공무원이 오히려 재직 기간 중에 알게 된 불법행위 방법을 악용한 사례도 있어서 구속했다. 남양주시청 공무원인 그는 퇴직 후 농업용 창고를 편법으로 건축해 임대사업을 해 약 1억 5천만 원의 이익을 취해서 구속되었다.

임대아파트 불법 전대 사범 단속

양도(讓渡) 및 전대(轉貸)가 금지된 임대아파트 전매를 노리는 임대아파트 전매 브로커 이ㅇㅇ는 도시개발공사 직원에게 금품을 제공하고 강북 지역 임대아파트 입주자 2,000명의 명단을 확보해 임대아파트 전매 사실을 확인한 후 임대아파트 입주자들에게 접근을 했다. 접근한 그들에게 1,000만 원의 웃돈을 주고 임차권을 양도받은 후 1,300만 원의 차익을 남기고 전매를 하다가 구속되었다. 또한 임대아파트 입주자 명단을 유출한 대가로 2,000만 원을 수수한 도시개발공사 3급 직원을 구속했다.

부동산 투기 관련 사범들을 수사하면서 과거 부동산 투기 사범 위주로 처벌을 하면 부동산 투기의 근절이 쉽지 않다는 것을 느꼈다. 금번 사건에 단속된 전원을 구속기소한 것처럼 부동산 투기 사범은 앞으로 처벌수위를 계속 높일 필요성이 절실하다.

또한 세무당국에 적발 내용을 통보해 불법적인 방법으로 취득한 수익을 세금으로 추징토록 조치하고 이에 따른 처벌도 병행해야 할 필요가 있다.

최근에는 전형적인 아파트 분양권 관련 투기 이외에 파주 등 신도시 개발 예정지에 대한 투기나 부동산 개발업자들과 결탁한 휴양시설(펜션 하우스) 관련 투기행위 등 새로운 투기 대상이 나타나고 있다.

공인중개사 자격증 위조 사건

이 사건은 위조된 공인중개사 자격증을 사무실에 버젓이 걸어놓고 부동산중개업을 하고 있어 부동산 거래질서가 저해되고 있다는 첩보에 따라 수사에 착수했다. 또한 시티파크 주상복합단지에 7조 원 상당의 돈이 몰리는 것과 같이 저금리 시대에 즈음하여 부동산 투기 쪽으로 시중자금이 몰리는 상황이 수년 전부터 계속되자 부동산 중개업무가 인기 직종으로 부각되어 가정주부, 정년퇴직자, 직장근로자, 실직자 등이 공인중개사 자격증 취득에 열을 올리고 있는 현실이었다. 부동산중개업법 시행 이후 부동산 중개업무는 공인중개사에게만 허용됨에 따라 실무경험이 많으나 시험이 어렵고 고령 등의 이유로 시험에 합격하지 못하면 부동산 중개사 보조원으로 활동할 수밖에 없어 공인중개사 자격증의 수요가 급증했다. 시험에 합격하지 못한 사람들이 급증함에 따라 부동산 중개 시장에서는 돈을 주면 자격증을 구입할 수 있다는 소문이 나돌고 있고 이에 따라 수사에 착수했다.

경기도지사, 인천광역시장 명의의 부동산중개사 자격증 50장을 위조하여 의뢰인들에게 1장당 700만 원 내지 2,000만 원을 받고 판매해온 위조단 7명을 적발하여 4명 구속기소, 1명 불구속기소, 2명을 수배하였고, 한편 위조 중개사 자격증을 구입한 4명을 불구속기소했다.

단속 결과 위조 자격증 구입자 50명이 위조 자격증을 구입하기 위해 지급한 총금액이 약 5억 원에 이르렀다. 위조 단계에서 100만 원 내지 150만 원 정도로 거래되는 공인중개사 자격증이 다단계 점조직을 통해 전전하면서 중간 알선자가 많을 경우 6단계를 거쳐 2,000만 원까지 거래되고 있었다.

위조책은 하선인 서 모씨로부터 위조 공인중개사 자격증 구입자들의 명함판 사진 3매, 주민등록증 사본 1매를 받아 미리 마련한 A4 크기의 백지에 컴퓨터 등을 사용하여 인천광역시장 또는 경기도지사 명의의 공인중개사 자격증 50장을 위조한 후 장당 100만 원 내지 150만 원씩 받고 팔아 4,350만 원 상당을 취득했다.

판매책은 위조 자격증 판매알선책인 이 모씨로부터 구입자들의 명함판 사진 3매, 주민등록증 사본 1매를 받아 위조책에게 전달하고 1주일 후 장당 340만 원 내지 400만 원을 받고 위조된 자격증 47매를 팔아 8,430만 원 상당을 취득했다.

중간 판매알선책은 자신이 직접 위조 자격증 구입자를 물색하거나 하선들로부터 구입자들의 사진, 주민등록증을 받아 판매총책에게 전달하고 장당 470만 원 내지 700만 원을 받고 위조 자격증을 팔아 9,590만 원을 취득했다.

부동산중개소 직원 여성 김 모씨는 중개사 사무소 개설을 위해 딸의 명의로 1,700만 원에 위조 자격증을 구입한 후, 1년에 3장만 중개사 자격증이 나온다고 해 장래를 위해 아들 명의로 1,000만 원을 주고 1매를 더 구입하기도 했다. 개발이 활발해지고 있는 강화도와 김포시에 부동산 중개사무소 2개를 개설하여 속칭 떴다방 영업을 했다.

가정주부 이 모씨는 부동산 사무실 직원으로 근무하면서 공인중개사 시험에 응시했으나 불합격된 후 2003년 2월경 470만 원을 주고 위조 자격증을 구입했다. 같은 해 3월경 인천 남구 주안동에서 공인중개사 사무실을 인계받아 영업을 하다가 같은 해 6월경 인천 부평으로 사무실을 옮겨 영업을 했다.

여성 임 모씨는 2003년 11월경 동생 명의의 위조 자격증을 700만 원에 구입해 시흥시 정왕동에 공인중개사 사무실을 개설하여 영업을 했는데 공인중개사 시험에 응시한 경험도 있었다. 피의자는 자신의 동생이 지병으로 제대로 사회생활을 하지 못한 것이 안타까워 장래 돈벌이라도 하라는 마음으로 범행을 저질렀다고 자백했다.

또한 타인의 사무실에 자격증 없이 부동산중개업을 하다가 부동산중개법인 설립에 필요한 중개사 자격증을 1,700만 원을 주고 구입해서 부천에서 부동산중개법인을 설립하고 대표 공인중개사로 취임한 여성도 있다.

이번 수사 과정에서 부동산중개업소 개설시 위조된 자격증을 관할 시, 군, 구에 제출하더라도 진위여부를 대조하지 않고 중개업소 등록을 해주고 있어 위조 자격증 소지자도 중개업소 등록이 가능하였고, 일부는 위조 자격증을 구입하여 '떴다방' 영업으로 부동산 투기를 조장하고 있었으며 한편, 무자격자의 중개행위로 인해 분쟁발생시 중개사협회의 공제 혜택을 받을 수 있는지 여부가 불분명해지는 등의 문제점이 다수 발견되었다.

부동산중개업법에 따르면 거래 당사자(중개 의뢰인)들의 보호를 위하여 중개업자들에게 개인인 경우 20여만 원의 보험금을 납입하여 최고 5천만 원까지, 법인인 경우 40만 원을 납입하여 최고 1억 원까지 중개사의 고의 과실로 인한 손해배상을 받을 수 있도록 손해보험 가입을 강제하고 있다. 이 규정에 따라 관련 협회(현재 부동산중개인 관련 협회는 '전국부동산중개인협회'와 '한국공인중개사협회'로 나누어져 있음)에서는 공제조합을 운영하고 있다.

위조 자격증 구입자들이 부동산 거래를 중개하더라도 당사자들의 거래 행위는 유효한 것으로 판단되나, 중개 행위로 인한 분쟁이 발생하여 중개 의뢰인이 중개사의 고의·과실로 손해를 보게 된 경우 공제조합 가입 자체가 원인 무효가 됨으로 공제 혜택을 보지 못할 가능성이 있다.

공인중개사 자격 취득과 사무소 개설 과정을 살펴보면 건교부에서 산업인력공단에 시험을 의뢰해서 매년 실시한다. 공단에서 합격자 명단을 관할 시·도(지적과)에 통보하면 시·도에서 위 공단으로부터 통보받은 명단에 대하여 자격증을 교부한다. 공인중개사협회에서 합격자에게 사전교육 실시 후 교육이수증을 교부한다. 관할 시·구·군청에 자격증 및 교육이수증 등을 첨부하여 중개사사무소 개설을 등록하고 영업을 개시하면 된다.

여기에서 협회의 사전교육의 문제점이 나타나고 있다. 공인중개사협회는 자격증 사본을 제출하면 자격증 진위 여부에 대한 확인 절차 없이 4일간의 사전교육을 시킨 후 교육이수증을 교부해주고 있다. 협회는 산업인력공단이나 관할 관청으로부터 합격자 명단을 통보받지 않아 자체적으로 진위 여부를 확인하지 못해 본인이 제출하는 자격증 사본을 진정한 것으로 인정하고 있다. 그러므로 사전교육 및 등록 때 자격증 진위 여부 확인을 위한 제도 변경이 필요하다.

위와 같은 허점이 있어 자격증을 대량으로 위조하여 유통시키는 것이 가능하다. 실제 구입자들은 발각될 것이 두려워 사전교육을 받지 않으려고 하였으나 판매책들은 아무런 문제가 없다며 교육을 받도록 권유하였고 실제로 적발된 경우가 없었다.

사무소 개설 신청을 받는 관할 시·구·군청에서 합격자 명단을 보유하고 있는 시·도에 합격 여부를 조회하거나, 중개사협회에 합격자 명단을 통보하여 합격자만 사전교육을 받을 수 있도록 하는 조치가 필요하다. 또한 협회 통보 때에 합격자 개인신상정보 유출 방지의 조치가 따라야 한다. 위조 방법이 간단하고, 구입하려는 사람이 많아 다른 위조 조직도 관련된 전국적인 현상일 수도 있어서 전국에 등록된 모든 중개업소의 자격증 소지 여부를 점검하도록 주무부처인 건설교통부(토지국 토지관리과 담당)에 요청했다.

공인중개사들은 전통적인 매매, 임대차 중개, 아파트 분양권 전매, 대형 건물 매매, 인터넷을 통한 부동산 관련 각종 정보를 제공하면서 합법적인 영업을 하고 있다. 하지만 개발 예정지나 투기지역에 몰려다니며 속칭 떴다방 영업으로 부동산 가격을 치솟게 하는 등의 문제를 일으키고 있고 그중에 일부가 가짜 자격증을 비치하고 영업활동을 하고 있는 것이 이번 사건을 통해 드러났다.

따라서 이 사건은 그동안 풍문으로 나돌던 공인중개사 자격증 위조단을 적발해 처벌함으로써 공인중개사 자격증 발급에서 개설 등록에 이르기까지 문제점을 파악하고, 자질이 부족한 가짜 공인중개사들의 무분별한 영업행위로 인한 선량한 국민들의 피해를 방지하기 위해 중개사들에 대한 지속적인 점검과 새로운 관리시스템을 도입하는 계기가 되었다는 데 그 의의가 있었다. 나아가 국가가 발급하거나 관리하는 여타 자격증에도 유사한 문제점이 있을 수 있어 내사해 나갈 계획이다.

군 관련 낙하산 납품 비리 수사

군납품 계약은 일반적으로 납품받을 물품의 형식, 제조회사 같은 사양이 미리 결정되어 그 사양의 제품만 납품될 수 있어서, 물품구매 담당 실무자들이 제품의 사양 결정에 절대적인 권한을 행사한다. 간혹 사전에 사양을 결정하지 않고 납품되는 경우도 있지만 이럴 경우에도 '기술점검'이라는 명목 하에 물품구매 실무자에게 해당 군납품의 적격성을 판단하도록 하고 그들이 부적격처리하면 계약 자체를 취소했다. 따라서 군납업체로서는 그들이 취급하는 물품이 납품 사양으로 결정되도록 하거나 사전에 결정된 사양 내용을 알아내기 위해 로비를 해야 하고, 또 납품계약이 체결된 이후에는 기 체결된 계약이 취소되지 않도록 하기 위해 실무자들을 상대로 고액의 뇌물을 제공하는 치열한 로비를 벌일 수밖에 없는 실정이었다.

이 사건은 피의자가 현금으로만 뇌물을 제공하였다는 경찰 송치 의견과 달리 계좌로 송금된 부분이 드러나 군검찰로부터 그 거래내역을 송부받아 공여업체 전반으로 수사를 확대한 것이다.

특전사 물품구매 담당 양 준위 등에게 낙하산 등 납품 관련 뇌물을 공여한 피의자를 경찰청으로부터 구속 송치받아 수사하는 과정에서 양 준위 등 2명에게 뇌물을 공여한 군납업자 7명을 추가로 적발하여, 2명을 구속기소, 2명을 불구속기소, 1명을 약식 기소하였으며, 공여액이 적은 2명은 불입건했다. 추가로 드러난 부분에 대해서는 군검찰에 이첩했다.

낙하산 등 몇 가지 군납품 과정에서, 구매 담당 실무자 두 명에게만 4년 동안 3억 1천만 원 상당의 뇌물이 제공되었다. 이는 1년에 약 8천만 원 정도를 수수한 것으로 결과적으로 매년 1인당 연봉의 1.5배에 해당하는 금액을 뇌물로 수수한 것이다.

물품구매 담당자는 수입품만 받던 낙하산을 본인의 결정으로 국산품으로 바꾸면서 낙하산 제조업자로부터 뇌물을 받은 것에서 드러나듯이 사양 결정에 절대적인 권한을 갖고 있었다. 또 제품의 검수도 직접 담당하고 있어 군납업체에 영향력이 막강했다. 정비반장은 군납품의 정비업무를 담당하는데 품질에 대해 문제를 제기하면 해당업체는 향후 납품 건을 수주하지 못하는 처지로 전락하기 일쑤였다.

수뢰자들은 업체의 이러한 약점을 이용하여 노골적으로 뇌물을 요구했다. 심지어 일부 공여업체에 대해 소액을 대여해주면서 월 10부의 고리 이자를 받기도 해 이자 상당액을 뇌물로 보고 기소했다. 실무자들은 그 자리에 오랫동안 근무할 것이 예상되어 이들에게 뇌물을 제공할 수밖에 없었다. 물품구매 담당은 한 자리에서 17년 동안 근무하였고 정비반장은 10년 동안 근무하였다.

이 사건은 현역 군인에게 뇌물을 제공한 민간인도 처벌된다는 인식을 심어 놓은 계기를 조성했다. 민간인이 현역 군인에게 뇌물을 제공하여 군수기관에 적발될 경우라도 공여자에 대해 군수사기관과 협조해서 반드시 엄벌을 해야 이 같은 사건이 근절될 수 있다. 군 건설 비리와 관련해 뇌물공여로 구속기소된 사람은 군수사기관에서 조사받으면 그것으로 종결되는 것으로 알고 있다고 진술하기도 했다.

이 사건으로 적발된 군납업체는 대부분 군납품 수입업체로서 계약체결을 위해 아무리 많은 노력을 기울였다 하더라도 수수료를 받지 못함으로 반드시 계약을 성사시켜야 하는 상황이어서 뇌물공여업체의 성격상 로비는 불가피했다.

또한 계속적이고도 반복적인 뇌물 제공이 가능했던 것은 수뢰자들이 수시로 뇌물을 요구한 것도 이유이지만 납품업자 측에서도 향후에도 납품을 계속하기 위한 이른바 '보험성 뇌물'을 제공했기 때문이다.

이 사건은 방산 비리에 관한 수사였는데 전통적으로 법조 비리와 방산 비리는 특수3부에서 했다. 그러나 방산 비리는 생각 외로 입증하기 어려웠다. 자금이 외국에서 돌았기 때문이다. 작은 사건들, 예를 들어 낙하산 납품 비리 같은 것은 국내에서 돈을 받아먹고 하는 것으로 어떻게든 밝혀낼 수 있었는데 외국에서 돈이 오고간 것은 입증이 쉽지 않았다. 외국에서 수입하는 대형 군수물품의 리베이트에 관한 비리는 전혀 다른 별세계의 이야기였다.

큰 것은 외국에서 진행되고 돈을 받아도 자금세탁을 거쳐서 처리하기 때문에 수사하기가 굉장히 어렵다. 그런 것을 사전에 준비를 하고 간 것이 아니고 갑자기 하라고 해서 한 것이라서 더욱 수사하기가 어려웠다. 그런 경험들이 쌓이고 전수되면서 이제야 방위산업에 관한 수사 이야기가 본격적으로 나오고 있다. 과거의 수사들을 토대로 이런 정도까지 오게 된 것이다.

○○○ 전 국방부 법무관리관 뇌물 수수 사건

○○○ 전 국방부 법무관리관은 업무상횡령(군수사활동비 7,600만 원 전용), 직권남용(사건 부당처리 지시 3회)으로 고발당해 재정신청 사건으로 국방부 고등군사법원의 심리과정에서 그가 일부 변호사로부터 금품을 수수한 사실이 드러나서 본격적인 수사에 들어가게 되었다.

이에 대한 확인 및 법조 비리 특별단속 차원에서 ○○○ 법무관리관의 예금계좌를 추적했다. 그 과정에서 변호사 총 9명이 ○○○에게 금품을 제공한 사실을 확인하고 위 변호사들을 상대로 금품 제공 경위를 조사했다. 그 결과 변호사 7명으로부터 수수한 금품은 직무상 대가 관계가 인정되는 것으로 판단되어 ○○○를 특정범죄가중처벌등에관한법률 위반(뇌물)죄 및 뇌물 수수죄로 구속기소했다. 육군 법무감, 국방부 법무관리관 등 재직 당시 군법무관 출신 변호사 7명으로부터 국선 변호료 약 1,513만 원, 부서 운영비 180만 원 상당을 제공받고, 3,000만 원을 이자 약정 없이 장기간 차용한 혐의였다. 국선 변호료 수수 행위는 육군 법무감 재직 당시 육군본부 군사법원 재판 사건의 국선 변호인으로 지정된 변호사들로부터 미리 동의를 받고 예금통장을 제출받아 보관하고 있다가 국선 변호료를 송금하는 형식을 취했다. 운영비 지원 명목 수수는 법무감·법무관리관 등으로 재직시 변호사들로부터 부서 운영비, 지원비 명목으로 돈을 수수했다. 금융 편익 수수 행위는 법무감 재직 당시 수임 사건에 대해 유리한 판결이 선고되도록 도와준 적이 있는 변호사로부터 3천만 원을 전역 때까지 이자 약정 없이 차용한 것이었다.

한편 ○○○에게 3,000만 원을 이자 약정 없이 대여한 변호사와 국선 변호료 10,685,350원을 제공한 변호사에 대하여 뇌물공여죄로 각 불구속기소하고, 위 2명을 비롯한 변호사 4명에 대하여 대한변협에 징계를 통보했다.

이 사건을 수사하면서 군인·민간인 관련 사건인 관계로 ○○○가 전역할 때까지 관할권 문제로 수사가 지연되는 애로사항이 발생했다. 이는 군인·민간인 공동 폭력 사건, 군납 비리 사건 등에서도 수차 발생했던 문제이다. 군인·민간인 공범 사안에 대해서는 장차 민간, 검찰, 법원에서 이들 모두에 대한 관할권을 인정하는 제도 개선 방안을 검토할 필요성이 있는 것으로 판단했다.

기양건설로부터 한○○ 10억 수수는 허위

이 사건은 2003년 4월 1일 서울중앙지검 특수3부장으로 발령받아 미제로 남겨진 사건을 파악하다가 이 사건도 특수3부에 있다는 것을 알게 되었다. 당시 ○○○ 검사에게 이○○ 후보 관련 고발(한○○ 10억 수수설 관련) 및 진정(○○○ 의원이 폭로한 가회동 빌라 관련) 사건이 배당되어 있었다. 그런데 가회동 빌라 관련 사건에 대해서만 일부 조사가 진행되어 있었고, ○○○ 10억 수수설에 대해서는 고발 이후 약 5개월 동안 아무런 조사가 없었다. 국민적 관심이 큰 사건이 미제로 남아있었던 것이다. 담당 검사에게 국민적 의혹을 청산하기 위해서라도 빨리 사건을 정리하지 않고 뭐하느냐고 했더니 전에 있던 부장이 가만히 놔두라고 했다는 것이다. 그래서 국민들이 궁금해 하는 것인데 검찰이 손 놓고 있는 것은 직무유기이다, 내가 책임질 테니 서둘러 수사를 하라고 지시를 했다. 진상규명 차원에서 신속하게 조사할 것을 건의해서 수사를 다시 시작해 한○○ 10억 수수설은 날조된 것으로 밝혀냈다. 참고인 등에 대한 본격적인 조사를 진행한 후 2003년 5월 13일 기양건설 이○○ 상무를 검거하여 출판물에 의한 명예훼손 혐의로 구속하고, 배후에 있던 김○○을 지명수배했다가 2003년 10월 20일 검거해 같은 혐의로 구속했다. 이 사건으로 이○○, 김○○은 각각 징역 1년 6개월의 실형이 선고되었다.

당시 신한국당은 이런 판결이 나왔으면 대선불복을 하고 달려들었어야 하는데 손 놓고 있었다. 고발만 해놓고 이○○ 씨가 정계은퇴를 해버리니 유야무야가 되었다. 그렇지만 나는 이런 일들의 증거는 역사적으로 남겨져야 한다고 생각한다. 대통령이 된 사람이 정상적으로 된 것이냐하는 것은 매우 중요하다. 선거에 이기기 위해서 수단과 방법을 가리지않은 것은 용인되어서는 안 되었다. 노무현 후보가 대선 당시 상대방 후보가 기양건설에서 돈을 받았다는 사실을 많이 이야기하고 다녔다. 그렇지만 수사결과 사실이 아닌 것으로 드러났으니 이제라도 국민들에게 알리는 것이 당연하다. 나는 민주당 쪽에도 사건이 이렇게 되었다고 알려주면서 원리원칙대로 일을 처리했다. 사건을 공안부로 가지고 가려는 것을 막고 끝까지 우리 쪽에서 수사를 고집해 넘기지 않았다.

몇 개월 후 더 윗선으로 파고들려고 했지만 관련자들이 딴소리를 하고부인하는 바람에 더 이상 밝혀내지 못했다. 나는 검사를 그만둘 때까지이 사건에 대한 진실이 무엇인지 밝히고 싶었다. 지금이야 공소시효가지나서 더 어떻게 할 방도가 없지만 이런 사건의 진실은 반드시 밝혀져야 한다.

이 사건은 신한국당 이○○ 대통령 후보의 부인 '한○○ 10억 수수설'을 유포하여 명예훼손의 허위사실을 유포한 사범을 엄단한 매우 엄중한사건이라 일자별로 정리해보았다.

〈일자별 정리(아래 줄 친 부분은 허위사실)〉
■ 02. 3. 5. 새천년민주당 ○○○ 의원, 여의도 당사 기자회견

"(이○○ 총재가) 경남빌라 302호를 비롯하여 2채(나머지 1채는 202호)에 월세로 거주하고 1채당 연 2억 상당의 사용료의 출처는 국세청을 동원하여 모금한 대선자금일 것"

"차명으로 구입한 것이라는 의혹"

■ 02. 8. 22. 새천년민주당 ○○○ 의원, 국회 본회의 발언

"(경남)빌라 202호는 김○○이 이○○ 총재에게 제공한 것"

■ 02. 10. 10. ○○○ 의원, 국회 대정부 질문

"(기양건설) 김○○과 처 장○○가 1997년 대선 때 수십억 원 대의 비자금을 조성해 이○○ 후보의 부인 한○○에게 80억 원 제공하였고, 그 근거로 이 후보에게 유입된(기양건설에서 발행한) 어음 4장(액면 합계 80억 원)과 직원(이○○)의 확인서를 제시"

*이○○은 이○○ 명의로 확인서를 만들어 ○○○ 의원 측에 교부

■ 02. 10. 24. 시사저널에서 ○○○ 의원 대정부 질문 보도

■ 02. 11. 2. 김○○이 "이○○ 후보에 10억 원 수시 지급"이라는 내용이 기재되고 기양건설 명판이 찍힌 (허위)자금지출 내역서를 민주당 전문위원 김○○에게 기양건설의 비자금 장부라면서 제공하였고 이 자리에는 이○○도 참석

■ 02. 11. 4. 김○○이 허위 작성된 기양건설 명의의 "(허위) 자금지출 내역서"를 시사저널 ○○○ 기자에게 교부, ○○○ 기자는 전화로 "김○○이 한○○에게 10억 원을 주었다는 (허위)자금지출 내역서는 사실"이라는 내용으로 이○○과 인터뷰

*뉴스메이커 ○○○ 기자도 동석

■ 02. 11. 6. 시사저널 681호(11. 14자)에서 ○○○ 기자가 '한○○ 10억 원 받았나'라는 제목으로 10억 수수설 제기

*같은 날 발간될 예정인 뉴스메이커에서도 같은 취지의 기사(○○○ 기

자)가 실릴 예정이었다가 조판 직전에 빠짐(02. 11. 9자 미디어 오늘 참조)

■02. 11. 6. 밤 KBS 대선후보(노무현) 초청 '국민포럼' 토론회

노무현 후보: "이 후보 일가에게 10억 원을 줬고 기양건설 대표 부인이 산 아파트에 이 후보가 살았다는 것 아니냐"며 자신의 도덕적 우위 주장. 11. 18. 선대위 전체회의에서, 11. 27. 대전 유세 출정식 때에, 11. 28. 부평역 유세에서, 12. 7. KBS 방송 연설 때에 노무현 후보가 직접 10억 수수 공표

■02. 11. 9. 김○○과 ○○○ 기자가 기양건설의 백○○ 총무과장을 찾아가 "(허위)자금지출 내역서를 만든 사실을 인정하면서 사문서 위조는 길어봐야 5년까지라고 말하고, 회사(기양건설)의 기밀 장부 및 언론 보도 내용을 입증할 수 있는 자료를 주면 충분한 보상을 해 주겠다고 제의"

■02. 11. 10. 김○○, ○○○, ○○○가 만나 '(허위)자금지출 내역서는 기양건설에서 만든 것이 맞다'고 김○○이 주도적으로 설명하고 이○○은 이를 확인하는 내용으로 재차 인터뷰

■02. 11. 12. 시사저널 682(11. 21자)에서 '한○○ 10억 수수설, 누구 말이 맞나?'라는 제목으로 기사 보도

■02. 11. 15. 새천년민주당 진상조사특위 위원장 ○○○ 명의로 10억 수수설에 대해 한○○ 고발

■02. 11. 18. 기양건설 김○○이 ○○○ 상대로 허위사실유포 명예훼손으로 고소

■02. 11. 21. 한겨레 21 "10억 수수설, 잠들지 않는 의혹"으로 보도

■02. 12. 2. 김○○ 기자회견

이○○ 총재 측(동생 이○○)에 1997년 대선 당시 22억 원을 제공

〈이 사건의 배후와 관련되어 수사상 알게 된 자료〉

○○○은 수사 당시 (허위)자금지출 내역서를 만든 사실이 없다고 부인하여 이를 만들게 된 동기 자체를 애당초 물어볼 수 없었다.

한편, ○○○은 ○○○이 한글 문서작성 능력이 없어 도표화된 내역서를 만드는 것이 불가능하다고 하면서 자필로 작성한 메모를 제시하였다.

○○○ 메모:김 회장이 표 그릴 컴퓨터 능력 안돼 누가 만들었는가?

○○○이나 ○○○이 대선 후보를 비방하는데 개입하게 된 동기를 찾아보기 위해 ○○○이 2000년도 부천지청에서 구속되었을 때의 접견표를 입수하여 본 바, 2000. 12. 16. 처 ○○○와 ○○○(관계 불상)이 면회왔을 때 재소자인 ○○○이 면회온 사람들에게 "○○를 만나서 도와달라고, ○○이한테 확인하면 된다"는 대화가 있었다.

· ○○:교도관이 적으면서 '(ㅇ)○○'를 종희로 오기한 것이 아닌가 보이는 데 ○○○ 경감은 03. 6. 무렵 김대중 대통령 사저 경호 담당하던 경찰관으로 ○○○ 씨 측근(○○○ 경감은 청와대 민정비서실 행정관으로 파견 근무 중일 때 경찰청 ○○○ 수사국장에게 전화를 걸어 현대비자금 150억 원을 돈세탁한 ○○○ 씨 집 떼강도 사건을 잘 처리해주도록 부탁한 사람임. —03. 6. 27자 문화일보 등 참조)으로 알려져 있는데 ○○○이 면회 때 지칭한 사람들이 같은 사람인지는 확인되지 않았다.

· 본건으로 03. 10. 20. ○○○을 구속하였는데 구속 이후 접견표를 입수하여 보았더니 특이한 내용은 없고, 04. 6. 4. ○○○이 면회왔을 때 "○○○:그놈은 이당 저당 기웃거리더니 모래알 신세가 돼 갖고 그냥 놀고 있나 봐. 철새처럼 행동하면 그런 꼴을 당하지 말야. 그리고 내가 생각을 잘못 했어. 우리가 같이 그 판에 끼는 것은 아니었어. 정말 무서워"라고 하자 면회자가 "예 맞아요, 정치판이라는 데가 진짜 살벌해요"라는

문답만 있었다. ○○○과 ○○○은 각각 징역 1년 6월을 선고받아 ○○○은 2003. 5. 13, ○○○은 2003. 10~2004. 8. 19까지 정확하게 10개월 수감되었다.

■ 또 03. 5. 14(이○○을 검거한 다음날) 대검 범죄정보기획관실 ○○○ 범죄정보2담당관으로부터 넘겨받은 자료(이○○ 후보 부인 한○○ 씨의 10억 수수 명예훼손 사건 수사 관련)에는 다음과 같은 내용이 있었음(전문이어서 진실인지 여부는 불분명)

— 민주당의 신주류 측 한 관계자는 "결국 다 밝혀질 줄 알았다"면서 ○○○이라는 자가 지난해 10월 중순경 ○○○ 의원을 찾아와 '이○○ 이를 한방에 완전히 보낼 수 있는 자료'라면서 장부를 하나 내밀었는데 볼펜으로 기재한 장부에는 여러 사람의 이름과 전달된 돈의 액수가 기록되어 있었는데 아주 조잡하여 누가 보아도 기업체에서 작성한 회계장부나 비자금 장부가 아니라는 사실을 한눈에 알아볼 수 있을 정도였으며 더욱이 한○○ 씨 관련 분야는 가필이 분명하였다 함.

— 그 장부를 받아든 ○○○ 의원이 ○○○ 변호사와 ○ 의원실의 ○○○ 보좌관, 민주당 법률구조단의 ○○○ 전문위원(검찰계장 출신)에게 검토를 지시하였는데 김 전문위원은 검찰에서 수사에 착수하게 되면 허위 장부라는 사실이 금방 탄로 날 수밖에 없다며 폐기를 주장하였으나, ○○○ 변호사는 대선 승리를 위해서는 지푸라기라도 잡는 심정으로 일임해야 하는데 무슨 말이냐면서 장부 내용 중 필요 없는 사항은 빼고 핵심적인 내용만 컴퓨터로 재편집하여 사용하면 문제가 없을 것이라고 주장하였음.

— ○ 의원이 ○○○을 다시 불러 장부 원본은 보관하고 내용을 재편집하여 활용하는 것이 좋을 듯하다고 말해 주었는데 2주일쯤 후에 시사저널에 특종으로 보도되었다고 언급하면서 사실상 ○ 의원과 ○○○ 변

호사가 ○○○의 명예훼손을 조장한 측면이 강한데 이러한 사실이 검찰 수사 과정에서 밝혀질 경우.

— 검찰이 최근 동교동계 인사들에게 초점을 맞춰 수사를 진행하면서 신당창당이나 민주당이 구세력에 대한 물갈이를 추진할 적기를 맞고 있는 상황에서 ○ 의원이나 ○○○ 변호사의 관여사실이 알려질 경우 신당 창당 작업에 제동이 걸릴 뿐만 아니라 한나라당이 강력 반발하면서 노 대통령에 대해 적극적인 공세로 나올 것이 뻔해 국정 운영에도 커다란 부담으로 작용할 것이 우려된다고 언급되어 있었다.

〈○○○이 검찰에 검거될 때 소지하고 있었던 자필 메모에 보면〉
— "(02.) 9~10월경 ○○○ 전문위원(민주당) 최초로 만나
　　· ○ 회장(○○○) 이○○과 함께 만나
　　· ○○○(국회의원) 자료 준 것"
— "국회의원 키 작고 ○○○ 후속해서 국회에서 발언하기로
　　· 국회의원 회관 밤 12시 넘게 얘기
　　· 부실한 자료 못 하겠다.
　　· 될 수 있으면 정치권에 끼어들고 싶지 않다"
— "○ 회장, ○○○ ↔ 정치권 접촉
　　· (○○○으로부터) 가든호텔 커피숍으로 와라 10월
　　· 용인에서 서울로 오고 있는 중
　　· 잠깐만 들러라 스위트 룸
　　· 스위트 룸으로 올라가겠다
　　· 커피숍에서 김 회장과 이야기만 하다
　　· 잠깐만 올라갔다 오자
　　· ○○○, ○○○, ○○○, ○ 회장, ○○○

· 이야기 해 달라 해서

· 신라호텔 건과 1억 5천만 원에 대해서만 말했다.

(신라호텔 건:1997. 11월경 신라호텔 2층 모임에 한○○ 참석

1억 5천만 원:영수증이나 자금표 없지만 이○○ 측에 5천과 1억. 합계 1억 5천

이 넘어간 것은 맞다. ○○○이 그렇게 말했다)

· ○○○ '바쁜 시간 쪼개서 왔는데 뭐하는 거냐 확실한 것이 없다.

장난하는 거냐'

· 먼저 갔다

· ○○○ '더 나올 것이 없느냐'

· 말 안 했더니 수고했다 그리고 헤어져

― 맨하탄호텔 룸에서 10월

· ○○○, ○○○ 보좌관, 민주당원, ○○○, ○ 회장

· 특별한 얘기 없다

(며칠 후 불러서 간 것 뿐)

· 끝나고 ○○○ 보좌관, ○○○, ○ 회장, ○○○

· 광명 곱창집 소주 먹고 레스토랑에서 폭탄주"

― "아미가호텔 아예 얻어 합숙

· ○○○, ○ 회장, ○○○ 몇 번, ○○○(기양건설 전 직원) 한 번

· ○○○ 드나들어 체크

· 조합 탄원서, 진정서 만들어져, 민주당 의원을 ○ 회장이 만나러

오고"(○○○은, 아미가호텔에서는 ○○○이 ○○○에게 22억 원을 주었다는

02. 12. 2자 기자회견과 관련된 내용이 주로 논의되었다고 진술)

※○○○이 검거(03. 5. 13.)되기 전인 03. 4. 30. 한나라당에서 ○○

○ 의원 등 국회의원 13명이 시사저널 기자 등 6명을 선거법위반

(허위사실 유포)으로 고발장을 제출하여 서울중앙지검 공안1부에

배당됨에 따라 ○○○의 위 메모 내용에 대해 ○○○ 의원 등을
상대로 특수3부에서는 확인하지 못하였음.

· 03. 10. 24(○○○ 검거된 지 4일 후) ○○○ 검사가 특수3부장실 방문
— 일본(주일 한국대사관에서 근무)에서 귀국 후 (노 대통령이) APEC 회의
   참석하기 전 노씨 종친회를 청와대에서 하면서 노 대통령 면담.
— 대통령 면담 후 나오는데 청와대 측 어느 인사가 ○○○ 사건을 언
   급하면서 청와대와도 관련 있고, 법무법인 화우에 사건을 맡겨 두
   었다고 하는 말을 들었음.
— 금일(03. 10. 24을 지칭하는 듯) 화우 대표('○○○' 변호사)가 ○○○ 사
   건이 어떻게 되었느냐고 묻기에 찾아왔다며 구속 여부 질의하였음.
→ 그래서 담당검사에게 ○○○의 변호인이 누구인지 확인했더니 '화
   우' 소속 ○○○ 변호사가 변호인으로서 검사실을 찾아왔었다는 사
   실을 확인.(2003년도 검찰 업무일지에 기재해 놓은 내용)

위 자료들 가운데 일부는 관련자 본인들로부터 직접 진위를 확인하지
않았고 또 일부는 달리 진위를 확인할 방법이 없어 이를 그대로 책자에
게재하면 관련자들의 명예를 훼손할 수도 있겠지만 이들의 명예보다 국
민들에게 진실을 알리는 것이 더 중요(공공의 이익에 부합)하다고 생각하여
알고 있는 모든 내용을 그대로 기재했다.

씨큐어넷 대표이사 ○○○과 대선자금 수사

(주)씨큐어넷의 대주주 ○○○은 거의 무일푼인 상태에서 회사를 설
립해 업무영역을 확장하면서 고속 성장시켜 코스닥 상장을 앞두고 있었
다. 그 배후에 정치권의 보호가 있었으며 ○○○은 그 대가로 자신이 보

유하고 있는 회사 주식의 상당 부분을 정치인들에게 나누어주었을 것이라고 주장했다.

○○○ 전 의원은 2002년 후보 단일화(11월 24일)가 임박했던 11월 18일 30년 지기 친구였던 당시 씨큐어넷 대표 ○○○로부터 받아 대선자금으로 사용하고 2003년 1월 23일 소속 당으로부터 위 돈을 정산받았으나 갚지 않았다. 검찰은 2004년 1월, 대검 특수부에서 ○○○이 ○○○ 사무총장에게 준 자금의 성격 및 변제대금 횡령여부를 확인하고자 내사에 착수했다. 피내사자인 ○○○은 ○○○ 의원과 대학 재수 시절부터 알고 지내던 친구 사이로 처 명의의 올림픽아파트를 매도한 2억 원의 개인 자금을 빌려주었으나, ○○○ 위원이 2003년경 여윳돈이 생길 예정이니 그때 갚겠다고 동의한 상태이고, 소속 당의 정산 유무, 정산금의 유용여부에 대해 알지 못하고 개의치 않는다고 진술했다.

압수수색과 소환조사를 통해 회사자금의 개인용도 사용 등 46억 원의 ○○○의 횡령혐의가 드러났다. 구체적인 횡령 수법을 보면, 2001년 1월부터 2002년 12월까지 씨큐어넷에서 100회에 걸쳐 40억 원을 '전도금' 명목으로 가지급받은 후 약 35억 원만 반제하고, 약 5억 원을 미반제로 한 후에 연도 말에 ○○○ 개인 어음을 발행해 미수금 처리했다. (2002년 11월 12일 씨큐어넷에서 1억 원을 가지급받아 개인 계좌에 입금했는데 ○○○ 의원 2억 원 제공 일자와 근접) 2002년 12월 31일 중앙상호저축은행에서 씨큐어넷 정기예금을 담보로 개인 명의로 5억 원을 대출받고 미변제해 회사 예금과 상계처리했다. 2002년 4월 2일 우리(구 평화)은행에 씨큐어넷 정기예금을 담보로 개인 명의로 21억 원을 대출받았으나 미상환하여 2003년 4월 2일 회사 정기예금으로 변제, 2001년 중 회사 자금 15억 원을 인출하여 용도 불상으로 사용했다.

수사팀은 사업지원을 대가로 한 정치자금 제공 가능성을 제기하며 자

금성격, 회사자금 사용처의 분석, 차명계좌 압수수색이 필요하고 구속수
사도 검토하겠다는 수사방향을 밝혔다. 하지만 이후 수사팀 주임검사가
바뀌며 이 사건은 제대로 된 수사도 없이 시간만 끌다가 2006년 12월
내사종결 처리되었다.

사용출처만 확인했어도 횡령목적, 로비여부 등 사실관계와 진상파악
이 가능했을 것이다. 그런데도 아무런 성과를 내지 않고 수사를 종결한
것은 정권의 비호 아래 정치권의 외압으로 검찰의 봐주기 수사가 이루어
졌다는 합리적인 의심을 지울 수가 없었다. 비자금의 조성여부, 돈의 출
처와 자금성격 등 사건의 진상규명을 위한 수사를 못하게 조사를 막아
대선자금의 진실을 은폐한 보답으로 정권의 지원으로 승승장구 한 것은
아닌지 하는 의심이 든다.

○○○은 훗날 2011년 도민저축은행 회장으로 있으며 680억 원을 불
법, 부실 대출한 저축은행 사태를 일으킨 혐의로 징역 4년의 실형과 60
억 원의 사기 혐의로 징역 2년 6개월의 실형을 선고받았다. 2004년 당
시 불법 대선자금 의혹을 받은 ○○○을 제대로 수사해 진실을 밝혀 엄
중하게 책임을 물었으면 도민저축은행 같은 사태는 일어나지 않았을 것
이다. ○○○이 당시 집권당 사무총장과 30년 지기 절친이 아니었다면
집권당, 정치권에 연이 닿는 사람이 없었다면 이렇게 흐지부지 수사를
종결하는 일이 없었을 것이다.

2002년 대선 당시 선대위 총무본부장을 맡았던 ○○○ 전 민주당(당시
열린우리당) 사무총장은 2003년 기자 오찬간담회에서 "대선 때 기업관계
자들을 만나 당 후원금 120억 원을 모았다"고 밝힌 바 있었다. 결국 ○
○○ 전 의원은 한화 · 금호 · SK · 현대자동차에서 26억 원의 불법 정치
자금을 모금한 혐의로 구속되어 징역 1년에 집행유예 3년을 선고받았
다. 이후 ○ 전 의원은 2005년 8월 광복 60주년 특별 사면 때 사면 복권

되며 대기업 불법 정치자금모금 혐의는 유야무야 넘어가고 말았다.

이러한 검찰의 정권 눈치 보기, 봐주기 수사야말로 적폐 중의 적폐이다. 검찰의 이런 모습이야말로 오랜 시간에 걸쳐 누적되어 온 뿌리 깊은 병폐이고 잘못된 관행으로 청산되어야 할 적폐이다. 지금이라도 노무현 정부의 불법 대선자금 의혹과 관련된 사건들에 대해 사실관계를 다시 조사해 볼 필요가 있다. 왜냐하면 적폐는 특정 정권에만 적용해서 풀 수 있는 단순한 문제가 아니기 때문이다.

수사과정에서 밝혀진 정치풍토의 문제점이나 경제계의 뿌리 깊은 잘못된 관행 등 제반 문제점을 개선하기 위해서는 정치권과 경제계 등 관련 분야를 포함한 범국민적인 의지와 노력이 필요하다. 검찰도 문제점이 드러나 개선이 필요한 정치자금 관련 법령 사항에 대해서는 향후 법무부에 건의하여 제도개선에 반영되도록 노력해야 할 것이다.

○○○ 사건 관련 및 불법 대선자금 수사과정에서 정치자금의 수수와 사용이 특정 지역에 국한된 문제가 아니라, 오랜 기간 동안 전국적인 규모로 이루어지는 등 널리 퍼져 있는 관행이라는 사실이 확인되었다. 이러한 뿌리 깊은 관행은 완전히 척결되어야 마땅하다. 그런 점에서 검찰도 검찰수사의 정치적 중립과 독립을 바라는 국민적 여망을 깊이 인식하고 이런 사건을 수사하면서 봐주기 논란에 휩싸여서는 안 된다. 그 어느 누구의 이해관계에도 구애됨이 없이 엄정하게 수사해, 불법 대선자금의 진상을 규명하고 정치권과 기업의 불법적 관행을 척결해서 국민적 신뢰를 회복하기 위해 최선을 다해야 한다.

이 사건을 통해 검찰은 국민들로부터 위임받은 검찰권을 행사함에 있어 언제나 국민들의 여망과 기대를 깊이 인식하고, 국민들의 '눈높이'에 맞추기 위해 노력해야 한다는 것을 절감했다.

인천지검 형사1부장
— 2004. 6. 14~2005. 4. 17

형사사건처리 1위

인천지검으로 가게 된 것은 ○○○ 법무장관의 인사였다. 그때 우리 기수들이 거의 일선 검찰청 부장으로 나갔다. 그런데 인사가 적체되어서 서울 수도권에는 안 되고 인천, 부산, 대전, 대구의 1부장 2부장 이렇게 내보냈다. 나도 인천지검 형사1부장으로 갔다. 인천으로 갔으니까 사실상 좌천된 것은 아니고 빈자리가 없으니 그런 식으로라도 나갈 때였다. 그 다음 부산지검 형사1부장으로 갈 때부터 본격적인 좌천 인사였다. 다른 동기들은 모두 차장으로 나가는데 나만 차장이 아니라 수평이동하여 형사1부장으로 보냈다. 내가 크게 잘못한 것도 없는데 그렇게 보낸 것은 아무래도 기양건설 사건의 여파 같았다. 그때 나는 당한 쪽이라서 지금도 자유롭지만 그 사람들은 그렇지 않을 것이다. 원칙대로 수사한 것에 대한 괘씸죄였다. 기양건설 수사는 대통령에게 달려든 것으로 보였을 것이다.

당시 노무현 정권은 대통령에게 달려들면 대통령과 한판 붙자는 것으로 받아들였다. 검사와의 대화가 검찰과 대통령이 일차적으로 한 번 붙은 것이었다. 대통령 관련 주변 수사를 하면 대통령하고 맞짱을 뜨자는 것이냐는 반응이 왔다. 기양건설 수사 이후로 내가 뭘 하기만 하면 그들에게서 오는 반응이 한결같았다. 무엇을 해도 자기들 코드와 맞지 않는다는 부정적인 생각을 가졌다. 자기네들의 잘못을 인정하지 않고 기양건설 사건을 제대로 수사한 나를 원망했다. 적대적인 세력으로 보고, 친 신한국당 검사로 봤다.

그러나 나는 검사 생활을 하면서 이쪽이든 저쪽이든 정치권하고 말을 섞어본 적이 없다. 내 스스로는 전혀 관련 없다고 생각했는데 답은 엉뚱하게도 그렇게 왔다. 나는 기양건설 수사 발표는 그렇게 하는 것이 국민들의 알권리에 부합한다고 판단했다. 당연한 일이었고 지금도 그렇게 믿고 있다. 또 그렇게 해야 한다는 확신에는 변함이 없다. 그것이 검찰의 일이기 때문이다. 나는 검사들의 태도가 바뀌어야 한다고 생각했다.

공안부나 특수부는 사실 일이 아주 많은 것은 아니다. 나는 밤을 지새우는 게 체질화되어 있지만 형사부 검사들은 지게꾼처럼 일을 해야 하는 경우가 많다. 수사나 조사를 위해 사무실에서 만나야 하는 사람도 많고 수사 분량이 적지 않았다. 나는 평검사시절에도 형사부에서 거의 일을 하지 않았다. 형사부장은 이때가 처음이었다. 강력부나 특수부에서만 일을 해서 형사부를 잘 몰랐다.

막상 형사1부장으로 와서 검사들과 일을 해보니 이게 아니다 싶었다. 내가 전에 봤던 세계와는 너무 다른 세계에 살고 있었다. 기반이 너무 허약해서 기반을 단단하게 다지고, 개선할 것은 과감히 개선해야겠다는 생각이 들었다. 공안부나 특수부는 사건을 한 건 해결하면 잠깐 쉬기도 하는데 형사부는 그런 것도 없이 혹사를 당했다. 업무를 간명하고 쉽게 할 수 있는 방법을 찾아주어야 형사부 검사들이 숨을 쉴 수 있겠구나 싶었다.

검사들과 머리를 맞대고 나름대로 여러 가지 업무 개선에 관한 작업에 착수하고 이런저런 아이디어를 제시했다. 검찰 대부분의 사건은 형사부 사건이다. 인천지검에 있을 때 나는 7개 검사실 9,500여 사건을, 부산지검 형사1부장으로 8개월 동안 있으면서 약 1만 4천 건 정도의 사건을 처리했으니 얼마나 일에 치여 살았는지 알만했다. 내 시력이 눈에 띄게 나빠진 것이 형사부장 두 번 하면서였다. 모든 사건 기록을 봐야 했기 때문이었다.

7개 검사실에서 처리한 9,500여 건의 사건을 결재하면서 1,300여 건의 결재 반려를 통해 무죄, 공소기각 사례 예방, 법령적용 과오를 시정했다. 또한 6개월간의 결재 경험을 통해 검사들의 '업무처리 실태분석보고서'를 작성해 사경수사지휘시 유의사항, 지휘기법, 수사착안사항 등을 검사들에게 지도했다.

그 결과 2004년 하반기 검찰업무심사평가 때 형사사건처리 분야 1그룹청 1위를 차지했다.

무고사범 단속

인천지검에 있을 때 무고사범에 대한 지속적인 단속을 실시했다. 그 결과 무고사범 183명을 인지하여 이중 7명을 구속기소하고, 164명을 불구속기소(구 약식 포함), 나머지는 계속 수사를 진행했다.

당시 2001년 124명, 2002년 151명, 2003년 185명, 2004년 183명의 무고사범이 적발되는 등 무고사범이 증가하는 추세였다. 이는 무고사범에 대한 단속이 강화된 데 따른 것이기도 하지만, 장기화된 경기침체로 인하여 경제사정이 어려워지자 수사기관의 수사 및 처벌권능을 이용하여 채권을 회수하거나 채무를 면하려고 허위사실을 고소하는 것으로 분석되었다.

적발된 무고사범의 대표적 사례로는, 채권자에게 근저당권을 설정해 주었음에도 채무면탈 목적으로 채권자가 인감증명서 등을 위조하여 근저당권을 설정하였다고 고소하거나, 남편에게 내연남과의 불륜관계가 들통나 추궁당하면서 상해를 입었음에도 내연남으로부터 강간당하고 상해를 입었다고 고소한 사례도 있었다. 또한 내연관계가 있던 남자가 사이가 멀어지게 되면서 빌려준 돈을 받지 못하자 6회에 걸쳐 강간당했다고 고소를 하기도 했다. 장례식장에 음식납품을 하다가 납품 중단 통보를 받게 되자 이에 앙심을 품고 장례식장의 직원 등을 음식납품 명목으로 돈을 편취했다고 고소하는 경우도 있었다. 가출한 올케와 처를 찾기 위해 사기죄로 고소하는 어처구니없는 경우도 있었다. 송치사건 중에는 1998년경부터 빌라 공사비 정산문제로 다투다가 상대방을 무려 13차례 고소하여 무고죄로 3회 처벌받은 사례도 있었다.

이렇게 고소인과 이해관계가 상반되는 상대방을 형사 처벌받게 하거나, 민사소송에 이용하기 위하여 지능적으로 사실관계를 조작하여 허위로 고소, 고발하는 사례가 속출했다. 무고사범은 수사력 낭비, 재판 불신 등 크나큰 폐해를 가져오므로 연중 지속적으로 단속을 해야 하는 필요성이 있다. 특히 상습 음해성 무고행위에 대해서는 구속 수사를 원칙으로 하는 등 엄벌해야 한다.

무고사범을 지속적으로 단속하는 한편, 억울하게 피해를 당하여 고소를 제기하는 경우 법률구조제도를 적극적으로 활용하여야 한다. 아울러 범죄로 인하여 피해를 입은 사람에 대해서는 형사사법절차의 각 단계별로 권리를 보호하고, 신체적 · 재산적 · 정신적 피해를 회복할 수 있도록 지원하는 범죄피해보호 활동을 지속적으로 강화할 필요가 있다.

『빌린 돈은 갚지 마라』 책의 저자 구속 사건

경영컨설턴트 차 모씨는 『빌린 돈은 갚지 마라』 『합법적으로 돈 떼어먹는 방법, 절대적으로 돈 안 떼이는 방법』이라는 책의 저자로 위의 책에 적힌 방법으로 남의 돈을 편취하다 적발되어 구속되었다.

차 모씨는 2002년부터 피해자 신 모씨로부터 상품권 구입비용 명목으로 천만 원 단위의 소액을 빌려 원리금을 다음날 변제하다가 2003년 12월 29일 같은 명목으로 3억 3천만 원을 차용하고 2003년 12월 30일 중국으로 도주했다. 또한 2002년 9월경 이 책을 출판한 출판사 사장 손 모씨에게 돈을 빌리면서 고율의 이자를 꼬박꼬박 지급하겠다고 속여 5회에 걸쳐 8억 원을 차용했다. 위 피해자 2명 외 다른 피해자 3명으로부터도 같은 방법으로 7억 원을 빌린 후 중국으로 도주하였다가 유방암에 걸린 처의 건강이 악화되자 간병을 위해 2004년 6월 19일에 귀국했다가 구속되었다.

차 모씨는 『빌린 돈은 갚지 마라』라는 자신의 책에서 '돈을 남에게 빌려줄 정도의 여유가 있는 사람의 돈은 떼어먹어도 된다.' '갚지 않아도 될 사람이면 떼어먹어라.' '자택 이외의 자산이 있는 분은 회사가 기울기 시작하기 전에 명의를 바꾸어 놓아라.' '이혼도 방법이다, 무슨 방법을 쓰더라도 가족과 재산을 지켜라.' '은행돈 누구에게든지 가면 그 사람이 주인이다. 그러므로 은행돈은 갚지 않아도 된다. 은행돈은 눈먼 돈이다.' '채권자를 지치게 하여 돈을 안 갚는 방법은 사기꾼에게는 고전'으로 기술해놓고 그 방법대로 실행했다.

그의 또 다른 책 『합법적으로 돈 떼어먹는 방법, 절대적으로 돈 안 떼이는 방법』에서는 '쌍둥이 어음 사기수법' '자동차등록증을 칼라 복사기로 위조한 등록증으로 차담보대출 사기방법' '할부금융을 이용한 가전대출 사기방법' '은행돈 떼어먹기:신용카드대출(깡 수법 언급), 아파트 담보대출 등 대출별로 떼어먹는 수법을 상황에 맞게 언급' '거래처 돈 떼어먹는 방법:부실채권을 발생시키는 방법(납품대금 부도, 가계수표 부도, 당좌어음 부도 등) 상세 언급' 등도 제시하고 있었다.

차 모씨는 『빌린 돈은 갚지 마라』에 저술한 방법처럼 돈을 남에게 빌려줄 정도의 여유가 있는 사람의 돈은 떼어먹어도 된다며 일단 돈을 빌리되 고율의 이자를 지급하여 안심시킨 후 결정적으로 거액의 돈을 빌린 다음 일부 원금을 갚거나 담보가치가 없는 부동산을 담보로 제공하는 방법으로 돈을 떼어먹으면 되고, 만약 문제가 되면 바로 도주하여 시간만 흐르면 채권자도 지치게 되어 빚을 탕감받을 수 있다며 범행을 저질렀다. 위의 책에 쓴 것처럼 변제할 생각이 없는 것으로 미리 책자를 통해 밝혔기 때문에 범죄의 뜻이 당연히 인정되어 구속되었다. 위의 책을 출판한 출판사 대표 손 모씨는 빌린 돈을 갚지 않겠다는 차 모씨에게 8억 원을 빌려준 후 돌려받지 못했다며 고소하는 어처구니없는 일의 당사자가 되었다.

이 사건은 신용사회로 가는 과도기임에도 이에 역행하는 책자들이 시중 서점이나 인터넷에 버젓이 유포되고 있어 충격을 주었다. 위 책의 저자가 구속된 사례에서 보듯이 남의 돈을 떼어먹으려는 허황된 생각으로 살면 비극적인 종말을 맞게 된다는 보통의 생각을 되새기게 하는 사건이었다.

관세사범 및 민생경제침해사범 단속

관세 사건 전담부서로서 관세사범에 엄정 대처하여 전국 6개 주요 세관 중 2개 세관을 관할(인천세관, 인천공항세관) 하면서 환치기계좌를 통한 재산해외도피사범 등을 엄정 처리했다. 또한 내부비리 직원 3명에 대한 자체 감찰로 복무기강을 확립했다. 뿐만 아니라 민생경제침해사범 단속 실무 책임부서로 부정식품제조판매사범, 불법사설경마조직, 사기대출 알선업자 등을 단속했다.

부산지검 형사1부장

— 2005. 4. 18~2006. 2. 19

적정한 업무처리와 제도 개선 및 사건처리지침 수립

2005년 5월에서 12월까지 8개월간 형사1부(직무대리 1명 포함) 검사들이 처리한 14,600여 건을 결재하면서 2,000여 건의 오류를 시정하게끔 하여 사건처리의 적정성을 도모했다. 이 과정을 거친 결과 무죄, 재기수사명령 등 검사 업무의 오류가 대폭 경감되었다. 또한 검사별 사건처리 과정상 오류 실태를 정리하여 검사 평가인자로 활용했다. 결재를 하면서 주고받은 부전지(반려서류)를 정식 문서로 작성하여 차상급 결재자로 하여금 이를 검토하게끔 하는 방안을 마련하여 보고했다.

자동차 정기검사 관련 사건처리의 문제점과 처리 기준을 만들어 정기검사 불이행 사유별 혐의 유무 판단 기준을 제시했다. 항고사건 자체재기 등 처리 절차를 개선하여 항고사건 부장 배당 및 자체재기시 배당받은 부장 소속 부서에서 처리하도록 했다. 무면허운전 사건 수사지침을 마련하여 대법원 판례 변경에 따라 면허취소(정지)통지서 수령 확인 및 미확인 사건처리지침을 만들었다. 사건을 처리할 때 기관평가제출 자료표 작성제도, 자동차 등록번호판 위조 부정행사시 의율죄명 검토 등의 처리지침도 만들었다.

지적재산권 침해사범 수사

2005년에 지적재산권 침해사범 총 325건, 489명을 단속하여 기소하였고, 그중 16명은 구속기소해 단속 우수청으로 선정됐다.

대표적 단속사례로는 의류업자가 중국 항주 소재 의류제조업자를 통해 국내 유명브랜드 가짜 의류를 정품시가 11억 원어치 제조하여 부산항으로 반입해 판매하다가 적발되었다. 또한 '루이뷔통' 등 유명브랜드 가방 등 정품시가 39억 원 상당을 불법 제조하여 보관하고 있는 것을 적발했다. 그밖에도 복제장비 100여 대의 대규모 시설을 완비한 후 학습용 비디오테이프 10만여 점(정품시가 10억 원 상당)을 복제하여 택배사를 통해 판매하다가 적발된 사례 등이 있었다.

당시 개최된 APEC회의에서 각국 정상들이 합의한 '부산로드맵'에 지적재산권 보호 강화가 주요 내용으로 포함되는 등 지적재산권 보호문제가 각국의 주요 관심사로 부각되고 있었다.

그런 가운데 4월에 미국 상무부가 우리나라를 지재권 우선감시대상국(PWL)에서 감시대상국(WL)으로 하향조정하는 등 그동안 검, 경의 지속적인 단속과 일반인들의 의식변화로 우리나라는 더 이상 지적재산권 침해가 만연한 국가가 아닌 것으로 각국에 인식되고 있는 것과 궤를 같이하여 부산지역도 지적재산권 침해사범은 2002년 이래로 지속적인 감소추세에 있었다.

그러나 대규모 항만시설 및 여름철 위락시설을 갖춘 항구도시인 부산의 특성상 제조업자들이 단속을 피하기 위해 국내를 벗어나 중국 등지에서 위조 상품을 제조해 부산항을 통해 국내로 반입하는 일이 빈발했다. 특히 항공모함 '키티호크'호 부산항 입항 시 전국의 불법 영상물 유통업자들이 부산으로 내려와 부산항 부근 점포를 일시 임차하여 미해군 군속들을 상대로 불법 영상물 및 위조 상품을 판매하거나, 여름철 해변 행락객을 상대로 유명브랜드 위조 선글라스를 판매하다가 적발되는 등 지역특성에 따른 지적재산권 침해사범들은 여전히 근절되지 않고 있었다.

앞으로도 향후 세관 등 유관기관과 합동단속을 강화하여 중국 등 해외 위조 상품 제조업자, 수입상 및 지역특성상 발생하고 있는 지적재산권 침해사범에 대하여 집중적으로 단속하는 한편, 지적재산권 침해 사실을 피해자에게 통지하여 지적재산권 침해에 따른 부당이익도 환수될 수 있도록 할 방침이다.

대표적인 수사사례

의류판매업자 한 모씨는 중국 항주의 의류제조업체에게 가짜 의류(유니버시티 오브 캠브리지) 제조를 의뢰해 6,400장을 부산항을 통하여 반입한 후 자신이 운영하는 매장 및 창고에 가짜 의류를 판매, 보관하다가 구속되었다. 국내업자가 중국 소재 제조업자를 통해 위조 의류를 제조하여 부산항으로 반입하여 판매하다가 적발된 것으로 위조 상품의 유통구조 변화를 여실히 보여주는 대표적인 사례였다.

신발제조업자 신 모씨는 가짜 나이키 운동화 등 22종 422족의 발주를 의뢰해 자신이 운영하는 공장에서 발주받은 가짜 나이키 운동화 등을 제조하다가 구속되었다. 신발은 부산의 종래 지역기업의 주 생산품이었던 관계로 국내 타지역보다 위조 신발 제조사례가 빈발했다.

노래 카세트테이프 제작 유통업자인 임 모씨는 순천의 노래 카세트테이프 복제 제작 공장에서 녹음기(일명 미스토통) 2대, 복제기기 4대, 라벨기기 1대, 포장기기 1대 등의 복제설비를 갖추고 대중가요 등 노래 카세트테이프를 불법 복제 제작하다가 구속되었다. 전국의 도매상들에게 30,500장을 판매하고, 나머지 4,500장을 판매 목적으로 보관해 총 35,000장(정품시가 1억7천5백만 원 상당)을 복제 제작했다. 부산지역에 유통되는 카세트테이프의 출처를 수사하던 중 그 제조공장이 순천에 있다는 것을 확인하고 수사관들을 순천으로 급파해 제조 현장에서 현행범으로 체포했다.

영상물 유통업자 배 모씨는 미해군 항공모함 '키티호크'호의 부산항 입항과 관련하여 항공모함 승무원들에게 불법 복제 영상물 및 가짜 상표 부착 가방 등을 판매하다가 구속되었다.

최신 영화물 및 음란물 DVD를 1,700장 공급받아 100장을 판매하고 1,600장을 판매 목적으로 보관하고 있었다. 또 가짜 루이뷔통 가방, 지갑 10점을 판매하고 297점(정품시가 2억6천만 원 상당)을 판매 목적으로 보관하고 있었다.

매년 군사훈련을 위해 미해군 항모 '키티호크'호가 부산항에 입항하는 것을 기회로 전국의 불법 영상물 유통업자 다수가 부산항 인근 외국인 거리 내의 점포를 임시로 빌려 불법 영업을 하고 있는 것을 단속했다. 그 결과 본 사건의 피의자를 비롯한 위조 상품 소지 및 판매액수가 많은 4명을 입건했다. 이들은 군사훈련 기간 동안 항공모함이 입항하는 군산항, 진해항, 인천항 등지로 옮겨 다니며 불법 영업을 했던 것으로 밝혀졌다.

나 모씨는 학습용 비디오 불법 제작 및 유통업자로 밀양시 소재에 100평 규모의 학습용 비디오테이프 불법 제조공장에서 복제용 비디오레코드기 116대 등의 대규모 시설을 완비해 복제한 후 전국 각지의 주문자들에게 택배회사를 통하여 배송하는 방법으로 판매하다가 구속되었다.

나 모씨는 학습용 비디오 · 오디오테이프 1,109점을 판매하고, 학습용 비디오 7,142점, 복제 영화물 비디오테이프 9,642점(정품시가 약 5억7천만 원), 학습용 오디오테이프 19,777점(정품시가 약 10억 원), 학습용 교재 50,000점을 판매 목적으로 보관하고 있었다.

비디오테이프 전단지를 지역별로 배포하여 택배사를 통하여 불법 제품을 판매하는 등 전국적 판매조직망과 대규모 제조시설을 갖춘 전국 최대의 학습용 비디오테이프 불법유통 조직으로서 수사관들이 약 한 달간에 걸친 잠복 및 택배 직원을 미행한 끝에 단속하게 되었다. 또한 제품복제 때 소비되는 전력량이 급증한다는 점에 착안해 한전 밀양지점의 협조를 얻어 전력소비량이 대폭 증가한 공장이나 농가 등을 수색해 제조공장을 적발하여 피의자를 비롯한 조직일당을 검거한 사례였다.

7회 무혐의 사건 재기 기소 후 구속

거액의 담보가 설정된 건물을 헐값에 매수한 후 임대보증금을 반환해줄 것처럼 속여 건물 내 목욕탕을 거액을 받고 임대해준 후 제3자(신용불량자)에게 건물 명의를 이전하면서 임대보증금 채무도 명의 이전받은 제3자(신용불량자)에게 넘기고 자신은 빠져나가는 수법으로 7회에 걸쳐 8억상당을 편취하였으나 전부 무혐의 처리된 사건이었는데 수사를 다시 해결국 구속했다.

서울고검 형사부 검사(대검 전략과제연구관 겸임)
— 2006. 2. 20~2006. 11. 12

서울고검 근무

이때 정기 인사까지도 ○○○ 법무장관의 인사였을 것이다. 인사가 적체가 되어 있을 때여서 갈 때가 마땅찮아 나처럼 고검에 적을 두고 대검 연구관을 겸임하는 경우가 있었다. 항고, 감찰, 무죄평정을 전담하면서 항고사건 총 236건을 처리했다.(재기수사명령 42건 17.8%, 직접처리 2건)

○○○ 변호사(전 국회의원)의 구권화폐 사기 사건에 관해 재기수사를 명령하여 2006. 12. 26 구속하였고, 재기수사명령 사건 중 2007. 8. 17. 기준 19건 기소, 7건 수사 중, 18건 무혐의 처리했다.

고검 산하 지청(강릉, 여주, 평택, 원주지청) 사무감사 및 산하 청 기강감사를 실시해 무죄평정 432건(검사 과오 지적 건수 132건 30.5%, 전국 평균 지적 비율 17.7%)을 찾아냈다.

대검 전략과제연구관 업무 수행(서울고검 근무 병행)

2006. 3. 1개월간 중앙지검 형사부 검사들을 대상으로 간담회, 설문조사 실시 등을 통해 발굴한 일선청 형사부 검사실 업무경감방안을 수립했다. 합의된 사건의 간이 처리, 조서 대신 전화 녹음 등의 방안이 채택되어 시행되었다.(자세한 내용은 3부 268페이지 형사부 업무경감방안 참조)

형사부 검사 브랜드화 방안 수립

과제 검토 배경
이 과제를 검토하게 된 경위는 2006. 4. 1 전국 형사부장 회의 때 총장께서 형사부 검사 가운데 차별화된 역량을 가진 검사를 브랜드화하여 육성할 필요가 있다는 의견을 제시하였고, 같은 달 14일, 전국 검사장

간담회에서 형사부 검사가 브랜드화되자면 '형사부 업무가 줄어야 하고, 전문화되어야 하며, 형사부 근무에 대한 자부심과 자긍심을 갖도록 인사에서 우대되야 한다는 내용과 함께 구체적 대안을 마련키로 논의되었기 때문이다.

일선청에 근무하는 평검사 970명 가운데 87.4%인 848명이 형사부에 근무하고 있을 정도로 형사부 업무가 차지하는 비중이 높지만 이에 상응하는 평가를 받지 못하고 있다. 그래서 어떻게든 형사부 근무를 기피하려 하고, 과다한 업무로 사기가 저하되어 있는 것이 형사부의 현실이다. 이를 해결하기 위해 형사부 검사 브랜드화를 전략 과제로 선정하였다.

형사부 브랜드 개념

일정 기간 이상 형사부 업무를 담당하면서 탁월한 업무성과와 잠재적 역량, 전문성을 가진 검사에게 가치를 부여하고, 차별화를 통해 인재로 육성, 관리하는 개념이다. 이에 해당하는 검사를 '형사통' 검사로 호칭하도록 한다.

형사통 검사 요건

형사통 검사가 되려면 첫째, 최소한의 기간을 형사부에서 근무해야 한다

이 조건과 관련하여, 형사부의 범위는 형사부, 조사부, 소규모 지청 공판부 등이 이에 해당한다. 재경지검 형사부처럼 부 명칭은 형사부지만 공안이나 특수담당 검사는 송치사건을 배당받지 않아 부 명칭만으로 형사부 여부를 판별할 수 없고, 개개 검사의 복무상황표를 검토해 판별해야 할 것으로 판단된다.

최소 근무기간에 대해서는 기수별로 인사를 하고 있어 일정한 기간으로 정하기보다 재직기간 비율로 산정하는 것이 합리적이다. 연수원 24

내지 26기까지 검사들의 실제 형사부 근무기간을 뽑아보았는데 24기 검사들 중 재직기간이 1/2 이상을 형사부에서 근무한 검사들은 61명 중 36명, 25기는 51명 중 29명, 26기는 51명 중 35명으로 나타났다. 전국의 검사들에게 최소 근무기간을 어느 정도로 하는 것이 좋은지에 대해 설문조사하였더니 1/2 이상이 63.9%, 2/3 이상이 22.3%로 상당 기간을 형사부에서 근무할 것으로 요구했다.

이렇게 1/2 이상으로 결론을 내린 이유는 24기 내지 26기 검사들의 형사부 근무기간은 같지만 12년째 재직 중인 24기 검사 가운데 10년 이상 형사부에서만 근무한 검사는 2명, 9년 이상 근무한 검사는 5명이었고, 4년 미만 형사부에서 근무한 검사는 7명이었기 때문이다.

이와 같은 현황을 바탕으로 재직기간 중 일정 비율 이상을 형사부에서 근무한 내용을 확인해보니 다음과 같았다. 24기의 경우 재직기간 2/3 이상인 8년(군법무관은 6년)을 형사부에서 근무한 검사는 16명이었고, 1/2 이상은 36명, 1/3 이상은 59명이었다.

최소 근무기간을 5년, 7년 등과 같이 일정기간으로 한다면 시험 동기간에 있어서는 군법무관 출신들이 절대적으로 불리함으로 기수별 인사를 유지한다면 재직기간 비율로 산정해야 할 필요가 있다. 2/3 이상을 형사부에서 재직할 것을 요구하면 사실상 모든 근무지에서 형사부에서만 근무해야 한다. 다른 부서는 경험해볼 여지가 거의 없으며, 반면 1/3 이상을 형사부에서 재직할 것을 요구한다면 2~3명을 제외한 모든 검사가 해당되게 되어 무의미하다.

그래서 1/2 이상으로 형사부에서 재직하도록 요구한다면 동기 중 과반수를 약간 상회하는 인원이 포함되어 적장할 것으로 판단된다.

둘째, 업무성과 역량이 탁월해야 한다

최소 형사부 근무 요건을 갖춘 검사들을 대상으로 새로운 인사평가방식이 마련되기까지 기존 인사자료인 복무상황에 이해 성과 및 역량이 우수한 검사를 선발해야 한다.

셋째, 형사부 소관 전담분야 가운데 적어도 1개 분야 이상 전문성을 보유하고 있어야 한다

검사도 전문분야를 갖도록 해야 할 필요가 늘어나고 있으므로 형사부 전담분야 가운데 1가지 이상의 분야에서 전문성을 갖고 있는지 연구실적과 수사사례를 통해 평가해야 한다. 이렇게 다양한 전담분야가 고르게 포진되도록 선발하여 검사들이 전문화하도록 유도해 나가야 한다.

형사통 검사 선발

선발 시점

형사통 검사를 선발하는 시점은 첫째 부부장으로 진입하는 시점으로 한다. 즉, 24기의 경우 내년 초에 진급함으로 금년 말에 선발하는 방안이다. 매년 1기수씩 순차 선발해 나갈 수 있는 장점이 있는 반면에 선발되지 못하는 동기들과 위화감이 발생할 소지가 있다.

두 번째 방안은 연수원 기수별로 일정 근무 시점에 선발하는 방안으로 12년째 선발하려면 첫 번째 방안과 같은 내용이 되겠지만 그보다 앞서 10년이나 7년째에 선발하는 방안이다. 10년이라는 특정 시점에 선발한다면 그 자체로 의미가 있을 수 있는 시점이다. 하지만 금년 말에 연수원 26기가 10년이 됨으로 24, 25, 26기를 한꺼번에 금년 말에 선발해야한다. 25기와 26기는 평검사인데 평검사 중에서도 선발되는 그룹과 그렇지 않은 그룹으로 나누어지게 된다.

세 번째 방안은 연수원 기수와 관계없이 임관을 기준으로 일정 시점에 선발하는 방안이다. 검찰에 재직한 기간의 성과나 역량을 평가함으로 조직관리 측면에서는 효율적이지만 기존 인사관행과 배치되는 단점이 있

다.

형사통 검사로 선발되어도 사기업과 달리 금전으로 보상하는 것이 아니라 인사상 혜택을 부여할 수밖에 없는데 시행 첫해부터 다수의 검사를 선발하여 관리하는 것은 상당한 부담이 될 수 있다. 3가지 방안 가운데 첫 번째 방안이 타당한 것으로 보이고, 검사들에 대한 설문조사 결과도 68.9%가 부부장 진입 시점에 선발하는 방안에 찬성하고 있다.

선발 인원

다음은 선발 인원이다. 브랜드 방안이 형사통 검사를 선발해 인재로 육성하자는 것이므로 이들 가운데 일정 숫자가 고위 간부인 검사장으로 진급할 것이 전제되어 있다. 2006년 7월 현재 검사장은 36명이고 8기 1명을 제외하면 9기부터 13기까지 5개 기수 35명으로 구성되어 있다. 1기당 약 7명이 검사장으로 분포되어 있다. 현재 검사장 36명 가운데 고등검찰관이 되기 전에 형사부에서 1/2 이상을 근무하여 형사통 검사로 분류될 수 있는 전제를 충족한 분은 6명에 지나지 않고, 기수별로 본다면 1기당 1.2명이 형사통 검사에서 배출된 것으로 분류할 수 있다. 브랜드 방안으로 형사부 검사를 우대한다면 1기당 1.2명 이상의 검사장이 배출되도록 해야 한다.

또 과거 기수별로 부부장에서 부장, 차장, 검사장으로 진급할 비율은 1:1, 2:1, 1.7:1로 추산된다. 이 비율에 따른 인원을 형사통 검사로 선발하여야 한다. 검사장을 2명 할당한다면 형사통 검사를 6.8명 검사로 선발해야 하고, 3명 할당한다면 10.2명 선발해야 한다. 형사통 검사로 6.8명을 선발하는 것은 24기 내지 26기의 대상 검사 가운데 18.8% 내지 23.4%를 점하여 20% 내외가 된다. 이 인원에 퇴직 등을 고려하여 7 내지 10명을 선발하고 임관된 평검사 숫자가 100명이 넘는 28기 이후는 확대해야 할 것으로 보인다. 내부 설문조사도 7 내지 10명 선발하자는 방안에 대해 71.4%가 동의하고 있다.

선발

선발 절차는 선발위원회에서 최종 결정하고, 인사와 관련된 사항인 만큼 검찰1과에서 주관하도록 한다. 선발위원회는 법무부 검찰국장, 대검 감찰국장, 대검 공판송무부장, 대검 형사부장으로 구성하고 위원장은 총장 또는 대검 차장검사로 한다. 간사는 법무부 검찰국장을 1과장으로 하고 실무는 대검 형사1과장이 맡는다.

선발절차는 대상 검사 파악→감찰조회→본인 실적서 청구→평가보고서(형사1부)→최종검토 보고서(검찰1과)→선발위원회 심의를 거치도록 한다.

형사통 검사 육성 · 관리

전략적 혜택부여

이렇게 선발된 형사통 검사에 대해 전략적인 혜택을 부여하고 일정한 역할을 담당하도록 육성, 관리해 나간다. 먼저 전략적인 혜택으로 검사장 승진 때에 검사통 검사에게 2명을 할당하도록 한다. 검사장이 되자면 거쳐야 하는 차장 승진 때에도 검사장 진급비율 1.7:1이 유지될 수 있도록 형사통 검사에서 3~4명을 차장으로 승진시켜준다. 가급적 형사부 소관 업무를 담당하는 차장으로는 형사통 검사가 보임될 수 있도록 배려해준다. 또 부장의 경우 보직만 103개여서 보직경로를 일원화할 수는 없지만, 대검 형사과장이나 서울중앙지검 형사부장 가운데 3~4개는 형사통 검사에게 할당할 필요가 있다.

형사통 검사의 경우 형사부 근무가 대체로 많기 때문에 고위 간부가 되기 전에 검찰의 다른 부서(예를 들자면 인사부나 기획부서 등)에서도 1~2번은 근무할 기회를 제공해주는 것도 의미가 있을 것이다.

전문분야 역할 수행

형사통 검사로 선발하여 혜택만 부여하는 것이 아니라 전문분야에서 일정한 역할을 담당하도록 해야 한다. 전문분야 지식을 습득할 기회를 부여해 주는 한편 전문분야 담당 부서에 배치하여 역량을 발휘하도록 해 업무가 활성화될 수 있게 하여야 한다. 또 지식전문가로서 등록하여 일선에서 제기하는 질의를 직접 해결하게끔 하고 다양한 행정법규 위반사건에 대한 처리 매뉴얼을 만들어 형사부 업무를 쉽게 처리할 수 있도록 지원해준다. 대형 폭발사고가 발생했을 때 전담검사로 수사에 투입하는 등 현안으로 대두되는 수사나 연구과제를 수행하도록 해 전담분야에서 일정한 역할을 담당하게끔 관리해 나가고, 역할이 미흡하면 퇴출될 수도 있다.

제도화 추진

지금까지 이야기한 형사부 검사 브랜드화 방안의 요지는 '재직기간 1/2 이상을 형사부에서 근무한 검사 중에 성과 및 역량, 전문성 구비여부를 부부장 진급 시점에 7~10명을 선발하여 일정한 역할을 담당하도록 하고, 최종적으로 이들 중에서 2명을 검사장으로 승진할 수 있도록 한다는 내용이다.

이 방안이 필요한지 여부에 대해 1,020명의 검사들을 상대로 설문조사를 한 결과 74.8%가 필요한 것으로 응답했다. 이 방안에 대한 이런 내부적인 공감대는 형성된 것으로 판단되고, 장기적 · 지속적으로 추진되어야 하는 만큼 인사위원회의 의결을 통해 제도화하여 추진해 나가야 할 것으로 생각한다.

형사부 검사 브랜드화를 통해 우수한 검사들이 비형사부로 집중되는 것을 방지할 수 있다. 또한 형사부 업무의 활성화를 꾀할 수 있으며, 형사부 검사들의 전문화를 유도하여 역량이 배가될 수 있을 것으로 기대한다.

대구고등검찰청 직무대리
— 2006. 11. 13~2007. 2. 28

대구지검 서부지청 개청 업무 수행

서부지청 개청 작업 총괄

직원 10명과 함께 검사 28명, 직원 111명이 근무할 수 있도록 시설, 비품, 조경 등을 완벽하게 갖춘 검찰청을 탄생시키기 위해 최선을 다했다.

공정율 98%일 때부터 개청 준비작업을 총괄하면서, 대형 소나무 6그루 추가 및 청사 중앙에 반송을 식재하여 조경을 마무리하고, 한국의 대표 작가 이우환 등의 작품을 구입하여 청사 곳곳에 배치하여 전국 검찰청 중 최고의 환경을 구비했다. 현재 조경 나무가 우거져 서부지원과 대비가 된다.

영상녹화조사실 5곳, 청사 내 각종 안내판, 업무에 필요한 각종 사무집기, 기록보관설비, 종합민원실, 당직실 등을 구비하여 민원인과 직원들이 쾌적하게 업무가 가능하도록 조치했다.

또한 청소 등을 위한 용역업체와 식당운영업체를 적절히 선정하여 직원들에게 최고의 서비스를 제공하도록 했다.

검사의 명패를 치워 사건 관계인이 검사 책상 위에 서류를 놓고 조사받을 수 있도록 하고 팔걸이가 있는 의자를 배치하여 민원인의 편의를 도모하도록 했다.

대구지검 서부지청장
─ 2007. 3. 1~2008. 3. 19

대구지검 서부지청 개청

2007년 3월 2일 정○○ 검찰총장을 모신 가운데 개청식을 갖고 검찰청으로의 업무를 개시했다. 그 무렵 나는 국민대 정○○ 씨가 법무장관으로 들어오면서 족쇄가 좀 풀리는가 싶은 기대가 있었다. 정부도 이명박 정권으로 바뀌어 고생 끝이다 싶었는데 그게 아니었다. 뜻밖에도 ○○○ 씨가 법무장관으로 왔다. 그분과는 1990년도 초에 사건을 가지고 다툰 적이 있었다. 그분이 형사6부장으로 있고 내가 초임 검사시절이었다. 그분이 어떤 사건을 적당히 봐달라고 했는데 봐주지 않았다. 초임 검사하고 형사6부장하고 붙었다고 검찰청 안에 소문이 돌았지만 나는 할 일을 했다. ○○○ 씨는 그때 일을 기억하고 있었다. 초임 검사에게 창피를 당한 기억으로 잊지 못했던 모양이었다.

그래도 나름대로 서부지청을 새롭게 만들기 위해 최선을 다했다. 우선 지청 운영 방침으로 ①공명정대한 검찰권 행사 ②지역주민에게 봉사하는 검찰 ③화합하는 직장 분위기 조성으로 정하고, 업무 추진에 최선을 다했다.

그 결과, 검사 1인당 1일 사건 부담량이 13.44명(전국 평균 11.05명)으로 전국 검찰청 가운데 가장 높고 신설 청이어서 업무가 조기에 착근되기 어려운 조건임에도 불구하고, 2007년도 하반기 기관평가 시 형사사건처리 및 조직관리 분야에서 최상위 청으로 평가를 받았다.

또한 현행범 적발에서 벗어나 과학적 수사기법을 동원하여 낙동강에

중금속이 대량 함유된 폐수를 무단 방류한 환경사범 21명을 적발하여 6명을 구속하였다.

대검으로부터 우수수사 사례로 선정

애락원(나병환자 치료 및 복지재단)관련 금품을 수수한 재단 관계자 3명 및 공무원 1명을 구속하여 부정부패사범을 척결했다. 노조 와해를 시도한 회사 대표와 임금 3억 원을 체불한 병원장 및 불법 폭력시위에 가담한 노조 관계자를 각 구속하여 노사 양측에 엄정 대처했다.

농수산물 도매시장 경매비리 관련 공무원 3명, 중도매인 29명 기소, 낙동강 하천구역 무단점용사범 17명 기소, 필로폰 203그램을 압수했다.

3월 개청 이후 12. 31까지 개청 원년 1년 동안 무죄율 0%(전국 검찰청 중 최고)를 기록했다. 11월까지 기소된 사건은 총 20,669건에 달함에도 무죄선고된 사건은 없었다. 그러면서도 법정형을 초과한 약식명령이 발령되어 과다한 벌금을 물게 된 피고인 6명을 찾아내 정식 재판을 청구하도록 함으로써 인권보호에 기여했다.

주요 업무처리 및 개선사례

범죄예방대구서부지역협의회 및 대구서부범죄피해자지원센터를 결성하여 범죄예방활동 전개 및 범죄 피해자 지원 방안을 마련했다. 검찰 최초로 전화진술녹음제 도입(286페이지 참조) 사건 관계인의 전화진술을 녹음하여 증거로 사용함으로써 검찰 소환 최소화 및 신속한 사건처리를 도모했다.

행정관서로는 처음으로 첨단 정보통신기술(RFID)을 업무에 도입해 전파식별장치(TAG)를 기록과 비품에 붙여 기록이나 비품의 보존이나 분실 위험을 방지하는 등 기록 및 물품관리를 체계화, 초과근무관리에도 활용했다. 행정법규위반 사건의 처리 사례 등을 축적하여 동종사건처리 시 참고할 수 있도록 체계적으로 관리(이프로스에 게재)했다.

개청지를 발간해 개청 경험을 수록하여 향후 신설 청 개청 참고 자료로 제공했고, 검사 명패 및 사무집기를 책상 위에서 제거(294페이지 참조)하여 민원인이 지참하고 온 서류를 책상 위에 올려놓고 보면서 조사받을 수 있도록 조치했다. 또한 대회의실을 예식장이나 회의실로 개방하여 주민 편의를 도모하기도 했다.

조응(Correspondence)

2006년 11월 13일 대구지검 서부지청 개청준비단장으로 발령받아 신설 청사를 짓고 있는 공사 현장으로 출퇴근하게 되었다. 2007년 3월 1일자로 새로 신설되는 검찰청의 인적 물적 시설 및 업무 토대를 모두 갖추어 개청 일자부터 시작되는 검찰청으로서의 업무를 수행해 나갈 수 있도록 준비해 나가는 업무를 총괄하게 되었다.

건축법이 바뀌어 신설되는 건축물의 경우 공사비의 일부를 예술품 구입에 사용하도록 의무화되어 3억 원의 예산이 배정되어 있었다. 이 중 5,000만 원은 조형물 마련에, 2억 5,000만 원은 청사 내에 배치할 그림 구입 비용으로 책정되어 있었는데 한 달 남짓 남은 연말까지 그림 구입을 마쳐야 했다. 그 이유는 연말까지 책정되어 있는 예산을 사용하지 못하면 불용처리를 해야 하고 불용처리를 하면 예산담당 직원이 법무부로 문책을 받게 되거나 불용처리된 이후 다시 예산을 배정받을 수 없게 될 수도 있다고 해 연말까지(예산 집행을 해 본 사람들은 알겠지만 연말이라는 것도 사실 12월 25일 전후까지는 집행을 마치고 그 결과를 법무부에 보고해야 하기 때문에 집행기간은 더 줄어들 수밖에 없다)는 어떻게든 예산을 집행해야만 했고, 한 달 반 내에 제대로 된 그림과 조형물을 제 가격을 주고 구입해야 했다.

　문제는 지금까지 검사로서 수사를 해온 경력이 전부고, 그림을 구입해 보거나 조형물을 시설하는 것이 무엇인지도 모르는 상태인데 한 달 반 내에 3억 원 상당의 예산으로 예술품을 구매해야 한다는 것이었다. 어떤 화가의 작품을 구입해야 하는지, 구입하자면 전국의 화랑을 다 돌아다니면서 작품을 흥정해야 하는지, 또 조형물은 어떻게 구입하면 되는지 모든 게 낯설기만 했다. 대구서부지청 이전에 개청한 고양지청, 안산지청 등의 개청지를 살펴보아도 조형물에 대해서는 아예 언급이 없고, 그림은 개인적인 경로로 일부를 구입하고 일부는 기증받은 것으로 되어 있어 예술계 인사와 전혀 인연이 없는 나로서는 개인적인 경로를 새로 개척해야 한다고 생각하니 앞이 캄캄하기만 했다.(예술품 구입만 한다면 모르되 청사 공사를 최종적으로 감독해야 하고, 시급한 인원 선발 등등 각종 업무가 산적했다)

　그런데 다행스럽게 11명의 선발대로 일주일 먼저 개청준비단 사무과장으로 나와 있던 서○○ 과장이 그림에 대해서 상당한 식견을 가지고 있었다. 서○○ 과장이 그림을 하나하나 사는 것은 현실적으로 어려움으로 건물 내에 그림을 둘 자리와 조형물을 시설해 둘 자리를 정해서 일괄 공모하자는 아이디어를 제시했다. 마침 서부지원도 우리와 같은 형편이었는데 서부지원에서는 조형물에 대해서만 우리보다 한 발 앞서 공모를 했고, 10점에 가까운 공모가 들어와 이 가운데 한 점을 뽑으려고 심사 중에 있다는 말을 들었다. 우리도 공모를 하면 조형물은 응모작이 몇 점

생길 것 같은 생각이 들었으나, 그림은 수십 점을 한꺼번에 공모해서 가능할까 의문이 들었는데 2개 화랑에서 응모 예정이라는 말을 듣고 안심했다.

그림과 조형물을 공모하는 것이 첫 사례여서 공모 문안을 어떻게 하는 게 좋은지 검토하여 대구지검 홈페이지와 미술협회 대구지부에 공모(안)을 게시하였다. 청사에 들어서는 1층 로비 정면에 가장 대표적인 작품을, 양쪽 벽면에 각각 1점씩 대표작들을 배치하고 각층 복도마다 소요되는 그림을 모두 합하여 보니 총 55점을 2억 5,000만 원에 구입하는 것으로 하고, 조형물은 청사에 들어오면 우측 잔디밭에 1점을 시설하는 것으로 공모안을 만들었다. 연말까지 예산을 집행해야 하는 관계로 2주 정도 내 응모하도록 하였는데 시한이 촉박함에도 그림은 2개 화랑에서 55점 씩 배치안을 만들어 응모하였고, 조형물도 2개의 모형이 제출되었다.

2개 화랑에서 응모하였기 때문에 이 가운데 한쪽을 선택하면 됨으로 쉬운 것 같지만 이 가운데 어느 화랑에서 좋은 그림을 제시한 것인지, 가격은 맞는지를 가려내야 하는데 이 역시 그림에 대해 문외한이어서 선택하기가 쉽지 않았고, 당초 공모한대로 대구지검장(권○○ 검사장)을 위원장으로, 지역 미대 교수 3명 등으로 구성된 심사위원회를 개최하여 미대 교수들의 의견을 청취하였더니 한 화랑의 그림을 주축으로 해서 다른 화랑의 그림을 일부 섞으면 좋겠다는 의견과 함께 뺄낼 그림과 포함시킬 그림을 제시하여 줌으로 주된 화랑(A화랑)과 협의하여 미대 교수들의 의견이 최대한 반영되도록 조치하였다.

외견상으로는 이런 과정을 거치며 그림을 선택하여 아주 순조롭게 진행된 듯하지만 그림 구입을 총괄하는 입장에 있던 나로서는 순탄하기만 한 것은 아니었다. 큰돈을 들여 구입하는 것일 뿐 아니라 특히 청사에 들어서면 바로 보이는 대표작품 같은 경우 출입하는 사람들에게 우리 서부지청의 그림 안목을 보여주는 척도이기 때문에 무척 신경이 쓰이는 사항이었다. 2개 화랑에서 각각의 응모작품을 내놓으면서 그림 사진을 함께 제출하였는데 A화랑에서 대표작으로 제시한 것이 이우환 화백의 150호짜리 조응(Correspondence)이었다. 사진으로 보니 캔버스에 큰 점을 4개 찍어놓은 것이 전부였다. A화랑에서는 이 그림을 고가의 금액으로 제시하였고, 개청준비단에 나와 있던 직원들은 그림을 보더니 점 4개만 있어 점 하나 당 가격이 몇천만 원씩 하는 것 아니냐며 부정적인 반응을 보여 최종 결정을 해야 하는 나로서는 난감하기 이를 데 없었다.

그림을 좀 안다는 서○○ 과장도 이우환 화백이 저명하다는 것은 알지만 상당한 고가인데다가 점 4개만 찍혀 있으니 보기에 따라서는 저런 그림을 고가(몇천만 원짜리 그림을 구입해 본 공무원은 거의 없을 것임)에 구입했느냐는 반응이 나올 수도 있어 적극적으로 구입하자는 의견을 선뜻 제시하지 못하고 있었다. 이 그림을 대표작으로 청사에 배치하게 된다면 결국 그 그림의 가치나 느낌을 직접 설명할 수밖에 없다고 판단했고, 그러자면 이 그림을 직접 보고 나름의 평가를 내려야 한다는 생각이 들었다. 그래서 그림이 어디에 있는지 알아보고 서○○ 과장과 함께 A화랑으로 직접 찾아가 아무 생각 없이 그저 그림을 한참 바라보았다. 4개의 점이 아래, 위, 옆을 각각 향하고 있어 변화가 포함되어 있는 듯도 싶고, 점 사이의 간격이 일정하지 않지만 배열에 리듬이 있는 것 같기도 해 설명하기 어려운 어떤 오묘함이 깃들어 있는 느낌을 받고 이 작품이면 되겠다는 확신을 갖고 돌아왔다. A화랑에서는 그 뒤 이우환 화백의 조응 대신 다른 화가의 더 큰 호수의 작품으로 대체하는 게 어떠냐는 제의를 해왔지만 일축하고 조응을 고집하여 개청 직전인 2007년 2월 하순 서부지청 청사에 이 작품을 걸 수 있게 되었다.

그런데 이우환 화백을 알고 있는 지역의 일부 인사들은 이 작품이 검찰청사에 걸려 있는 것을 보고 "어떻게 검찰청에서 이런 그림을 갖다 놓을 생각을 하게 되었느냐"며 깜짝 놀라고, 관공서 특히 검찰청에서 이런 그림까지 사서 전시해 놓은 것을 보니 세상 많이 달라졌다며 부러워했다. 개청 기념행사에 찾아온 검찰 내 고위 인사들에게 이우환 화백과 이 작품을 설명해드렸지만 모두 덤덤한 표정이었다. 우리가 이 작품을 구입한 2006년 12월 무렵 이 화백의 그림이 해외에서 뜨고 있다고는 했으나 본격적으로 그림 가격이 오르지 않고 있었는데 2007년 봄 이후부터 그림 가격이 대폭 상승했다. 150호가 억대에 경매되는 등, 가격으로 치면 이 그림이 전국 검찰청에 걸려 있는 그림 가운데 가장 비싼 그림이 아닌가 싶다.

서부지청 개청준비단장으로 발령받으면서 기쁘기도 했지만 마음속 깊이 걱정되는 부분이 있었다. 신설 개청청이나 신청사를 마련하여 이전한 검찰청에서 예산의 뒷받침 없이 그림과 나무를 조달하다가 잡음을 일으킨 적이 있어 이 문제를 슬기롭게 해결해야 한다는 것이 그것이었다. 대구서부지청의 경우 그림을 살 수 있는 예산이 어느 정도 뒷받침되어 있어 그 걱정은 해소되었지만, 반대로 제대로 사지 못하면 예산 낭비에 해당함으로 제대로 구입해야 하는 것이 새로운 고민거리가 되었다. 신설청이나 신청사로 이전하는 검찰청 다수가 그림 구입에 안목이 있거나 전문가적 식견이 있는 사람이 부족한 것이 검찰의 현실이다. 대구서부지청은 관공서가 예산으로 그림을 구입한 첫 사례여서 운 좋게 좋은 그림을 확보할 수 있었지만 앞으로는 개청이나 이전 준비하는 청에서 소수의 인력이 고민하도록 내버려두지 말고 법무부나 대검에서 어떤 기준을 마련해 줄 필요를 감독보고를 통해 건의했으나 아무런 답변이 없었다.

서울고검 검사
— 2008. 3. 20~6. 30

○○○ 법무장관이 거의 2년을 채우는 바람에 아무것도 할 수 없었다. 끝까지 검사장을 시켜주지 않아 결국 나는 검사 옷을 벗었다. 민주당 정권 때에는 내가 한 수사 때문에 그러려니 했지만, 새누리당이 정권을 잡았는데도 이런 일이 생기는 것을 보고 마음을 내려놓았다.

검사 생활을 원리원칙대로 해서는 승진에 보탬이 되는 게 아니었다. 나는 사건을 많이 맡아서 처리했다. 남들의 두 배 정도는 하고 검사를 끝냈다고 자부한다. 남들이 서너 달 걸려 할 일을 한 달에 처리했는데 결과는 적만 많이 만들었다. 적은 많지만 국회의원 선거에 나오니까 오히려 평판은 좋았다. 영향력 있는 사람들과는 적이 많았지만 일반 국민들은 그렇지 않았다. 오히려 잘했다고 평가가 좋았다. 많이들 기억하고 있었다.

이 시기에는 주로 감찰업무를 수행했다. 상반기에 영월지청, 충주지청, 서울동부지검, 의정부지검, 북부지검을 감사하고 해당 청에 대한 감사보고서를 작성했다. 100건을 평정하면서 37건에 대해 벌점 부과(검사 과오를 엄정하게 평가)하는 등 감찰업무 내실화 방안을 마련했다.

94건 배당받아 재기수사 23건(재기수사명령한 사건 중 구공판 3건, 무혐의 3건, 수사 중 17건), 항고기각 40건의 항고사건을 처리했다.

항고사건 불기소 승인을 품신해 승인 14건, 불승인 3건(승인 3건 중 약식처리 1건, 무혐의 1건, 수사 중 1건)을 처리했다.

훈장 반납을 생각하다

법무부에서 홍조근정훈장 수여자로 선정되었다는 연락을 받았다. 준비하라는 구비서류 공적조서를 준비하면서 그간 고생한 것을 인정해주는가 싶어 은근히 검사생활에 보람을 느꼈다. 하지만 훈장을 수여받은 후 불과 3개월이 지났는데 지검장 승진에 탈락해서 돌연 사직해야 하는 처지로 몰리게 되었다. 그런 입장이 되자 왜 훈장을 주었는지 이유를 납득하기 힘들었다. 훈장은 그 사람이 그간에 쌓아온 업무와 능력에 관한 공적을 인정해주는 것이리라. 그래서 승진에 기대를 걸고 있었다. 훈장을 애초에 주지 않았으면 그런 마음을 가지지 않았을 것이었을 테고, 미련도 덜 남았을 것이다. 당시에는 너무 안타까워서 훈장을 반납할까 생각도 해보았지만 이해관계가 얽히지 않고 오직 그간의 업무와 능력에 관한 인정의 결과라고 생각하고 그런 마음을 접었다.

3부

검사시절 글 모음 및
인터뷰

검사시절 글 모음 및
인터뷰

구호만 "국민의 검찰"

2006. 2. 대검 공판송무부장 조○○ 검사장으로부터 전략과제연구관으로서 최○○, 성○○ 검사와 함께 미래기획단 업무를 담당하게 되었다며 피부에 와닿는 형사부 검사 업무경감방안을 마련해보는 과제를 담당해달라고 하면서 우선 한 달 동안 서울지검 형사부 검사들과 토론도 해보고 업무처리 실태를 조사하여 어떤 방안이 있는지 과제를 발굴해보라는 지시를 받았다.

그렇지 않아도 인천지검 형사1부장, 부산지검 형사1부장으로 근무하면서 형사부 검사들의 업무를 직접 접할 기회가 있었고, 이들이 처리하는 사건을 결재하면서 검사들의 업무처리 수준을 나름대로 파악해 본 바 있다.

검사들이 처리하는 사건에 발생하는 하자가 인천지검은 15.8%(6개월 간 8,200건 처리하면서 1,300건), 부산지검은 13.7%(8개월간 14,600건 처리하면서 2,000건)에 이르고, 이 가운데 주문(기소해야 하는지 하지 않아도 되는지 하는 최종 결정)과 관련된 하자는 5.9%(부산지검 수치. 인천지검은 별도 통계 잡지 못하였음)에 달하고 있다. 상품 제조공장으로 친다면 제품불량률이 5.9%라는 의미이고 이정도 불량률이면 공장장은 목이 몇 개라도 모자랄 터이지만 결재과정을 통해 이를 바로잡았으니 결국은 큰 문제가 없는 셈이다.

2006. 2. 20부터 2006. 11. 3까지 서울고검에서 항고사건을 담당하였는데 감찰과 무죄평정을 같이 담당하여 다른 검사의 1/2 정도의 사건을 배당받아 처리하였다. 총 236건을 처리하면서 42건에 대해 재기하여 수사하도록 하였는데, 그 42건에 대해 2007. 8. 20 기준, 19건은 기소되고 7건은 수사 중(기소중지 또는 참고인중지)이었으며 나머지 18건은 종전대로 무혐의 처리된 것으로 확인되었다. 전체 중 최소한 8.05%(19건/236건)는 기소할 수 있는데도 불기소 처분한 것이므로 형사부 검사들이 처리하는 사건 가운데 상당한 비율의 사건이 졸속 처리된다는 결재 내용과 거의 일치한다.

그렇지만 검사들의 업무처리에 왜 이렇게 하자가 많이 발생할까? 결재과정에서도 체크되지 않고 넘어간 하자는 없을까? 하는 의문이 든다.

검찰청에 와서 조사를 받아본 사람들은 검사들이 저녁 늦게까지도 조사를 하거나 기록을 보고 있어 아주 바쁘다는데 공감하리라 생각하는데 사실 검사들은 격무에 시달리고 있어 검사 숫자를 늘리거나 어떻게든 업무량을 줄이지 않으면 안 되지만 검사 숫자를 늘리는 것은 예산과 관계되고 다른 정부부처와 협의도 필요하기 때문에 쉽지 않아 피부에 와닿는 업무경감방안을 만들어 보라는 지시는 검사들을 위해 꼭 필요한 일이다.

그래서 1997년인가 ○○○ 검찰총장 시절 총장의 사위가 검사인데 매일 야근하면서 집에 늦게 들어와 딸이 불평을 하고 있으니 형사부 검사들의 업무를 경감시켜 줄 방안이 없는지 검토해 보라고 하여 그때부터 계속 논의를 해 오고 있지만 아직까지 뚜렷한 방안을 세우지 못하고 있다.

그런데 검사 숫자를 늘리지 못하는 현 상태에서도 사건처리에 있어 불량률을 낮추기 위해 우선적으로 검토되어야 하는 부분이 있다. 유학가거나 다른 기관에 파견하는 중견검사를 일선 검찰청에 배치해 사건처리를 하도록 하는 것이다. 다른 기관에는 법무부나 대검 같은 기획부서도 포함되어야 하고 꼭 필요하다면 통·폐합하여 줄여야 한다. 검사의 지위를 법으로 보장해주는 근본적인 이유는 공정하고 객관적인 사건처리를 위한 것이지 유학 가거나 다른 기관에 파견 가서 다른 업무를 하라고 그 지위를 보장해준 것은 아니기 때문이다.

인천지검 근무 시 형사부에 검사가 총 33명인데 초임 검사가 12명이었고, 부산지검 근무 시 형사부에 검사가 총 51명(타 기관 파견 및 유학 9명)인데 초임 검사가 12명으로, 형사부에 배당되는 사건 중 초임 검사가 처리하는 사건의 비율은 인천 30%(12명/33명), 부산 23%(12명/51명)에 달하였다. 검사 경력이 짧으면 아무래도 수사능력이 부족한 것이 사실(결재 시 지적받는 비율이 훨씬 높은 데서도 드러남)이어서 사건처리에 있어 하자가 많이 발생하게 된다. 인천지검 근무 시(04. 12. 무렵) 전국적인 실태를 비공식적으로 확인해 보았더니 부부장 검사 이하 검사 현원 995명 중 41명이 해외유학, 35명이 타 기관 파견 중이었고, 법무부나 대검에 근무하면서 수사를 담당하지 않는 검사까지 포함하면 사건처리에 종사하지 않는 검사 숫자는 대폭 늘어난다.

2005년 12월 15일 천○○ 법무부 장관이 부산지검을 지도 방문하였다. 검사 및 직원과의 오찬 시간에 장관에게 건의할 사항이 있으면 얘기

하라고 하여 위에서 언급한 사건처리 실태를 예를 들면서 해외유학, 타 기관 파견 중인 중견검사를 일선에 복귀시켜 사건이 검사 손에서 제대로 처리되도록 해야 한다고 말씀드렸더니 검토해 보겠다고 했다. 하지만 그 다음날인가 박○○ 당시 부산지검 1차장이 검찰1과장(정○○ 부장)과 전화 통화를 했는데 정 과장으로부터 '장관에게 중진검사 일선배치방안을 검토하라는 지시를 받았다. 가을 인사 때 중진검사를 다른 청보다 많이 부산지검에 배치해 주었는데 쓸데없는 얘기를 해서 분란만 일으킨다'는 이야기를 전해 들은 것으로 끝났다.

국민들은 검사들이 사건 수사를 잘해주기를 기대하고 있기 때문에 국민과 직접 접촉하고 사건을 해결하는 일선 검사가 중시되어야 하나 사건 수사를 담당하는 일선 검찰청의 업무가 격무지만 인사에서는 아무런 혜택도 보지 못하니 누구나 일선을 벗어나 타 기관 파견이나 해외 연수 쪽으로, 또 인사에서 유리하다는 법무부나 대검 등 참모부서로 가려고 하고 일선은 초임 검사나 참모부서로 가지 못한 중진검사로 채워지니 수사가 제대로 되지 않아 부실한 사건처리로 이어지는 악순환이 반복되고 있다. 국민의 검찰이라는 구호대로 가자면 우수한 검사를 일선 수사분야에서 일하도록 국민에게 돌려주어야 하는데 우수한 검사는 수사를 안 하는 참모부서로 쏠리고 있어 안타깝다.

■ 2008. 4. 7 임○○ 검찰총장이 확대간부회의 때 "인력구조개선"이라는 제목으로 "수사역량 강화를 위해서는 업무구조조정과 함께 인력구조를 최대한 개선함으로써 수사업무에 종사하는 인력을 최대한 확보할 필요가 있음. 이를 위해 기획, 행정분야의 인력을 합리적으로 조정하여 일선 청이나 수사분야에 재배치함으로써 수사역량을 강화하는 방안을 추진해야 함. 대검과 일선의 각 부서는 이러한 취지를 깊이 이해하여 부

서 이기주의를 극복하고, 제살 깎는다는 각오로 적극적으로 고통을 분담해주기 바람. 행정분야의 인력이 감소하는 만큼 더욱 열심히 일하겠다는 각오를 가져야 하며, 아울러 업무처리의 효율성을 제고할 수 있는 방안도 강구해주기 바람"이라고 말씀하여 위 취지가 일부 반영된 것 같으나 실제 조치가 이루어진 것에 대해서는 의문(08. 3. 15 법무부의 인사와 관련한 보도자료를 보면 "현장을 중시하는 인력 배치"라는 제목 아래 '인력진단 등을 통해 일선 청 1개 부의 부원 수를 9~10명으로 대부화함으로써 간부 비율을 낮추어 확보한 70여 명의 인력을 전원 일선 청에 배치하여 이들이 현장에서 국민의 고민을 직접 듣고 이를 해결하도록 믿음을 주는 검찰이 될 수 있는 기반을 구축' 하였다고 되어 있고, 08. 3. 20 대구서부지청장에서 서울고검으로 전입할 때 전입신고 시 '해외연수 검사 확대로 일하는 검사가 모자란다' 고 언급하였는데 이는 모두 대통령직인수위원회에서 검찰 내 간부 비율이 높고 일 안 하는 검사장 보직이 많다는 지적을 의식한 것일 뿐임).

판 · 검사의 과오로 구속한 사례에 대한 조치

불법 구속 사례

사례 1

— 간통부분은 불구속기소되고 사기부분만 참고인중지 처분되었음에도 참고인 소재가 발견되자 간통부분도 재기하고, 간통만을 범죄사실로 한 구속영장을 청구하여 발부받은 사례.

— 원주지청 05형제4667호 사건(피의자 강○○).

— 2005. 4. 29 구속된 뒤 05. 5. 3 고소인의 고소취하로 석방.

— 검사는 재기 전 사건의 불기소장에 간통은 기소취지가 명시되어 있음에도 이를 간과하였고, 판사는 구속 전 심문과정이나 기록 검토 시 이 부분을 점검하지 않은 채 영장을 발부.

— 인지 경위:원주지청 정기 사무감사 과정에서 인지.

사례2

— 이미 이혼소송이 취하되었음에도 이를 간과한 채 검사는 간통죄로 불구속기소하고, 판사는 실형을 선고하면서 법정구속한 사례.

— 서부지검 05형제48872호 사건(피의자 윤○○)

— 2006. 1. 25 법정구속(이○○ 판사)되었다가 06. 1. 27 구속 취소로 석방.

· 구속된 피의자 측에서 소(이혼소송)취하증명원을 법원에 제출.

— 재판진행 상황은 대법원 홈페이지에 들어가면 누구나 알 수 있도록 정보가 제공되고 있음에도 판사, 검사 모두 확인 소홀.

— 인지 경위:무죄사건평정 과정에서 인지.

사례3

— 허위 세금계산서 발행 사실로 불구속기소되어 1회 공판기일까지는 자백하였으나 2회 공판부터 형의 범행이라며 부인하자 법정구속하였다가 무죄가 선고된 사례.

— 인천지검 04형제94680 사건(피의자 박○○)

— 2004. 11. 25 불구속기소, 04. 12. 21 법정구속(판사 최○○), 05. 1. 7 보석으로 석방, 06. 8. 11 무죄선고(판사 최○○)

— 검찰 및 1회 공판까지 자백하다가 2회 공판부터 부인하였다는 이유

로 심리를 다해본 후 결론을 내려도 무방한데 무리하게 법정구속.

— 인지 경위:인천지검 형사1부장 재직 시 결재한 사건이고 주임검사를 통해 공판진행 상황을 파악.

사례4

— 구속기간을 연장하여야 함에도 이를 간과한 채 구속 구금한 사례.

— 서울남부지법 사건(피의자 박○○)

— 박○○은 노무현 대통령이 변호사 사무실을 할 때 사무장으로 데리고 있었던 최○○과 관련이 있던 자임.

— 인지 경위:박○○이 피의자로 입건된 기록이 서울남부지검에서 부산지검으로 이송되어 왔고, 그 기록이 형사1부 박○○ 검사에게 배당되었는데 박○○ 검사로부터 기록에 그런 내용이 있다고 전해 들음.

사례5(2007년 상반기 자료, 대구서부지청)

— 오토바이 무면허 운전의 경우 법정형이 벌금 30만 원 이하여서 검사들이 벌금 30만 원으로 약식명령을 청구하였으나 함부로 100만 원 내지 50만 원 선고.

— 벌금형이 확정된 후 납부하지 못하면 노역장에 유치되어야 함으로 사실상 인신을 구속할 수 있는 조치.

— 대구서부지청 07년형제11440(피의자 김○○), 07년형제13280(피의자 유○○), 07년형제15956호(피의자 김○○):정○○ 판사가 100만 원 선고.

— 대구서부지청 07년형제17282호(피의자 박○○), 07형제16088호(피의자 이○○), 07형제16041(피의자 정○○):변○○ 판사가 50만 원 선고.

— 피의자 유○○에 대한 약식명령이 선고된 사건을 확인하는 과정에

서 도로교통법의 규정에도 없는 과다한 벌금형이 선고된 사실이 발
견되어 상반기에 검사 구형보다 형량을 높여 선고한 모든 사건을
점검하여 총 6건이 발견되었음.

— 정식 재판 청구가 가능한 5명의 피의자들에게는 정식 재판을 청구
하여 시정되도록 통보해주었고, 정식 재판 청구가 불가능한 채 확
정된 피의자 1명에게는 재판권회복청구 등의 방법으로 시정되게끔
검찰에서 조치.

위 사례들에 대한 평가 및 현행 조치

위 각 사례에 대한 평가

— 사례 1,2는 검사 및 판사 모두에게 과오가 인정되고,

— 사례 3의 경우는 판사의 감정 섞인 조치로써 판사의 과오로 보임.

— 사례 4,5는 판사의 과오로 보임.

검사에 대한 조치

— 검사의 과오가 인정된 사례 1,2의 경우, 검사에게 감찰 벌점 부과.

당사자 및 판사에 대한 조치

— 해당 피의자에게 과오가 있었다는 사실 자체를 알려주거나 과오 내
용에 대해 알려주는 바 없이 방치.

· 위 당사자 모두 형사보상 청구한 바 없음.(사례 1,2는 청구 대상 아님)

— 판사에 대해서는 아무런 조치가 없음.

개선 건의

적극적으로 자료 수집하고 대처

— 시대적 상황 변화(인권옹호기관으로 검찰 역할 변화, 정보공개, 감찰부장 외부 공모 등)에 따라 더 이상 덮어둘 수 없는 분야.

— 해당 청 자체(수사 및 공판과정) 및 감찰과정 통해 사례 적극 수집.

· 효과:판·검사들의 인권옹호에 대한 인식 전환 계기로 활용.

· 구속과 관련된 업무는 신중해질 것으로 예상.

당사자 통보 및 보상절차 안내

— 인권이 부당하게 침해되었음에도 아무런 조치 없이 방치하는 것은 인권보장기관으로서의 역할과 부합되지 않음.

— 인권이 침해된 당사자에게 이를 알려 주고, 보상절차도 안내.

검사 관련 조치

— 검찰자료로 벌점 부과하는 것만으로는 부족, 경중에 따라 징계 병행.

— 검사 부적격 심사 자료로 활용.(유사사례 반복 시 심사 회부)

판사 관련 조치

— 판사의 역할과 관련이 강화(공판중심주의, 구속전 심문 등)되고 있지만 부당한 업무처리에 대한 견제 수단은 없는 상태.

— 사례 1,2,3,4,5의 경우처럼 판사가 명백한 과오 시, 검사의 공익적 지위에 근거하여 법원행정처에 해당 사실 통보.

— 통보된 내용을 축적하여 두었다가 적절하게 활용.

· 대법관, 헌재 등 법관 관련 인사청문회 자료로 제공.

· 국회 감사 시 자료 또는 언론 · 사법감시단체에 자료 제공.

사건관리 및 협업에 대해

요즘 신문지상에 가장 많이 등장하는 사람이 거물 브로커 윤○○이다. 순천지청의 어느 검사가 이 사람의 브로커 행각을 적발하여 구속하려다가 법원에서 영장이 1차 기각되어 석방한 후 다시 영장을 발부받아 구속하는 과정에 ○○○ 검사장(당시 광주지검장인지 고검장)이 관사에 숨겨주었다든가, 구속을 못하도록 방해하여 당시 순천지청 부장이던 ○○○ 선배와 ○ 검사가 함께 ○ 검사장을 찾아가 항의까지 하는 우여곡절 끝에 윤○○을 구속할 수 있었다는 말을 전해들은 적이 있어 법조계에는 상당한 영향력이 있는 사람으로 이전부터 알고 있었다.

2004. 3. 서울중앙지검 특수3부장으로 근무하던 중 대검으로부터 법조 비리를 또다시 단속하라는 지시가 있어 사건을 변호사에게 소개해주고 변호사가 사건 당사자로부터 받은 수임비의 20%~30%에 해당하는 돈(많게는 40%~50%를 받기도 하는데 이 돈을 변호사업계에서는 소위 '와리'라고 표현)을 받는 '사건 브로커'를 특수3부 검사들이 나누어 집중 단속하고 있었다. 그러던 중 ○○○ 검사가 사건 브로커 홍○○을 단속하면서 소지품 등을 압수수색하는 과정에서 나온 것이라며 '합의서'를 보여주기에 그 내용을 살펴보니 현대건설 건축사업본부 김○○ 상무(2003. 6. 5 국방부 시설국장 심○○, 박○○에게 뇌물을 공여한 혐의로 서울지검 특수2부에서 구속)가 윤○○에게 9억 원을 주고받은 내용이 기재된 서류였다. 그래서 그 홍○○에게 어떤 서류인지 물어보았더니 그 당시 자신이 근무하였던 ○○○ 변호사(전 대검차장) 사무실에서 이 서류대로 돈을 주고받으면서 만들어진

서류로서 훗날 필요(?)(언젠가는 이 서류를 어떤 방식으로든 이용할 의도가 아닌지 짐작)할지 몰라 몰래 복사하여 둔 것이라고 했다. "최대의 거물 브로커" (박○○ 중앙지검 3차장 표현) 윤○○의 비리가 세상에 드러나는 서막이 이렇게 우연한 기회에 열리게 된 것이다.

이 서류를 압수한 ○○○ 검사는 현대건설 김○○ 상무가 비중이 있는 사람이어서 합의서가 중요하다 생각하고 부장인 나에게 가지고 왔는데, 나는 대뜸 '윤○○'을 아느냐고 반문했다. ○ 검사는 전혀 모르고 있어 내가 알고 있는 윤○○의 구속과정을 설명해 주고 이것은 아주 중요한 수사단서니까 잘 취급(내사사건 번호를 부여했는지 확인)해야 된다고 일러두었다. "최대의 거물 브로커" 윤○○은 이렇게 우연한 기회에 확보된 증거서류가 시발점이 되어 그 비리가 세상에 낱낱이 드러나게 되었다.

윤○○이 상당한 거물 브로커여서 당시 중앙지검 3차장에게 이 내용을 보고하였더니 특수2부(채○○ 부장)에 배당된 첩보 가운데 유사한 내용이 있었던 것 같다고 해 확인해 보았더니 유사한 내용의 첩보가 있었고, 아직까지 특수2부에서는 수사가 착수되지 않고 있는 상태였다. (사실 첩보는 정보수준이지 증거가 입수된 것이 아니어서 첩보만으로 압수수색 등의 강제수사의 근거가 되지는 못함)

윤○○과 관련된 부분은 당시 한참 수사 중이던 법조 비리와는 직접적인 관련이 없고 확인해야 할 부분도 많이 남아 있어 수사단서로 주임검사에게 잘 관리하도록 해 두고 법조 비리 수사도 마지막 마무리를 하지 못한 채 2004. 6. 14 인천지검 형사1부장으로 발령받아 서울중앙지검을 떠나게 되었고 그 뒤의 수사과정에 대해서는 잘 알지 못하나 이 사건을 승계받은 검사들이 크게 노력하여 2005. 9월에 이르러 윤○○의 각종 비리들이 속속 밝혀지게 되었다. 이 사건의 전개과정을 여기에 새삼 언급하는 이유는 앞으로 수사는 1명의 검사가 혼자 수사하여 공을 세우는 시기가 지나갔고 수사의 전 과정에 어떤 형태로든 참여한 검사들의 협업에 의해 수사가 이루어질 수밖에 없다는 점을 강조하기 위해서다. 수사단서를 입수하고, 중간 수사를 거쳐 자료가 축적된 마당에 어느 날 갑자기 특수2부로 발령받은 검사가 수사를 마무리했다고 하여 마무리한 검사에게만 혜택을 준다면 누가 수사단서를 입수하여 후임자에게 물려주려고(?) 하겠는가.

서울중앙지검에서 조직폭력배를 수사하다가 사망케 한 사건도 ○○○ 검사가 의정부지검에서 알고 있던 수사단서를 정리하여 현지 검찰청의 후임 검사에게 넘겨주고 왔어야 하는데 서울중앙지검으로 오면서 이 자료를 가지고 와 수사를 해 보려고 하다가 비극적인 사태가 야기되었는데도 이에 대한 깊은 성찰 없이 지금도 마무리하는 검사의 공로로만 평가하는 것은 시급히 지양되어야 한다. 수사단서를 입수한 검사, 중간 수사 검사, 마무리 검사 등에게 골고루 공로를 인정해 주는 풍토가 조성되어야 검사들이 수사단서를 입수하여 다른 검사들에게 인계해주고, 수사공조도 원활하게 될 수 있다.

사건 수사과정에서 알게 된 수사단서, 정보를 체계적으로 수집하고, 이 공로를 수사 마무리 못지않게 평가해주어야 검찰의 수사역량이 배가될 것으로 생각한다.

긴급체포제도가 사라진 이유

긴급체포제도

· 종전에는 수사기관에서 피의자나 참고인을 조사하다가 사안이 중대하거나 도주할 우려가 있는 것으로 판단되면 사법경찰관이나 검사가 곧

바로 체포할 수 있었는데 현재는 체포영장을 받을 수 없는 급박한 사정이 있는 경우에 한하여 긴급체포가 가능하도록 규정이 변경되었음.

· 긴급체포 요건에 해당하지 않아 긴급체포할 수 없는데도 불구하고 검사가 피의자를 긴급체포하여 신문하고 신문 내용을 기재한 피의자 신문조서에 대해 대법원에서 증거능력이 없다고 판결함에 따라 긴급체포 요건에 해당하는지 엄밀하게 검토할 수밖에 없어 수사기관에서 긴급체포를 쉽게 하지 못하게 되었고, 그 결과 수사기관은 긴급체포권을 상실하게 되었음. 긴급체포의 요건에 해당하지 않는데도 긴급체포한 경우에 대해 증거능력을 부정한 대법원 판결이 선고되도록 한 사건(서울동부지청 사건)의 배경을 같은 피의자에 대한 또 다른 뇌물사건(수원지검 사건)을 수사하면서 우연히 알게 되어 이를 소개하고자 함.

수원지검 특수부장 재직 시 전 광주시장 ○○○의 수뢰사건 수사

· ○○○ : 전 광주시장(1995. 7. 1 경기도 광주군수로 취임, 2001. 3. 21 광주군이 광주시로 승격하여 2002. 6까지 재임).

혐의 내용

① 2001. 8일자 불상 19:00경 광주시 쌍령동 소재 예촌레스토랑에서, (주)삼호건설이 매입한 광주군 쌍령리 산 69-3 일대 전답 및 임야 3만 평에 대해 주거지역으로 편입시켜 달라는 부탁을 받고, (주)삼호건설 이사 손○○으로부터 사례비로 3,000만 원을 교부받아 뇌물 수수.

② 2001. 9. 25 시장의 직위를 이용해 지역주민인 피해자에게 불이익을 줄 듯 협박하여 1억 상당의 토지 661㎡를 피고인 처조카 유○○ 명의로 등기를 넘겨받아 갈취.

· 03. 3. 18 대전 서구 갈마2동 소재 원룸에 은신하고 있는 것을 수원

지검 특수부 김○○ 검사실 최○○ 계장, 이○○ 주임이 검거.

· 재판결과:2003. 7. 15 징역 3년에 집행유예 5년 선고.

수사 중 파악한 내용

— ○○○ 시장에 대한 범죄경력을 조회한 바, 뇌물 혐의로 구속되었다가 무죄판결을 선고받았기에 어떻게 변명하여 무죄가 선고되었는지 확인함으로써 현재 수사 중인 혐의에 대해 어떻게 변명할지 예측하여 수사진행 및 재판에 대비하기 위해 무죄판결을 받게 된 사건(서울지검동부지청 사건. 현재는 서울동부지검)을 수사검사로 하여금 검토하도록 하였음(동부지청 사건 내용에 대해서는 아래에서 별도로 항을 나누어 설명).

— ○○○ 시장이 김대중 대통령 부인 이○○ 여사와 각별한 친분이 있어 청와대도 수시로 출입하였고, 당시 권력실세들과 친분이 많아 서울동부지청에서 ○○○ 시장을 구속하면서 상당히 어려움이 많았다는 소문이 있어 사실 여부 등을 알아보기 위해 구속되어 있을 때 면회온 사람이 누구인지 그들과 어떤 대화가 오고 갔는지, 무죄가 선고되었으면 실세들에게 수사 내용에 대해 거칠게 항의하지 않았을까 하는 생각이 들어 접견 시의 대화 내용이 기재되어 있는 접견표(미국에서는 녹음을 하고 있지만 우리는 교도관이 재소자와 면회시간의 대화 내용을 듣고 이를 적어놓은 서류)를 구치소로부터 제출받아 살펴보았다. ○○○ 군수의 접견표 가운데 긴급체포와 관련한 대화 내용은,

1999. 12. 18자 접견표:"ㅈ(재소자를 지칭):어떻게 국민의 정부가 이럴 수가 있나. 전과자(뇌물 공여한 오○○을 지칭하는 듯) 말을 믿고 우리집을 샅샅이 뒤지고 도대체 내가 어떻게 오천만 원을 받냐 이거야. 이런 정권이 국민의 정권이냐. 검사가 하는 말(이) 공무원 10명을 넣는다고 해. <u>저희들이 나를 데리고 가 놓고서 자수하게 했다고 해준대.</u> 그래서 내가 이런

불의하고는 절대 타협하지 않겠다 이렇게 얘기했어. 그래서 내가 ○○한 테 국민의 정부가 이런걸 밝혀달라 이렇게 얘기했어. ○○, ○○이 입조심하라고 해. 이런 검찰이 어딨어 세상에."

1999. 12. 21자 접견표: "재: 오천만 원을 군수 집으로 가져왔다. 그래서 호통을 쳤다. 자동차에 넣었다. 검찰에서 합작으로 소설을 썼어. 나는 변호사 선임하지 않았는데 14명이나 나를 돕는다고 그래요. 긴급구속 (긴급체포인 듯)으로 나를 잡으러 왔는데 검찰에서 자수하면 공무원 10 명 들어갈 것 막고 구형을 반으로 줄여준다는 거여. 검찰에 조사받다 쓰러졌는데 한쪽이 마비되더라."

1999. 12. 28자 접견표: ○○○ 의원(국민회의 소속, 성남) 등과 면회하면서, "긴급체포라니 말이 되냐, 35년 된 집을 영장도 없이 쌀독까지 뒤졌어"라는 것임.

· 접견표 내용에 따르면 서울동부지청에서 긴급체포한 것은 하자가 없는 것으로 보였는데 왜 긴급체포가 문제가 되었는지 등에 대해 수사기록과 판결문 등을 찾아 검토해 보았음.

서울지검동부지청의 ○○○에 대한 수뢰사건

혐의 내용

1996. 6. 초순 19:00경 광주시 쌍령동 소재 예촌레스토랑에서, 도시 계획 관련 정보 제공 및 주택조합 사업시행자 변경 승인 약속에 대한 사례로 오○○로부터 현금 오천만 원 수수.

수사 진행 경위

· 수사검사(한○○ 검사)는 1999. 11. 29 ○○○ 군수에게 뇌물을 주었다는 오○○ 및 관련 참고인들의 진술을 먼저 확보한 다음, 현직 광주군

수를 소환, 조사하기 위하여 검사의 명을 받은 검찰주사보 서○○이 1999. 8. 16:40경 광주군청 군수실에 도착하였으나 자리에 없어 도시행정계장인 박○○에게 군수의 행방을 확인하였더니, 검사가 소환하려 한다는 사실을 알고 ○○○ 군수가 자택 옆에 있는 초야농장 농막에서 기다리고 있을 것이니 수사관이 오거든 그곳으로 오라고 하였다고 함으로, 같은 날 17:30경 서○○이 박○○ 계장과 함께 초야농장으로 가서 그곳에서 수사관을 기다리고 있던 ○○○ 군수를 긴급체포하고, 그 후 12. 11 구속영장을 발부받을 때까지 ○○○ 군수를 유치하면서 검사가 12. 9. 12. 10에 피의자 신문조서를 작성(1회, 2회, 3회)하였음.

· ○○○ 군수는 5천만 원을 받았다는 혐의 내용에 대해 1회 조사 때는 부인하였고, 2회 조사 시 3천만 원을 받은 것으로 일부 시인하다가 3회 조사 시 다시 부인하고 그 뒤 법정에서도 전부 부인하였음.

· 일부 자백하는 내용이 담긴 검사 작성의 2회 피의자 신문조서에 대해 1심 판결부터 대법원까지 모두 긴급체포의 요건을 갖추지 못한 것으로 판결하고 있는데 1심 판결에 의하면 "긴급체포를 할 수 있으려면 피의자가 증거를 인멸할 염려가 있거나 또는 도망할 염려가 있어야 할 뿐만 아니라 나아가 긴급을 요하여 판사의 체포영장을 받을 수 없어야 하는데, 이 경우 긴급을 요한다 함은 피의자를 우연히 발견한 경우 등과 같이 체포영장을 받을 수 없거나 체포영장을 청구하고 발부받는데 상당한 시간이 소요되어 그동안 피의자가 도망할 염려가 있는 경우를 말하는 것이다. 한편 긴급체포의 요건이 흠결되었음에도 수사기관이 체포영장 없이 긴급체포 형식으로 피의자를 체포 구금하는 것은 영장주의에 위반한 불법 구금에 해당한다 할 것이고, 이러한 불법 구금 상태에서 작성한 피의자 신문조서의 진술 기재는 위법하게 수집된 증거로서 진술의 임의성이 인정되는 경우라도 증거능력이 부인되어야 할 것이다. (이 사건의) 체

포 경위가 위와 같다면 검찰수사관(서○○ 계장)은 위 체포 당시 ○○○을 우연히 발견한 것이 아님이 명백하고, 또한 스스로 검찰의 소환에 응할 태세를 갖추고 자신의 거처를 수사관에게 일러주도록 미리 지시하여 두었을 뿐만 아니라, 수사관이 체포 장소에 도착하였을 때도 도망하려 하거나 소환에 불응하려는 태도를 보였다는 아무런 증거가 없으므로 긴급체포 요건을 결한 불법 구금에 해당하고 (이 상태에서 작성된) 피의자 신문조서는 모두 증거능력을 인정할 수 없다"는 것임.

재판 결과
· 2000. 5. 23 서울지법동부지원:징역 5년 선고(1심)
※ 1심은 법정 증언을 기초로 혐의 내용을 인정.
· 2000. 11. 21 서울고등법원:무죄(2심)
· 2002. 6. 11 대법원:상고기각(3심)으로 무죄 확정

긴급체포 경위서의 진실 여부
· 법원에서는 검찰주사보 서○○이 작성한 긴급체포 경위서가 사실임을 전제로 하여 긴급체포 요건을 갖추지 못한 것으로 판결하였으나, 긴급체포 당시의 상황에 대해 당사자인 ○○○과 그 변호인인 이○○ 변호사는 경위서와 상반된 진술을 하고 있음.
· 위에서 본 ○○○에 대한 접견표에는, '저희들이 나를 데리고 가놓고서 자수하게 했다고 해준대', '긴급구속(긴급체포인 듯)으로 나를 잡아왔는데 검찰에서 자수하면 공무원 10명 들어갈 것 막고 구형을 반으로 줄여준다는 거여'라는 대화가 있고,
· ○○○의 변호인 이○○ 변호사가 작성하여 법정에 제출한 의견서와 사실확인서에는, '난데없는 검찰의 기습을 받아, 10여 명의 수사관이

부엌의 접시 밑바닥까지 온통 집안을 샅샅이 수색', "(검거된 다음날인) 1999. 12. 9. 22:00경 ○○○의 요청으로 동부지청에 가 ○○○을 만나니 서(○○) 계장이 '5,000만 원을 받았다고 하면 10년 징역이지만 3,000만 원을 받았다고 하면 5년 징역인데 자수한 것으로 만들어 주고 (받은) 돈을 선행에 썼다고 하면 형이 깎이고 깎여서 집행유예를 받아 항소하면서 (군수) 잔여 임기를 마칠 수 있다'고 하는데 검찰의 말이 법적으로 가능한지 판단을 바란다고 했고, 이어 담당 부장(김○○ 부장검사) 방으로 가 수사검사와 함께 있으면서 3,000만 원 받은 것으로 하면 40일 후면 나갈 텐데(○○○에게) 잘 말해 보라고 함으로 <u>자수라는 것이 체포해 왔는데 가능하겠느냐,</u> 또 재판이 그렇게 마음대로 되는 것인지 의문이 생기고, 다시 수사검사로부터 자수조서를 받아주겠다고 하여 내일 다시 오기로 하고"라는 내용이어서 긴급체포된 경위가 서○○ 계장이 작성한 긴급체포 경위서와 일치하지 않음.

긴급체포된 상태에서 일부 자백한 경위

· 이에 대해서는 2심 판결문에 기재된 내용을 인용하기로 함.

· 2회 피의자 신문조서에 ○○○이 일부 자백하는 내용이 있는데 이 부분에 대해 ○○○ 측 변호인은 다음과 같이 주장한다. 1999. 12. 8 피고인(○○○ 지칭, 이하 같음)이 긴급체포된 후 비로소 오○○로부터 뇌물 5천만 원을 받았다는 혐의를 받고 있는 것을 알게 되었는데, 검찰 측이 "광주군청을 '쑥밭'으로 만들겠다, 사돈의 재산까지 모두 조사하겠다"는 등으로 위협하였음에도 피고인이 이를 완강히 부인하였다. 그 뒤 피고인이 검찰청사에서 대기하는 동안 광주군의 직원들이 서류 보따리를 들고 와 조사받는 것을 보았다. 그 무렵 변호사 이○○이 동부지청 간부들을 만나고 피고인을 찾아와 "내용을 알아보니 수위조절밖에는 안 된다고

한다. 다른 뇌물 혐의도 있다고 한다"는 등으로 말하였고, 또 같은 날 검찰주사보 서○○은 "액수가 30,000,000원으로 내려가면 징역 5년짜리로 되니, 30,000,000원을 받았다고 자백하면 자수한 것으로 조서를 받아주고 그 돈을 사용하였다고 써 주면 집행유예가 된다"는 등으로 회유하였다. 같은 날 23:00경 변호사 이○○이 찾아와 부장검사실에 가서 상의한 뒤 "특가법상 50,000,000원과 30,000,000원은 차이가 크므로 검찰의 제안도 생각해 보자"고 하였고, 위 서○○이 "자수부분 외에는 이야기가 다 되었으니 우선 30,000,000원까지만 조서를 받자"고 하여 그러한 내용으로 일부 자백하는 진술을 하였다.

자수와 관련된 법리 및 본 건에서의 자수 적용 가능 여부

· 수뢰 금액이 5천만 원 이상이면 10년 이상 징역인데 작량감경을 하면 10년의 반인 5년 이상의 징역형을 선고할 수 있음. 그런데 자수하는 경우 작량감경 외에도 자수감경으로 한 번 더 감경할 수 있으므로 5년의 반인 2년 6월 이상의 징역형을 선고할 수 있게 되고, 3년 이하의 징역형을 선고할 경우에는 집행유예의 선고가 가능함.

· 다만 자수에 해당하자면 본인이 자발적으로 자신의 범죄사실을 수사기관에 신고하거나, 또는 범행이 발각된 후에 수사기관에 자진 출석하여 범죄사실을 자백한 경우에 자수로 인정됨.

· 본 사건의 경우 검찰에서 작성한 긴급체포 경위에 의하면 박○○이 자신이 있는 곳을 수사기관에 임의로 알려주었고, 2회 조사 때는 일부 내용을 자백하여 자수로 인정받을 수 있는 여지가 생기게 되었음.

수사기관의 긴급체포 권한을 날려 버린 사건

· 긴급체포한 경위가 어느 것이 맞는지 여부는 당시 수사팀이 그 내용

을 가장 정확하게 알고 있어 제3자로서는 어느 것이 맞는지 섣불리 단정할 수 없지만, 관계자들의 진술이나 증거자료로 당시의 수사과정을 추적해 보면 농막에 은신해 있던 ○○○을 검거하여 정상적으로 긴급체포를 하였음에도, ○○○이 자수하려 했던 것처럼 긴급체포 경위서를 작성해주고 2회 조사 시 일부 수뢰 사실을 자백받은 것이 아닌가 하는 의문이 있음.

· ○○○으로부터 자백을 받으려 하지 말고 부인하는 상태대로 그대로 기소했다면 수사기관의 긴급체포 권한을 법원에서 문제 삼을 여지가 없어 긴급체포 권한은 그대로 유지될 수 있었을 텐데 자백을 받아 내려는 수사검사의 자충수로 인해 긴급체포 권한을 잃어버리는 결과를 초래하였음.

· ○○○은 05. 1. 수사기관의 위와 같은 부당한 긴급체포로 피해를 보았다며 국가를 상대로 손해배상청구를 하였고, 손해배상청구의 기산점은 긴급체포가 위법하다는 법원의 확정판결을 받은 때부터(2심은 긴급체포된 시점부터라고 판결하였는데 이를 파기)라는 대법원 판결이 선고(문화일보 08. 5. 1자)된 후 서울고법 민사26부(조○○ 부장판사)에서 위자료로 국가는 ○○○에게 3,000만 원을 지급하라는 판결이 선고(내일신문 08. 8. 7자) 되었음.

검사 부적격

· 당시 수사검사인 한○○ 검사는 동부지청 이후 대전지검 근무 시 오락실 관계자들로부터 뇌물을 수수한 구○○ 경사 등 경찰관 2명으로부터 뇌물을 상납받았다는 혐의로 ○○○ 옥천경찰서장 등을 수사하면서 구○○ 경사를 2001. 3. 21. 21:50경 긴급체포하여 조사하였는데, 긴급체포하기 전인 2000. 11. 17 구○○을 검찰로 연행하여 밤샘하며 조사하다가 진술조서를 작성하고 본인 진술서를 제출받았으면서도, 대전지검장 명의의 공문을 통해 진술조서는 작성하지 않았고 본인 진술서는

특별한 내용이 없어 폐기하였다고 회신하고, 2001. 6. 29 1심 재판에 대비하기 위해 구○○과 동생 구○○을 불러 자백을 번복하지 말도록 회유 내지 협박한 대화가 녹음되어 재판과정에 제출된 점에 비추어 본다면 피의자 구○○의 자백이 담긴 검사 작성의 피의자 신문조서는 임의성이 인정되지 않아 증거능력이 없고 신빙성도 인정할 수 없다며 무죄판결을 선고받았음.

· 1명의 검사가 작성한 조서가 사회의 이목을 끄는 중요 사건수사에서 순차적으로 증거능력을 부정당하였고, 이로 인해 법원의 공판중심주의가 힘을 얻게 되는 계기가 되었으며 나아가 ○○○ 대법원장은 검사 작성의 조서가 휴지조각에 불과하다고까지 말하도록 만들었다면 지나친 비약일까?

· 검사 조서가 증거능력을 부정당한다는 것은 증거 수집을 직무로 하는 검사가 피의자 신문조서라는 증거를 수집하더라도 증거로서의 가치가 없고 무용지물에 불과함으로 검사로서의 직무를 수행하기 어려운 것이 아닌가 싶고 7년마다 한 번씩 실시되는 검사 적격 심사에서 이런 이유로 탈락한 검사는 아직까지 없는 것으로 알고 있는데 재검토가 필요하다고 생각함.

형사부 업무경감방안 건의

2006. 3. 1개월간 중앙지검 형사부 검사들을 대상으로 간담회, 설문조사 실시 등을 통해 발굴한 일선 청 형사부 검사실 업무경감방안을 건의 드림.

검토 배경
· 검찰의 '변화와 혁신'이 성공을 거두기 위해서는 일선의 공감 및 자

발적 참여 필요.

· 일선에서 업무경감 등 변화를 피부로 체감할 수 있는 방안 시급.

· 기존의 연구방법 탈피, 일선 형사부 검사들과 밀착 토의, 설문조사, 업무분석 등 실증적 접근을 통해 문제점을 찾아내고 해결방안 모색.

형사부 검사실 업무처리 실태

검사들 근무실태

■ 근무시간 및 사용 형태(중앙지검 형사부 검사 3.3~3.17간 내역)

─ 전체 평균 근무시간 11. 1시간(평균 퇴근 21:20)

　(1~4년차 검사 10.4시간, 5~8년차 11.0시간, 9~11년차 11.8시간)

※ 참여 계장의 전체 평균 퇴근시간 20:20, 여직원 18:30.

─ 업무별 사용식 비율

① 기록검토(28.4%)

② 사건조사(23.6%)

③ 기획 및 행정업무(14.0%)

④ 회의 및 회의준비(7.4%)

⑤ 결정문 작성(7.3%)

⑥ 수사지휘(6.8%)

⑦ 사건기록 결재(결재반려기록 검토 포함)(4.6%)

⑧ 사건관계인 면담(2.5%)

⑨ 기타(5.2%)(연수생지도, 수사계획표 작성, 당직 잔무 등)

※ ③, ④번 항목의 기획 및 회의 관련한 시간 할당 과중(21.4%)

※ 초임 검사(1~4년차)는 기획업무와 결정문 작성에 익숙하지 않아 계장이 먼저 퇴근하고 혼자 남아 근무하는 시간(약 1시간) 비중이 경력검사보다 높음.

■ 설문조사(중앙지검 형사부 평검사 41명, 신규 검사 제외)

— 형사부 검사실 업무 부담 정도

· 매우 과중 20명(48.8%), 과중 20명(48.8%), 적정 1명(2.4% 초임)

— 1주일 평균 야근 횟수

· 5회 6명(14%), 4회 19명(46.3%), 3회 11명(26.8%), 2회 5명(12.2%)

— 월 평균 주말에 출근하는 횟수

· 5~6회 8명(19.5%), 3~4회 10명(24.4%), 1~2회 18명(43.9%), 0회 5명(12.2%)

— 야근 시 평균 퇴근시간

· 24시 이후 2명(4.9%), 23~24시 13명(31.7%), 22~23시 14명(34.1%), 21~22시 12명(29.3%)

— 야근 시 주로 처리하는 업무

· 기록검토 22명(53.7%), 결정문 작성 16명(39.0%), 조사 2명(4.9%), 기획업무 1명(2.4%)

— 야근 및 주말에 출근해서 처리하는 월 평균 사건 수

· 30건 이하 13명(31.7%), 40~50건 6명(14.6%), 60~70건 10명(24.4%), 80~100건 10명(24.4%), 100~150건 2명(4.9%)

— 야근, 주말 출근 부담없이 업무처리하기 위해 적정한 사건 수

· 100건 미만 7명(17.0%), 100~150건 29명(70.7%), 150~200건 5명(12.2%)

— 검사실 업무 중 가장 부담을 느끼는 업무

· 기록검토 17명(41.5%), 보고서 등 기획업무 7명(17.1%), 피의자 조사 6명(14.6%), 주문결정 5명(12.2%), 수사지휘 4명(9.8%), 불기소 이유 작성과 결재 지적사항 보완 각 1명(2.4%)

— 3개월 초과 장기미제 발생의 가장 큰 원인

· 경찰수사부실 38명(92.7%), 소환불응 2명(4.9%), 주문결정 곤란 1명(2.4%)

— 업무경감을 위해 개선이 필요한 부분을 주관식으로 문자

· 사건 배당(또는 고소) 경감방안 필요, 검사실 인원 증원, 사경의 부실 수사 개선 내지 수사지휘 강화 방안 필요, 기획업무 간소화, 기관 평가로 인한 청별 과도한 경쟁 자제 등 추상적 내용을 적시.

■ 점검

— 야근 실태(21:00 이후 불시 점검)

※ 서울중앙지검 8개 형사부 검사 57명(부장 제외) 계장 82명, 여직원 57명

· 06. 3. 14(화) 검사 26명(45.6%), 계장 26명(31.7%), 여직원 0명(0%)

· 06. 3. 21(화) 검사 33명(57.8%), 계장 37명(45.1%), 여직원 1명(1.7%)

· 06. 3. 27(월) 검사 35명(61.4%), 계장 37명(45.1%), 여직원 2명(3.5%)

— 민원 시 소환 조사:월말, 주 후반(목, 금요일)으로 가면서 증가

일자	3.15(수)	3.16(목)	3.17(금)	3.20(월)	3.21(화)	3.22(수)	3.23(목)
인원수 (총70명)	5명	12명	12명	5명	7명	8명	21명
비율	7.1%	17.1%	17.1%	7.1%	10%	11.4%	30%

참여 계장의 업무별 시간 사용 실태

■ 평균 야근시간:일 평균 2시간 내외(20:20경 퇴근)

■ 업무별 사용기간 비율

— 검사실:① 조사(60%), ② 기록검토, 소환(30%), ③ 수사보고서 작성(5%), ④ 기타(회의, 행사 등)(5%)

— 부장실:① 기타(회의, 행사)(34%), ② 조사(28%), ③ 기록검토, 소환

(28%), ④ 수사보고서 작성(8%)

민원인들이 느끼는 실태

■검사실 방문 사유

	피의자	고소 고발인	피해자	참고인	기타
인원수	31	17	5	9	8
비율	44.3%	24.3%	7.1%	12.9	11.4

■조사자의 사건 내용 파악 여부

	설문대상 유형별 구분					
	피의자	고소 고발인	피해자	참고인	기타	총계
① 매우 그렇다	15	6	2	1	4	28(40.0%)
② 그렇다	14	9	2	7	4	36(51.4%)
③ 그렇지 않다	2	2	1	1		6(8.6%)
합계	31	17	5	9	8	70

■검사실 조사 전 경찰에서 같은 내용의 조사 여부

	설문대상 유형별 구분					
	피의자	고소 고발인	피해자	참고인	기타	총계
① 그렇다	25	15	4	7	3	54(77.1%)
② 그렇지 않다	6	2	1	2	5	16(22.9%)
합계	31	17	5	9	8	70

※①의 경우 경찰조사와 다른 점이 있느냐는데 대해, 다르다 10명 (14.3%)(내용이 다른 게 아니라 친절하다, 대기시간이 짧다는 것), 비슷하다 33명 (47.1%), 같다 27명(38.6%)

■ 검사실에서 조사받으면서 검사 대면 여부

	설문대상 유형별 구분					
	피의자	고소 고발인	피해자	참고인	기타	총계
① 검사가 조사	2	1		1		4(5.7%)
② 검사면담 후 수사관 조사	9	2	1			12(17.1%)
③ 수사관 조사 후 검사 면담	14	7	3	4		28(40.0%)
④ 수사관 조사 시 검사가 지켜 봄	2			1	3	6(8.6%)
⑤ 검사를 못 봄	2	3				5(7.1%)
⑥ 기타	2	4	1	3	5	15(21.4%)
합계	31	17	5	9	8	70

※①의 경우 계장은, 다른 사람 조사 또는 기록검토, ②, ③의 경우 검사는, 다른 사람 조사 5명(12.5%), 기록검토 20명(50%), 부재 중 10명(25%), 기타 5명(12.5%)

■ 민원인이 반드시 검사실 출석하여 진술해야 한다고 생각하는지 여부

	설문대상 유형별 구분					
	피의자	고소 고발인	피해자	참고인	기타	총계
① 매우 그렇다	5	2	3			10(14.3%)
② 그렇다	8	9		1	5	23(32.9%)
③ 그렇지 않다	11	5	2	7	1	26(37.1%)
④ 매우 그렇지 않다	7	1		1	2	11(15.7%)
합계	31	17	5	9	8	70

■ 조사에 소요된 시간

	설문대상 유형별 구분					
	피의자	고소 고발인	피해자	참고인	기타	총계
① 30분 이내	11			3	1	15(21.4%)
② 30분~1시간	9	1	3		3	16(22.9%)
③ 1시간~1시간 30분	4	5		2	2	13(18.6%)
④ 1시간 30분~2시간	2	2	1	1	2	8(11.4%)
⑤ 2시간~2시간 30분		4	1	1		6(8.6%)
⑥ 2시간 30분~3시간	3	1		1		5(7.1%)
⑦ 3시간 이상	2	4		1		7(10.0%)
합계	31	17	5	9	8	70

■ 조사 시 충분한 진술과 증거제출 기회 부여받았는지 여부

	설문대상 유형별 구분					
	피의자	고소 고발인	피해자	참고인	기타	총계
① 매우 그렇다	5	3		1	1	10(14.3%)
② 그렇다	20	10	4	5	4	43(61.4%)
③ 그렇지 않다	5	4	1	1	3	14(20.0%)
④ 매우 그렇지 않다	1			2		3(4.3%)
	31	17	5	9	8	70

■ 민원인 조사가 사건 해결에 도움이 될 것으로 생각하는지 여부

	설문대상 유형별 구분					
	피의자	고소 고발인	피해자	참고인	기타	총계
① 매우 그렇다	5	2	2		2	11(15.7%)
② 그렇다	21	11	2	5	5	44(62.9%)
③ 그렇지 않다	4	3	1		1	9(12.9%)
④ 매우 그렇지 않다	1	1		1		6(8.6%)
	31	17	5	9	8	70

■ 조사받은 후 느낌

	설문대상 유형별 구분					
	피의자	고소 고발인	피해자	참고인	기타	총계
① 친절, 공정	19	9	4	5	7	44(62.9%)
② 불친절, 공정	7	5				12(17.1%)
③ 친절, 불공정	4	1		1	1	7(10.0%)
④ 그렇지 않다	1	1	1	2		5(7.1%)
⑤ 불친절, 불공정		1		1		2(2.9%)
합계	31	17	5	9	8	70

※평가:민원인들은 조사과정 자체는 대체로 만족하고 있는 것으로 보여지나 참고인으로 출석한 경우 경찰조사와 중복되는데 대해 불만.

형사부 근무 검사 경력 실태

■ 2005.12. 부산지검의 경우

— 부부장 검사 포함 검사 51명, 30기 이하 29명(57%), 초임 검사 12명(23%)

— 타 기관 파견, 해외유학 9명(전원 중진검사)

— 초임 검사는 모두 형사부 또는 공판부 배치

— 경력이 일천한 검사(30기는 3학년, 31기부터는 2학년)들에 의해 형사사건처리가 좌우되고 특히 초임 검사의 비중 과다

■ 2004.12. 인천지검 형사부의 경우

— 부부장 포함 형사사건처리 검사 33명, 초임 검사 12명(33.6%)

— 형사사건처리에 있어 부산지검과 마찬가지로 초임 검사 비중 과다

현행 업무처리에 있어서 검사 업무 충실도

■ 항고율 추이

연도	2002년	2003년	2004년	2005년
항고율	5.3%	5.4%	5.6%	6.3%

■ 무죄율 추이

	2002년	2003년	2004년	2005년
1심	0.11%	0.17%	0.17%	0.18%
2심	0.76%	0.70%	1.28%	1.51%

■ 결재반려에서 나타난 업무처리 실태

— 2004. 6~2004. 12 인천지검 형사부 검사 대상

월 평균 230건 내외 배당받아 처리, 32건~44건 반려

검사별 13.1% 내지 21.5%의 비율

※적용법조, 공소사실 수정 등 경미사항 제외 시 평균 결재반려율 12.9%

— 2005. 5~2005. 12 부산지검 형사부 검사 대상

월 평균 240~250건 배당받아 처리, 40건~58건 반려

검사별 15.1% 내지 25.5%의 비율

※8개월간 평균 결재 반려율 평검사 20.6%

주문변경비율(기소↔기소유예로의 변경 제외):5.9%

검사직대는 월 500건 배당받아 처리, 월 30건 반려(13.7%)

▲웰빙 추세의 젊은 검사들과 직원들에게 야근을 독려하기 어려울 뿐만 아니라 야근으로 해결되지도 아니함.

▲현 실정을 유지하면 검사실은 야근에서 헤어나지 못한 채 부실한 업무처리(무죄율 증가, 높은 결재반려율)가 되풀이 되고, 민원인의 불만족(항고)은 계속 증가할 것으로 예상됨.

▲따라서 처리해야 하는 사건 수를 줄이고 간이한 처리 방법을 활용하게 하며, 불필요한 업무를 과감하게 줄여주어야 할 뿐 아니라 가동검사의 질과 양을 개선하여 형사부 검사실도 일할 맛이 나는 곳으로 시급히 탈바꿈시켜 주어야 함.

업무부담 요인

수사환경 변화

■경제규모 성장에 따라 사건 복잡, 다양화

■국민 권리 의식 고양 및 변호인 조력 일반화되면서 부인 사건 당사자 요구사항 증가 ⇒ 조사량 증가(예, 과거 문제되지 않던 사소한 사건이나 정치쟁점까지 고발되어 사건화, 악성 민원인의 이의제기 등)

■적법절차 요구 확산

— 구속 전 신문절차, 공판중심주의에 따라 수사검사 직관 등 신설

— 신병뿐 아니라 압수수색영장, 통신자료에 이르기까지 심사 강화

— 성폭력 피해 여성, 아동 조사 시 입회자 선정 등 별도의 조사절차

검찰 내부 요인

■검사 및 직원들의 의욕 저하 및 시대 변화에 따른 사고방식 변화

— 공직에 대한 비판, 감시 강화됨에 따라 사기 저하

— 업무에 긍지와 보람을 느끼기보다 웰빙 추구하며 샐러리맨화

※성취감을 느낄 요인 전무·판에 박힌 업무 반복, 열심히 해도 통계수치에 함몰되어 표시나지도 알아주지도 않는 일.

─ 참여 계장의 야근 기피와 검사실 업무의 '검사 집중화' 추세

■ 변화하는 환경에 대한 적응 노력 부족

─ 검사실 내에 안주, 변화 수용 거부

─ 과학기술, 정보통신의 비약적 발전 불구, 검사실은 예전 그대로

※컴퓨터가 타자기를 대신하고 있는 것이 유일한 변화

■ 검사실 인력 구조 취약

─ 검사 1명, 계장 1명으로 편성, 업무 과중 해소 불가

─ 참여 계장 효율적 활용 통제 방안 미흡

■ 기관장들의 관심 부족

─ 형사부 검사의 야근은 일상적인 것으로 치부, 실정 무관심→대책 無

─ 다른 청과의 통계 수치 비교만 관심:검사 지도 위한 기록 검토 포기

수사기관 간의 비협조 일상화

■ 수직적 수사지휘체계에서 수평적 협력관계 요구→경찰 수사 미흡해도 적극적 독려 곤란, 수사지휘 애로

⇒전체 사건 수, 검사 배당 건수 모두 감소해도 검사실 사건 부담은 증가

검사들 건의사항(서울중앙지검 평검사 면담 시)

인력 재배치 및 효율적 활용 관련

■ 일선에 경력검사 부족 현상 심각, 청별 검사 배치 불균형

─ 외부기관 파견검사, 부장급 이상으로 기수 대폭 상향

─ 형사부 경력검사 수시로 차출, 특별수사팀 또는 기획부서 파견

─ 업무 정도, 사건 난이도 등에 비추어 지청 근무 검사 과다

■ 계장에게도 사건처리의 책임감 부여, 적극적 자발적 업무수행 유도

─ 특사경 지명, 참고인 진술조서 등 작성 권한 부여

— 수직적 관계에서 수평적 관계로 변화, 효율적 활용 방안 모색
— 조서, 수사보고 건수를 계량화하여 평가하고, 일정기간 검사실 근무 의무화
— 능력이 우수한 계장을 형사부에도 배치
■ 검사실 수사 인력 보완
— 단수 입회 대부분, 직구속 시 신병관리 및 다른 사건 조사 애로
— 단순 사실 확인이나 자료 수집 위해 8, 9급 직원 배치

업무처리 방식 관련
■ 집중 근무시간제 도입
— 조사, 결재, 전화 응대 등 산만하여 사실상 기록검토 불가하여 휴일이나 야근 불가피
— 특정시간은 외부와의 연결 차단, 기록검토에 집중
— '부별 사건집중검토제'는 책임감 저하, 깡치사건 해결 곤란한 단점 있으나, 저호봉 검사들의 사건처리를 도와주는 장점 경우
■ 결재제도 전면 재검토
— 검사 전결 대폭 확대, 결과에 대해서는 엄격하게 해당 검사 문책
— 결재자의 직접 수사 확대
— 결재 반려 시 메신저 활용
■ 조서 작성 간이화, 정형화 및 녹음 대체
— 꼭 필요한 부분에 한해 조서 작성(핵심과 무관한 전후 스토리 제외)
— 전화 녹음으로 대체 시 소환 조사 최소화, 복잡한 사건은 수시 전화 확인
■ 불기소 결정문 간이화
— 전형적인 문구만으로 종결(예, '차용금 미변제 민사사안임')

- 항고사건 고검 직접 경정, 항고의견서 간이 작성
- 공안연구관처럼 대검 연구관들이 형사부 사건처리에도 조언
- 고소사건처리 방식 다양화
— 소액 경미사건 경찰 단계 합의 시 송치 면제, 송치 후 합의 시 수사 중단
— 고소사건처리시한(3개월)도 사건의 질에 따라 다양화

수사지휘 관련
- 경찰 수사지휘(재기, 고소, 송치 후 재지휘 포함) 사건, 처리 시한 공제
— 3개월 임박하여도 제대로 조사되지 않은 상태나 그대로 송치
— 송치받은 후 검사실에서 전면 조사해야 함으로 업무부담 가중
- 모든 사건을 경찰에 수사지휘하고 검찰은 '2차 수사기관화' (일부 의견)
— 검찰 접수 사건도 모두 경찰에 수사지휘, 검찰 직접 조사 최소화
— 1차 종결권을 사경에 부여, 당사자 이의 제기 시 검찰 재검토
- 수사지휘부터 송치 후 처리까지 동일 검사 담당 원칙, 중복 검토 배제
- 실질적 수사지휘권 확립
— 수사지휘 불이행에 대한 통제장치 마련

미제산정방식 관련
- 경찰 수사지휘된 사건은 검사 미제에서 제외

기타
- 로펌식으로 검사실 구조 개편
- 수사경찰의 업무도 과중, 경찰로 업무를 떠넘기는 경감방안 곤란
- 수사업무 외 각종 기획 및 상급청 자료 요구 부담
- 접근성, 거리 고려하여 중앙지검 관할 중 일부 이양

해결방안 건의

합의된 사건 간이처리

■ 배당받은 사건 중 합의된 사건은 간이 종결

— 현재 합의된 사건도 그렇지 않은 사건과 동일한 수준으로 처리하여 업무부담 요소로 작용

— 기소의견 송치 폭력 사건, 재산범죄 사건 등은 합의 이후 당사자 출석 거부, 진술 번복으로 수사 난항

— 합의사건은 송치된 기록만으로 기소 가능한지 검토, 종결

— 기소되는 사건은 결재 시 무죄 우려 여부 확인하고, 불기소된 사건은 사무감사 시 지적 지양

■ 사건 감소 기대 효과

— 합의된 기소의견 송치사건 비율 4.7%(중앙지검 5일간 송치 사건 분석)

— 무혐의 송치된 사건(9.5%)까지 간이처리가 쉬워지고, 검찰 합의 사건까지 고려하면 4.7% 이상의 사건 감소 효과

전화녹음 활용 방안

■ 조서를 녹음으로 대체(수사방법 간이화 측면)

— 사경에서 1차 조사되어 송치된 사건, 굳이 소환 조사 지양

— 기록검토하면서 의문사항이 생기면 메모하였다가 즉시 전화를 걸어 문의하면서 이를 녹음하고, 계장은 녹음된 내용을 수사보고서로 작성

— 화상대화 핸드폰이 개발되면 얼굴까지 녹화

■ 공판중심주의와 무혐의 처리하는 고소 사건처리에 적합

— 법원은 검사조서 증거능력 부인, 굳이 조서를 만들 필요 없고 검사가 당사자와 대화를 통해 심증을 형성하고 이를 토대로 기소 여부

결정
— 고소 사건 대부분 무혐의 처리, 이를 위해 조서까지 만들 필요 없이 간이한 방법으로 조사하고 종결
■ 중앙지검 검사 면담 시 위 방안 제시, 검사 대다수 긍정(효과적) 반응

경제적이고 효과적인 조서작성
■ 조서 작성 시 불필요한 부분은 과감하게 생략하고 쟁점만 조사
※ 기소하기 위해 조서 작성은 불가피하나 증거능력 부인되는 현실 고려
■ 송치사건이므로 기록을 인용하여 문맥의 앞뒤를 연결

행정법규 위반 사건처리지침 마련(신속한 사건 결정 지원)
■ 행정법규 위반 사건부터 기소여부, 공소사실을 이프로스로 지원
— 자동차 정기검사 불이행 사건을 송치받은 경우
· 자동차관리법 해당 조문을 이프로스에서 검색하면
· 검사통지를 소유자가 받았으나 제3자(연락 불능)가 자동차를 운행하고 있으면 소유자 처벌 불가, 제3자에게 연락하였는데 제3자의 잘못으로 검사받지 못한 경우 역시 소유자에 대해 처벌 불가할 뿐 아니라 제3자 역시 소유자가 아니어서 처벌 불가하다는 등의 내용 확인 가능
— 기록검토한 검사는 어느 경우인지 확인하고 그에 따라 처리
— 생경한 행정법규부터 이프로스에 입력하면 검사들의 사건처리에 도움
※ 대검에서 음반 비디오물 및 게임물에 관한 법률 일부 조항에 대해 기소 가능한 경우와 그렇지 않은 경우에 대한 지침을 일선에 시달한 바 있는데 이를 모든 행정법규로 확대해 나가자는 취지
■ 처리지침 마련 방안

— 기부금품모집금지법, 가스법, 수도법 등 검사들이 자주 접하지 않는 행정법규 위반 사건의 경우

— 당해 사건을 송치받은 검사가 해당 법규를 검토한 후 이프로스로 검토 내용을 대검의 해당 부서로 송부

※전국 형사부장 회의 때 대검 형사과에 연구관 배치 필요로 하는 사유와 연결되어 있고, 일선 청에서 일부 법령에 대해 사건처리지침을 만들어 시행 중.

— 대검 해당 부서에서는 이를 취합하면서 각종 처리 지침 마련 가능

— 처리 지침과 다른 판결이 선고되면 해당 검사가 이프로스 해당 조문에 게재하여 다른 검사들이 주의하도록 통보

■기대효과

— 사건의 신속처리 뿐 아니라 전국 각 청의 사건처리 결론 통일

— 검사들이 각 행정법규와 관련된 판례를 일일이 숙지할 필요 없도록 이프로스에서 지원하여 무죄 방지에도 기여

형사부 경력 검사 배치 및 인사 고려

■초임 검사 비중 과다

— 초임 검사들은 결재 시 25% 내외 하자 발생

— 타 기관 파견, 해외연수 중인 경력 검사 과다

※사건 결정의 하자가 빈발하는 초임 검사가 형사부 사건의 23~33%를 담당하고 있다는 사실을 국민들이 이해할지 의문

■지청에 배치된 검사 과다

— 사건 난이도, 업무량 측정하여 적정 인력으로 축소

■법무부와 대검의 업무 중복 부서 통폐합하여 일선으로 검사 환류

— 감찰부서, 대검 형사1,2과 공안과와 법무부 형사기획, 공공형사과 등

- ■검찰의 기본 업무를 수행하는데 상응한 인사 배려
- — 형사부에 근무해도 인사 시 배려를 받지 못함으로 떠나기만 하면 영전이라는 인식 팽배→중견 검사 형사부 기피
- — 형사부 업무를 검찰의 기본 업무로 인정하고 이에 상응한 인사 배려

검사실 참여 계장의 적극적 업무 수행 유도
- ■검사와 계장이 한 팀으로서 사건처리 책임 분담
- — 우수검사 표창 시 참여 계장도 함께 표창
- ■형사부 검사실 참여 계장은 기록검토에 30%, 조사에 60%의 시간 사용
- — 각 계장별 조서 작성 건수가 곧바로 업무 성실도와 직결
- — 수사정보시스템에서 조서 작성하면 전산으로 파악 가능

전결 검사 확대
- ■일정한 기수에 도달하여야 전결 검사
- ■소정 기수에 이르지 않더라도 업무처리에 하자가 적은 검사에 확대
- ■실시방안
- — 사건 결재 시 부장들로 하여금 결재 반려 내용을, 검사로 하여금 시정 내용을, 각 기재(메일이어도 무방)하도록 하고 이 서류를 차장이 심사
- — 3개월 내지 6개월 정도 실시한 후 검사별 실적을 분석하여 우수 검사에게 전결권 부여
- ■효과
- — 업무경감으로 인한 업무 소홀 우려→결재 강화 병행할 필요
- ※매월 검사 업무평가 자료를 작성토록 하고 있는 법무부 지침과 부합
- — 차장검사는 결재지적 사항, 지적 건수 등을 통해 부장들로 하여금

면밀한 기록검토 유도, 이를 통해 부장 및 검사 능력 파악

— 기관장도 결재 내역 검토하면 형사부 현황 파악 용이

수사지휘 관련

■ 사경수사지휘 사건, 임시 종결

— 재기사건지휘, 송치 후 재지휘, 고소사건 수사지휘 시 임시 종결

— 송치받은 후부터 검사실 미제로 산정: 부실수사 시 반복 수사지휘

— 3개월 초과 미제 계산 시 수사지휘 내려간 기간 중 3개월 또는 5개
월을 불산입하는 방안도 있으나 지휘기간만 늘어날 뿐 수사는 마찬
가지

항고의견서 간이화

— 항고의견서는 검찰사건 사무규칙에 근거하여 작성

— 항고사건은 원처분청 부장 또는 부부장에게 배당되나 원처분 검사
로 하여금 항고의견서를 작성케 하는 사례 여전

— 항고사건을 배당받은 처분청 검사나 고검의 담당검사는 기록 전체
를 검토 후 처리하여야 함으로 사실상 중복작업

— 정형화된 항고의견서를 작성하거나 항고의견서의 폐지

기획, 회의, 행사 등 대폭 축소

— 각종 보고서 작성, 행사 준비, 보고 대기 시간 등으로 소비하는 시
간 비율 21.4%

— 보고서, 행사 대폭 축소, 비대면 전자결재 원칙 등 특단의 조치 필요

— 기록검토 보고서 지양: 결재자가 직접 기록검토하고 수사방법, 기법
지도

— 중요 사건 보고:서면보고는 가급적 1회, 추가 보고 시 메신저 등 활용

— 일회성, 전시성 행사(예, 범방 행사 등) 축소

거래 관련 사항이 입증은 서류에 의하도록 의무화

■ 거래 관련 자료 서류화 필수, 법률행위 요식화 추진

— 영국은 이미 입법화된 사항

— 장기적인 과제로 입법 추진

■ 입법 전이라도 무혐의 처리 적극 활용

— 서증은 없고 진술만 있는 사건은 증거부족으로 과감히 무혐의 처리

국민편의를 위한 전화녹음제도 시행 건의
— 대구지방검찰청 서부지청

전화녹음제도 시행 경고

■ 대검의 형사부 업무경감방안으로 2006년도부터 서울남부지방검찰청에서 일부 검사실에 전화 통화 녹음장치를 설치하여 전화녹음제도를 시범실시(녹음장비 작동의 난이성과 번거로움으로 인해 사용 실적은 다소 미미함)

■ 대구지방검찰청 서부지청은 검사실에서 간편하게 전화 통화를 녹음할 수 있도록 최신식 전화 통화 녹음장치를 도입, 설치하여 2007. 3. 1 개청 시부터 모든 검사실에서 전화녹음을 전면 실시

■ 6개월간(2007. 3.~8) 시행결과 형사부 업무경감 및 사건관계인 소환 최소화를 통한 국민편의 증진에 긍정적 효과 달성

시설현황

전화녹음장치(저장서버)

■ 제원

〈하드웨어(Hard Wear)〉

— 메인보드:Imtel Xeon server board 800/533 FSB

— CPU:Xeon 3.0GHX(2MB cache)

— RAM:DDR ECC REG 512MB*2

— HDD:160GB(SEAGATE, SATA)

〈소프트웨어(Soft Wear)〉

— 운영체제(O/S):Linrx Redhat9.0

— 데이터베이스(D/B):My-SQL4.1.6

※ 시설비 2,500만 원 상당 소요

■ 설치장소

검찰청 904호실 정보통신계 사무실

장비 운용방법

　■ 외부와의 송수신 통화는 전화녹음장치를 통한 후 구내교환기를 거쳐 각 검사실로 연결되며 이와 병행하여 각 검사실 컴퓨터에 전화 통화녹음 프로그램을 설치하여 검찰정보통신망(랜)을 통해 전화녹음장치와 연결

　■ 검사실에서는 간단한 전화 버튼 조작만으로 전화녹음이 가능하며 녹음된 통화내용은 자동으로 전화녹음장치에 저장

　■ 검사실 컴퓨터에서 녹음 내용을 확인하거나 다운로드 받을 수 있으며, 전화녹음장치 관리자(정보통신계장)은 주기적으로 녹음 내용을 백업하고 사용현황 통계를 관리

전화녹음 대상

■객관적 증거가 명확한 자백 사건(도로교통법위반, 단순 폭력 등) 중 구공판 대상 사건의 피의자 신문을 하는 경우

■객관적 증거가 비교적 명확한 구약식 부인 사건의 피의자 신문

■피의자 신문을 마친 피의자를 상대로 일부 누락 사실을 재확인하는 경우

■참고인이 원거리에 위치해 있거나 생업에 종사하는 등의 이유로 출석이 곤란하거나 출석에 불응하는 경우

■소환까지는 필요치 않을 정도의 간단한 사실관계 확인을 위한 참고인 조사를 할 경우

■장애 진술 번복이 예상되는 참고인 조사를 할 경우

■처벌불원 등 소송법적 의사표시의 확인이 필요한 경우

■각종 통지제도상 전화통지가 가능한 경우의 통지를 할 경우

■악성 민원전화(장난, 음해, 협박, 욕설 등)로 인한 언어폭력 및 업무방해 등 전화 통화에 따른 언쟁을 사전에 해소하여 차후 발생될 수 있는 분쟁을 예방할 필요가 있는 경우

전화녹음장치 사용방법

〈전화녹음 방법〉

■전화녹음 사용자는 송수신 전화에 대해 녹음필요 시 단축키(# → * → 구내전화번호)를 눌러 녹음

■녹음 내용은 전화녹음장치에 자동 저장되며 검사실 컴퓨터를 통해 재생 또는 다운로드 가능

〈전화녹음물 저장, 보관방법〉

■검사실에서는 녹음 내용을 수사보고로 작성하고 차후 녹음파일 제출이 필요한 경우 검색편의를 위해 수사보고 말미에 "전화녹음 저장필 (4412/2007.3.1. 10:00)" 형태로 부기하여 녹음 내용 저장여부, 녹음구내번호, 녹음일시를 특정

■검사실에서는 특별히 필요한 경우에만 CD에 담아 기록에 편철하고 그 외 전화녹음은 전화녹음장치 관리자(정보통신계장)가 매월 일괄하여 전체 녹음파일을 CD에 담아 영치담당자에게 인계

■영치담당자는 CD를 보관하고 관리대장을 작성, 비치

〈시행결과〉

사용실적

· 3월 검사실 261건, 사무과 35건 실시

· 4월 검사실 461건, 사무과 10건 실시

· 5월 검사실 433건, 사무과 5건 실시

· 6월 검사실 319건, 사무과 8건 실시

· 7월 검사실 245건, 사무과 5건 실시

· 8월 검사실 277건, 사무과 5건 실시

〈전화녹음 효율적 이용 사례〉

■출석불능, 곤란 참고인 전화조사 후 종국처분

· 원양어선조업으로 인해 피해자 진술청취가 불가능한 절도 구속사건 (피의자 범행부인)에서 전화 통화를 통해 피해자 진술을 청취하고 이를 녹음하여 입증자료를 확보한 후 기소

· 피해자 병원 입원으로 소환조사가 곤란한 절도 부인 사건에서 피해자 전화녹음을 통해 진술을 확보한 후 기소

· 해외 거주 중요 참고인에 대해 국제전화 녹음을 통하여 사건을 종국 처리

· 횡령 사건이 중요 참고인인 은행 직원이 원거리 거주로 인해 출석이 곤란 사안에서 전화녹음을 통해 진술을 확보한 후 기소

· 상해 구속사건 피해자가 회사원으로서 업무시간 중 출석이 곤란한 사안에서 피해자를 상대로 전화녹음으로 피해경위 확인 후 기소

· 폭력 사건 현장출동 경찰관을 상대로 전화녹음을 통해 근무 중인 경찰관에 대한 직접 소환조사 없이 기소

■ 피의자 상대 단순 확인사항 전화조사

· 자백하는 간단한 사기 사건의 범행 장소가 특정되지 아니한 채 송치된 사건에서 피의자 상대로 전화녹음 조사 후 기소

■ 처벌불원 의사 확인 등

· 쌍방 폭행 사건에서 양 피의자를 처벌불원 의사를 전화녹음하여 서면 합의서로 대체

· 무면허 운전 피의자의 면허취소 효력과 관련하여 피의자가 사전에 면허취소처분통지를 수령하였는지 여부를 전화통화녹음을 통해 소환조사 없이 간단히 확인한 후 기소

〈검사 의견〉

· 폭력, 교통사고, 절도 등 입증관계가 비교적 간단한 사건에서 관련자들의 조사가 일부 미비한 경우, 전화녹음 조사를 통해 조사 소요시간 및 노력을 경감하고, 당사자도 직접 출석해야 하는 불편이 감소함.

· 구공판할 간단한 자백 사건 및 혐의 없음 의견송치 고소사건의 경우 피의자와 고소인의 소환조사 대신 전화녹음 조사를 통해 추가 진술 기회를 부여한 후 사건처리.

· 피의자는 부인하나 다른 증거에 의해 혐의 입증이 명백한 사건의 경우에도 피의자 추가 진술 기회 부여의 의미에서 소환조사 대신 전화녹음 이용 가능.

· 출석을 꺼리는 참고인도 전화진술에는 응하는 경우가 많아 참고인 중지처분 대신 종국처분 가능.

· 당사자의 진술이 녹음됨으로 법정에서의 진술번복 가능성도 감소.

〈상대방의 반응〉

· 사전에 소환조사를 대체하기 위한 것이라고 녹음취지를 설명하면 대부분 흔쾌히 응함.

· 원거리 거주 참고인, 일부 조사가 미흡한 자백 사건의 피의자 등 사건관계인은 검찰청 출석에 따른 시간, 노력과 심리적인 부담감을 피할 수 있어 소환조사보다 전화진술 녹음을 선호.

증거능력 문제

〈증거능력에 관한 법원의 입장〉

· 피고인이 부동의하는 경우 증거능력 인정에 소극적 견해

· 2007. 8. 30 현재까지 대구지방법원서부지원에서 선고된 사건 중 전화녹음 자체를 증거로 제출하거나 이에 대해 정면으로 증거능력을 판단한 사례는 없음(통상 자백 사건 위주로 전화녹음을 실시하고 있고 녹음 내용에 대한 수사보고서가 증거로 제출되며 이에 대해 피고인이 동의하거나 혹은 부동의하더라도 원진술자가 법정에서 증인으로 증언함으로 전화녹음을 직접 증거로 제출하게끔 요구된 사례가 없었음).

· 현재까지 전화녹음(참고인) 수사보고서를 유죄판결의 증거로 거시한 사례가 다수 있고, 전화녹음 원진술자가 법정에서 증인으로 증언한 사례가 2건이며 진술 번복된 사례는 없으며 실제 재판에서 증거로서의 효용

은 영상녹화에 준함.

⇒ 특가법(보복범죄) 사건 목격자인 피해자 아들의 전화녹음 및 강도상해 사건 피해자의 전화녹음에 대해 증거부동의로 원진술자가 증인으로 출석하여 증언하였으나 전화녹음 내용과 동일하게 증언.

〈증거능력 인정방안〉
· 피고인 부동의 경우, 녹음테이프와 마찬가지로 원진술자가 성립의 진정을 인정하면 증거능력은 인정 가능.
· 원진술자가 성립진정을 부인하는 경우, 성문분석을 통해 당사자의 음성과 동일하고 녹음파일이 변조되지 않았음을 입증.
· 증거능력 인정이 곤란한 경우에도 진술자의 번복 진술을 탄핵할 증거로는 사용 가능.
· 원진술자 동일성 식별 및 분쟁의 소지를 줄이기 위해 주민등록번호, 주소, 본적, 연락처, 사건과의 관계 등을 필수적으로 녹음.

시행 효과
〈검사실 업무경감 효과〉
■서부지청 3~7월 검사 1인당(평균 가동검사 수 16.8명) 평균 사건 접수 237건, 미제 47건

(03~7월 평균 1인당 사건 수, 미제 수)

	대구서부	부산동부	순천	고양	성남	부천	안산
1인당 사건 수	237	197	161	236	187	178	177
1인당 미제 수	47 (19.8%)	41 (20.8%)	46 (28.5%)	44 (18.6%)	52 (27.8%)	41 (23%)	58 (32.7%)

※고양지청의 경우 공소시효 완성된 4,521건을 재기하여 이를 제외한 검사 1인당 평균 사건 수는 186건이고, 평균 미제 44건, 미제율 23.6%여서 당청의 미제율이 가장 낮음.

■ 서부지청 전화녹음 사례분석

기간 2007. 7. 1~8. 31 (건)

전화조사								계
소환대체					이전에도 수사보고로 가능했던 사건			
구공판 피의자	부인 사건 피의자	부인 사건 피해자	기타(전화 조사 후 불기소)	계	비중요 참고인	고소취소, 면허 취소통지수령 여부 확인	계	522 (100%)
55 (10.5%)	37 (7.1%)	66 (12.6%)	90 (17.3%)	248 (47.5%)	104 (19.9%)	170 (32.6%)	274 (52.5%)	

· 전체 전화녹음 중 40% 정도는 소환조사를 대체하는 효과가 있는 것으로 판단됨.

〈사건 관계인 편의 증진 효과〉

· 전화녹음 전 필수적으로 상대방에게 소환조사 대신 전화녹음함을 설명하고 동의 하에 녹음하며 출석진술을 원하는 경우 기회가 주어짐을 고지.

· 전화 상대방은 예외 없이 출석조사 대신 전화녹음을 선택.

· 소환조사에 비해 조사시간이 현저히 짧고(녹음시간이 10분 이내), 생업 종사 중 현장에서 잠시 시간을 내 전화로 조사를 완료할 수 있으며, 원거리 출석에 따른 노력과 비용을 절감하고, 검찰청 출석에 따른 심리적 압박을 피할 수 있음.

실시 의견

· 음성을 문서로 변환하는 기술이 개발되고 있어 장래 전화 음성을 용이하게 문서화할 수 있으므로 향후에는 수사보고서도 불필요.

· 나아가 화상전화가 개통되면 출석 대신 화상대화녹음으로 조서 대체.

⇒ 시대와 IT기술의 변화로 초래되는 실생활에서의 변화를 적극 수용하고 대처하여 형사사법의 주도권 확보.

⇒ 전화녹음의 효용성에 비추어 전국적 확대실시가 바람직.

검사 명패 내리기 운동

개요

— 검사실 출입문에 검사 이름을 표시한 이외에 대부분의 검사가 자개 명패나 나무 명패를 검사 책상 위에 비치

— 명패는 검사의 이름을 알리는 기능과 아울러 검사직에 대한 권위의 표상으로 인식되고 있음

— 그러나 대국민 봉사자라는 검사 본연의 임무와 사건 관계인의 편의라는 측면에서 명패의 존치 여부를 재검토할 필요

· 과거 검사 명패를 둔 적이 있던 일본도 현재는 명패 제거.

명패의 연원과 의미

— 검정색 자개 명패는 6.25 이후 자개 문양을 선호했던 하지 사령관 등 미군정 간부들에게 우리 정부가 선물하기 시작한 것이 그 유래

— 그 후 명패문화가 관료사회에서 민간사회로까지 확산되었고, 검찰의 경우 5.16 이후 기관장을 중심으로 명패를 사용하기 시작하여 1960년대 말에는 평검사들에게 확산

— 벼슬에 대한 긍정적인 인식과 사회적 성공에 대한 자부심 충족이 명패문화의 근저에 흐르는 정서

명패에 대한 평가

순기능

— 사건 관계인 등에게 검사가 누구라는 것을 알려줌. 특히, 여러 명의 검사가 한 공간을 쓰는 공판실이나 여성 검사의 경우 일반 직원과의 혼동 등을 방지

— 검사 자신의 직무 수행에 대한 성취감과 자존감 부여

역기능

— 검사와 국민 간에 넘을 수 없는 선이 설정됨으로써, 권위적이고 고압적인 검찰상 조성에 일조

— 명패가 책상 끝에 위치하여 사건 관계인은 지참 서류를 책상 위에 올려놓지 못하게 됨

— 명패의 안내기능은 검사실 출입구에 있는 검사 이름 게시로 충분

구체적인 방안과 예상 효과

— 수사검사실의 명패를 검사 책상 위에서 제거하여 명패의 역기능 해소

— 검사 책상 위의 공간을 국민에게 되돌리는 긍정적인 효과

· 다소 권위적인 검찰의 이미지를 탈피하고, 친근하고 상대를 배려하

는 검찰 이미지 조성에 기여.

· 사건 관계인이 지참한 서류를 놓을 수 있는 공간으로 활용함으로써
불편을 해소하는 실제적인 필요도 있음.

▶개청 때부터 명패를 제거한 대구서부지청의 경우 조사받으러 온 방
문자 상대로 설문조사한 바, 응답자 84%가 국민을 위한 바람직한 조치
라고 답변.(2007년 4월 1일~5월 31일. 검사실 수사과 방문자 117명 중 99명)

▶또한 지청장 등 간부들도 명패를 제거하여 검사나 직원이 결재 시
책상에 업무수첩을 올려놓고 대화가 가능하도록 함.

▶명패의 권위적인 모습을 개선한 예로는 17대 국회 본회의장의 의원
표시를 위해 비치해 둔 한자 명패를 국회의원 88%가 한글 명패로 교체,
이재정 통일부 장관은 명패 제거.

2007년 6월 12일 위의 자료를 검사들에게 제시하면서 "검정색 자기
명패는 검사실 방문인들에게 검사 이름을 알리고 검사들의 직무수행에
자긍심을 고취시키는 긍정적인 기능이 있는 반면에 권위적이고 고압적
인 검찰상 조성에 일조하고 사건 관계인이 서류를 올려놓을 수 있는 공
간을 차지하여 불편을 초래하는 등 역기능이 있는 것 또한 사실이어서
수사검사실의 명패를 제거하여 위와 같은 역기능을 해소하고자 명패 내
리기 운동을 제안"하였더니 추천 수(찬성) 56, 비추천 수(반대) 85로 사실
상 반대(전체 검사가 찬반의견을 제시한 것은 아니지만 통상적인 게시물에 많으면
2~30명 정도가 의견을 제시하는 것과 비교하면 상당히 많은 검사가 이에 대한 의견을
피력하였고, 찬성의견을 표시한 검사도 상당수에 한함) 의견이었음(08. 8. 1 검사 게
시판 조회결과).

*찬반뿐만 아니라 구체적으로 의견을 피력한 것을 보면

· 찬성:과거 급제한 당상관의 위풍을 명패를 통해 자랑하려는 것으로 보여 이미 내리고 있음. 민원인이 검사 책상에 서류를 놓고 조사받을 수 있도록 말 못할 불편을 배려해주자는 취지에 공감.

· 반대:명패가 뭐 그리 권위적이라고 내리고 말고 하면서 '운동'까지 해야 할 가치가 있는지 의문. 병원 등에서도 접했지만 고압적, 권위적인 인상을 받지는 않았음. 각자의 취향에 따라 올리거나 내리면 되지 획일적인 운동의 대상은 아님. 법정의 피고인석과 검사석을 동일하게 배치하여 유쾌하지 않은데 법대부터 낮추는 운동이 필요한 시점. 민원인 불편은 다른 방법(강의실 의자로 민원인 의자를 바꾸거나, 책상의 다른 물건을 치우는 등)으로도 해소 가능하여 굳이 명패를 치울 이유가 되지 못함.

뇌물 및 공직 비리 관련 사범 수사요령

개요

수사에 임하는 자세

기본적으로 수사는 진실을 규명하기 위한 절차임을 명심해야 함. 실적을 올린다거나, 기히 상급자에게 범죄가 된다고 보고하였다고 하여 진실을 외면한 채 실적 또는 보고와 부합하는 내용으로만 수사하는 것은 절대 금물.

공직자인 피의자들이 기소되면, 사실관계 뿐만 아니라 수사과정에 있었던 일까지, 자신들에게 유리하다고 생각되는 모든 사항을 법정에서 극렬하게 다투게 됨으로 기소하기 이전 단계인 수사과정에서 실체적 진실을 철저히 가리려는 자세가 절대로 요청됨.

대상범죄

뇌물사범 및 공직 비리

여기서 설명하려는 범죄는 뇌물사범 및 공직 비리(직권남용, 직무유기, 공무상 비밀누설, 피의사실 공표에 국한)이고 이들 범죄는 기본적으로 공무원의 직무와 관련되어 있음이 공통 요소.

직무와의 관련성을 기본으로 하여, 뇌물죄는 금품 수수, 직권남용은 권한 남용, 직무유기는 권한 유기, 비밀누설은 누설, 피의사실 공표는 피의사실 공표가 별개의 구성요건이 되는 셈이므로 여기서는 뇌물죄를 중심으로 설명함.

※직무유기는 범의에 대해, 피의사실 공표는 범의 내지 위법성 조각여부에 대해 검토가 필요하고 나머지 범죄는 행위만 확인되면 특별한 검토가 필요 없는 것으로 보임.

불법 체포 감금, 독직폭행은 제외

이들 범죄는 통상적으로 체포, 감금, 폭행과 크게 다르지 않아 여기서 특별히 논할 실익이 없음.

본격 수사에 앞서 검토할 사항

수사의 단서

수사 착수의 계기

― 공무원의 직무 관련 범죄에 대한 수사는 첩보, 고소(발), 진정, 범죄

신고, 다른 사건을 압수수색하면서 확보한 장부, 신문기사 등 어떤 단서에 의해서라도 수사 착수 가능.

단서 확보 위한 개별적인 역량 발휘 필요
— 첩보, 고소(발), 진정, 신고 등은 타 부서나 고소(발)인 등이 생산해 주는 자료이기 때문에 검사 개개인의 역량이 개재될 여지가 없음.
— 하지만, 압수수색으로 확보한 장부 또는 서류를 철저히 검토하다 보면 그 속에서 범죄와 관련된 자료를 발견하는 경우가 많고 이런 자료는 그 자체로 훌륭한 증거가 되기 때문에 혐의를 구증하는데 크게 도움이 됨.
— 또 수사 중인 참고인이나 다른 사건으로 구속된 피의자가 수사하는 사람으로부터 인격적인 대우를 받아 신뢰관계가 형성되면 종종 중요한 제보를 하는 경우가 있기 때문에 범죄자라고 하여 상대방을 무시하는 태도를 보이기보다 인격적인 대우를 하면서 조사를 한다거나, 누구나 볼 수 있는 신문기사라 하더라도 활용하기에 따라서는 중요한 수사 단서가 되는 등 개개인이 어떤 관점에서 업무를 수행하느냐에 따라 수사 단서를 수집하는 역량이 달라질 수 있음.

첩보 등 수사 단서에 대한 기초적인 증거 자료 수집
피의자 본인 관련 자료
■ 관련 공무원 인적사항 및 담당 업무 확인
· 관련 공무원(대상자)의 인적사항 및 개인정보 확인
— 원칙:대상자에 대해 최대한 광범위한 자료 수집
— 해당부처에 민원인으로 가장, 전화문의
  해당부처와 이름만 간략하게 기재되어 있으면 민원인인 것처럼 가장하고 교환전화를 걸어 문의하면 소속 부서를 알려 줌.

— 언론사의 인물 정보 검색

고위 공직자의 경우 과거에 담당했던 보직경로가 언론사의 인물 정보에 모두 나타나 있어 이를 통해 보직경로 파악.

※중앙일보의 조인스 닷컴 등

— 범죄경력조회 및 사건 검색 필수

범죄경력조회나 사건 검색(일반형사, 내사, 진정사건 및 첩보 포함)으로 과거 조사받은 전력(이는 수사기관만 가지고 있는 대상자에 대한 특수한 정보)을 파악하여 비리 연루 여부, 현재 수사하려는 첩보와의 관련 여부 등 사전 조사.

— 접견표 등 수감 관련 자료 확인

비리로 구속된 전력이 있다면 접견표 등 수감과 관련된 정보도 수집 검토.(도주 시 추적 수사를 위해서도 요긴한 자료)

· 담당 업무 파악

— 해당 부처 홈페이지 활용

대상자가 소속된 관공서의 홈페이지 등을 찾아가면 굳이 해당 부처에 문의하지 않더라도 부서 현황, 담당 업무 파악 가능.

— 신문기사 및 인터넷 자료 검색

중요 이슈는 대부분 신문기사화 된 것이 많으므로 신문기사를 조회하거나 인터넷 자료 검색으로 '문제가 된 시기'에 대상자가 소속된 부처나 상대방 측에서 어떤 일을 하고 있었는지 개괄적인 정보 수집 가능.

■대상자의 업무와 첩보 내용의 관련성 검토

· 대상자의 보직경로와 담당 업무의 관련성 검토

— 개괄적으로 파악된 대상자의 업무와 수사 단서의 혐의 내용과 비교하여 일응의 직무 관련성 확인.

— 다른 공무원의 직무와 관련된 사항을 알선한 경우라면 공무원들 간의 보직경로를 확인하거나 지휘감독 관계 여부, 학교 동문 여부 등을 확인.

· 상대방과 대상자의 관계 확인

— 뇌물 공여자 측(또는 직무비리로 혜택을 보는 측)으로 적시된 개인 또는 업체의 사업자등록증이나 법인등기부등본 등을 통해 사업 목적 등을 파악하여 대상자의 업무와의 관련성 확인.

제보자, 진정(고소)인 측 검토

제보 또는 신고 이유 분석

— 제보된 내용에 대해 개괄적인 파악이 되면 제보자(고소인, 진정인) 인적사항, 직업 등 제보 경위를 알 수 있는 자료 수집.

— 제보자 측에 대해서도 피의자 측과 마찬가지로 범죄경력조회, 사건조회 등을 통해 제보자 성향(믿을 수 있는 사람인지 여부), 제보 이유 등을 알 수 있는 자료를 수집하여 제보 내용의 신빙성 및 제보자 조사에 대비.

청부 수사 시 조치

— 제보자에 대한 기초 자료 수집과 결과 제보자가 뇌물 공여업체와 경쟁관계에 있는 업체라거나 인사에 있어서 경쟁관계인 공무원 측으로 보여지는데도 이들의 제보를 그대로 받아들여 강제 수사에 나선다면 수사기관이 한쪽을 일방적으로 편들어주는 청부 수사가 되는 셈.

— 청부 수사로 보여진다고 하더라도 제보와 함께 제출된 증거 자료가 혐의사실을 충분히 뒷받침하거나, 기초 조사로 혐의 내용에 상당한 신빙성이 있는 것으로 판단되었다면 통상의 절차에 따라 강제 수사도 병행.

— 그러나 증거관계 등이 명백하지 않다면 강제 수사를 선택하기보다 당사자들이 눈치채지 못하는 방법으로 증거를 더 수집하여 제보 등이 사실임을 신중하게 확인한 후 본격 수사하면 되고, 제보 내용에 확신이 서지 않으면 통상의 고소사건 조사하듯이 당사자를 소환하여 조사.

법리 검토

혐의사실 관련 가능한 구성요건(범죄사실)

— 개괄적인 조사가 되었다면 이 단계에서 공소장에 기재할 범죄사실을 일단 머릿속에 그려서 단순수뢰인지, 알선수뢰인지, 수뢰 후 부정처사인지 등등을 일단 만들어 보아야 함.

— 이 범죄사실이 범죄가 되는지, 위법성이 조각(뇌물죄에 있어서 의례적인 범위 내의 금품이 수수되었다든지, 피의사실 공표에 있어서 공익목적인 경우)되는지 등에 대해 판례와 법리를 검토해야 함.

※공무원으로 의제되는 규정이 있는지부터 철저히 법리를 검토하여야 함. 공무원으로 의제되는 사람의 직무와 관련한 사항을 제3자가 청탁, 알선해준다는 명목으로 금품을 수수하였다면 알선수뢰나 알선수재 혐의를 인정하기 어려울 것임.

관련 판례 또는 수사 사례 확인

— 범죄사실이 간단명료하면 불필요하나 제3자가 관여되어 금품 수수

와 청탁의 상대방이 서로 다르다거나, 평소 수사해보지 않은 범죄(직권남용, 직무유기 등) 또는 위법성 조각사유가 문제 되는 경우 관련 판례나 수사 사례를 반드시 확인해야 함.

※단순히 금전을 뇌물로 교부하는 것이 아니라 이권(주식투자할 기회, 사업권)을 주거나 성교 기회 같이 이득을 제공한다든지, 제공 방법에 있어서도 제3자가 동원되고 있고, 청탁자와 이득 취득자가 다른 경우 등 뇌물 수수가 다양한 형태로 이루어지고 있음을 상기하여야 함.

― 어느 법조항의 범죄에 해당한다는 것이 분명해야 앞으로 당사자를 불러 조사할 때 무엇을 신문할지, 어떻게 신문할지 방향을 설정할 수 있을 것임.

수사로 예상되는 효과 분석

― 해당 공직부서에 미칠 수 있는 영향, 사회적 파장, 수사 착수 시기 및 대상을 선정하여 생길 수 있는 효과를 예상하여 분석한 후 합리적으로 수사 착수.

수사 착수 보고

― 기초적인 제보 내용을 확인하고 어느 정도 신빙성도 있는 것으로 보여질 뿐 아니라 범죄로 의율할 수 있게 되었을 때 수사 착수 사실을 내부보고하고 수사방법 등을 상사와 협의하여 인력과 수사비용 등의 지원 요청.

― 수사 착수 보고 시, 수사진행 단계별 조치사항을 기재한 수사계획을 수립하여 수사과정에서의 과오나 실수를 예방하고, 수사진행 경과에 따라 보완해 나가는 것이 좋음.

수사 착수 이후 수사 요령

제보자(고소인, 진정인) 조사

— 수사가 진행되기를 바라는 당사자이므로 수사에 적극 협조 예상.

— 제보자의 진술이 기억에 의존한 것이어서 특정하기가 어렵다면 증거자료를 제출하도록 유도하여 가급적 어느 정도 특정되도록 조서를 받아야 하고, 명백하게 특정되지 않는다면 다소 융통성 있게 조사해 두어야 함.

※범죄 일시를 월 일로 조서를 받아 기소하자 피의자 측에서 당일의 알리바이 주장으로 무죄가 선고되는 사례가 많은데, 명백하게 특정하기 어렵다면 이런 경우 '하순', '중순' 정도로 융통성 있게 특정하는 것이 좋음.

— 제보자 측의 진술이 객관적인 사항과 일치하는지 반드시 점검하여야 함.

※범죄 장소와 관련하여 피의자가 현재 근무하는 A 건물에서 금품을 건넨 것으로 제보자가 진술하자 그대로 기소하였고, 반면 피의자는 범죄 일시 무렵 B 건물(전 근무지)에서 근무하고 있었다고 주장하였는데 확인한 결과 피의자의 진술이 사실로 드러나 제보자 진술의 신빙성이 문제된 사례 등등.

— 제보 내용이 여러 건으로 분리 가능한 내용이고 관련자가 다수라면 각 관련자별로 별개의 조서를 받아 각 관련자를 별도로 기소하는 것이 편리한 경우가 많음.

— 2차 법리검토.

제보자의 구체적인 진술을 토대로 사실관계를 정리하여 재차 법리검토 및 수사 사례를 확인하여 피의자 조사에 대비(범죄로 인정되지 않는다면 수사종결).

증거자료 수집

제보자(공여자 포함) **진술 뒷받침 자료 수집**

— 제보자(공여자)의 진술 중 객관적으로 명백하게 확인될 수 있는 부분
은 반드시 객관적인 자료들(각종 근거서류, 판결문, 피의자의 해외출국 여부
등등)과 관련자 진술을 확보하여 대조.

— 이런 자료를 수집하여 제보자(공여자) 진술의 신빙성 검증.

참고인 조사

— 제보자(공여자)의 진술 중 참고인 조사로 사실관계를 확인해야 한다
면 참고인도 반드시 조사.

— 뇌물을 수수할 경우, 수수자와 처음 대면하게 되는 공여자보다 수
수자와 평소 친한 제3자를 통해 뇌물을 전달하는 경우가 많으므로
전달자 조사는 필수적이고 이러한 전달자라면 사실상 공여자로서
조사해야 할 것임.

— 공여자에 가까운 전달자를 참고인으로 조사할 경우, 소환하거나 검
거하여 조사에 들어가는 순간 수수자 측에 수사 사실을 알려줄 가
능성이 농후함으로 다른 증거수집이 끝나서 피의자 소환이 임박할
무렵쯤 소환 또는 조사하면 수사보안에도 도움이 됨.

각종 강제수사 방법 동원

■ 압수수색

· 공여자 측 압수수색

— 수수자가 처리한 직무와 관련하여 특정인이 이득을 본 것이 객관적

으로 명백하게 확인되면 이득을 본 사람을 대상으로 압수수색 실시.

— 뇌물 수수 사항이 기재된 비밀장부나 송금증, 이득을 보게 된 업무
가 처리된 과정이 기재된 서류 등이 1차적인 압수 대상이고, 자금
흐름을 파악할 수 있는 회계장부 및 그 증빙서류 역시 압수해야 함.
최근에는 대부분의 기업체들이 회계장부를 컴퓨터에 입력하고 있
으므로 회계장부가 입력된 컴퓨터 몸체나 디스켓 등을 반드시 압수
수색하여야 함.

※ 회계장부 및 증빙서류는 공여자금의 출처 규명상 필요한데 이를 점
검하다 보면 비자금 내역이나 탈세 사실이 부차적으로 드러나게 됨.

— 뇌물을 수수한 당사자들이 뇌물 수수 사실을 쉽게 드러내지 않기
때문에 이를 확인할 증거자료를 찾기 위해서는 공여자 측을 상대로
압수수색 등을 통하여 먼저 추궁하는 것이 보통임.

※ 공여자 측은 자금 준비, 전달 등을 실행하기 때문에 적극적인 증거
가 남아 있고, 공여사실을 진술하더라도 신분을 상실하거나 중형이
예상되지 않아 수뢰자인 공무원보다 한층 부담이 덜함.

— 압수수색 전 준비사항
가장 결정적인 증거자료는 결국 압수수색으로 입수하는 경우가 많
기 때문에 압수수색을 실시하기 전에 비밀장부(비장)가 숨겨져 있을
만한 장소를 미리 파악하는 것이 아주 중요함.

압수수색영장에 압수수색할 장소를 명기하도록 되어 있으므로, 사
전에 사무실(회사 포함) 위치, 제2사무실의 존재 여부, 대표자 및 경
리책임자의 근무 장소, 이들의 주거지를 파악하여야 함.

※ 사건과 관련하여 압수수색을 받아본 회사 직원들의 이야기에 의하
면 소위 '비장'을 계단에 있는 박스 속 또는 천장의 틈새 사이 등에
넣어 두었는데 수사관들이 찾아내지 못하더라고 하는 말을 들었고,

실제 책갈피에 끼워둔 양도성 예금증서, 수표사본, 비밀 메모 등을 찾아내지 못해 공여자와 협상 끝에 임의 제출받는 경우가 많았던 점에 비추어 보면 압수수색을 신중하게 실시하여야 한다는 것을 알 수 있음.

세금과 관련한 신고를 세무사 등에게 대행시키는 작은 회사들 같은 경우는 공식적인 증빙서류들을 세무사 사무실 등에 보관시켜 두는 경우가 많고, 세법에 따라 어느 회사라도 세무 관련 증빙서류는 최소 5년간 비치 보존하도록 세법에 명기되어 있음을 참고.

압수수색에 필요한 인원은 사무실 규모, 매출액 크기 등을 고려하여야 하고, 컴퓨터를 잘 아는 직원을 반드시 포함시켜야 함.

압수수색을 실시할 때는 각 청에 준비되어 있는 압수수색용 박스를 사용하는 것이 편하고, 압수수색 후 압수물 목록을 신속하게 교부할 수 있도록 준비하여야 함.

※압수된 장부나 물건을 돌려받지 못하였다며 압수수색 당시 주임검사와 직원을 상대로 민원을 제기하는 사례가 점차 늘어 나는 추세이므로 압수수색 후 압수물 목록을 반드시 작성하여 교부하여야 하고, 압수하는 물품은 압수품 번호를 붙여 관리가 되도록 조치하고, 압수하지 않을 물품은 신속하게 돌려주고 수령증을 받아두어야 함.

· 수수자 측 압수수색

— 수수자의 경우 압수 대상은 뇌물로 제공된 물품이나 이런 내용이 드러나 있는 서류, 예금통장, 공직자 재산등록신고 서류 등이 주된 대상임.

— 제3자 명의의 예금통장이나 부동산 계약서 등에 대해서 제3자의 것으로 속단한 채 압수를 하지 않는 경우가 많은데 차명인 경우가 많으므로 반드시 압수하여야 함.

■통신실 조회

— 핸드폰이 광범위하게 보급되어 있고, 일반전화보다 핸드폰 사용 빈도가 더 많아 뇌물 수수한 양 당사자의 핸드폰 번호의 사용내역을 조회하여 통화여부, 시간, 장소 등을 확인할 수 있음.

— 통신사실확인자료는 검사장 승인(긴급 시에는 먼저 요청하고 48시간 내에 사후 승인요, 통신비밀보호법)을 받아 이동통신사에 조회하면 됨.

— 핸드폰 위치 추적은 반드시 해둘 필요가 있음.

당사자가 사용하고 있던 핸드폰 번호를 알고 있다면 뇌물 수수 일시 경의 핸드폰 위치 추적으로 뇌물 수수 당시 당사자가 어디쯤 있었는지 파악 가능하고 이를 이용하여 알리바이를 탄핵할 수도 있을 것임.

■계좌추적

— 뇌물 사건에 있어서 수수자가 자백을 하지 않는다면 수수자(필요 시 공여자의 계좌 포함)의 계좌를 추적하는 것은 유죄를 받아 내기 위해 반드시 필요하고, 계좌를 추적하자면 법원으로부터 영장을 발부받아야 함.

— 수수자가 받은 것으로 의심되는 수표나 계좌가 특정되어 있다면 해당 수표나 계좌를 특정하여 영장을 청구하면 되나 특정되어 있지 않다면 본인, 처, 자식(미성년) 명의의 계좌에 대해서는 전 금융기관을 대상으로 포괄적인 계좌추적영장을 발부받을 수 있지만, 형제간 또는 직업이 있는 부모에 대해서는 영장청구 사유를 구체적으로 소명하여 포괄영장을 청구하여야 함.

— 차명계좌 등 제3자 명의의 계좌에 대해서는 혐의자와 제3자의 관계를 소명하여 차명이라는 점을 분명히 한 후 포괄적인 영장을 청

구하더라도 무방함.

— 현재 실무상 특정한 수표에 대해 계좌추적영장을 청구할 경우 당해 수표자체(앞면과 뒷면의 이서내용)와 이 수표가 입금된 계좌(계좌번호 및 계좌주 이름, 현금 교환 시 현금 교환자 성명)에 대해서만 영장으로 추적이 가능하고, 당해 계좌의 현금 및 수표의 입출금내역과 이중 수표로 출금된 것에 대해 다시 추적을 하자면 영장을 새로 발부받아야 함.

— 또 처음부터 계좌(포괄적인 계좌추적영장 등)에 대한 영장을 발부받았다면 당해 계좌의 존재 여부 및 존재 시 거래내역만 조회 가능하고, 거래내역을 다시 추적하자면 새로 영장을 발부받아야 하는 점은 위에서 본 것과 같음.

■직무 관련 자료수집

— 공직 비리 수사에 있어서 직무 관련성은 필수적인 구성 요건.

— 혐의 대상자가 수사 중인 사실을 안다면 인사 담당부서에 인사카드를 요구하여 정확한 담당 업무를 파악할 수 있고, 혐의 대상자가 수사 중인 사실을 알지 못하고 있다면 수사 일정을 감안하여 적기에 인사카드를 요구하면 될 것임.

■현장 적발, 현장 확인

— 뇌물이 수수되거나 직무 관련 청탁이 오가는 현장을 적발할 수 있다면 이보다 좋은 증거자료는 없을 것이지만 현장을 적발한다는 것이 현실적으로 대단히 어렵고, 현장을 적발하더라도 언제 단속을 해야 하는지 판단이 어려움.

※총리실 암행감사반이 서초구청 국장을 몇 개월 미행하다가 건설업자로부터 백화점 상품용 백을 받아가는 것을 보고 현장에서 그 국장

을 체포하여 경찰로 신병을 넘기자 당해 국장은 그 속에 돈(5백만 원)이 들어 있었는지는 모르고 있었고 돈이면 돌려주어야 하지 않느냐는 투로 답변하여 구속영장이 기각된 사례가 있었는데 이런 경우 집까지 미행하여 백에서 돈을 꺼내도록 상당 시간을 준 뒤 압수수색하는 방법을 취하였으면 소기의 목적을 달성할 수도 있었을 것임.

— 뇌물 수수가 첨예하게 다투어지는 경우 금품 수수 장소의 특징이 문제되는 경우도 허다함으로 이에 대해서도 사전답사나 사진 촬영 등으로 미리 대비해 두어야 함.

※금품 공여자가 수수자의 집을 찾아가 돈을 전달하였다기에 그 집의 내부 구조를 그림으로 그려 보도록 한 후 피의자의 집 아래층에 있는 아파트를 찾아가 내부 구조를 확인하였더니 공여자의 진술과 일치함으로 사진 촬영한 후 수사기록에 편철.

— 영미법에서는 우리나라보다 훨씬 적극적으로 undercover나 confidential informant라는 제도를 활용해 증거 수집에 나서고 있음을 고려하여, 앞으로 우리도 공여자의 자백에만 의존하는 수사를 하기보다 현장 수사에 치중하는 방향으로 전환해야 할 것임.

※소위 '잠복경찰 내지 비밀경찰'(undercover):범죄의 예방이나 수사를 위하여, 신분을 가장한 채 해당 범죄자나 범죄단체에 접근하거나 혹은 내부에 들어가 그 수사와 공소유지를 위한 범죄사실과 증거를 수집, 또는 범인 검거를 하는 수사관 내지 그 수사 활동.

※소위 '제보자'(confidential informant):해당 범죄 내부나 주변 인물로서 수사와 공소유지에 필요한 증거와 범죄사실 등을 수사기관에 알려주는 정보원 내지 그 활동.

■ 감청(통신제한조치)

— 법원의 영장을 발부받아 시행하는 감청으로 공무원의 직무상 비리를 적발하는 경우는 거의 없고, 사후 증거 수집을 위해 혐의자 상호 간의 전화를 감청하는 경우가 대부분임.

— 또 이동전화를 사용하는 인구가 대폭 늘어나고 이동전화의 감청이 현실로 불가능하며, 감청 시 직원이 상주하고 있으면서 통화 내용을 실시간으로 듣고 있어야 하는 외에 통신비밀보호법에서 다양한 내용의 규제를 받도록 되어 있는 등 얻는 것보다 시간과 노력이 많이 들어가기 때문에 현재 실무상은 많이 사용되지 않고 있음.

공여자 조사

협조적인 경우

— 공여자가 제보한 경우이거나 수사에 협조적이라면 공여자를 상대로 경위를 상세하게 조사하여야 하고 특히 당사자들만 경험하였거나 알 수 있는 내용이 곳곳에 나타나도록 해야 하고 이 내용들을 피의자가 참고인들을 상대로 다시 확인하여 공여자의 진술이 신빙성이 있다는 것이 드러나도록 해야 함.

※법정에서 공여자를 회유하여 진술을 번복토록 하는 사례가 많기 때문에 이에 대비하여 공여자를 상대로 세밀한 내용까지 상세히 물어보면서 당사자가 아니면 경험할 수 없는 사항이 나타나도록 해야 함. 예를 들어 돈을 주기 전에 상대방을 만났더니 해외(일본) 출장이 예정되어 있다고 하여 귀국한 후 만나 돈을 주었다고 한다면 해외출장 여부를 확인하는 것 등.

— 공여자가 준 것이 현금인지, 수표인지, 전달방법은 어떠한지(현금 수표 여부에 따라. 또 전달 장소에 따라 전달 방법이 달라지므로 가능한 방법인지), 전달 시 동석한 사람이 있었는지 등등 공여자의 진술을 당연하게

받아들이기보다 의문을 갖고 최대한 자연스럽게 확인하여야 함.

— 공여자에 대한 조사를 마치면 공여자에세 조사받은 사실, 조사받은 내용을 함구하여 수사에 차질이 생기지 않도록 협조를 당부해두어야 함.

※ 이렇게 협조 요청을 했다고 하여 보안이 될 것으로 생각하는 것은 오산이므로 보안이 되지 않는 것으로 생각하고 수사에 임하는 것이 좋음. 경험에 의하면 수수자와 원한관계가 없다면 대부분의 공여자가 자신이 알려주기보다 제3자를 통하는 등의 간접적인 방법으로 수수자에게 수사 사실을 알려주고 있음.

비협조적인 경우

— 대부분의 공여자는 자신의 처벌이 전제되고, 공무원의 직무비리로 이득을 본데다가 자신의 진술로 당해 공무원이 처벌을 받게 되면 더 이상 그 업계에서 살아가기 어렵게 됨으로 단순히 소환, 조사하여 공여사실에 대한 자백을 받아내기는 어렵기 때문에 공여자가 운영하는 업체의 비리(횡령, 탈세 등)에 대한 수사에 먼저 착수하여야 함.

— 비자금 조성이나 탈세 등의 비리혐의 규명은 다른 파트에서 상세하게 언급되어 있으므로 여기서는 논하지 아니함.

— 압수수색 등을 통해 뇌물을 전달한 흔적(계좌송금, 비자금 장부기재 등)을 잡아냈다면 공여자도 포기하고 수사에 협조적인 자세로 돌아서는 경우가 많아 공여자 상대로 진상을 확인하면 되나, 현금으로 전달하여 꼬리가 잡히지 않는 경우에 소위 말하는 '바게인'이 문제가 됨.

— '바게인'을 하게 되더라도 검사는 당당한 자세로 원칙에 입각하여 협상하면 되고, 공여자가 받아들이지 않는다면 원칙대로 수사하여 처리하면 됨.

소위 '바게인'에 대해

— 통상 공여자 측의 횡령(비자금 조성)이나 조세포탈을 본격 수사할 것인지, 또는 일부 확인된 혐의로 구속할 것인지를 놓고 공여자 측과 상호 협의하여 공무원의 직무와 관련된 사실관계에 대해 진상을 털어놓도록 하는 것이 소위 바게인임.

— 현행 법상 바게인에 대한 명시적인 규정이 없어 그 절차나 효력에 대해서도 분명하지 않으나 실무상으로는 사실상 많이 활용되고 있음.

— 통상 '바게인'을 할 때 수사검사 내부 보고 없이 임의로 공여자에 대해 입건유예 같은 파격적인 혜택을 부여하고서 검사가 원하는 사항에 대한 진술을 받아도 무방한 것으로 오해하고 있는 경우가 많음.

※ 검사가 범죄사실을 인지하고서도 수사를 하지 않으면 직무유기(특가법해당범죄라면 특가법 15조의 특수직무유기)에 해당하나 정당한 사유가 있어 범죄혐의 수사를 하지 않는 것(위법성조각)으로 판단되고, 사경에 대해서도 향후 이같은 '바게인'을 제한된 범위에서 인정해 주어야 할지도 모름.

※ 훗날 다른 검사가 공여자에 대해 다시 수사하면서 입건유예해 준 것과 같은 범죄사실을 찾아내게 되거나, 세무서로부터 입건유예해 준 것과 같은 내용의 조세포탈 사실이 고발되는 경우에서 보듯 과거의 입건유예가 훗날에도 효력이 미치는지 문제가 될 수 있고, 처음 조사한 검사의 입건유예를 무시하고 공여자를 처벌한다면 검찰에 대한 신뢰가 크게 떨어지는 원인이 될 것임.

— '바게인'을 할 때는 반드시 내부 보고를 통해 상사와 협의를 거쳐야 하고 보고서도 반드시 남겨두어야 할 것임. 상사와의 협의를 통해서 얻고자 하는 것보다 더 많은 것을 잃는 것이 아닌지 숙고해야 하고, 또 보고서를 남겨둠으로써 훗날 다른 검사가 같은 내용을 수사

할 때 기히 '바게인' 한 내용에 대해서 수용이 되게끔 해야 할 필요가 있음.

피의자 조사

피의자 조사의 기본 원칙

― 피의자 변명은 법정에서 다시 현출되어 피의자 측과 다투지 않으면 안 되는 사항이므로 심각하게 들으면서 수긍이 되면 검토해야 하고, 피의자의 변소가 사실일 경우를 가정하여 다른 증거관계가 부합하는지 깊이 검토해야 함.

변소와 관련된 사항은 원점에서 다시 재조사

― 피의자가 자백하지 않고 일응 검토할 가치가 있는 내용으로 변소한다면 지금까지 조사된 사항을 전면적으로 재검토하여 허점이 없는지, 참고인 등의 진술이 허위일 가능성은 없는지도 한번쯤 검토해 보아야 함.
― 특히 피의자 측에서 제출하는 증거자료나 변호인 의견서도 하나하나 세밀하게 검토해야 함.

주의할 사항

― 소환에 있어서 주의사항:피의자를 소환하려고 한다면 자백을 이끌어 낼 수 있을 정도로 충분히 조사된 이후여야 함. 일단 부인할 것을 예상하고 이를 반박할 수 있을 정도로 충분히 증거가 수집된 이후에 소환하여 집중 추궁함으로써 자백을 받아내야 함.
― 화상카메라, 특별조사실(녹화가능) 활용:피의자가 검찰에서 자백하였다고 하더라도 법정에서 번복할 가능성이 아주 높고, 또 중요 참

고인과 피의자를 미리 대질하여 중요 참고인이 대질 시 어떤 자세를 보였는지 재판부가 알 수 있도록 사전에 녹화해 두는 것은 반드시 필요.

— 피의자 신병관리와 관련된 유의사항:피의자가 검찰에 임의 소환된 경우 외에 체포되어 있는 경우 피의자가 자해하거나 자살하는 사례가 드물게 있음. 이런 수사 진행은 신병관리 소홀로 인한 감찰조사를 먼저 받게 됨으로 크게 주의해야 함.

※권○○ 전 안기부장은 검찰 조사 중 휴식시간을 이용하여 미리 준비해 간 칼로 복부를 긋고 자해소동을 벌인 바 있고, 고위직에 있던 공무원들이 조사실에서 뛰어내려 사망한 사례가 다수 있음.

※조사 도중이 아니더라도 검찰 수사를 받고 있던 중요 인사들이 자살(안○○ 부산시장, 남○○ 대우건설 사장, 박○○ 전남도지사 등)하는 사례들이 발생하고 있는데 이런 경우에도 조사 도중 폭언이나 인격적 모멸 발언 여부 등이 문제됨으로 수사검사는 주의할 필요 있음.

※피조사자가 여자라면 조사과정에 여직원이 수시로 입회하게끔 조치하여 성적 수치심을 느끼도록 했다는 등의 말이 나오지 않도록 유의.

출입국 조회 및 출국금지 요청

— 출입국이 잦기 때문에 수사에 착수하기 전에 대상자가 국내에 거주하고 있는지 반드시 확인 요.

— 혐의사실 입증자료가 일응 확보되어 있고, 체포나 압수수색을 실시하기 전에 출국금지를 요청하는 것이 좋음. 너무 빨리 출국금지를 하게 되면 해외여행차 출국하려다가 출금 사실을 알게 되고 이렇게 되면 당사자에게 수사 사실을 알려주게 됨.

지명수배

— 체포에 실패하거나 소환에 불응하면 내사사건 번호를 붙여서 가급적 빨리 수배조치를 취해 두는 것이 좋음. 다만 지명수배를 하게 되면 수배범죄사실 요지가 입력되게 되어 있어 다른 경로를 통해 수배범죄사실이 새나가게 되는 경우도 있으므로 범죄 사실이 알려지지 않도록 해야 한다면 수배시기를 조절할 필요도 있음.

피의자 소재 수사

— 아무리 증거를 완벽하게 조사해두고 있다 하더라도 신병을 확보하지 못하면 그 수사는 빛을 발할 수 없게 됨. 모든 수사에서 가장 기본은 피의자의 신병확보임을 깊이 인식해야 함.

— 도피 중인 사람도 핸드폰을 통상 사용하고 있기 때문에 도피 중인 사람의 핸드폰 번호를 12기법으로 확인하고 핸드폰 위치를 추적하는 등의 방법이 사용되고 있는데 피의자 검거 방법에 꾸준히 관심을 갖고 연구를 해 두어야 함.

법리 재검토

— 피의자 조사까지 마치면 인정되는 사실관계를 기초로 법리를 다시 검토하여 최종적으로 해당 죄명을 규명하여야 함.

기소 단계 검토 사항

법원의 판례 경향

— 종래 법원은 공여자 측의 뇌물 공여 진술과 공여자 측을 선처해준

업무처리가 입증되면 관대한 형량으로 유죄판결을 선고하였음.

— 그런데 법원의 최근 판결 경향은, 수뢰사건에 중형을 선고하되 혐의사실에 대한 증거가 다소라도 애매하면 무죄를 선고하는 추이를 나타내고 있음.

— 또 법정 진술을 최우선시 하기 때문에 검찰에서 공여자나 피의자의 진술을 받고 나아가 녹화까지 해서 보내더라도 법원은 법정에서 공여자가 일관된 진술(1심에서 유죄증언을 해도 2심은 또다시 공여자를 불러내 다시 일관된 진술을 해야 함)을 하도록 요구하고 있어 공여자의 태도가 공소유지의 절대적 요소가 되고 있음.

수사는 공소유지를 위한 증거 수집

— 유죄판결을 받기 위해서 검찰도 확실한 증거를 갖추어야 함은 분명한데, 당사자들이 남의 눈을 피해 몰래 뇌물을 주고받는 뇌물의 속성상 당사자의 진술 외에는 증거가 없는 경우가 대부분임.

— 관련 증거(계좌, 수표 등등)가 있다면 반드시 이를 확보해야 하고, 말밖에 없는 경우에 대비하여 공여자나 피의자 진술녹화 등의 방안을 강구하지만 이것만으로 유죄판결을 받아낼 수 없음을 감안하여 완벽하게 증거가 갖추어졌는지 심사숙고한 후 기소해야 함.

공소유지를 자신할 수 없는 직무 관련 사건처리

— 법원의 판결 경향에 비추어 공소유지에 자신이 없다면 과감하게 기소를 포기하되, 해당자(수수자 및 관련자 전체)를 피내사자로 한 내사사건(내사번호 부여)으로 정리하고, 혐의는 있으나 유죄판결에 필요한 증거불충분을 이유로 무혐의처리하였다가 추후 해당자들이 또 문제가 될 때 재기하여 함께 처리.

※내사사건 번호 부여 시 범죄사실 및 처분 이유까지 입력하도록 전산 프로그램 되어 있지만, 주임검사가 전산실에 요청하면 입력하지 않아도 됨으로 수사보안이 필요한 사건은 반드시 입력하지 않도록 요청해야 함.

— 이런 방향으로 사건을 정리하여 처리하게 된다면 검사들 간에 수사 정보 공유는 필수적이고, 각 검사실에서 자료를 수집하였다가 인지하지 않으면서 폐기하는 첩보 내지 자체 내사사건까지도 전산 입력되어 다른 검사가 관련 사건 수사 시 참고할 수 있는 시스템 구축 필요.

참고사항

엠바고

엠바고 의미

— 엠바고는 특정사안에 대해서 일정시점까지 보도를 자제하여 주도록 출입기자단과 협의하고 이에 따라 보도를 유예시키는 것임.

— 공무원의 직무와 관련된 범죄에 대해서 엠바고 요청할 경우는 드물겠지만 많은 숫자의 공무원이 연루되어 장기간 수사가 필요한 경우 등은 기자단 간사와 엠바고 문제를 협의할 수 있을 것임.

※엠바고 문제를 간사와 협의할 때도 구체적인 사람이나 회사 이름 등은 거론하지 않고 추상적인 내용만 간략하게 설명하고 엠바고를 받을지 타진해야 함. 그렇지 않고 구체적인 내용까지 전부 알려주고 엠바고를 요청하였다가 거절당하면 요청할 때 알려준 사실만 가지고 곧바로 보도되는 경우도 있음.

엠바고 요청 시기

— 엠바고는 어느 정도 범죄혐의가 소명되어 압수수색 등 대외적인 수사활동이 시작될 무렵(기자들도 이 무렵에는 다른 경로를 통해서 수사 중인 사실을 감지할 가능성이 농후)쯤 상황(기자들이 전혀 감지하지 못하고 있다면 엠바고 요청하는 것은 손해)에 따라 엠바고 요청.

소환조사 사실 등 언론 노출을 피하는 방법

기자들이 수사 내용을 파악하는 방법

— 첫번째는 수사 제보자가 보도되기를 희망하여 기자들과 접촉하고 수사받은 내용, 제보사항 등을 구체적으로 알려주는 경우가 많음.

— 두 번째는, 기자들이 수사 관계자로부터 직접 수사 내용을 듣는 것이 아니라 직원들끼리 엘리베이터나 청사 부근 식당, 복도를 걸어 다니면서 나누는 대화를 우연히 듣거나, 압수수색물을 가지고 청사에 들어온다든지 피의자를 체포해 오는 직원들을 보거나, 조사 때문에 들어오거나 나가는 사람을 따라가서 '해명기사를 실어주려 한다'며 접근하여 누구이며, 어떤 내용을 조사받았는지, 법원의 압수수색영장이나 체포영장 등을 열람하는 등의 간접적인 방법이 있음.

— 이렇게 조그마한 단서가 포착되면 이를 유추하여 담당직원, 수사검사, 부장, 차장 등을 찾아다니며 한두 마디 내용을 추가로 파악하고, 외부 관련자들을 접촉한 뒤 파악된 내용으로 다시 확인하는 절차를 밟아 기사화하게 됨.

대응방법

— 제보자가 기자들에게 수사 내용을 알려주는 것은 제보자 조사 때 외부에 수사 사실이 알려질 경우 수사를 중단할 수 있음을 알려주

면 방지가 가능함.

— 직원들에게도 무지불식간에 수사사항이 새나가게 된다는 점을 고지하고, 압수수색물을 사무실로 가지고 오거나 피의자를 체포해 올 때 기자들이 보지 못하는 통로를 이용하도록 주의를 주고, 중요 사건 수사 시 참고인이나 피의자 등을 출입구를 통해 그냥 돌아가도록 방치해 둘 것이 아니라 직원들이 별도 통로로 이들을 직접 데리고 나가 검찰청에서 상당한 거리까지 데려다 주게 하는 등의 방법을 이용하도록 직원들을 훈련시켜야 함.

— 직원과 검사들은 기자들과의 접촉을 무조건 피하여야 함.

조세체납사범(체납범)에 대한 실무처리

의의

· 현재 각 지방자치단체들은 세수확보를 위해 지방세 체납사범을 고발하여 형사사건화 하고 있고, 국세의 경우도 적극적인 고발조치로 국세 체납사범 증가.

· 처벌 규정인 '조세범처벌법 제10조'에 대한 판례나 연구가 미미한 상태에서 고발된 사건의 처리를 위해 실무적인 사항을 검토하고자 함.

· 특히, "정당한 사유"와 관련한 대법원 2000. 10. 27 선고 2000도2858호 판결에 의거 체납사범 증가에도 불구하고 그 기소율이 현저히 저하되고 있는 현실을 고려하여 합리적인 수사방법 강구.

· 실무상 자주 접하는 범죄가 아닌 조세체납 범죄에 대하여 의문이 있

는 경우, 본 자료만으로 사건을 정리할 수 있도록 관련 판례, 세법규정, 작성례 등을 종합.

입법취지

· 체납된 세금을 납부하지 않는 경우에는 국세징수법상 체납처분절차 (자력 집행력)에 의하여 그 이행을 강제하고 있으나, 악질 또는 상습적인 체납자에 대하여는 체납처분 절차에 의한 강제징수만으로 조세채권의 확보를 기하지 못하는 경우가 있으므로 정당한 사유 없이 고의적으로 체납행위를 하는 때에는 형사처벌함으로써 국세징수권의 실효성을 보장.

체납범에 대한 법규정

· 조세범처벌법 제10조는 "납세 의무자가 정당한 사유없이 1회계연도에 3회 이상 체납하는 경우에는 1년 이하의 징역 또는 체납액에 상당한 벌금에 처한다"고 규정.

체납대상조세

· 조세는 대별하여 국세와 지방세로 나누어짐. 국세에 대해서는 조세범처벌법을, 지방세에 대해서는 지방세법 규정을 적용.

· 따라서 국세 체납행위는 조세범처벌법 제10조에 의해, 지방세 체납행위는 지방세법 제84조 1항에 의해 준용되는 조세범처벌법 제10조에 의해 조세체납행위를 처벌함으로 국세, 지방세 모두 체납대상 조세임.

※단 국세 중 관세는 관세법에서 정한 절차로 처벌토록 규정(조세범처벌법 제2조)되어 있으나 관세법에는 체납범에 대한 별도 처벌규정이 없음 (관세는 선납부 후통관을 원칙으로 하고 있고, 예외적으로 선통관 후 납부이므로 체납이 발생할 여지가 별로 없음).

체납범 구성요건

납세 의무자

· 세법에 의하여 국세 또는 지방세를 납부할 의무가 있는 자를 의미(국세기본법 제2조 제9호).

— 당사자의 신고에 의한 납세의무:신고 납부하는 때.

— 조세부과에 의한 납세의무:관할 세무서 또는 지방자치단체가 과세대상 및 납세 의무자로 확정하는 때.

※행위자(조세범처벌법 제3조 참고), 연대 납세 의무자, 2차 납세 의무자와 납세 보증인도 포함.

· 체납범은 정당한 과세에 대해서만 성립하고, 당연 무효인 과세는 체납의 대상이 없어 체납범이 성립할 여지가 없음(대법 71. 5. 3 선고 71도 742 판결).

실무상 문제점

— 법령의 근거에 의한 정당한 납세 의무자인 점을 수사기관이 입증하여야 함으로 고발 시 조세부과 근거서류를 제출토록 함.

※각 세목별 과세기간, 세금고지서 수령일자를 알 수 있는 자료(등기우편 발송대장).

— 자동차세의 납세 의무자는 자동차의 소유자이고, 소유자는 실질적인 소유자가 아니라 형식적 의미의 소유자 즉 등록원부에 등록되어 있는 자가 납세 의무자가 됨(지방세법 제196조의 3-납세 의무자).

— "납기가 있는 달의 1일 현재의 소유자"가 납세 의무자(자동차세법 제196조의 6)이므로 반기별로 납기일의 초일(예:6월 1일, 12월 1일) 현재의 등록 명의인이 납세 의무자가 됨.

※도난당한 차량으로 관할 경찰서장에게 도난신고를 하였더라도 자동차 등록원부상 말소등록 절차를 이행하지 아니한 이상 자동차세와 그에

따른 면허세 납부의무를 면하지 못함(대법 91. 6. 25 선고 90누9704 판결, 대법 95. 3. 10 선고 94누 15448 판결). 나아가 도난신고 후 말소등록 절차를 이행하려 하였으나 조세체납으로 인한 압류등록, 검사미필 등의 하자로 말소등록을 이행하지 못하였더라도 등록 명의인에게 납세의무 있음.

— 폐차증명을 제출하거나, 과세기준일 현재 자동차를 수출하고 말소등록 절차를 이행하지 아니한 경우에는 자동차세 납세의무 없음.

— 음식점 영업허가 명의자가 사실상 음식점을 경영하는가 여부에 관계없이 실질과세 원칙의 예외로서 그 명의인에게 과세할 것이나, 사실상 영업자가 따로 있는 것이 확인되고 그에게 과세함으로써 과세의 목적이 이루어질 수 있다고 인정되는 경우에는 그 사실상의 영업자에게도 과세할 수 있는 것이므로, 허가 명의자인 피고인에 대한 과세처분 이후 실질적 영업자가 확인되었다고 하여 그 과세처분이 취소되었다는 등 확증이 없는 이상 피고인이 이를 체납하였음을 이유로 조세범처벌법 제10조를 적용하여 처벌할 수 있음(대법 80도 2171 판결).

정당한 사유

· 국세, 지방세 모두 정당한 사유에 대한 명시적인 규정은 없으나 정당한 사유없이 3회 이상 체납하면 관허사업을 제한토록 규정(국세는 국세징수법 제7조 제2항, 지방세는 지방세법 제40조 제2항)하고 있는 바, "정당한 사유"에 대해서는 이를 원용함이 상당(다만 이 조항이 지나치게 포괄적이라는 이유로 반대하는 의견도 있음, 안대희 저《조세형사법》109쪽 이하 참고).

구체적 사유

— 국세징수법 시행령 제8조: 다음 각호의 1에 해당하는 것으로서 세무서장이 인정한 것.

❶공시송달의 방법에 의하여 납세가 고지된 때

❷납세자가 천재, 지변, 화재, 전화 기타 재해를 입거나 도난을 당하여 납세가 곤란한 때

❸납세자 또는 그 동거 가족의 질병으로 납세가 곤란할 때

❹납세자가 그 사업에 심한 손해를 입어 납세가 곤란한 때

❺납세자가 국세징수법 제14조 제1항 제3호 내지 제5호(강제집행, 어음, 수표 거래정지처분, 경매개시)의 사유가 있는 때

❻납세자의 재산이 국세징수법 제85조 제1항 및 제2항(체납처분 중지사유)에 해당할 때

❼1-6호에 준하는 사유가 있는 때

— 지방세의 경우 지방세법 시행령 제24조에서 국세징수법 시행령 제8조와 동일하게 규정(다만 세무서장 대신 시장, 군수가 인정하는 것만 상이).

· 정당한 사유의 존재 시기:본건 범죄의 실행에 착수될 때부터 기수에 달하기까지 사이에 정당한 사유가 존재하여야 함. 기수에 달한 이후 부도 등 정당한 사유에 해당하는 사정이 발생하더라도 본죄가 성립함.

관련 판례 및 처리

— 대법 2000. 10. 27 선고 2000도2858호

· 조세범처벌법 제10조에서 말하는 정당한 사유라 함은 천재, 지변, 화재, 전화 기타 재해를 입거나 도난을 당하는 등 납세자가 마음대로 할 수 없는 사유는 물론 납세자 또는 그 동거 가족의 질병, 납세자의 파산선고, 납세자 재산의 경매개시 등 납세자의 경제적 사정으로 사실상 납세가 곤란한 사유도 포함한다 할 것이고, 나아가 그 정당한 사유의 유무를 판단함에 있어서는 그 처벌의 입법취지를 충분히 고려하면서 체납의 경위, 체납액 및 기간 등을 아울러 참작하여 구체적인 사안에 따라 개별적으로 판단하여야 할 것이며, 정당한 사유가 없다는 점에 대한 입증책임은 검사에게 있다 할 것임.

— 위 대법원 판결취지에 따라 납세 의무자가 객관적으로 경제적 사정이 어려워 어쩔 수 없이 체납된 경우에는 기대 가능성이 없어 정당한 사유가 있다고 보아도 무방하나, 그 판단에 있어서는 전체적 체납의 경위, 체납액과 납세자의 경제적 상황도 고려하여야 함(안대희 저,《조세형사법》110쪽 참고).

1회계연도에 3회 이상 체납

관련 규정

— 국세징수법 시행령 제9조 제1항, 지방세법 시행령 제26조에서 체납횟수의 계산은 납세고지서 또는 납입통지서 1통을 1회로 하고, 횟수의 통산은 1회계연도를 1기간으로 한다고 규정.

1회계연도

— 조세에 대한 정부의 회계연도는 매년 1월 1일부터 12월 31일까지임(예산회계법 제2조).

— 당해 회계연도에 발생한 조세부과 원인에 대해 당해 회계연도 내 납세고지서 발부하여야 함. 즉, 납세고지서를 발행한 날 및 납기말일이 속하는 연도가 동일년도에 속하여야 함(대법 74. 7. 26 선고 73도 2313 판결).

예) 당해 회계연도에 납세고지서를 발부하여야 하나 공무원의 업무 착오로 회계연도를 넘겨 다음해에 납세고지서를 발부함으로써 익년도 세금체납과 합산한 결과 3회 이상 체납하게 된 경우 체납범으로 의율불가(당해 연도에 발생한 조세부과 원인에 대해 당해 회계연도 내에 납세고지서를 발부하지 아니하였고, 3회 이상 체납요건을 충족시켜 체납세금징수 실적을 거양할 목적으로 의도적인 회계연도 이월 방지).

3회 이상

— 납세고지서 또는 납입통지서 1통을 1회로 긴주(대법 60. 9. 14 선고 4293형상439호 판결).

— 독촉장과 최고서는 납세고지서에 포함되지 아니하고(대법 72. 6. 27 선고 72도 912판결) 2개 이상의 납세고지서로 분할 납세고지한 경우도 1회로 간주(대법 74. 12. 24 선고 74도3307 판결).

실무상 문제점

— 1통의 납세고지서에 수개의 세목을 함께 기재하여 납세고지한 경우(예:재산세를 부과하면서 도시계획세, 공동시설세를 함께 부과하는 경우), 세목별로 1회씩 납세고지서를 발부한 것으로 보아야 하는지 여부:원칙적으로 각 세목별로 1통의 납세고지서가 발부된 것으로 봄. 다만 교육세, 도시계획세 등은 특정세목의 납세 의무자에게 추가하는 형태의 조세(즉, 위 사안의 경우 도시계획세는 재산세의 일정비율만큼 추가되는 세금임)이므로 이런 형태의 조세는 세목별로 별개의 납세고지서가 발부된 것으로 보기 어렵다 할 것임.

— 다만, 대법 2001. 2. 13 선고 2000도5725판결은 납입고지서에 여러 개의 조세가 함께 기재되었다고 하여 각 세목별로 체납횟수를 따로 계산하여서는 아니된다고 판시하였으나, 이 사안은 특정세목의 납세 의무자에게 추가하는 형태의 조세에 관한 판결로서 위 원칙과 상치되는 것은 아니라고 보여짐(종합토지세와 도시계획세, 교육세, 농어촌특별세).

납세고지서의 송달

— 납세고지서의 의미:납세 의무자가 납부할 세금의 과세연도, 세목, 세액 및 그 산출근거, 납부기한과 납부장소 등을 기재한 문서(국세징수법 제9조), 지방세는 지방세법 제1조 제1항 제5호 참고.

— 납세고지서의 송달: 납세 의무자의 주소 또는 영업소에 등기우편으로 송달하고 통상 우편으로 송달한 서류는 당해 우편물이 보통의 경우 도달할 수 있었을 때 납세 의무자에게 도달한 것으로 추정(국세기본법 제8조-제12조).

※ 따라서 발송된 납세고지서를 수령하지 못하였다는 사실은 납세 의무자에게 입증책임이 있음.

체납

— 의미: 납세자가 납세고지에 의하여 지정된 납부기일까지 납세의무를 이행하지 아니하고 납부기한을 도과하는 것으로 납기가 법정된 조세는 법정납기의 말일까지, 납기가 법정되지 아니한 조세는 납입징수관이 지정한 납기의 말일까지 조세를 완납하지 아니하는 것을 말함(납세고지서에 정한 납부기한 내에 국세를 납부하지 아니한 채 납부기한을 도과한 때, 대법 2001. 10. 30 선고 2001다21120호 참고).

— 체납자: 납세자로서 국세를 납부기한까지 납부하지 아니하는 자(국세징수법 제3조 제1호).

체납 세목의 동일성 여부

— 국세는 국세별로 3회 이상, 지방세는 지방세별로 3회 이상 체납하여야 함.

※ 이유: 국세와 지방세는 적용 법률이 서로 달라 죄명과 적용 법률이 다름.

— 통산의 대상이 되는 조세는 동일한 세목이든 다른 종류의 세목이든 관계없고, 반드시 확정된 조세만을 의미하는 것이 아니라 법인세와 소득세의 중간예납, 수시부과 또는 부가가치세의 예정신고에 의한 조세를 체납한 경우도 포함(안대희 저 《조세형사법》 제112쪽 참고).

기수시기 및 죄수

최송 체납행위와 농시에 회계연도 별로 단일 범죄(대법 60. 9. 14 4293형상439호 판결 등)

기수시기

— 3회 이상 체납한 당해 회계연도의 최종 납기일자를 경과하면 기수.

죄수

— 1회계연도(1년)를 기준으로 3회 이상 체납하였을 때 당해 연도 체납횟수 전체를 1개의 범죄로 파악(1년에 6회 체납시 6회 전체를 1개의 단일 범죄로 파악).

— 3회 이상 체납한 회계연도가 2년 이상이면 각 연도 별로 경합범으로 의율.

처벌

· 1년 이하의 징역 또는 체납액 상당의 벌금.

체납액

— 체납된 국세, 그 가산금과 체납처분비를 포함한 것을 의미.

— 가산금 : 국세 납부기한까지 납부하지 아니한 때에 국세징수법에 의하여 고지세액에 가산하여 징수하는 금액(가산금, 세액의 3/100)과 납부기한 경과 후 일정기간까지 납부하지 아니하는 때에 그 금액에 다시 가산하여 징수하는 금액(국세기본법 제2조 제5호, 가산금 국세징수법 제21조, 중가산금 국세징수법 제22조)을 의미.

— 체납처분비(국세기본법 제2조 제6호)

· 국세징수법 중 체납처분에 관한 규정에 의한 재산의 압류, 보관, 운반과 공매에 소요된 비용을 의미.

양벌규정

— 조세범처벌법 제3조(지방세법 제67조 제1항에서 지방세의 경우도 준용).

— 법인이 납세 의무자이고 그 대표자가 조세범처벌법 제10조의 규정에 위반한 경우 행위자인 법인의 대표자를 처벌함은 물론 법인도 처벌한다는 것이 조세범처벌법 제3조의 취지(대법 76. 4. 27 선고 75도 2551 판결).

처벌기준 및 방법

— 형종선택:유자력자인 경우 체납세액이 고액이고 조세징수 시효 도과 목적으로 체납할 경우 징역형을, 나머지 경우는 벌금형을 원칙으로 함(인천지검 형사1부의 일응의 기준임).

— 벌금액수 산출기준

· 벌금액 산정시 체납액(경합범 가중시 체납세액의 1/2까지 가중) 범위 내에서 총 체납금액, 체납사유, 현재 자력 등을 고려하여 적절하게 산정.

관련 문제

공소시효

— 5년(조세범처벌법 제17조, 지방세법 제 84조)

— 친고죄(조세범처벌법 제6조, 지방세법 제84조)

합리적인 수사방법

현 실태

— 대법원 판례는 체납 관련 정당한 사유가 없음에 대한 입증 책임을 검사에게 부담하여, 현재 체납사범에 대한 기소율이 현저히 저조함.

— 국세징수법 시행령 8조에 해당하는 사유가 있는지 여부에 대하여 조사를 하면, 대부분 "부도 등으로 사업에 손해를 입었거나", "강제집행, 경매개시, 어음, 수표 거래정지 처분을 당하였거나" 등의 변

소를 하고, 검사는 위 변소에 따라 위 대법원 판례에 의거, 혐의 없음 처분을 하는 것이 통례임.

조사 전 또는 수사지휘 시 유의사항

— 현재 국세청 전산자료로 피의자 본인 또는 가족의 부동산, 예금 등을 검색할 수 있으므로 고발담당 공무원에게 공문을 발송하여 재산 상태를 조회, 만약 재산이 있다면 정당한 사유가 없음에 대한 입증이 용이함.

— 피의자 동의 하에 피의자 주거지 내·외부 및 사무실 등을 촬영한 사진을 기록에 첨부하는 등으로 객관적인 자료를 수집하도록 고발담당 공무원 또는 경찰에 수사지휘.

관련 입증자료 검토

— 세금체납에 관한 정당한 사유를 입증할 수 있는 자료를 지참하고 수사에 임하도록 피의자에게 미리 통보하고, 제출된 자료의 진위 여부 등을 참고인 조사 및 등기부등본 열람 등을 통해 규명.

— 피의자가 제출한 대차대조표 등 재무제표와 매출장부 등을 검토, 매출액과 순이익 등을 비교하여 세금 납부 능력이 있었는지 여부 등을 조사.

각 세목별 조사요령

— 부가가치세는 세법상 거래 상대방으로부터 별도로 수수하게 되어 있으므로, 부가가치세 별도 수수여부, 수수한 부가가치세를 어떤 용도로 사용하였는지 추궁.

— 근로소득세는 대부분 소액(100만 원 이하)으로, 납세를 미루다가 체납되는 경우가 많고 결국 액수가 커져 체납에 이르는 경우가 많음에 유의.

첨부 1

〈체납범에 대한 공소사실 기재례, 국세〉

피고인은 국세 납부의자로서 인천 ○○구 ○○동 소재 △△ 건축사 사무소 대표자인 바,

2002. 8. 8 위 사무실에서, 2002년 5월분 근로소득세 69,360원을 2002. 8. 31까지 납부하라는 남인천세무서장 명의의 납세고지서를 받고서도 정당한 사유 없이 이를 납부하지 아니한 것을 비롯하여 별지 범

범 죄 일 람 표

단위 : 원

회수	세목	납부기한	체납세액	과세기간	납세고지서 수령일	소계
1	근로소득세	02.08.31	69,360	02년 5월	02.08.08	
2	〃	02.09.30	95,370	02년 6월	02.09.12	
3	〃	02.10.31	95,370	02년 7월	02.10.07	12,958,180
4	〃	02.11.30	95,370	02년 8월	02.11.06	
5	부가가치세	02.12.31	12,507,340	02년 2기	02.12.03	
6	근로소득세	02.23.31	95,370	02년 9월	02.12.05	
7	〃	03.09.30	58,720	03년 6월	03.09.09	
8	〃	03.10.31	58,720	03년 7월	03.10.09	
9	〃	03.11.30	58,720	03년 8월	03.11.05	629,380
10	부가가치세	03.12.31	395,620	03년 23기 예정	03.12.02	
11	근로소득세	03.12.31	57,600	03년 9월	03.12.05	
12	〃	04.01.31	57,600	03년 10월	04.01.06	
13	〃	04.02.29	57,600	03년 11월	04.02.03	
14	부가가치세	04.03.31	62,520	03년 2기	04.03.05	269,210
15	근로소득세	04.03.31	57,600	03년 12월	04.03.02	
16	〃	04.04.30	33,890	04년 1월	04.04.12	
계				13,856,770		

죄일람표 기재와 같이 2002년도에 근로소득세 등 국세 6건 합계 12,958,180원, 2003년도에 근로소득세 등 국세 5건 합계 629,380원 2004년도에 근로소득세 등 국세 5건 합계 269,210원, 총 16건 합계 13,856,770원을 납부하지 아니하여 각 정당한 사유 없이 1회계연도에 3회 이상 체납한 것이다.

첨부 2

〈체납범에 대한 공소사실 기재례 – 지방세〉

피고인은 지방세 납세 의무자로서 선반공인 바,

2003. 6월경 대구 북구 노원2가 ○○○○ 소재 피고인의 주거지에서, 피고인 소유위 대구1무 ○○○○호 화물차량에 대한 2003년도 1기분 자동차세 58,720원과 취득세 20,830원을 2003. 6. 25까지, 같은 해 12월경 같은 곳에서 위 차량에 대한 2003년도 2기분 자동차세 58,720원과 취득세 58,720원을 2003. 12. 25까지, 각 납부하라는 대구시 북구청장 명의의 납세고지서를 받고서도 정당한 사유 없이 지방세 합계 196,990원을 납부하지 아니한 외 별지 범죄일람표 기재와 같이 1회계연도에 3회 이상 지방세 합계 1,244,510원을 체납한 것이다.

※예시에 의하면

· 2003회계연도와 2004회계연도는 별개의 범죄가 성립하여 경합범으로 의율하여야 하고,

· 2003회계연도의 경우 기수시기는 2003년도 4회(3회 이상)째 납기일자를 경과함으로써 기수에 도달.

· 체납액은 체납세액, 가산금, 중가산금, 체납처분비를 합한 금액이고, 벌금 산정시 2003회계연도에 체납한 모든 세목의 세금을 합하여 회

범 죄 일 람 표

순위	회계연도	회차	세목	납세고지서 수령일자	납부기한	과세물건	체납지방 세액	가산금	중가산금	체납처분비	비고
1	2003년도 체납액 합계 196,990원 (체납 지방세 합계)	1기분	자동차세	2003.6.경	2003.6.25	대구1무 8490호	58,720				
		1기분	취득세	2003.6.경	2003.6.25	위 자동차	20,830				
		2기분	자동차세	2003.12.경	2003.12.25	〃	58,720				
		2기분	취득세	2003.12.경	2003.12.25	〃	58,720				
2	2004년도 체납액 합계 원										

계연도별 체납액을 산정하고 이를 기준으로 경합범 가중.

첨부 3

〈체납범에 대한 불기소장 기재례 – 혐의 없음〉

본건 피의사실의 요지는 사법경찰관 작성 의견서 기재 범죄 사실과 같음

수사한 결과

· 피의자가 2000년 회계연도에 국세 총 6건, 2003년 회계연도에 국세 총 8건을 체납한 사실은 인정됨.

· 피의자는 1999년, 2000년경 2회 걸쳐 거래업체가 부도가 나는 바람에 사정이 어려워 2000년 회계연도에 세금을 체납하였고, 그 후 어려운 사정에도 불구하고 계속 회사를 운영하다가 매출이 거의 발생하지 않

아 2003년 동생인 사건 외 김○○ 등에게 회사 운영을 맡기고 자신은 막노동반을 전전하는 등 사성이 어려워 2003년 회계년노에 세금을 체납하였으며, 세금체납 때문에 2000년 4월경, 같은 해 5월경, 2002년 6월경 피의자 소유의 빌라에 압류가 들어와 강제경매를 당하는 등 계속 경제적 사정이 어려워 세금을 체납하였다고 변소.

· 등기부등본(기록 1권 34-35정 참고)의 기재가 피의자의 변소와 부합.

· 달리 피의자가 본건 체납 당시 재산이 있거나, 강제경매 신청 이후 새로이 재산을 형성하였음에도 불구하고, '정당한 사유 없이' 본건 국세를 체납하였음을 인정할 증거가 없음.

· 혐의 없음

이에 주문과 같이 결정함

검찰 업무의 자정능력

1. 사무감사 경험(08. 7. 인천지검 사무감사 강평 자료)

1)검사 스스로 업무를 가중시켜 나가지 않는지 되돌아봅시다.

① 시한부 기소중지

07. 2. 7자 대검 예규 413호에 따라 제한된 사유에 한해 가능

— 피해자의 어머니와 전화 통화를 통해 정신병원에 입원하고 있다는 말만 듣고 입원 여부를 확인하지 않은 사건, 당뇨합병증으로 몸이 좋지 않다는 피의자와의 전화 통화만으로 시한부 기소중지. 시한부 기소중지를 하면 사건 카드와 관리부를 만들어 매월 점검하도록 되어 있는데도 만들어 놓지도 않고 있거나, 만들어도 매월 점검을 하지 않고 방치.(감사

시 사유 소멸 여부를 확인하니 상당수는 사유가 소멸하여 재기해야 하는 것으로 드러남)

— 예규상 차장 전결 사항임에도 검사나 부장이 결재해서 처리한 경우. 특히 유료낚시터 운영자가 도박장을 개장한 것인지 여부가 문제되어 수사 공소심의회를 거쳐 1건만 기소하고 이것이 유죄가 선고되면 나머지도 기소하기로 하여 시한부 기소중지(감사 시 10건 확인) 처리를 해 놓았는데 기소된 사건이 08. 6. 3 유죄 확정되었음에도 재기하는 등 필요한 조치를 취하지 않고 방치해 놓음.

— 시한부 기소중지 처리한 모든 사건을 점검하여 내년도 사무감사 시 처리한 내용을 보고해 주시기 바람. 시한부 기소중지 처분이 검사 업무를 얼마나 가중시키는지 생각해 보아야 해당 검사부터 카드, 관리부 만들고 매달 점검해야 하고, 승계 검사는 사건 재배당 받는 외에 시한부 기소중지된 것이 있는지 점검해서 사유가 소멸되면 재기해야 하니 기록을 다시 또 검토해야 하니, 줄줄이 업무를 늘려나가는 것임. 처음 수사검사 외에 다른 검사가 기록을 또 봐야. 검사들 스스로 업무를 줄여 나가도 시원찮은데 이렇게 해야 하는지 잘 생각해야 함.

② 수건 수배된 기소중지 사건

— 감사 시 7건 수배된 피의자가 사망하여 3건은 각 경찰청에서 사망 보고를 하자 각 검사가 자기 사건만 재기하여 공소권 없음 처리하고, 4건은 현재까지 수배된 상태로 방치해 놓은 사례.(사망 사실을 모르는 검사는 기록을 전부 다 읽어 보아야 함으로 다른 검사의 업무에 상당한 가중 사유)

— 5건 수배된 피의자(4건은 지명통보, 1건은 체포영장)가 체포되었는데 체포된 사건을 수사지휘하는 검사는 자기 사건만 불구속 석방하도록 수사 지휘하였음. 지명통보한 다른 수사관서는 피의자가 체포되었는지도 모르니 계속 지명통보한 상태로 남아 있을 수밖에 없고 실제 그 사건들은

재기 되지 않았음. 이런 경우는 지명통보한 수사관서에서 체포시한 내에 각 사건을 조사할 수 있도록 하라고 했으면 그 사건까지 전부처리 가능했을 것(미해결된 수배사건까지 전부 동일 검사가 처리했으면 혐의 여부 확정도 쉬워 청 전체적으로 보면 업무 감경).

③ 참고인 중지

— 인터넷에 물건을 판다고 속이고 67명으로부터 1300만 원을 피의자 계좌로 송금받은 사안에서 피의자가 계좌를 친구 동생인 참고인에게 건네주었고 범행에 가담하지 않은 것으로 변소하는 사안인데 친구 동생인 참고인에게 5건의 지명통보전과가 있고 전주지검에서 재기하여 수사 중인데도 참고인 소재불명으로 종결.

참고인 중지로 사건을 사실상 사장시키게 되고, 혹 참고인 소재가 발견되게 되면 승계 검사는 다시 그 기록(만 페이지 상당)을 다 보아야 하니 이 또한 검사가 업무를 다른 검사에게 미뤄서 스스로 일을 만들어 놓은 셈.

— 참고인 수배 조회를 안 하거나 소재 수사를 하지 않은 사례는 너무 많고 이렇게 해 놓으면 참고인 중지로 사건을 사장시키는 것(검사의 존재 의의가 없어지게 됨으로 최소한 참고인을 찾아보려는 노력을 해 두어야 하지 않을지).

④ 수사지휘

— 06. 8. 17 주민등록이 직권말소된 향군법 사건을 처음 기소중지(지 명통보)했는데 소재가 발견되어 재통보했는데 출석하지 않아 체포영장으로 수배하여 검거된 사안을 그냥 불구속 지휘하는 도장을 찍어 주었다가 송치되자 보완해야 할 사항이 있어 피의자를 다시 기소중지(지명통보)하였음.

— 99년도에 차량을 무단 방치한 피의자가 94년도에 뉴질랜드로 이민을 가 기소중지된 사안에 대해 06. 10. 무렵 강남운전면허시험장에 나타났다며 소재 발견 보고가 올라오자 재기하였고, 뉴질랜드로 이민을 가 주거지에 없다는 소재수사가 올라오자 다시 기소중지한 사안이 있었음. 이민 간 사람이 국내에 어떻게 입국하여 면허시험장에 나타날 수 있었는지 생각해 보고 이런 점을 보완하여 수사지휘를 했으면 기소중지하지 않고도 사건이 처리될 수 있었을지도 모름.

— 이런 사건처리도 결국 재기하면서 다른 검사가 기록을 또 보지 않을 수 없어 업무 가중 원인이라 할 것임.

— 사경에 대한 수사지휘를 잘하면 송치받아 곧 바로 기재동 처리할 수 있게 됨으로 검사의 일을 크게 줄일 수 있음. 수사지휘를 지연한 사례는 전혀 없어 인천지검이 아주 우수하나 이런 점을 잘 생각해서 수사지휘하면 업무처리가 더 쉬워질 수 있음.

— 또 수사지휘 내용을 보면 검찰 내 사건처리 내용을 확인하여 재지휘받으라는 것들을 볼 수 있는데 검찰청 내 사건처리 내용을 사경더러 알아내라고 하는 게 맞는지 의문, 검사들끼리 알아보고 이를 수사지휘에 반영하면 사경의 수사지휘건의를 1회 줄이게 되는 것이므로 검사들이 이렇게 수사지휘를 해 주어야 하는 게 아닌지. 또 수사지휘 단계에서도 피의자나 참고인에게 물어볼 것이 있으면 물어보고 이를 수사 보고서 등의 형태로 기록에 편철하여 내려보내도 됨으로 잘 모르는 상태로 "가" 도장을 찍지 말고 잘 알아보고 수사지휘해서 "기재동" 처리가 되도록 하기 바람.

⑤ 영상녹화 활용 관련
— 인천지검은 21개의 영상녹화실이 있고, 금년에 또 8개가 추가로

설치될 예정으로 알고 있음. 06년 174건, 07년 988건, 08년 4월 말 128건 실시하여 남년에 활용 실적이 저조함. 금년의 경우 조사실 1개에 월 평균 1.45건을 한 셈이어서 활성화 방안을 마련한 것으로 알고 있음. 많이 활용하면 신속한 업무처리에 도움이 될 것으로 생각함.

― 활용에 있어 증거능력이 문제라고 생각하는 검사들도 있는 것으로 알고 있는데, 검찰에서 무혐의나 불기소하는 기록에 증거능력은 전혀 문제되지 않음. 조서를 작성하지 말고 영상녹화했다가 추후 기소해야 할 것으로 판단되면 그때 증거능력을 갖추도록 하면 됨.

⑥긴급체포 관련

― 02년 30467호, 03년 1540호 사건이 기소중지 처분하면서 긴급체포하는 것으로 되어 있어 07. 4. 15 피의자가 검거되면서 사경이 긴급체포하였음.

― 06. 1. 25자 대검예규 389호(기소중지자 지명수배, 통보 지침)에 의하면 수배 종별을 긴급체포는 체포영장으로 변경하도록 하였음에도 이를 이행하지 아니한 것으로 보임(07-107254호 사건도 긴급체포로 수배되어 있다가 재기되었음).

― 긴급체포로 수배된 사건을 색출하여 수배종별을 변경하고, 그 결과를 보고해 주시기 바람.

⑦수배 관련

― 세븐 포카 방식 인터넷 도박장을 개설한 피의자에 대해 사경이 06. 8. 14 사전 구속영장을 청구하여 06. 9. 6 영장이 발부되었고, 유효기간은 06. 12. 5까지 였음. 영장 유효기간이 지나 07. 1. 23 사경이 공소시효까지 유효한 체포영장을 청구하여 발부되었는데 06. 12. 5부터 07.

1. 22까지는 사실상 피의자가 수배되지 않은 셈임. 검사가 사전 구속영장을 청구하여 구속영장으로 수배하는 경우도 마찬가지임.

　— 사건 구속영장을 미리 반환하고 체포영장을 발부받아 수배하는 것이 업무가 쉬워질 수 있으니 법원과 협조하는 방안을 모색할 필요 있음

　— 또 구속영장을 반환하는 체포영장을 발부받으면서 수배종별 변경을 위해, 또 공소시효 연장을 위해서도 인천지검에서는 재기하고 있는데, 다른 청(북부, 의정부)은 그렇지 않으므로 검토해 보시고,

　— 공소시효 연장을 하면서 수배 내용을 변경 입력하는 경우, 경찰 기소중지 사건에서 검찰 기소중지 사건으로 변경되어 체포자를 검찰청으로 인치하게 됨으로 검사 업무가 가중되는 점이 있으니 내용을 확인해서 적절한 조치를 취하기 바람.

⑧기록 보존 관련

　불기소장 합철 등 기록 보존 상태가 다른 검찰청보다 양호하여 감사 수행에 크게 도움이 되었음. 기록보존계 직원들의 노고에 감사드림.

2. 윤리강령 위반 검사 적발 보고
— 2008년 7월 21일 서울고검장에게 보고

1)개요

07. 8. 중순부터 07. 12. 12까지 자신이 불구속 구공판 또는 무혐의 처분한 피의자와 월 1~2회 만나 식사 및 주류를 제공받음

2)대상자

신○○ 검사(현, 서울중앙지검 ○○3부 소속)

3)윤리강령 위반 내용

서울중앙지검 형사부 검사 근무 시 07. 5. 31부터 07. 11. 26까지 김○○에 내한 사기 또는 사문서 위소 사건 10건 저리. (불구속 구공판 4회, 약식기소 1회, 무혐의 4회, 참고인 중지 1회) 07. 8. 중순부터 07. 12. 12까지 김○○이 신○○ 검사를 월 1~2회 만나 저녁식사와 술자리를 함께 할 때 동석하였다는 변○○이 자술서 제출. 07. 8. 중순 처음 만나 술자리를 함께 하였고, 신○○ 검사가 술에 취해 동석하였던 조○○이 흑석동 신 검사 집까지 업고 가 데려다 줌. 신 검사 집은 동작구 흑석동 동양아파트임. 07. 9월 내지 10월 신○○ 검사로부터 전화가 와 '김○○이 연락되지 않는데 빨리 연락해 사건처리에 불이익을 받지 않도록 하라'고 통화. 07. 11. 김○○이 입원하였을 때 신○○ 검사도 병원 문병. 07. 10. 25 대치동 베스티안서울 병원에 김○○이 하루 입원. 07. 12. 12 새벽집(식당)에서 식사 도중 신○○ 검사가 김○○을 부동산 분양하며 사기친 사건을 기소한 적이 있다고 알려주어 김○○의 전과를 알게 되었음. 신○○ 검사를 만날 때 이○○ 검사도 몇 차례 같이 만남.(핸드폰 번호만 알고 이름은 기억나지 않음) 핸드폰 가입자 조회 결과 : 이○○ 검사.

4)인지 경위

김○○이 조○○(조직폭력배)으로부터 1억 원을 빌려 변○○(성형외과 의사) 소유인 아파트 전세보증금으로 지급하였는데 선순위 근저당 등으로 전세금 반환이 불가능한 상태여서 전세보증금을 받아 간 것이라며 조○○이 김○○과 변○○을 사기로 고소하였고, 무혐의 처리되자 항고. 이 고소 내용 중 조○○이 벤틀리 차량구입대금 조로 1억 원을 김○○과 변○○에게 주었으나 차량 대금으로 납입하지 않고 편취하였다는 부분은 기소됨(김○○은 조○○에게 시달리다가 08. 1. 8 자살). 항고 기록 속에 변○○이 김○○을 알게 되어 만나온 과정을 자술서 형식으로 작성하여 제출하였고, 그 속에 위와 같은 내용이 포함되어 있음.

5)조치

검사가 사건처리 전후에 피의자와 만나 식사 및 주류를 제공받는 것은 비위 정도가 중하여 사실관계 확인 후 조치가 있어야 할 것으로 판단됨.

처리 방안—제1안 대검 보고 후 종결. 제2안 현 상태에서 본인 및 추가 조사 없이 소속 청 통보.

의견—대검에 보고하여 대검 의견에 따라 조치함이 상당.

행정법규 위반 사건처리

1)문제 제기

발생 빈도가 낮은 행정법규 위반 사건의 경우 법리가 까다롭거나 판례, 구형기준 등이 없어 처리에 어려움이 많다. 개개 검사가 사건처리 시 검토한 법리, 판례, 공소사실 기재례, 구형기준 등이 사장되고 있어 이를 적극 활용하는 방안 검토 필요하다. 또한 새로운 처벌 조항이 추가되거나 신법이 제정될 경우 이에 대한 전국적 양형기준을 신속, 통일적으로 적용하기 어려움이 있다.

2) 개선 방안

대구서부지청에서는 2007. 3. 1 개청 이후 현재까지 양형기준이 마련되어 있지 않은 행정법규 위반 사건처리 시 주임검사로 하여금 법리검토 결과, 공소사실 기재례, 구형기준 등을 청 'e-pros' 게시판에 게재토록 하여 처리례를 축적함으로써 다른 검사들이 유사 사건처리 시 참고할 수 있도록 하고 있음.

위와 같은 제도를 시행해 본 결과 신속한 사건처리에 큰 도움이 될 뿐만 아니라 처리 기준을 통일시켜 민원 소지를 없애는데 기여하였다. 이 제도를 전국적으로 확대 시행하여 대검에서 일괄적으로 관리할 경우 모든 특별법 위반 사건의 처리 기준을 시의적절하게 탄력적으로 정할 수 있고, 나아가 특이하거나 새로운 관련 판례를 함께 축적한다면 검사 전문화에도 크게 기여할 것이다. 또한, 하급심 법원에서 법리와 관련된 무죄가 선고되더라도 이를 곧바로 'e-pros' 입력함으로써 유사 사건을 처리하는 검사가 기소 여부에 참고할 수 있다.

비록 법원에서 무죄가 선고된 사안이라도 대검에서 기소 방침을 정한 사안은 그 내용을 게시함으로써 전국적으로 일괄적인 사건처리가 가능해지고, 양형도 어느 정도 전국적인 통일성을 기할 수 있다. 현재 대검에서 운영하고 있는 '전문지식연구회'와 연계하는 방안도 검토 할 필요가 있다.

3)법리검토
'화장품법 위반' 사건처리례

4)범죄사실의 요지
○ 피의자가 화장품을 제조 판매하는 자는 의학적 효능·효과가 있는 것으로 오인될 우려가 있는 광고를 하여서는 아니됨에도 불구하고, "피부의 산소 흡수량을 증가시키고 피부신진대사 촉진, 세포재생작용을 가속시키며, 탁월한 미백효과로 모든 미백제품에 사용되며 자외선 차단기능 및 소염효과, 민감한 피부에도 전혀 자극이 없는 무방부제로 알레르기, 아토피성 피부에도 효과적"이라는 내용의 광고를 인터넷 홈페이지를 통해 광고한 사안임.

5)적용법조

〔화장품법〕

제2조 (정의)

이 법에서 사용하는 용어의 정의는 다음과 같다.

1. "화장품"이라 함은 인체를 청결·미화하여 매력을 더하고 용모를 밝게 변화시키거나 피부·모발의 건강을 유지 또는 증진하기 위하여 인체에 사용되는 물품으로서 인체에 대한 작용이 경미한 것을 말한다. 다만, 약사법 제2조 제4항의 의약품에 해당하는 물품은 제외한다.

2. "기능성화장품"이라 함은 제1호의 화장품 중에서 다음 각목의 1에 해당되는 것으로서 보건복지부령이 정하는 화장품을 말한다.

가. 피부의 미백에 도움을 주는 제품

나. 피부의 주름개선에 도움을 주는 제품

다. 피부를 곱게 태워주거나 자외선으로부터 피부를 보호하는데 도움을 주는 제품

제12조 (부당한 표시·광고행위 등의 금지)

① 제조업자·수입자·화장품의 판매자(이하 "판매자"라 한다)는 다음 각호의 1에 해당하는 표시 또는 광고를 하여서는 아니된다.

— 용기·포장 또는 첨부문서에 의학적 효능·효과 등이 있는 것으로 오인될 우려가 있는 표시 또는 광고

— 기능성화장품의 안전성·유효성에 관한 심사를 받은 범위를 초과하거나 심사 결과와 다른 내용의 표시 또는 광고

— 기능성화장품이 아닌 것으로서 기능성화장품으로 오인될 우려가 있는 표시 또는 광고

— 기타 소비자를 기만하거나 오인시킬 우려가 있는 표시 또는 광고

② 제1항의 규정에 의한 표시·광고의 범위 기타 필요한 사항은 보건복시부령으로 정한나.

제29조 (벌칙)

① 제9조의2, 제12조 또는 제14조 제1항·제3항의 규정에 위반한 자는 1년 이하의 징역 또는 500만 원 이하의 벌금에 처한다.

② 제1항의 징역형과 벌금형은 이를 병과할 수 있다.

6)사건처리 내역 및 처리 시 주의사항

○ 고발 및 사경 의견은 의학적 효능·효과 있는 것으로 오인될 우려가 있는 광고를 한 행위로 의율(화장품법 제29조 제1항, 제12조 제1항 제1호)하여 송치되어 왔음

○ 그러나 현행 화장품법상 "의학적 효능·효과 등이 있는 것으로 오인될 우려가 있는 표시 또는 광고"는 용기·포장 또는 첨부문서에 하는 광고로 제한되어 있음

○ 즉 인터넷 홈페이지를 통해 의학적 효능·효과 있는 것으로 오인될 우려가 있는 표시를 한 본건을 처벌함에는 규정상 문제가 있었음

○ 이에 기능성 화장품도 아닌 본 제품이 "탁월한 미백효과로 모든 미백제품에 사용되며 자외선 차단기능"이라는 기능성 화장품으로 오인될 우려가 있는 광로를 한 부분만 문제 삼아, 화장품법 제29조 제1항, 제12조 제1항 제3호로 의율하여 기소하였음

※결론 : 화장품법 제29조 제1항, 제12조 제1항 1호는 광고 형식이 제한(용기, 포장, 첨부문서)되어 있음에 주의할 필요 있음

7) 공소사실 작성례

공 소 사 실

피고인 박○○은 화장품판매회사 대표인 바, 화장품을 제조·판매하는 자는 기능성 화장품이 아닌 것으로서 기능성 화장품으로 오인될 우려가 있는 광고를 하여서는 아니됨에도 불구하고,

2007. 7. 5경 피고인이 직접 운영하는 화장품일번지의 홈페이지(www.dokdoshop.co.kr)에 '수하다 Dr.P 프라센탈 퓨어 에센스'에 대하여 "탁월한 미백효과로 모든 미백제품에 사용되며 자외선 차단기능"이라는 내용으로 기능성 화장품으로 오인될 우려가 있는 광고를 한 것이다.

8) 잘못된 작성례

공 소 사 실

피고인 박○○은 화장품판매회사 대표인 바, 화장품을 제조·판매하는 자는 의학적 효능·효과 등이 있는 것으로 오인될 우려가 있는 광고를 하여서는 아니됨에도 불구하고,

2007. 7. 5경 피고인이 직접 운영하는 화장품일번지의 홈페이지(www.dokdoshop.co.kr)에 '수하다 Dr.P 프라센탈 퓨어 에센스'에 대하여 의학적 효능·효과 등이 있는 것으로 오인될 우려가 있는 "피부의 산소 흡수량을 증가시키고 피부신진대사 촉진, 세포재생작용을 가속시키며, 탁월한 미백효과로 모든 미백제품에 사용되며 자외선 차단기능 및 소염효과, 민감한 피부에도 전혀 자극이 없는 무방부제로 알레르기, 아토피성 피부에도 효과적"이라는 내용을 광고를 한 것이다.

취임사
— 대구서부지청장

대구지검 서부지청 검찰 가족 여러분!

개청 행사를 끝내고 이제 정상적인 업무를 개시하게 되었습니다. 지난 4개월간 어려운 환경에서도 개청을 위해 수고하신 여러분들께 먼저 감사의 말씀을 드립니다. 오늘 새 청사에서 업무를 시작할 수 있게 된 것은 모두 여러분들의 수고와 노력의 결실입니다.

우리 청의 개청으로 대구지검과 거리가 멀어서 생기는 이 지역 주민의 어려움을 해소하고, 더 나은 법률서비스를 제공할 수 있게 되어 매우 기쁘게 생각합니다.

오늘 저는 지청장으로 취임하게 된 것을 무한한 영광으로 생각하는 한편, 초대 지청장이라는 중책을 맡게 되어 그 사명감에 어깨가 무거워지는 것도 사실입니다.

취임에 즈음하여 우리 청이 지역 주민들에게 양질의 법률서비스를 제공하고 국민으로부터 신뢰받는 청이 되기 위하여 몇 가지 당부 말씀을 드리고자 합니다.

첫째, 엄정하고 공정한 검찰권이 행사되도록 하여야 할 것입니다. 부정과 부패를 뿌리 뽑아 지역사회의 정의를 세우고, 범죄로부터 주민들의 안전을 보호하여 편안히 생활할 수 있도록 하는 검찰 본연의 임무에 충실해야 합니다.

수사에 있어서는 적법절차를 철저히 준수하면서 진실을 발견하도록 노력하여야 합니다. 이제 더 이상 검찰청에서 인권침해 시비가 있어서는 안됩니다. 수사결과 뿐만 아니라 그 과정도 국민들이 주시하고 있습니다. 우리 청이 여러 개의 영상녹화조사실을 설치한 것도 수사과정을 투명하게 하려는 노력의 일환입니다.

둘째, 검찰권은 국민들로부터 위임받은 것입니다. 모든 권한은 국민을 위하여 행사되어야 합니다. 권위주의로 대변되는 검찰의 고정관념을 불식시키고, 국민과 함께 호흡하면서 그 필요에 부응할 수 있어야 합니다. 이번 개청의 취지도 지역주민의 편의에 도움을 주는데 있으며, 앞으로 업무를 해나감에 있어서도 이를 우선적으로 고려할 것입니다.

셋째, 위와 같은 막중하고 신성한 임무를 잘 수행하자면 무엇보다 인화와 단결이 필요합니다. 아무리 훌륭한 재료라고 할지라도 잘 조화되어야 훌륭한 작품이 나올 수 있듯이, 조금씩 양보하고 화합함으로써 좋은 직장 분위기를 만들어나가야 하겠습니다.

여러분이 발령받아 부임하였을 때 개청 준비를 담당한 직원들로 하여금 그때까지의 현황을 보고드린 바 있었고, 잠시 후에는 개청 행사시 검찰총장님께 보고드렸던 업무현황 보고를 여러분에게 보여드리도록 하겠습니다. 종래의 상향식 보고만으로는 직원 여러분 한 분 한 분이 우리 청의 주인이라는 자긍심을 갖기 어렵다는 판단에 따른 것입니다. 앞으로 모든 업무처리에 있어 제가 먼저 이러한 원칙을 유지해 나가도록 하겠으니 직원 여러분도 각자가 주인이라는 생각으로 창의적이고 능동적인 자세로 일해 주시기 바랍니다.

직원 여러분!

저는 개청 준비를 하면서 위와 같은 내용들이 반영된 나름의 특성이 되어야 한다고 생각하여 중점 추진사항을 선정하여 보았습니다. 피의자용 철제의자를 팔걸이가 있는 의자로 바꾸고 민원인이 조사받는 직원과 또 여러분이 상급자와 편안히 마주 앉을 수 있도록 명패와 집기를 치우도록 하며, 대회의실을 개방하고 전화통화녹음제도를 도입하였는데 우리 청의 특성이 지속될 수 있도록 잘 시켜주실 것을 또한 당부드립니다. 지청장으로서 저는 이런 사항들과 위에서 말씀드린 원칙들이 살아 움직이는 검찰청이 되도록 여러분을 격려할 것입니다.

서부지청 직원 여러분!

우리 모두가 힘을 합하여 대구 서부지역 검찰의 새 역사를 써 나가도록 합시다. 국민이 우리에게 부여한, 그리고 이 지역 주민들이 우리에게 바라는 임무를 힘을 모아 완수하도록 합시다. 여러분이 저와 함께 우리 청과 지역 주민들을 위해 노력하고 헌신한다면 검찰의 앞날은 밝고 희망적일 것이라고 확신합니다.

그간 개청 준비에 최선을 다해 주신 직원 여러분의 노고에 다시 한 번 감사드립니다.

여러분의 가정에 행복과 건강이 가득하길 기원합니다.

감사합니다.

2007. 3. 5
지청장 곽상도

대구지검 서부지청 곽상도 지청장 인터뷰
— 2007. 5. 15 발행 대구지방변호사회보 제29호에 게재된 내용임

지난 3. 2 대구 서구, 달서구, 달성군, 경북 고령군 및 성주군 등 5개 기초자치단체를 관할 구역으로 하는 대구지검 서부지청이 개원, 개청식을 갖고 업무를 개시하였습니다. 그 후 1개월 남짓 지난 지금, 곽상도 지청장님을 만나 그간의 소감과 향후 계획 등을 들어 보았습니다.

▶ 먼저 이렇게 귀한 시간을 내주셔서 감사드립니다. 그리고 늦었지만 서부지청장으로 취임하신 것을 축하드립니다. 간단한 소감과 함께 앞으로 대구 서부 지역 관내 검찰 사무에 관한 운영방침이 있다면 소개 부탁드립니다.

— 신설 청의 초대 지청장으로 취임하게 되어 저 개인적으로는 무한한 영광이지만 한편으로는 막중한 책임감으로 어깨가 무겁습니다. 서부지청은 개청 전 약 4개월간 제가 개청준비기획단장으로 부임해 처음부터 개청 준비 업무를 수행한 곳이기 때문에 다른 어느 청보다 그리고 누구보다 더 애정이 깃든 곳입니다. 서부지청은 대구지검과의 거리가 멀어 그동안 불편을 겪어온 이 지역 주민들의 어려움을 해소하고 더 나은 법률서비스를 제공하고자 신설된 곳입니다. 저는 그러한 신설 취지에 맞게 지역 주민들에게 양질의 법률서비스를 제공하고, 주민들로부터 신뢰받을 수 있도록 수사과정을 투명화하며, 기존의 권위적인 모습을 없애 서부지청을 방문하는 주민들에게 편안한 공간이 될 수 있도록 노력할 생각입니다. 또한 직원들이 편안하고 효율적으로 일할 수 있는 활기찬 직장분위기 조성에 최선을 다하고자 합니다.

▶ 당초 서부지청은 대구지방검찰청의 기능을 30% 이상 분담할 것으로 예상하고 청사를 짓고, 업무 준비를 해온 것으로 알고 있습니다. 아직 판단하기에 이른 감은 있지만, 향후 서부지청의 업무량이나 업무 내용 등에 대하여 어떻게 예상하시는지요.

— 개청 후 3월 한 달간 접수된 사건 수를 대구지검 사건 수와 비교해 본 결과 대구 지역 사건의 약 34%가 저희 청에 접수된 것으로 집계되었습니다. 아직 본청과의 업무 비율을 속단하기는 이르고 향후 추이를 더 지켜보아야 할 것이나 예상했던 것을 크게 벗어나지는 않을 것 같고 사건 유형도 타청과 비슷한 양상을 보였습니다.

▶ 서부지청은 검사 22명, 직원 99명이 근무하는 비교적 규모가 큰 지청입니다. 많은 수의 검사와 직원들을 통솔하는 지청의 최고책임자로서 느끼신 특별한 어려움은 없으신지 말씀해 주십시오.

— 저희 청은 지청 규모로만 따진다면 검사나 직원 수가 비교적 많은 편이지만 저희 청에 접수되는 사건 수에 비하면 아직 검사와 직원 수가 많이 부족한 편입니다. 한정된 인원으로 많은 업무를 처리하다 보니 인원 부족을 호소하는 부서가 많지만 신설 청의 여건상 인력 충원이 어려워 이 부분이 지청장으로서 가장 큰 고민이라 하겠습니다. 상부에 건의를 해 두었기 때문에 조만간 보충이 되리라 기대하고 있습니다만 그때까지는 직원들이 고생을 감수해야 할 것 같습니다.

▶ 서부지청의 경우 검사 책상에서 명패를 없애는 등 '강압적인 검찰' 이미지를 벗고, '열린 검찰'로 나아가기 위해서 많은 노력을 기울이고 있는 것을 알고 있습니다. 그러한 관점에서 지청장님께서 특별히 추진하거나 준비 중에 있는 일이 있다

면 어떤 것이 있는지요.

— 검사 책상 위의 명패를 없앤 것은 기존의 권위적인 이미지를 탈피하고자 하는 것도 있지만, 그동안 민원인이 들고 온 서류를 둘 마땅한 공간이 없었던 점을 고려하여, 명패를 치운 공간에 서류를 올려놓고 민원인이 서류를 보면서 조사받을 수 있도록 하기 위한 것입니다.

그 외에도 청사 정면 좌우측에 여러 그루의 대형 소나무를 식재하고, 청사 내 현관이나 복도 등 곳곳에 미술품을 비치하였으며, 화장실에 클래식 음악이 흐르도록 시공하여, 검찰청이 딱딱하고 권위적인 곳이 아닌 편안하고 아늑한 공간으로 느낄 수 있도록 하였습니다. 나아가 이러한 시설들을 지역 주민들에게도 개방하여 이용할 수 있게끔 해나갈 생각입니다. 또한 원거리에 있어 출석이 어려운 사건 관계인의 경우 검찰청으로 소환하여 조서를 받는 대신 전화로 사건 내용을 문답하고 그 내용을 녹음하여 조서에 갈음함으로써 민원인의 불편을 해소함과 동시에 사건을 신속하고 효율적으로 처리할 수 있도록 하기 위하여 저희 청 모든 전화기에 녹음장치를 설치하였습니다. 그동안(4. 23 현재까지) 증거보완을 위해 검사실에서 575건, 민원인 통지 등을 위해 사무과에서 24건을 실시해본 결과 사건 관계인이나 직원들의 호응도가 매우 높았습니다. 그리고 조사과정을 투명화하기 위해 첨단 영상녹화조사실 5곳을 설치하여 필요 시 전 조사과정을 녹화함으로써 수사과정에서의 강압이나 회유 등에 대한 시비를 원천적으로 없애고자 하였습니다.

▶ 최근 법원이 '공판중심주의'의 확대, 실질화를 지향함에 따라 검찰청 내부에서 불만의 목소리도 있는 것으로 알고 있습니다. 이에 대하여 지청장님은 어떠한 생각을 가지고 계신지요.

― 재판과정의 투명화를 목적으로 하는 공판중심주의의 기본적인 취지에는 공감하고 있습니다. 다만 법원 · 검찰의 인적 · 물적 여건과 사건 수는 그대로인 채 공판중심주의를 전면적으로 시행함으로 인해 초래되는 부작용에 대해서는 걱정하지 않을 수 없는 게 현실입니다. 현행 사법시스템 하에서 인력과 사건 수를 두루 고려하면서도 가장 적합하고 효율적인 재판방식을 도출하기 위해서는 법원, 검찰, 재야법조계, 입법기관 간에 활발하고 심층적인 논의가 폭넓게 이루어져야 할 것입니다. 앞으로 보았을 때 바람직한 사법운영방식이 어떤 것인지가 결정되어야 할 것으로 믿고 있습니다.

▶근래에 들어 검찰과 경찰의 수사권분쟁이 심화되고 있고, 여당이 경찰의 손을 들어주는 듯한 수사권조정안을 내어 검찰 내의 반발을 사기도 하였는 바, 경찰의 수사권 독립에 대한 지청장님의 고견을 부탁드립니다. 경찰과의 수사권 조정문제는 현재 국회에서 논의되고 있는 상황이므로 국회에서 합리적인 방안이 나올 것으로 생각되기 때문에 길게 말씀드리는 것이 적절하지 않은 것으로 생각됩니다. 다만 제 개인적인 생각을 말씀드린다면, 경찰은 행정자치부에 소속되어 있고, 취급하는 업무 가운데 방범, 정보, 교통, 경비 등 대부분은 행정의 영역에 속하며, 사법영역에 속하는 수사는 경찰업무의 일부분에 지나지 않습니다. 근대국가가 출범하면서 행정과 입법이 먼저 분리되고 사법이 행정부로부터 독립함으로써 삼권분립이 되었는데, 행정(경찰)이 사법영역에 속하는 업무를 독자적으로 처리하겠다고 하는 것은 삼권분립에 어긋나는 것이 아닌가 생각됩니다(각 행정기관의 특사경도 수사권을 독립적으로 행사한다고 생각하면 더욱 실감할 것임). 그래서 경찰에는 사법전문가 등의 법조인 자격을 필수적으로 요구하지는 않는 반면, 법치주의를 위해 준사법기관인 검사는 법조인의 자격을 갖추도록 하였습니다. 수사가 사법의 영역에 속하는 이상 사법적인 잣대로 처리되어야 한다고 생각합니다.

▶서부지청의 원활한 운영을 위하여 대구지방변호사회가 협조할 부분은 무엇인지,

또 그밖에 대구지방변호사회나 회원들에게 특별히 당부하고 싶은 점은 어떤 것인지 말씀해 주십시오.

— 저희 청과 서부지원이 대구 관내 사건의 30% 이상을 처리하고 있으나 서부지원·지청 주위에 개업한 변호사 숫자는 절대적으로 부족하여 원활한 사법 운영에 차질이 빚어질 수 있는 만큼 변호사분들이 이쪽으로 진출하시기를 기대합니다.

▶ 가족관계는 어떻게 되시는지와 지청장님의 간단한 근황 소개를 부탁드립니다.

— 가족으로는 처와 딸, 아들 각 1명씩 있습니다. 예전에는 주말이면 상경하여 가족과 함께 지낼 수 있었는데 지금은 이마저도 여의치 않아 고3인 아들 얼굴도 자주 보지를 못한 채 지내고 있습니다. 신설 청의 이미지가 처음에 좌우될 것 같아 청사 내의 여러 가지 시설(미술품, 조경)들을 다듬고 정비하는데 많은 시간을 할애하고 있고, 겨울에 심어놓은 조경수들이 봄이 되자 잎이 나고 꽃이 피는 것을 보며 위안으로 삼고 있습니다.

▶ 개청 지청의 장이라는 중책을 맡고 계시다보니 업무에 대한 부담감도 많으실 것 같습니다. 평소 건강유지 비법이나 스트레스 해소법이 있다면 소개 부탁드립니다.

— 골프, 야구, 축구 등등 유명 운동선수들의 인터뷰를 보면 해당 종목을 즐기면서 하기 때문에 스트레스를 받지 않고 좋은 성적을 낼 수 있었다고 하는 말을 들었습니다. 저도 업무 그 자체를 즐기면서 하는 것이 스트레스를 줄이는 방법이 되지 않을까 생각합니다만 생각대로 잘 되지 않네요. 좋은 말씀 감사드립니다. 항상 건강하시길 기원합니다.

발표하지 못한 퇴임사

1. 검사는 사회에 소금 같은 존재, 물에 녹지 않은 채 필요하면 뿌릴 수 있도록 바짝 마른 소금이 있어야 구실을 할 수 있다. 하지만 현실은, 현직 대통령 비서실장을 조사하자 내부에서 조사하지 못하도록 방해를 했다. 또한 변호사로 있으면서 전관예우를 앞세워 사건 청탁을 하다가 장관으로 돌아와 인사권을 행사하는 사람의 벽에 막히고, 대선에서의 흑색선전 관련 수사 해당 인사가 정치권과의 인연으로 장관이 되더니 자신을 수사했던 나를 인사에서 좌천하기도 했다. 뿐만 아니라 초임 검사 때 구속사건을 풀어주지 않았더니 장관으로 돌아와 검사장 승진 인사에서 물 먹이기도 했다.

이런 현실에서 마른 소금이 남아날 수 있는지 회의적인 생각이 강하게 들었다.

검사장으로 승진하려고 하니 그동안 검사로서 일해 온 것과는 무관하게, 외부 인사에 줄을 대지 않으면 안 된다고 이구동성으로 말했다. 2008년도에 검찰 60주년 행사를 했는데 60년 동안 업무 평가하는 기준도 하나 마련하지 못한 채 외부에 어떤 줄을 대느냐 하는 것으로 모든 게 끝났다.

이런 것들을 제도적으로 고쳐주어야 마른 소금이 살아남아 그 구실을 할 수 있다. 그런 자구적인 노력도 없이 검사 개개인에게 알아서 살아남아 마른 소금 구실을 하라고 맡겨놓은 것은 어불성설이다.

2. 도표에서 보듯 이런 업무처리로는 국민의 신뢰를 받기가 어려운 것이 검찰의 현실이다. 그래서 후배들에게 당부하고 싶은 말이 있다.

검사처분		하자내용	05년	06년	07년	08.10.31
기소		무죄율(1심)	0.49%	0.55%	0.57%	0.61%
		무죄평정 (벌점건수/평정건수)	214건/ 767건 (27.9%)	274건/ 898건 (30.5%)	267건/ 1,101건 (24.2%)	259건/ 992건 (26.1%)
불기소	무혐의	재기수사명령	924건 (10.9%)	1,041건 (9.8%)	1,058건 (9.8%)	1,212건 (15.5%)
		재기명령사건기소	421건 (40.9%)	542건 (42.8%)	545건 (34.1%)	502건 (46.7%)
	기소중지 참고인중지	사무감사지적건수	173건 (10개지청)	122건 (1지검, 8지청)	214건 (4지검, 8지청)	432건 (4지검, 8지청)

지금의 상황이 일을 잘한다고 해서 진급하는 것도 아니고, 급여를 더 받게 되는 것도 아니라서 열심히 하라고 할 수도 없다. 그래도 법을 몰라 국가에 의지할 수밖에 없는 국민들(결국 우리 이웃 주민들인데)을 항상 생각해야 하는 것이 검사이다. 개인의 영리나 부귀영화가 아니라 우리 사회에 정의가 있어야 한다는 사명감만이 검사의 자존심이기 때문이다.

3. 법무부에서 훈장 포상자로 선정되었다고 연락을 받고 구비서류인 공적조서를 작성하면서 당시에는 그간 고생한 것을 인정해 주는구나 싶은 보람도 느꼈다. 하지만 불과 석 달이 지나자 검사장 승진에서도 탈락되고 사직해야 하는 입장으로 몰리게 되니 왜 훈장을 주었는지 그 이유를 납득하기 어려웠다. 애초부터 주지 않았으면 잘될 것이라는 마음도 덜 가졌을 테고, 미련도 덜 남았을 것이다. 차라리 훈장을 반납하고 싶은 마음이었다.

에필로그

나는 언젠가부터 검사 생활을 마감하고 검사로서 내가 해온 일들을 정리해 책을 써야겠다는 생각을 했다. 하지만 책을 쓴다고 하면 자칫 '자신만 잘난 듯이 내세우고 남을 깎아내리는 것이 될 수밖에 없지 않느냐'는 부정적인 견해가 대다수인 것이 사실이다. 그렇지만 나는 공직에서의 업무 수행이라는 것이 국민들을 위해 업무를 처리하고 그 과정도 투명하게 공개되어야 한다고 생각하고 있다. 앞으로도 이런 방식으로 검사들이 업무처리를 해야 한다는 생각으로 이 글을 썼다.

우리가 드라마나 영화에서 만나는 검사의 이미지는 정의감에 온몸을 던져 범죄를 쫓는 모습이다. 그러나 드라마나 영화에선 검사가 왜 그렇게 범죄를 소탕하려고 애를 쓰는지에 대해서는 설명하지 않는다. 모든 직업이 그렇겠지만 검사는 특히 소명 의식 없이는 버티기 힘든 직업이다. 범죄자를 많이 잡는다고 승진되는 것도 아니고 보수가 특별히 높은 것도 아니다. 그런데도 법질서 수호를 사명으로 알기 때문에 밤낮없이 일한다.

전국의 1,500여 명 검사들은 무엇 때문에 야근도 마다하지 않고 정열을 쏟으며 이렇게 열심히 일하고 있을까? 검사들은 '대한민국 검사'라는 말을 곧잘 쓴다. 그 말 앞에는 '자랑스러운'이라는 수식어가 붙어있다. 그렇다. 검사들은 '자랑스러운 대한민국 검사'들이다. 이것은 잘난 척하는 속물근성에서 하는 말이 아니다. 검사들은 담당하고 있는 자신들의 직무가 얼마나 중요한지 누구보다도 잘 알고 있다. 국민의 소중한 생명과 신체, 재산과 관련된 사건을 다룬다. 한 사람 한 사람이 우주보다 더 한 숭고한 가치를 지니고 있다는 자부심이 있다. 완전무결할 수는 없겠지만 정의를 추구하고자 밤낮을 가리지 않고 노력하고 있다. 이러한 소중한 직무를 사명감으로 알고 사건 하나하나에 최선을 다하며 정열을 불태우면서 검사들은 자부심을 느낀다. 아무도 알아주지 않고, 설사 욕을 먹을지라도, 검사들은 '내가 아니면 누가 이 사회의 법과 정의를 지킬 수 있겠느냐'는 신성한 사명감으로 묵묵히 최선을 다해 일해 왔고 앞으로도 계속 그렇게 할 것이다.

나는 이 책을 통해 비교적 검사의 세계를 정확히 보여주고, 내 자신을 스스로 되돌아보는 계기를 만들고 싶었다. 그래서 후배 검사들과 일반 국민들에게 사법부의 장래를 고민할 기회를 제공하고 싶었다. 국민들의 사법부에 대한 불신은 대부분 이해의 부족에서 오고, 그 이해의 부족은 의사소통이 미흡한 것에서 비롯된다. 의사소통이 중요하다는 사실은 누구나 알고 있다. 그런데 그동안 사법부의 개혁은 대부분 검사들의 업무량을 늘리는 방향으로 진행되었다. 이야기를 제대로 듣고 의사소통을 하려면 시간이 필요한데 계속 업무를 늘리면서 의사소통을 제대로 하는 것은 현실과 동 떨어진 진단이었다.

나는 이 책에서 검사들도 국민들과 똑같은 사람이라는 것을 알리고 싶었다. 국민과 검사들 사이를 가로막고 있는 장벽을 걷어내고 말을 걸고 싶었다. '국민 여러분 검사 얘기 한 번 들어 봐 주실래요?' 하고 말이다. 검사 역시 어머니가 있고 아버지가 있고 동생이 있고 아내와 자식이 있으며, 격무에 시달리고 상급자들 눈치를 보기도 하는 평범한 사람이다. 나는 그런 검사의 모습을 보여주고 싶었다. 또한 검사시절의 내 모습을 후배들에게 가감 없이 보여주고, 그런 모습이 후배 검사들의 성장에 밑거름이 되었으면 하는 바람으로 부족하지만 최선을 다했다.

곽상도 연보

1959. 대구 출생(남산초, 심인중, 대건고 졸업)

1984. 성균관대학교 법학과 졸업

1984. 1. 3.~1985. 12. 31 사법연수원 15기

1986. 1.~1989. 1. 31 군 법무관(1986. 4. 19. 보병 6사단 검찰관, 1987. 8.
　　　　　보병 9군단 검찰관)

1989. 2. 1.~1997년 7. 31 서울중앙지검 검사

· 1990. 10. 범죄와의 전쟁이 선포되자 전국에 지명수배된 조직폭력배
　두목급 20명 가운데 1명인 부천지역 조직폭력배 김○○를 검거하는
　등 조직폭력배의 소탕에 앞장섰다.

· 1991. 2.~7. 버스, 지하철 등을 무대로 날뛰는 신○○ 등 소매치기
　70명을 적발하여 전원 구속하는 등 민생침해사범을 척결하였다.

1991. 8. 1 대구지검경주지청 검사

— 여고 재학 중인 양녀를 수년간 성폭행한 백화점업주 김○○을 구속
　하여 지방토착비리 척결.

— 살인 등 강력사건, 조직폭력사건을 전담하면서 사건 발생 초기부터
　직접 검시, 현장 지휘 등 주도적인 수사지휘로 경주군 양남면 나아리
　에서 발생한 여교사 살해사건의 범인을 검거, 구속기소하였음.

1993. 9. 24 인천지검 검사

— 단순 변사사건으로 종결하려는 경찰의 변사체지휘 품신에 대해 직접

검시 후 부검하도록 지휘하여 암장될 뻔한 살인사건을 밝혀내고 살인범 차○○을 구속기소.

— 인천지역 최대 폭력조직인 꼴망파 두목 최○○, 부두목 이○○, 행동대장 한○○ 등을 폭력행위등처벌에관한법률 위반으로 인지하여 부두목 이○○, 행동대장 한○○을 구속함으로써 꼴망파를 와해시킨 외 조직폭력배 48명을 직구속하고, 이들의 자금원인 도박판을 단속하여 김○○ 등 20명을 상습도박죄로 인지, 구속하는 한편 이들을 비호하여 준 경찰관 3명을 수뢰후부정처사 등으로 인지하였고, 이들에 대한 직접 공판 관여를 통해 실형이 선고되도록 함으로써 민생치안에 앞장섬.

— 인천 북구청 세금횡령비리 사건과 관련, 세금을 착복한 ○○○ 세무과장 등 구청직원 6명과 수뢰자 ○○○(지방서기관) 외 3명 등 총 11건 23명을 인지 구속하고, 수표추적으로 이들이 착복 은닉한 세금 6억 원을 국고에 환수조치해 세무비리 척결.

— 인천지법 경매비리와 관련, 경매 브로커 57명을 단속하여 12명 구속, 21명 불구속, 24명 수배하고 경매장부를 소각한 집달관 1명을 구속해 법조 주변 부조리사범 일소(법조 주변 부조리사범 수사우수 사례로 총장 표창).

— 1995. 6. 27 실시된 지방선거 관련, 호별방문을 통해 김포군수 후보 ○○○의 지지서명을 받은 '김포 토박이파'를 범죄단체 및 선거법위반으로 인지하여 조직원 11명을 구속하고 두목 기○○을 수배하여 조직폭력배의 선거 개입을 차단.

— 1995. 7. 7 강화읍 중앙시장에서 발생한 살인사건을 수사하면서 조직폭력배 간의 보복살인사건임을 밝혀내고 이에 가담한 '강화 월드파' 폭력조직 두목 박○○ 등 6명을 살인죄로 인지하여 구속.

1995. 9. 27 서울지검남부지청 검사

— 미국 영사의 서명을 위조하는 방법으로 미국 비사 150선을 부정 발급한 주한 미국대사관 직원 손○○ 등 8명을 적발하여 2명을 구속하고 한국 내에서 불법 변호사 활동을 한 미국 변호사 프란시스 ○○○ 등 2명을 출입국관리법 위반으로 인지하여 약식기소.

＊ 주한 미국대사관으로부터 본건 수사에 대해 감사장 받음.

— 중국 조선족을 한국에 입국시키기 위해 위장결혼을 알선한 브로커와 위장결혼한 한국인 및 조선족 여자 60명을 공정증서원본불실기재로 인지하여 24명 구속, 36명 수배.

— 석탄대금의 분할상환 및 상환기일 연장 명목으로 1,000만 원을 수수한 석탄공사 관리본부장 고○○과 공사업자로부터 산타모 승합차를 수수한 금천구청 토목과장 서○○ 등 구청 공무원 2명을 각 뇌물죄로 인지하여 구속.

— 딱지어음을 유통시킨 양해암 등 3개 조직 14명과 유령회사를 차려 딱지어음으로 물품을 편취한 황○○ 등 3명, 딱지어음 조직으로부터 돈을 받고 당좌개설 시 편의를 제공한 은행원 1명 등을 적발하여 13명 구속, 1명 불구속, 4명 지명수배.

— 한총련 8.15 친북난동사태 관련 11명 구속기소.

1997. 8. 27 대구지검 부부장 검사

— 청구그룹 경영비리 사건의 수사팀으로서 기업은 망해도 기업주는 살아남는 풍토 척결.

· 청구가 대구방송의 대주주로 선정된 경위와 관련, ○○○ 전 청와대 총무수석이 청구 장○○ 회장으로부터 45억 원을 수수한 사실을 밝혀내고 형집행정지 중이던 ○○○의 형집행정지를 취소하고 수감한

뒤 기소.

· 경영비리 관련 청구의 장○○ 회장, ○○○ 전 대구방송 사장과 뇌물
수수 관련 ○○○ 철도청장 등 8명을 구속하고 10명을 불구속기소한
외 ○○○, ○○○, ○○○ 의원을 불구속기소.

― 전담업무와 관련하여 조세체납범의 구성요건에 대한 이론과 판례를
검토하여 관내 지청과 사경에 참고자료로 송부.

1998. 8. 26 대구지검의성지청장

― 1999년도 상반기 검찰총장 기관표창(대친절상)을 수상하였고, 1998
년 재산형집행률 최우수청으로 선정.

― 주 1회 전 직원이 참여하는 축구경기를 통해 협동, 인화, 건강의 중요
성을 느끼도록 하여 밝고 명랑한 가운데 업무가 이루어지도록 노력.

― 재임기간 중 농정보조금편취사범 및 자연훼손사범 4건 7명, 농축협
비리사범 3건 6명, 학원폭력사범 12명, 농한기도박사범 5건 22명
인지.

1999. 6. 17 대검 검찰연구관(범죄정보기획관실, 통합운영연구관 1999. 8. 26.)

■ 일선의 정책정보 정리, 보고.

― 대검 중앙도서실 도서관에 수사자료 50,000면을 수집하여 체계적으
로 정리한 후 수사 참고자료로 비치하고 전자도서관 사업을 추진.

― '공공기관의기록물관리에관한법률' 시행에 대비하여 문제점과 대처
방안을 수립.

― 형사소송법 개정안을 비롯한 각종 법령검토, 대검 정기사무감사 지
원, 재항고사건 기록 검토.

2000. 7. 26 대구지검 공안부장

— 각종 불법 집회를 주도한 민노총 대구본부 의장 ○○○을 검찰에서
직접 검거, 구속하여 불법 시위를 근절하고, 노조와해 목적으로 노조
사무실을 불법 감청한 악덕기업주 ○○○를 직구속해 노동계의 불만
을 해소하고 지역 안정에 기여.

— 예방적 공안활동을 적극적으로 전개

· 의료계 폐 · 파업 시 의사들이 전공의에게 지원하려던 1억 원의 지원
금을 철회토록 설득.

· 2001. 6. 13 민노총 연대파업 시 경북대병원에서 파업을 철회해 전
국의 파업 동참 분위기가 반전되는 계기 마련.

— 불법 시위 및 노사분규 관련자 색출하여 사법처리

· 삼성상용차 퇴출 결정에 반발한 근로자들의 차량 방화, 업무방해에
적극 대처.

· 경북지방노동위원회, 대구시청 등 공공기관 난입에 대해 관련자 다수
사법처리.

· 불법집단행동 중단 명목으로 금품 수수한 (주)IPC 노조위원장을 공
갈죄로 인지.

— 공정한 선거사범 수사

· 16대 총선사범 108명 기소하여 전부 유죄판결 선고, 편파수사시비
없이 종결.

· 대구시 교육감 선거 시 선관위직원매수기도 및 사전선거 운동한 ○○
○ 후보 구속.

— 실업급여 등 공적자금 편취사범 11명 적발하여 불구속 인지.

— 제6기 한총련 전국의장 ○○○에 대해 1998년 한총련 대표 ○○○,
○○○ 밀입북 관련 혐의 등으로 구속기소.

2002. 2. 18 수원지검 특수부장

■소속 검사들을 지휘하여 아래와 같은 인지수사실적 거양.

・용인 난개발사범 척결

— 아파트 사업 승인 없이 대규모 아파트를 건설해 분양함으로써 난개
발을 초래한 건설업자, 용인시 건설과장 등 11명 구속, 전 용인시장
○○○ 등 46명 불구속.

— 무계획한 아파트 건설로 초래된 교통, 용수난 등 집중 부각.

・악덕 벤처기업 색출하여 코스닥 시장에서 퇴출

— 훔친 기술과 허위 매출로 코스닥 상장 후 주식청약금, 해외전환사채
등 96억 원 편취한 악덕기업주 ○○○ 등 10명 인지(9명 구속).

・안양 대양상호신용금고 부실대출 비리 수사

— 777억 상당 부실 대출한 대표이사 ○○○과 부실 또는 무담보로
550억 원을 대출받아 편취한 (주)고제 사주 ○○○ 등 12명 구속.

— (주)동경산업 명의로 72억 원을 대출받아 횡령한 ○○○(○○○게이트
특검에서 구속)과 211억 원을 담보없이 ○○○에게 대여하여 (주)메디
슨에 그 상당의 손해를 가한 ○○○, ○○○ 등 불법 대출받은 회사
대표 10명 불구속기소.

— 228억 원을 불법 대출받은 후 해외 도피한 제논텔레콤 ○○○ 등 7
명 수배.

— ○○○, ○○○ 및 골드뱅크 대표 ○○○으로부터 청탁, 알선 명목으
로 3억 2천만 원 수수한 ○○○ 의원(민주당, 전국구) 구속기소.

— 금감원 내사 선처 알선하고 ○○○, ○○○로부터 4,500만 원 수수
한 ○○○ 의원(한나라당, 대전 동구) 불구속기소.

・난개발 초래한 지역 건설업체 적발

— 용인, 광주 등지의 아파트를 건설하면서 난개발을 초래한 삼호건설

대표 ○○○을 회사 공금 150억 원 횡령혐의로 구속, (사후) 수뢰한 ○○○ 전 용인시장 수배.

— 삼호에서 시행 중인 아파트 사업 승인을 ○○○ 시장에게 청탁해 주도록 부탁받고 3천만 원 수수한 ○○○ 의원(민주당, 성남) 불구속기소.

— 삼호에서 매입한 준농림지를 주거지역으로 편입해주도록 청탁받고 3천만 원 받은 전 광주시장 ○○○과 3억대 부동산 넘겨 받은 전 경기개발원장 ○○○ 구속.

· 기타 공적자금비리사범, 공직비리 및 사이비언론사범 집중 단속

— 수출신용보증기금 편취한 공적자금비리사범 16명 인지(11명 구속).

— 교통시설공사 관련 뇌물 받은 수원국도유지건설사무소장 등 8명 인지(2명 구속).

— 인허가 관련 뇌물 수수한 오산시 과장, 수사무마 조 금품 수수 경찰관 등 7명 적발.

— 사이비언론사범 18명 인지(8명 구속).

— 부동산 매각대금 줄여 차액 60억 원 횡령한 한성골프장 대표 강○○ 구속기소.

2003. 4. 1 서울중앙지검 특수3부장

■소속 검사들을 지휘하여 아래와 같은 실적 거양

· 법조 비리사범 집중 단속

— 총 48명 적발(18명 구속, 30명 불구속)(변호사 6명 구속, 7명 불구속).

— ○○○의 수형 중 경영 도운 집사변호사, 판·검사 교제비 수수, 수임비리 적발.

· 부정부패사범 척결

— ○○○(국방부 법무관리관), ○○○(산자부 자본재산업국장) 뇌물 수수로 구

속, ○○○(두산그룹 사장)을 뇌물공여로 불구속기소.

— ○○○(전 농림부 장관)을 업무방해로 불구속기소.

— ○○○(감사원 국책사업감사단장)를 직권남용 혐의로 불구속기소.

· 경제질서 저해사범 단속

— (주)세우포리머의 주가를 조작한 ○○○ 등 8명 구속기소, 3명 불구
　속기소.

· 행집행정지 관련 비리 수사

— 진단서 발부 관련 뇌물 받은 서울대병원 교수 2명 불구속기소.

— 뇌물받고 집행정지를 도와준 서울구치소 의무과장 ○○○ 등 3명 구
　속, 4명 불구속.

— 허위 병력으로 구속집행정지된 후 도주한 ○○○ 검거, 집행정지 취
　소 후 수감.

· 군 관련 비리 수사

— 낙하산 납품, 군시설공사 관련 뇌물공여자 8명 적발, 3명 구속.

— 억대의 뇌물 수수한 군인 2명 군수사기관 통보.

— 허위 세금계산서로 군 통신장비 정비대금 8억 편취사범 적발.

· '한○○ 10억 수수설' 유포하여 명예훼손한 이○○을 구속하고, 그
　배후인 ○○○을 찾아내 구속기소함으로써 대통령 선거과정에서 허
　위 사실을 유포한 사범을 엄단

· 공인중개사 자격증 위조단 7명 적발, 5명 구속

· "뇌물 및 공직 비리사범 관련 수사요령"(수사매뉴얼) 작성

2004. 6. 14 인천지검 형사1부장

■ 소속 검사들을 지휘하여

· 7개 검사실에서 처리한 9,500여 건의 사건 결재

— 1,300여 건의 결재 반려 통해 무죄, 공소기각 사례 예방, 법령적용
　과오 시정.

— 6개월간의 결재 경험을 통해 검사들의 업무처리실태 분석한 보고서
　작성.

— 수경수사지휘 시 유의사항, 지휘기법, 수사착안사항 등을 검사들에
　게 지도.

* 2004년 하반기 검찰업무심사평가 시 형사사건처리분야 1그룹청 1위.

· 관세사건 전담부서로서 관세사범 엄정 대처

— 전국 6개 주요 세관 중 2개 세관 관할(인천세관, 인천공항세관).

— 환치기 계좌 통한 재산해외도피사범 등 엄정처리.

· 감찰

— 내부비리 직원 3명에 대한 자체 감찰로 복무기강 확립.

· 민생경제침해사범 단속 실무 책임

— 부정식품 제조판매사범, 불법사설경마조작, 사기대출 알선업자 등
　단속.

2005. 4. 18 부산지검 형사1부장

■ 소속 검사들의 사건 결재를 통해 적정한 업무처리 도모

— 2005. 5.~2005. 12까지 8개월간 형사1부(직무대리 1명 포함) 검사들
　이 처리한 14,600여 건을 결재하면서 2,000여 건의 오류를 시정하
　게끔 하여 사건처리의 적정성 도모.

* 위 과정을 거친 결과, 무죄, 재기수사명령 등 대폭 경감

— 검사별 사건처리 과정상 오류 실태를 정리하여 검사 평가인자로 활
　용

— 결재 시 주고받은 부전지(반려서류)를 정식 문서로 작성하여 차상급

결재자로 하여금 이를 검토하게끔 하는 방안을 마련하여 보고.

- ■각종 제도 개선 및 통일적인 사건처리지침 수립하여 시행
- — 자동차정기검사 관련 사건처리의 문제점과 처리 기준 마련.
- — 정기검사 불이행 사유별 혐의 유무 판단 기준 제시.
- — 항고사건 자체재기 등 처리 절차 개선.
- — 항고사건 부장배당 및 자체재기 시 배당받은 부장 소속 부서에서 처리.
- — 무면허운전 사건 수사지침 마련.
- — 대법원 판례 변경에 따라 면허취소(정지)통지서 수령 확인 및 미확인 사건처리지침 마련.
- — 사건처리 시 기관평가제출자료표 작성제도, 자동차 등록번호판 위조 부정행사 시 의율 죄명 검토 등.
- ■지적재산권 전담부서로서 탁월한 단속 실적 거양
- — 2005년도 침해사범 325건, 489명 단속(구속 16명)하여 단속 우수청 선정.
- ■수사 사례 수집하여 언론기관 홍보하여 부산지검 위상제고에 기여
- — 무고사범 2회(상반기, 하반기), 지적재산범 사범 1회 홍보.
- ■단순 상해라며 간이서식으로 송치된 사건을 강도상해로 의율하여 직구속, 거액의 담보가 설정된 건물을 헐값에 매수한 후 임대보증금을 반환해 줄 것처럼 기망하고 건물 내 목욕탕을 거액을 받고 임대해 준 후 제3자(신용불량자)에게 건물 명의를 이전하면서 임대보증금 채무도 명의 이전 받은 제3자(신용불량자)에게 넘기고 자신은 빠져나가는 수법으로 7회에 걸쳐 8억 상당을 편취하였으나 전부 무혐의 처리된 사건을 재기하여 기소하는 등 형사사건의 적정처리에 기여.

2006. 2. 20 서울고검 검사(대검 전략과제연구관 겸임)

■서울고검 근무(2006. 2. 20~2006. 11. 12)

·항고, 감찰, 무죄평정 전담

— 항고사건 총 236건 처리(재기수사명령 42건 17.8%, 직접 처리 2건).

* ○○○ 변호사(전 국회의원)의 구권화폐 사기사건 재기수사명령하여 2006. 12. 26 구속하였고, 재기수사명령 사건 중 2007. 8. 17 현재 19건 기소, 7건 수사 중, 18건 무혐의.

— 고검 산하 지청(강릉, 여주, 평택, 원주지청) 사무감사 및 산하 청 기강감사.

— 무죄평정 432건(검사 과오 지적 건수 132건 30.5%, 전국 평균 지적 비율 17.7%).

■대검 전략과제연구관 업무 수행(서울고검 근무 병행)

·형사부 검사 브랜드화 방안 수립

— 2007. 9. 검찰의 100대 전략과제에 포함되어 계속 연구 대상으로 지정.

■대구고검 직무대리(2006. 11. 13~)

·대구지검 서부지청 개청 업무 수행

— 개청준비기획단 발족(직원 10명으로 편성), 개청 이후의 업무 추진 대비.

— 98% 공사가 완공된 상태에서 부임, 마무리 공사 감독 및 시설 보완 (민원실, 당직실, 검사실 시설 방안 수립, 조경 및 미술품 구입 방안 마련).

— 개청과 관련된 각종 업무 수행(지역 유래 파악, 현판, 관사 매입, 교통안내 표지 마련).

— 2007. 12. 홍조근정훈장

— 2009. 02. 변호사 개업

— 2013. 02.~08. 대통령비서실 민정수석비서관

— 2015. 대한법률구조공단 이사장

— 2016. 05.~2019. 01. 현재 제20대 국회의원